Vi Keeland

Perfect Chemistry

Roman

Übersetzt von
Babette Schröder

GOLDMANN

Die amerikanische Originalausgabe erschien 2021
unter dem Titel »The Invitation«.

MIX
Papier | Fördert gute Waldnutzung
FSC® C083411

Penguin Random House Verlagsgruppe FSC® N001967

1. Auflage
Deutsche Erstveröffentlichung August 2022

Umschlaggestaltung: UNO Werbeagentur, München
Umschlagmotiv: © Getty Images/Lorado
Redaktion: Antje Steinhäuser
MR · Herstellung: ik
Satz: KCFG – Medienagentur, Neuss
Druck und Bindung: CPI books GmbH, Leck
Printed in Germany
ISBN: 978-3-442-49292-3

www.goldmann-verlag.de

1. Kapitel

Stella

»Ich kann das nicht …« Auf halber Höhe der Marmortreppe blieb ich stehen.

Fisher stoppte ein paar Stufen über mir und kam wieder zu mir herunter. »Natürlich kannst du das. Erinnerst du dich, als wir in der sechsten Klasse waren und du diese Präsentation über deinen Lieblingspräsidenten halten musstest? Du warst ein einziges Nervenbündel. Du dachtest, du würdest alles vergessen, was du auswendig gelernt hattest, und alle würden dich anstarren.«

»Ja, und?«

»Nun, das ist auch nichts anderes. Und das hast du doch überstanden, oder?«

Fisher hatte den Verstand verloren. »An dem Tag sind all meine Ängste *wahr geworden.* Ich stand vor der Tafel und habe geschwitzt. Ich konnte mich an kein einziges Wort erinnern, das ich geschrieben hatte. Alle in der Klasse haben mich angestarrt, und dann hast *du* dazwischengerufen.«

Fisher nickte. »Genau. Deine schlimmsten Ängste wurden wahr, und trotzdem hast du es überlebt. Vielmehr hat sich herausgestellt, dass es der beste Tag deines Lebens war.«

Ich schüttelte fassungslos den Kopf. »Wie das?«

»Es war das erste Mal, dass wir in derselben Klasse waren. Ich dachte, du wärst genauso nervig wie die anderen Mädchen. Aber nach der Schule hast du mich angemacht, weil ich dich während deiner Präsentation geärgert hatte. Da wurde mir klar, dass du *nicht* wie die anderen Mädchen bist. Und an dem Tag habe ich beschlossen, dass wir beste Freunde werden.«

Ich schüttelte den Kopf. »Ich habe für den Rest des Schuljahres nicht mehr mit dir gesprochen.«

Fisher zuckte mit den Schultern. »Ja, aber im nächsten Jahr habe ich dich für mich gewonnen. Und im Moment fühlst du dich ein bisschen ruhiger als noch vor zwei Minuten, oder?«

Ich seufzte. »Ich glaube, schon.«

Er bot mir seinen Arm an, der in einer Smokingjacke steckte. »Wollen wir reingehen?«

Ich schluckte. Sosehr mich unser Vorhaben ängstigte, ich konnte es kaum erwarten, die Bibliothek zu sehen, wenn sie für eine Hochzeit herausgeputzt war. Ich hatte unzählige Stunden auf diesen Stufen gesessen und über die Leute nachgedacht, die an mir vorbeigekommen waren.

Fisher wartete geduldig mit ausgestrecktem Ellbogen, während ich noch eine Minute mit mir rang. Schließlich hakte ich mich mit einem weiteren lauten Seufzer bei ihm ein. »Wenn wir im Gefängnis landen, musst du für uns beide das Geld für die Kaution aufbringen. Ich bin viel zu pleite.«

Er ließ sein Filmstar-Lächeln aufblitzen. »Abgemacht.«

Während wir die restlichen Stufen zu den Türen der New York Public Library hinaufstiegen, ging ich alle Details durch, die wir auf dem Weg hierher im Uber besprochen hatten. Unsere Namen für den Abend waren Evelyn Whitley und Maximilian Reynard. Max war in der Immobilienbranche tätig – seiner Familie gehörte Reynard Properties –, und ich hatte meinen Master in Betriebswirtschaft in Wharton gemacht und war vor Kurzem zurück in die Stadt gezogen. Wir wohnten beide an der Upper East Side – zumindest dieser Teil entsprach der Wahrheit.

Zwei uniformierte Kellner mit weißen Handschuhen standen an den hoch aufragenden Eingangstüren. Einer hielt ein Tablett mit Champagnerflöten, der andere ein Klemmbrett. Obwohl meine Beine irgendwie weiterliefen, fühlte sich mein Herz an, als wollte es aus meiner Brust springen und in die entgegengesetzte Richtung fliehen.

»Guten Abend.« Der Kellner mit dem Klemmbrett nickte. »Darf ich um Ihre Namen bitten?«

Fisher zuckte nicht mit der Wimper, als er die erste von vielen Lügen verbreitete, die an diesem Abend noch folgen würden.

Der Mann, der, wie ich bemerkte, einen Hörer im Ohr hatte, überflog die Liste und nickte. Er bedeutete uns einzutreten, und sein Kollege reichte uns jeweils ein Glas Champagner. »Willkommen. Die Trauung findet in der Rotunde statt. Die Sitzplätze für die Gäste der Braut befinden sich zu ihrer Linken.«

»Danke«, sagte Fisher. Sobald wir außer Hörweite waren, beugte er sich nah zu mir. »Siehst du? Kinderleicht.« Er nippte an seinem Champagner. »*Oooh, der ist gut*.«

Ich hatte keine Ahnung, wie er so ruhig bleiben konnte. Andererseits hatte ich auch keine Ahnung, wie er es geschafft hatte, mich zu diesem Wahnsinn zu überreden. Vor zwei Monaten war ich von der Arbeit nach Hause gekommen und hatte Fisher, der auch mein Nachbar war, dabei erwischt, wie er meinen Kühlschrank nach Essensresten durchforstete – ein alltägliches Phänomen. Während er zwei Tage altes Huhn

Milanese aß, saß ich am Küchentisch, sortierte meine Post und trank ein Glas Wein. Wir unterhielten uns, und ich hatte einen übergroßen Umschlag aufgeschlitzt, ohne erst die Adresse auf der Vorderseite zu überprüfen. Darin befand sich eine überaus edle Hochzeitseinladung – schwarz und weiß mit erhabenem Blattgold. Ein vergoldetes Kunstwerk. Und die Hochzeit fand ausgerechnet in der *New York Public Library* statt, ganz in der Nähe von meinem alten Büro. Ich hatte oft auf der berühmten Treppe gesessen und zu Mittag gegessen, war jedoch seit mindestens einem Jahr nicht mehr dort gewesen, also freute ich mich riesig, dort auf eine Hochzeit zu gehen.

Obwohl ich keine Ahnung hatte, um wessen Hochzeit es sich handelte – vielleicht ein entfernter Verwandter, den ich vergessen hatte? Die Namen sagten mir rein gar nichts. Als ich den Umschlag umdrehte, wurde mir schnell klar, warum. Ich hatte die Post meiner Ex-Mitbewohnerin geöffnet. *Bah.* Das war ja klar. Mich lud keiner zu einer Märchenhochzeit ein, die an meinem absoluten Lieblingsort stattfand.

Aber nach ein paar Gläsern Wein hatte Fisher mich davon überzeugt, dass *ich* hingehen sollte, nicht Evelyn. Das sei das Mindeste, was meine miese Ex-Mitbewohnerin für mich tun könne, hatte er gesagt. Immerhin hatte sie sich mitten in der Nacht davongeschlichen, ein Paar meiner Lieblingsschuhe mitgenommen, und der Scheck, den sie für die zwei Monate Mietrückstand zurückgelassen hatte, war geplatzt. Da sollte zumindest ich zu einer noblen Hochzeit eingeladen werden, die pro Gast vermutlich tausend Dollar kostete, und nicht sie. Gott wusste, dass keiner meiner Freunde jemals an so einem Ort heiraten würde. Als wir die zweite Flasche Merlot ausgetrunken hatten, beschloss Fisher, dass wir beide gemeinsam an Evelyns Stelle hingehen würden – wir würden uns auf die Hochzeit schleichen und uns einen lustigen Abend machen, mit Empfehlung meiner nichtsnutzigen ehemaligen Mitbewohnerin. Fisher hatte sogar die Antwortkarte ausgefüllt, uns mit zwei Personen angemeldet und sie in seine Hosentasche gesteckt, um sie am nächsten Tag abzuschicken.

Ich hatte ehrlich gesagt ganz vergessen, was wir mit betrunkenem Kopf für Pläne geschmiedet hatten, bis Fisher vor zwei Wochen mit einem Smoking nach Hause kam, den er sich für die bevorstehende Hochzeit von einem Freund geliehen hatte. Ich hatte mich gesträubt und ihm gesagt, dass ich mich nicht auf eine teure Hochzeitsparty von irgendwelchen Menschen schleichen würde, die ich nicht kannte. Und er hatte getan, was er immer tat: mich davon überzeugt, dass seine schlechte Idee eigentlich gar nicht so schlecht war.

Bis jetzt. Ich stand mitten in der weitläufigen Lobby einer wahrscheinlich zweihunderttausend Dollar teuren Hochzeit und hatte das Gefühl, mir buchstäblich in die Hose zu machen.

»Trink deinen Champagner«, sagte Fisher. »Das hilft dir, dich ein bisschen zu entspannen, und bringt wieder etwas Farbe in dein Gesicht. Du siehst aus, als wolltest du gleich der Klasse erklären, warum du John Quincy Adams so magst.«

Ich blinzelte Fisher an, doch er lächelte unbeirrt zurück. Ich war mir sicher, dass mir nichts helfen würde, lockerer zu werden. Trotzdem kippte ich den Inhalt meines Glases hinunter.

Fisher steckte lässig eine Hand in die Hosentasche und schaute sich mit hoch erhobenem Kopf um, als könnte ihn nichts auf der Welt erschüttern. »Ich habe meine alte Freundin, die *Partymaus Stella, schon* lange nicht mehr gesehen«, sagte er. »Ob sie heute Abend wohl mal wieder herauskommt?«

Ich reichte ihm meine leere Champagnerflöte. »Halt die Klappe und besorg mir ein neues Glas, bevor ich abhaue.«

Er lachte auf. »Kein Problem, *Evelyn.* Du bleibst einfach sitzen und versuchst, unsere Tarnung nicht auffliegen zu lassen, bevor wir die hübsche Braut überhaupt zu Gesicht bekommen haben.«

»Hübsch? Du weißt doch gar nicht, wie sie aussieht.«

»Alle Bräute sehen wunderschön aus. Das ist der Grund, warum sie einen Schleier tragen – damit man die hässlichen nicht sieht und alles an ihrem besonderen Tag magisch ist.«

»Wie romantisch.«

Fisher zwinkerte mir zu. »Nicht jeder kann so hübsch sein wie ich.«

Drei Gläser Champagner beruhigten mich immerhin so weit, dass ich die Trauung durchstand. Und die Braut brauchte definitiv keinen Schleier. Olivia Rothschild – oder Olivia Royce, wie sie ab jetzt heißen würde – war umwerfend. Mir brannten Tränen in den Augen, als ich hörte, wie der Bräutigam sein Gelübde sprach. Es war eine Schande, dass das glückliche Paar nicht tatsächlich zu meinen Freunden zählte, denn einer ihrer Trauzeugen war rasend attraktiv. Dann hätte ich vielleicht davon träumen können, dass Liv – so nannte ich sie im Geiste – mich mit dem Kumpel ihres neuen Mannes verkuppeln würde. Aber leider hatten wir uns heute Abend hier hereingeschummelt, und dies war schließlich keine Aschenputtel-Geschichte.

Der Cocktailempfang fand in einem wunderschönen Raum statt, in dem ich noch nie gewesen war. Während ich an der Bar auf meinen Drink wartete, studierte ich die Kunstwerke an der Decke. Fisher hatte gesagt, er müsse auf die Toilette, aber ich hegte den Verdacht, dass er in Wirklichkeit mit dem gut aussehenden Kellner reden wollte, der ihn schon seit unserer Ankunft beäugt hatte.

»Bitte sehr, Miss.« Der Barkeeper schob einen Drink über den Tresen zu mir.

»Danke.« Ich sah mich kurz um, ob mich jemand beobachtete, dann steckte ich meine Nase in das Glas und atmete tief ein. *Definitiv nicht das, was ich bestellt hatte.*

»Bitte, entschuldigen Sie. Kann es sein, dass Sie den mit Beefeater Gin gemacht haben und nicht mit Hendricks?«

Der Barkeeper runzelte die Stirn. »Ich glaube nicht.«

Ich roch ein zweites Mal an dem Drink und war mir jetzt sicher, dass er sich vertan hatte.

Plötzlich sprach mich von links eine Männerstimme an. »Du hast nicht einmal probiert und glaubst trotzdem, dass er den falschen Gin genommen hat?«

Ich lächelte höflich. »Beefeater wird aus Wacholder, Orangenschalen, Bittermandel und Teemischungen hergestellt, was einen Lakritzgeschmack erzeugt. Hendricks wird aus Wacholder, Rose und Gurke gemacht. Sie haben einen unterschiedlichen Geruch.«

»Trinkst du ihn pur oder mit Eis?«

»Weder noch. Es ist ein Gin-Martini, also mit Wermut.«

»Und trotzdem denkst du, du könntest riechen, dass er den falschen Gin genommen hat, ohne ihn überhaupt zu probieren?« Der Tonfall des Typen, der mich hier so vertraulich duzte, machte deutlich, dass er mir das nicht zutraute.

»Ich habe einen sehr feinen Geruchssinn.«

Der Mann sah über meine Schulter. »Hey, Hudson, ich wette hundert Dollar, dass sie den Unterschied zwischen den beiden Gins nicht erkennen kann, wenn wir sie in eine Reihe stellen.«

Eine zweite Männerstimme meldete sich von rechts, sie befand sich nur knapp hinter meiner Schulter. Der Klang war tief, samtig und weich – so wie der Gin, den der Barkeeper für meinen Drink eigentlich hätte verwenden sollen.

»Erhöhe auf zweihundert.«

Als ich mich umdrehte, um einen Blick auf den Mann zu werfen, der bereit war, auf meine Fähigkeiten zu wetten, machte ich große Augen.

Oh. Wow. Der umwerfende Kerl von der Trauung. Ich hatte ihn fast die ganze Zeremonie über angestarrt. Aus der Ferne sah er gut aus, aber aus der Nähe war er auf eine Weise atemberaubend, die Schmetterlinge in meinem Bauch aufflattern ließ – dunkles Haar, gebräunte Haut, ein markantes Kinn und sinnliche volle Lippen. Die Art und Weise, wie sein Haar gestylt war – zurückgekämmt und zur Seite gescheitelt –, erinnerte mich an einen Filmstar aus alten Zeiten. Was ich während der Trauungszeremonie von der letzten Reihe aus nicht hatte sehen können, war die Leuchtkraft seiner ozeanblauen Augen. Mit diesen las er gerade in meinem Gesicht, als wäre ich ein Buch.

Ich räusperte mich. »Du willst zweihundert Dollar darauf setzen, dass ich den Gin erkennen kann?«

Der umwerfende Mann trat vor, und mein Geruchssinn meldete sich. Er *riecht besser als jeder Gin.* Ich war mir nicht sicher, ob es sein Eau de Cologne oder ein Duschgel war, aber was auch immer es war, ich musste mich schwer beherrschen, um mich nicht zu ihm zu beugen und einen tiefen Zug zu nehmen. Der sündhaft attraktive Mann roch so gut, wie er aussah. Diese Paarung war mein Kryptonit.

Es lag ein Hauch von Belustigung in seiner Stimme. »Willst du sagen, dass das eine schlechte Wette ist?«

Ich schüttelte den Kopf und drehte mich wieder zu seinem Freund um. »Ich mache bei der kleinen Wette mit, aber ich bin ebenfalls mit zweihundert dabei.«

Als mein Blick wieder zu dem gut aussehenden Mann zu meiner Rechten zurückkehrte, zuckte sein Mundwinkel kaum merklich. »*Schön.*« Er hob das Kinn und sprach mit seinem Freund: »Sag dem Barkeeper, er soll einen Schuss Beefeater und einen Schuss Hendricks einschenken. Er soll sie vor ihr hinstellen und uns nicht sagen, was wo drin ist.«

Eine Minute später hob ich das erste Schnapsglas an und roch daran. Ehrlich gesagt war es gar nicht nötig, dass ich an dem anderen roch, aber ich tat es trotzdem, nur um sicherzugehen. *Verdammt …* Ich hätte mehr setzen sollen. Das war zu einfach, ein Kinderspiel. Ich schob ein Schnapsglas vor und sagte zu dem wartenden Barkeeper. »Das hier ist der Hendricks.«

Der Barkeeper schien beeindruckt. »Sie hat recht.«

»Verdammt«, schnaufte der Typ, der das Spiel begonnen hatte. Er kramte in seiner Hosentasche, holte eine beeindruckende Brieftasche hervor und zog vier Hundertdollarscheine heraus. Er warf sie auf die Theke und schüttelte den Kopf. »Das hole ich mir Montag zurück.«

Der umwerfende Kerl lächelte mich an, als er sein Geld einsammelte. Sobald ich meins genommen hatte, senkte er den Kopf und flüsterte mir ins Ohr.

»Gut gemacht.«

Oje. Sein heißer Atem jagte mir einen Schauer über den Rücken. Es war viel zu lange her, dass ich Kontakt zu einem Mann gehabt hatte. Leider fühlten sich meine Knie etwas schwach an, doch ich zwang mich, das zu ignorieren. »Danke.«

Er griff um mich herum und nahm einen der Shots, hielt

ihn an seine Nase und roch, dann setzte er ihn wieder ab und roch an dem anderen.

»Ich rieche keinen Unterschied.«

»Das bedeutet nur, dass du einen normalen Geruchssinn hast.«

»Ah, verstehe. Und deiner ist … außergewöhnlich?«

Ich lächelte. »Ja, durchaus.«

Amüsiert reichte er mir einen der Shots und hielt den anderen zum Anstoßen hoch. »Auf Außergewöhnliches«, sagte er.

Ich war normalerweise keine Shottrinkerin, aber was soll's? Ich stieß mit ihm an und kippte den Drink hinunter. Vielleicht half der Alkohol, die Nerven zu beruhigen, die dieser Mann aufgerüttelt zu haben schien.

Ich stellte mein leeres Glas auf die Bar neben seins. »Ihr zwei macht so etwas wohl regelmäßig, wenn dein Freund sich das Geld am Montag zurückholen will?«

»Jacks Familie und meine sind befreundet, seit wir Kinder waren. Aber mit dem Wetten haben wir angefangen, als wir auf dasselbe College gingen. Ich bin Notre-Dame-Fan und er USC-Fan. Damals waren wir pleite, also haben wir um einen Schuss mit dem Elektroschocker gewettet.«

»Mit dem Elektroschocker?«

»Sein Vater war Polizist. Er hat ihm einen Elektroschocker gegeben, den er nur für alle Fälle unter dem Autositz aufbewahren sollte. Aber ich glaube kaum, dass er damit gerechnet hat, dass sein Sohn fünfzigtausend Volt abbekommt, wenn sein Team in letzter Minute verliert.«

Ich schüttelte den Kopf. »Das ist ein bisschen verrückt.«

»Eindeutig nicht unsere klügste Entscheidung. Zumindest habe ich deutlich häufiger gewonnen als er. Ein kleiner Hirnschaden könnte einige seiner Entscheidungen im College erklären.«

Ich lachte. »Dann war der heutige Tag also nur eine Fortsetzung dieser Tradition?«

»Ganz genau.« Er lächelte und streckte mir seine Hand hin. »Ich bin übrigens Hudson.«

»Freut mich. Ich bin St…« Ich fing mich gerade noch rechtzeitig. »Ich bin Evelyn.«

»Du bist also Gin-Liebhaberin, Evelyn? Habe ich deshalb keinen Unterschied zwischen den beiden gerochen?«

Ich lächelte. »Ich würde mich nicht als Gin-Liebhaberin bezeichnen, nein. Um ehrlich zu sein, trinke ich meistens Wein. Aber habe ich meinen Beruf erwähnt? Ich bin Parfüm-Chemikerin – Parfümeurin.«

»Du stellst Parfüm her?«

Ich nickte. »Unter anderem. Ich habe sechs Jahre lang Düfte für eine Kosmetik- und Parfümfirma entwickelt. Manchmal ein neues Parfüm, manchmal den Duft für ein Reinigungstuch, das Make-up entfernt, oder für einen Kosmetikartikel, der einen angenehmeren Geruch brauchte.«

»Ich bin mir ziemlich sicher, dass ich noch nie einer Parfümeurin begegnet bin.«

Ich lächelte. »Ist es so aufregend, wie du gehofft hast?«

Er lachte. »Wie sieht die Ausbildung für einen solchen Job aus?«

»Nun, ich habe einen Abschluss in Chemie. Aber man kann noch so viele Ausbildungen haben, wenn man nicht auch Hyperosmie hat, kann man den Job trotzdem nicht machen.«

»Und das ist …«

»Eine verstärkte Fähigkeit, Gerüche wahrzunehmen, eine erhöhte olfaktorische Schärfe.«

»Also kannst du gut Scheiße erkennen?«

Ich lachte. »Genau.«

Viele Leute denken, sie hätten einen guten Geruchssinn, aber sie verstehen nicht wirklich, wie empfindlich der Geruchssinn von jemandem mit Hyperosmie ist. Eine kleine Demonstration funktionierte immer am besten. Außerdem wollte ich unbedingt wissen, welches Eau de Cologne er trug. Also lehnte ich mich vor und nahm einen tiefen Atemzug Hudson.

Als ich ausatmete sagte ich: »Dove-Seife.«

Er schien nicht ganz überzeugt. »Ja, aber das ist eine ziemlich übliche Seifenwahl.«

Ich lächelte. »Du hast mich nicht ausreden lassen. Dove Cool Moisture. Da sind Gurken und grüner Tee drin – übrigens auch ein häufiger Bestandteil von Gins. Und du benutzt L'Oréal Elvive Shampoo, genau wie ich. Ich rieche Gardenia tahitensis Blütenextrakt, Rosa canina Blütenextrakt und einen Hauch Kokosnussöl. Oh, und du nimmst Irish Spring Deodorant. Ich glaube nicht, dass du ein Parfüm trägst.«

Hudsons zog die Augenbrauen hoch. »Nun, das ist beeindruckend. Die Hochzeitsgesellschaft hat letzte Nacht in einem Hotel übernachtet, und ich habe vergessen, mein Cologne einzupacken.«

»Welches benutzt du normalerweise?«

»Ach … das kann ich dir nicht sagen. Womit vertreiben wir uns bei unserem zweiten Date die Zeit, wenn wir nicht den Schnuppertest spielen?«

»Bei unserem zweiten Date? Mir war nicht klar, dass wir ein erstes haben.«

Hudson lächelte und streckte seine Hand aus. »Die Nacht ist noch jung, Evelyn. Tanzt du mit mir?«

Mein Magen verkrampfte sich und warnte mich, dass das eine schlechte Idee war. Fisher und ich sollten zusammenbleiben und möglichst wenig mit anderen Gästen sprechen, um das Risiko, erwischt zu werden, auf ein Minimum zu reduzieren. Doch als ich mich umsah, war mein Begleiter nirgendwo in Sicht. Außerdem war dieser Mann äußerst anziehend. Noch bevor mein Gehirn das Für und Wider durchdacht hatte, ergriff ich seine Hand. Er führte mich auf die Tanzfläche und legte einen Arm um meine Taille. Natürlich wusste er, wie man tanzt.

»Also, Evelyn mit dem außergewöhnlichen Geruchssinn, ich habe dich noch nie gesehen. Bist du ein Gast oder eine Begleitung?« Er sah sich im Raum um. »Wirft mir gerade ein Typ hinter meinem Rücken einen bösen Blick zu? Werde ich Jacks Elektroschocker aus dem Auto holen müssen, um einen eifersüchtigen Freund abzuwehren?«

Ich lachte. »Ich bin mit jemandem hier, aber er ist nur ein Freund.«

»Der arme Kerl ...«

Ich lächelte. Hudsons Flirten war übertrieben, dennoch sog ich es auf. »Fisher ist mehr an dem Typen interessiert, der den Champagner verteilt hat, als an mir.«

Hudson drückte mich ein wenig fester an sich. »Dein Begleiter gefällt mir viel besser als noch vor dreißig Sekunden.«

Eine Gänsehaut kribbelte auf meinen Armen, als er den Kopf senkte und kurz mit der Nase über meinen Hals strich.

»Du riechst unglaublich. Trägst du eines der Parfüms, die du herstellst?«

»Ja. Aber das kann man nicht bestellen. Mir gefällt die Vorstellung, einen ganz eigenen Duft zu haben, durch den mich jemand in Erinnerung behält.«

»Ich glaube nicht, dass du das Parfüm brauchst, damit man sich an dich erinnert.«

Er führte mich mit solcher Anmut über die Tanzfläche, dass ich mich fragte, ob er Unterricht genommen hatte. Die meisten Männer in seinem Alter dachten, langsames Tanzen bedeute, hin und her zu schaukeln und ihre Erektion an einem zu reiben.

»Du tanzt gut«, stellte ich fest.

Hudson antwortete, indem er uns herumwirbelte. »Meine Mutter war professionelle Turniertänzerin. Lernen war keine Option; es war eine Voraussetzung, wenn ich satt werden wollte.«

Ich lachte. »Wie cool. Hast du jemals überlegt, in ihre Fußstapfen zu treten?«

»Nein, nie. Ich habe miterlebt, wie sie unter Schleimbeutelentzündungen in der Hüfte, Stressfrakturen und Bänderrissen gelitten hat – es ist definitiv nicht der glamouröse Beruf, als der er in den Fernsehshows dargestellt wird. Um einen solchen Job auszuüben, muss man lieben, was man tut.«

»Ich denke, das muss man bei jedem Job.«

»Das ist ein sehr guter Punkt.«

Das Stück ging zu Ende, und der Conférencier bat alle, ihre Plätze einnehmen.

»Wo sitzt ihr?«, fragte Hudson.

Ich zeigte auf die Seite des Raumes, auf der Fisher und ich gesessen hatten. »Irgendwo da drüben. Tisch sechzehn.«

Er nickte. »Ich begleite dich.«

Wir näherten uns dem Tisch im selben Moment wie Fisher, der aus der anderen Richtung kam. Sein Blick glitt zwischen Hudson und mir hin und her, und ihm stand die Frage ins Gesicht geschrieben, die er sich nicht auszusprechen traute.

»Ähm … das ist mein Freund Fisher. Fisher, das ist Hudson.«

Hudson reichte ihm die Hand. »Freut mich, dich kennenzulernen.«

Nachdem er einem stummen Fisher, der das Sprechen verlernt zu haben schien, die Hände geschüttelt hatte, wandte er sich wieder mir zu und nahm noch einmal meine Hand. »Ich sollte zurück an meinen Tisch zum Rest der Hochzeitsgesellschaft gehen.«

»Okay.«

»Reservierst du mir einen Tanz für später?«

»Sehr gern«, antwortete ich lächelnd.

Hudson wandte sich zum Gehen und drehte dann noch einmal um. Während er rückwärts weiterging, rief er: »Falls du auf Aschenputtel machst und verschwindest, wie ist dein Nachname, Evelyn?«

Zum Glück erinnerte er mich durch die Verwendung meines falschen Namens daran, ihm nicht meinen echten zu nennen, wie es mir beim ersten Mal fast passiert wäre. »Whitley.«

»Whitley?«

Oh Gott. Kannte er Evelyn?

Sein Blick glitt über mein Gesicht. »Schöner Name. Bis später.«

»Äh … okay, klar.«

Kaum war Hudson außer Hörweite, beugte sich Fisher dicht zu mir herüber. »Ich sollte Maximilian heißen, Schätzchen.«

»Oh mein Gott, Fisher. Wir müssen gehen.«

»Nein.« Er zuckte mit den Schultern. »Ist doch keine große Sache. Wir haben Maximilian doch sowieso erfunden. Ich bin deine Begleitung. Keiner kennt den Namen der Person, die

Evelyn mitgebracht hat. Obwohl ich immer noch einen Immobilienmagnaten spielen will.«

»Nein, nicht deshalb.«

»Weshalb dann?«

»Wir müssen gehen, weil er weiß …«

2. Kapitel

Stella

Fisher trank einen Schluck von seinem Bier. »Du bist einfach paranoid. Der Kerl hat keine Ahnung. Ich habe sein Gesicht beobachtet, als du Evelyns Nachnamen gesagt hast. Das Einzige, was er bemerkt hat, war, wie schön du bist.«

Ich schüttelte den Kopf. »Nein, er hat ein komisches Gesicht gemacht. Das habe ich genau gesehen.«

»Wie lange hast du mit dem Kerl geredet?«

»Ich weiß nicht. Vielleicht eine Viertelstunde? Ich habe ihn an der Bar kennengelernt, und dann hat er mich zum Tanzen aufgefordert.«

»Schien er schüchtern zu sein und sich nicht zu trauen, eine Frage zu stellen, wenn ihn etwas beschäftigt?«

Ich dachte darüber nach. Eigentlich nicht. Hudson schien eher frech als schüchtern zu sein. »Nein, aber …«

Fisher legte mir die Hände auf die Schultern. »Tief durchatmen.«

»Fisher, wir sollten wirklich gehen.«

Der Conférencier trat wieder auf und forderte alle auf, ihre Plätze einzunehmen, da das Abendessen serviert werden sollte.

Fisher zog meinen Stuhl heraus. »Lass uns wenigstens

essen. Wenn du anschließend immer noch abhauen willst, gehen wir. Aber ich sage dir, du bist einfach nur paranoid. Der Kerl hat keinen blassen Schimmer.«

Mein Bauchgefühl sagte mir, dass ich jetzt gehen sollte, doch als ich mich im Raum umsah, bemerkte ich, dass wir mit ein paar anderen Nachzüglern die Letzten waren, die noch standen, und dass man uns beobachtete.

Ich seufzte. »Gut. Abendessen, dann verschwinden wir.«

Fisher lächelte.

Ich sprach leise und war mir der anderen Gäste an unserem Tisch bewusst, die wir unhöflicherweise ignoriert hatten.

»Wo bist du übrigens gewesen?«

»Ich hab mich mit Noah unterhalten.«

»Wer ist Noah?«

»Ein süßer Kellner. Er wird Schauspieler.«

Ich rollte mit den Augen. »Klar. Wir wollten doch zusammenbleiben, schon vergessen?«

»Es sah nicht so aus, als wärst du sonderlich einsam gewesen. Wer war dieser Adonis eigentlich? Du weißt, dass ich es nicht mag, wenn in deinem Leben Männer auftauchen, die besser aussehen als ich.«

Ich seufzte. »Er war umwerfend, oder?«

Fisher trank sein Bier. »Ich würde ihn nicht von der Bettkante stoßen.«

Wir lachten. »Bist du sicher, dass er nichts bemerkt hat? Du sagst das doch nicht nur, weil du bleiben willst, oder?«

»Nein, es ist alles in Ordnung.«

Irgendwie entspannte ich mich beim Essen ein wenig. Wobei das vielleicht mehr mit dem Kellner zu tun hatte, der mir immer wieder ungefragt nachschenkte, als damit, dass ich Fisher glaubte. Ich glaubte zwar immer noch, dass Hudson uns als Betrüger erkannt hatte, aber der Rausch der Gin-Martinis führte dazu, dass es mir egal war.

Nachdem man unsere Teller abgeräumt hatte, forderte Fisher mich zum Tanzen auf, und ich dachte, warum nicht? Es gab Schlimmeres für ein Mädchen, als an einem Abend mit zwei gut aussehenden Männern zu tanzen. Also gingen wir zu einem eingängigen Popsong auf die Tanzfläche, und als die Musik langsamer wurde, schloss Fisher mich in die Arme.

Wir lachten in unserer eigenen kleinen Blase, als ein Mann Fisher auf die Schulter tippte.

»Was dagegen, wenn ich dich ablöse?«

Hudson.

Mein Herz begann heftig zu schlagen. Ob es die Aussicht war, wieder in den Armen dieses großartigen Mannes zu landen, oder die Angst aufzufliegen, wusste ich nicht.

Fisher lächelte und trat einen Schritt zurück. »Pass gut auf mein Mädchen auf.«

»Oh, das habe ich vor.«

Irgendetwas an der Art, wie er das sagte, beunruhigte mich. Doch Hudson nahm mich in die Arme und begann, uns wie vorhin zur Musik zu führen.

»Amüsierst du dich?«, fragte er.

»Ähm … Ja. Das ist ein sehr schöner Ort für eine Hochzeit. Ich war noch nie hier.«

»Was hast du gesagt, von wem bist du eingeladen worden? Von der Braut oder vom Bräutigam?«

Das habe ich bisher nicht gesagt. »Der Braut.«

»Und woher kennt ihr euch?«

Shit. Ich sah hoch. Hudson verzog den Mund zu einem Lächeln, aber es war kein fröhliches Lächeln, sondern wirkte eher zynisch.

»Ich, äh, wir haben früher zusammen gearbeitet.«

»Oh? Bei Rothschild Investments?«

Ich wollte weglaufen. Vielleicht spürte Hudson das, denn wenn ich es mir nicht einbildete, wurde sein Griff um mich fester. Ich schluckte. »Ja, genau. Bei Rothschild Investments.«

Ich wusste über Evelyns kurze Beschäftigung dort nur, dass sie als Empfangsdame gearbeitet hatte und ihren Chef nicht ausstehen konnte. Sie bezeichnete ihn immer als GQ *Arsch.*

»In welcher Funktion?«

Langsam kam ich mir vor wie bei einem Verhör. »Als Empfangsdame.«

»Als Empfangsdame? Aber ich dachte, du wärst Parfümeurin?«

Verdammt. Richtig. Ich hatte nicht nachgedacht, als ich ihm vorhin ehrlich von meinem Beruf erzählt hatte. »Ich, äh, ich gründe mein eigenes Unternehmen, und die Dinge haben sich verzögert, also musste ich Geld verdienen.«

»Und was für eine Art von Unternehmen gründest du?«

Wenigstens war dieser Teil keine Lüge. »Es heißt Signature Scent. Ein Versandhandel für individuelle Parfüms.«

»Wie funktioniert das?«

»Wir schicken zwanzig kleine Duftproben raus, die die Kunden von eins bis zehn bewerten müssen, und dazu einen detaillierten Fragebogen. Basierend auf den Geruchstypen, die ihnen gefallen, und den Antworten auf unsere Umfrage, kreieren wir einen individuellen Duft für sie. Ich habe einen Algorithmus entwickelt, der die Formel auf der Grundlage der gesammelten Daten erstellt.«

Hudson musterte mein Gesicht. Es sah aus, als versuchte er, eine Art Puzzle zu lösen. Als er wieder sprach, war sein Ton weicher. »Das ist eigentlich eine gute Idee.«

Vielleicht war der Alkohol schuld daran, aber plötzlich war ich beleidigt, dass er überrascht schien. »Dachtest du, weil ich blond bin, hätte ich keine guten Ideen?«

Hudson ließ etwas aufblitzen, das ein echtes Lächeln gewesen sein könnte, doch es verblasste schnell, dann setzte er wieder seine stoische Miene auf. Er sah lange zu mir herunter, während ich den Atem anhielt und darauf wartete, dass er mich als Betrügerin überführte.

Schließlich sagte er: »Kommst du einen Moment mit?«

»Wohin?«

»Ich muss eine Rede halten, und ich habe gehofft, du könntest in der Nähe stehen. Dein schönes Gesicht wird mir genau die Ermutigung geben, die ich brauche.«

»Ähm … klar.«

Hudson lächelte, aber irgendetwas daran fühlte sich wieder merkwürdig an. Seine Bitte schien mir jedoch harmlos zu sein. Als er meine Hand nahm und mich in den vorderen Bereich des Raumes führte, versuchte ich, mir einzureden, dass mein merkwürdiges Gefühl nur von meinem schlechten Gewissen herrührte.

Hudson sprach mit dem Conférencier, dann traten wir an den Rand der Tanzfläche und warteten. Wir standen nebeneinander, als das Lied endete und der Conférencier die Gäste aufforderte, wieder ihre Plätze einzunehmen.

»Meine Damen und Herren, ich möchte den Frischvermählten eine sehr wichtige Person vorstellen. Er ist der Bruder unserer schönen Braut und ein guter Freund unseres schneidigen Bräutigams. Ich bitte um einen großen Applaus für unseren Trauzeugen Hudson!«

Oh Scheiße. Er ist der Bruder der Braut!

Der GQ-Arsch!

Hudson beugte sich zu mir herunter. »Bleib genau hier, wo ich dein wunderschönes Gesicht sehen kann, Evelyn.«

Ich nickte und lächelte, obwohl ich das Gefühl hatte, mich übergeben zu müssen.

In den nächsten zehn Minuten hielt Hudson eine eloquente Rede. Er sprach darüber, was für eine Nervensäge seine kleine Schwester gewesen war, und wie stolz er auf die Frau sei, die sie heute war. Als er erklärte, dass sowohl ihr Vater als auch ihre Mutter verstorben waren, war ich ein wenig gerührt. Seine Bewunderung für seine Schwester war offensichtlich, und seine Rede war zu gleichen Teilen ernst und lustig. Während er sprach, stieß ich einen schweren Seufzer der Erleichterung aus, dass er nichts Ungewöhnliches in der Hinterhand gehabt hatte. Es war zu schade, dass ich ihn unter den gegebenen Umständen kennengelernt und ihm mich mit einem falschen Namen vorgestellt hatte, denn Hudson schien ein guter Fang zu sein.

Am Ende seiner Rede hob er sein Glas. »Auf Mason und Olivia. Möge euch Liebe, Gesundheit und Reichtum beschert sein, aber vor allem ein langes gemeinsames Leben, damit ihr all das auch genießen könnt.«

Ein gemurmeltes *Cheers!* ging durch den Raum, bevor alle tranken, und ich dachte, nun sei die Rede zu Ende. Doch das war sie nicht. Anstatt dem Conférencier das Mikrofon zurückzureichen, drehte sich Hudson um und sah zu mir. Das verruchte Lächeln, das über sein Gesicht glitt, jagte mir eine Gänsehaut über den Rücken, und das *nicht* auf eine gute Art.

»Als Nächstes«, sagte er, »habe ich ein besonderes Vergnügen für Sie. Die liebe Freundin meiner Schwester, *Evelyn,* würde gerne ein paar Worte sagen.«

Meine Augen weiteten sich.

»Sie hat so eine tolle Geschichte darüber zu erzählen«, fuhr er fort, »wie sich die beiden kennengelernt haben. Sie ist sehr unterhaltsam, und sie kann es kaum erwarten, sie heute Abend mit Ihnen zu teilen.«

Hudson kam mit dem Mikrofon in der Hand auf mich zu. Seine Augen funkelten amüsiert, aber ich fürchtete, dass ich mich gleich auf seine glänzenden Schuhe übergeben müsste.

Ich winkte ab und schüttelte den Kopf, aber das stachelte ihn nur noch mehr an.

Während er meine Hand nahm, sprach er weiter ins Mikrofon. »Evelyn scheint Lampenfieber zu haben. Sie ist ein bisschen schüchtern.« Er zog mich an der Hand mit sich. Widerwillig machte ich zwei Schritte in die Mitte des Raumes, dann bohrte ich meine Absätze in den Boden und weigerte mich, auch nur noch einen Schritt weiterzugehen.

Hudson lachte und hob erneut das Mikrofon an seine Lippen. »Sieht aus, als bräuchte sie eine kleine Aufmunterung. Was sagen Sie dazu, meine Damen und Herren? Können wir eine Runde Applaus bekommen, um *Evelyn* zu ermuntern, nach oben zu kommen und ein paar Worte zu sagen?«

Die Menge begann zu klatschen. Ich wollte, dass sich der Boden öffnete und mein steifer Körper in einer tiefen Grube versank. Aber es wurde von Sekunde zu Sekunde klarer, wie der einzige Ausweg aussah: Augen zu und durch. Alle Blicke waren auf mich gerichtet, hier kam ich nicht mehr unbeschadet raus. Ich überlegte, ob ich weglaufen sollte, entschied aber, dass es besser war, wenn nur ein paar Leute hinter mir herjagten und nicht der ganze Laden.

Also atmete ich tief durch, ging zum erstbesten Tisch und fragte irgendeinen älteren Herrn, ob sein Getränk Alkohol enthielte. Als er sagte, es sei Wodka auf Eis, bediente ich mich und leerte das gesamte Glas. Dann glättete ich mein Kleid, straffte die Schultern und marschierte erhobenen Haupts zu Hudson hinüber, um mit zittriger Hand das Mikrofon zu ergreifen.

Er grinste und beugte sich vor, um mir ins Ohr zu flüstern: »Viel Glück, *Evelyn.*«

Im Saal wurde es still, auf meiner Stirn und Oberlippe bildeten sich Schweißperlen, in meinem Hals steckte ein Kloß von der Größe eines Golfballs, und meine Finger und Zehen kribbelten. Alle sahen mich an, und ich zermarterte mir das Hirn, um mir eine Geschichte auszudenken – irgendeine *Geschichte.* Schließlich fiel mir eine ein, wobei ich etwas improvisieren musste. Aber das war heute Abend ja normal.

Ich räusperte mich. »Hallo …«

Ich hielt das Mikrofon in der rechten Hand, und als ich merkte, dass es zitterte, legte ich die linke über die rechte, um es zu stabilisieren. Dann nahm ich einen tiefen Atemzug. »Hi. Ich bin Evelyn. Olivia und ich kennen uns aus dem Kindergarten.«

Ich beging den Fehler, zu dem Tisch hinüberzuschauen, an dem das frisch vermählte Paar saß. Die Braut starrte mich mit verwirrter Miene an und tuschelte mit ihrem Mann.

Ich sollte mich besser beeilen … »Wie Hudson schon erwähnte, wollte ich erzählen, wie Livi und ich uns kennengelernt haben. Ich war gerade in die Stadt gezogen, mitten im Schuljahr, und hatte nicht viele Freunde. Damals war ich sehr schüchtern. Meine blasse Haut färbte sich knallrot, wenn ich zu viel Aufmerksamkeit erhielt, also vermied ich es um jeden Preis, im Unterricht zu sprechen. Eines Tages trank ich in der Pause eine ganze Flasche Wasser aus. Als wir wieder in die Klasse kamen, musste ich dringend auf die Toilette, aber unser

Lehrer Mr Neu hatte schon mit dem Unterricht begonnen, und ich wollte ihn nicht stören. Er war ungefähr zwei Meter groß und furchteinflößend, und der Gedanke, dass sich alle Kinder umdrehen und mich anstarren würden, wenn ich die Hand hebe und er meinen Namen aufruft, machte mir große Angst. Also verkniff ich es mir während der gesamten Stunde, und meine Güte, der Mann konnte reden.«

Ich schaute zu der Braut hinüber. »Erinnerst du dich, wie Mr Neu drauflosgeredet hat, diese schlechten abgedroschenen Witze erzählt hat und dann als Einziger über sie gelacht hat?«

Die Braut sah mich an, als ob ich total verrückt wäre. Und damit lag sie ziemlich sicher richtig.

Die nächsten fünf Minuten plapperte ich weiter drauflos. Ich stand vor einem Saal voller Leute und erzählte, wie ich auf die Toilette gerannt war, als der Lehrer endlich zu reden aufhörte. Doch alle Kabinen waren besetzt, und ich konnte es einfach nicht mehr zurückhalten. Ich erzählte ausführlich, wie ich mit einer nassen Hose ins Klassenzimmer zurückgekommen war und versucht hatte, es zu verbergen, aber ein Junge sah es und rief: »*Seht nur! Das Mädchen hat sich in die Hose gepinkelt.*« Ich war absolut beschämt und hatte Tränen in den Augen, bis meine Freundin mir zu Hilfe kam. In einer mutigen Aktion, die uns für immer zusammenschweißen sollte, machte Olivia sich ebenfalls in die Hose, stand dann auf und sagte allen, dass das Gras draußen in der Pause nass gewesen sei und wir zusammen dort gesessen hätten.

Ich beendete meine Geschichte, indem ich einem Saal voll lächelnder Gesichter sagte, ich wünschte dem glücklichen Paar, dass es ebenso viel Liebe und Spaß haben möge, wie ich sie so viele Jahre mit der Braut erlebt hatte. Ich hob eine Hand und hielt ein imaginäres Glas hoch. »Ein Toast auf die Braut und den Bräutigam.«

Die Leute begannen zu applaudieren, und ich wusste, dass ich die Zeit nutzen musste, um von dort zu verschwinden. Hudson stand immer noch an der Seite, und wenn ich mich nicht täuschte, war er vielleicht sogar ein wenig stolz auf mich, weil ich nicht zusammengebrochen war. Seine Augen leuchteten, und er musterte mich aufmerksam, als ich zu ihm ging und das Mikrofon an seine Brust drückte.

Lächelnd bedeckte er die Oberseite des Mikrofons mit der Hand. »Unterhaltsam.«

Ich lächelte übertrieben und lockte ihn mit dem Finger, näher zu kommen.

Als er es tat, flüsterte ich ihm ins Ohr: »*Du bist ein Arschloch.*«

Hudson stieß ein tiefes Lachen aus, und ich stürmte davon, ohne mich noch einmal umzudrehen, um zu sehen, ob er mir folgte. Zum Glück kam Fisher schon auf mich zu, sodass ich nicht nach ihm suchen musste, bevor wir uns aus dem Staub machten.

Seine Augen waren groß wie Frisbees. »Bist du besoffen? Was zum Teufel ist da oben gerade passiert?«

Ich packte seinen Arm und lief weiter. »Wir müssen hier verschwinden. *Schnell!* Hast du meine Handtasche?«

»Nein.«

Mist. Ich überlegte, sie einfach stehen zu lassen, aber lauter wichtige Sachen, unter anderem mein Führerschein und meine Kreditkarte, waren darin. Also bog ich nach links ab und lief schnurstracks zu unserem Tisch. Aus den Augenwinkeln sah ich, wie Hudson und der Bräutigam mit dem Oberkellner sprachen und in unsere Richtung deuteten.

»Verflucht! Wir müssen uns beeilen.« Ich eilte den Rest des Weges zu unserem Tisch, schnappte mir meine Handtasche und drehte um. Nach zwei Schritten machte ich noch einmal kehrt.

»Was tust du da?«, sagte Fisher.

Ich schnappte mir eine ungeöffnete Flasche Dom Pérignon von unserem Tisch. »Die nehme ich mit.«

Fisher folgte mir lachend und kopfschüttelnd zur Tür. Unterwegs klauten wir von jedem Tisch, an dem wir vorbeikamen, noch eine Flasche Champagner. Die verwirrten Gäste hatten keine Ahnung, was sie von dem Schauspiel halten sollten, und wir waren zu schnell, als dass sie etwas sagen konnten. Als wir den Ausgang erreichten, waren unsere Arme voll, und wir hatten mindestens einen Tausender in Form von Champagner dabei.

Draußen hatten wir das Glück, dass ein paar gelbe Taxis an der Ampel warteten. Wir sprangen in den erstbesten leeren Wagen, Fisher schlug die Tür zu, und wir richteten uns beide auf die Knie auf, um aus dem Rückfenster zu schauen. Der Oberkellner und die beiden Security-Leute, die vorhin die Ausweise kontrolliert hatten, waren auf halbem Weg die Marmortreppe hinunter. Hudson lehnte lässig mit einem Glas Champagner in der Hand oben an einer Marmorsäule, während er unseren verrückten Aufbruch beobachtete. Das Blut rauschte in meinen Ohren, als ich zwischen der Ampel und den Männern, die sich uns näherten, hin und her sah. Gerade als sie den Bordstein erreichten, schaltete die Ampel von Rot auf Grün.

»*Los! Fahren Sie!*«, rief ich dem Taxifahrer zu.

Er trat aufs Gas, und Fisher und ich blieben auf den Knien und beobachteten aus dem Rückfenster, wie die Männer sich immer weiter entfernten. Als wir an der Ecke rechts abbogen, drehte ich mich um und ließ mich in den Sitz sinken. Ich bekam keine Luft mehr.

»Was zum Teufel ist passiert, Stella? Gerade habe ich dich noch mit einem umwerfenden Mann tanzen sehen, der total in dich verliebt zu sein schien, und in der nächsten erzählst du einem Saal voller Leute irgendeine verrückte Geschichte. Bist du betrunken?«

»Selbst wenn, wäre ich jetzt vor lauter Angst schlagartig nüchtern.«

»Was ist in dich gefahren?«

»Es ist nichts in mich gefahren, sondern *jemand.*«

»Ich kann dir nicht folgen.«

»Du kennst ja den tollen Mann, mit dem ich gesprochen habe?«

»Ja?«

»Nun, es hat sich herausgestellt, dass er alles wusste …« Panik überkam mich, als ich merkte, dass ich nicht wusste, wo mein Handy war. Aufgeregt öffnete ich meine Handtasche und packte sie aus. Offensichtlich war es nicht dort, aber es *musste* einfach da sein. Ich wollte es einfach nicht akzeptieren, drehte die Tasche kurzerhand um und leerte den Inhalt auf meinen Schoß.

Kein Telefon.

Kein verdammtes Telefon!

»Was suchst du?«, fragte Fisher.

»Bitte sag, dass du mein Handy hast.«

Er schüttelte den Kopf. »Warum sollte ich?«

»Weil ich es sonst auf dem Tisch im Hochzeitssaal habe liegen lassen …«

3. Kapitel

Hudson

»Mr Rothschild, hier ist ein Anruf für Sie.«

Ich schnaubte und drückte auf die Gegensprechanlage. »Wer ist es?«

»Hier ist Evelyn Whitley.«

Ich warf meinen Stift auf den Schreibtisch, nahm den Hörer ab und lehnte mich in meinem Stuhl zurück. »Evelyn, danke, dass du mich zurückrufst.«

»Natürlich. Wie geht es dir, Hudson?«

Ich bin so frustriert, dass ich die nervige Freundin meiner kleinen Schwester anrufe, der ich keinen Job geben wollte, es aber trotzdem getan habe, nur damit besagte nervige Freundin vor zwei Monaten nicht mehr zur Arbeit erschien und ohne Vorwarnung kündigte.

»Gut. Und dir?«

»Ziemlich gut. Obwohl Louisiana im Vergleich zu New York ziemlich feucht ist.«

War sie dorthin geflohen? Es war mir egal, und Smalltalk mit Evelyn stand nicht auf meinem vollen Tagesplan für heute.

»Also der Grund, warum ich meine Assistentin gebeten habe, dich ausfindig zu machen, ist, dass auf Olivias Hochzeit eine Frau aufgetaucht ist, die sich als dich ausgegeben hat.«

»Wirklich? Wer würde das tun?«

»Ich hatte gehofft, das könntest du mir sagen.«

»Meine Güte, ich habe keine Ahnung. Ich habe nicht mal damit gerechnet, dass Liv mich zu ihrer Hochzeit einladen würde. Ich habe definitiv keine Einladung bekommen.«

»Meine Schwester sagt, sie habe die Einladungen verschickt, nachdem du schon die Stadt verlassen hattest. Sie ist an deine alte Adresse hier gegangen. Wurde deine Post weitergeleitet, oder hat sie jemand für dich abgeholt?«

»Ich bekomme fast meine gesamte Post elektronisch – Telefonrechnungen, Kreditkartenabrechnungen und so weiter. Also habe ich die Post nicht weitergeleitet. Meine alte Mitbewohnerin wohnt noch in der Wohnung, sie könnte sie also bekommen haben.«

»Du hattest eine Mitbewohnerin?«

»Ja, Stella.«

»Könnte es Stella gewesen sein?«

Evelyn lachte. »Das glaube ich nicht. Sie ist bestimmt nicht der Typ, der sich auf eine Hochzeit schleicht.«

»Kannst du mir beschreiben, wie deine alte Mitbewohnerin aussieht?«

»Keine Ahnung. Blond, vielleicht ein Meter siebzig groß, blasse Haut, schöne Kurven … Brille. Schuhgröße siebenunddreißig.«

Die Haarfarbe, die schönen Kurven und die Beschreibung der Haut stimmten überein, und ich nahm an, dass die Frau Kontaktlinsen getragen haben könnte. Aber wer zum Teufel gab die Schuhgröße an, um jemanden zu beschreiben? »Hat deine Mitbewohnerin zufällig die Angewohnheit, an Dingen zu riechen?«

»Ja! Stella ist Parfüm-Entwicklerin für Estée Lauder. Oder

zumindest war sie das, bevor sie gekündigt hat. Wir haben nur ungefähr ein Jahr zusammengewohnt, aber sie hat immer an allem gerochen – ein wenig seltsam, wenn du mich fragst. Sie hatte auch die Angewohnheit, lange Geschichten zu erzählen, wenn ich nur eine einfache Frage gestellt habe, und Schokoriegel an Leute zu verteilen. Aber woher wusstest du, dass sie an allem riecht – oh *mein Gott*. War es Stella, die sich auf der Hochzeit für mich ausgegeben hat?«

»Hört sich so an, ja.«

Evelyn lachte. »Das hätte ich ihr gar nicht zugetraut.«

Nach der kurzen Zeit, die ich mit Stella verbracht hatte, konnte ich sagen, dass sie einige Leute überraschen konnte. Die meisten wären aus der Tür geflüchtet, wenn ich sie aufgefordert hätte, das Mikrofon zu nehmen. Nicht so Stella. Sie war ein zitterndes Nervenbündel, aber sie hatte sich zusammengerissen und sich meiner Herausforderung gestellt. Ich wusste nicht, was ich aufregender fand – wie sie aussah. Dass sie nicht vor einer Herausforderung zurückschreckte. Oder wie sie mir trotzig gesagt hatte, ich sei ein Arschloch, bevor sie verschwunden war.

Es waren acht Tage seit der Hochzeit meiner Schwester vergangen, und ich konnte diese verdammte Frau immer noch nicht aus dem Kopf bekommen.

»Wie lautet Stellas Nachname?«, fragte ich.

»Bardot. Wie die alte Filmschauspielerin.«

»Hast du zufällig eine Festnetznummer von ihr?«

»Ja. Sie ist in meinem Handy. Ich kann dir ihren Kontakt weiterleiten.«

»Ja, das wäre sehr hilfreich.«

»Okay.«

»Danke, Evelyn.«

»Soll ich sie anrufen und ihr sagen, dass sie die Kosten für die Teilnahme übernehmen soll oder so?«

»Nein, das ist nicht nötig. Mir wäre es sogar lieber, wenn du dieses Gespräch nicht erwähnst, falls du zufällig mit ihr sprichst.«

»Okay … klar. Wie du willst.«

»Mach's gut, Evelyn.«

Nachdem ich aufgelegt hatte, rieb ich mir das Kinn und starrte aus dem Fenster auf die Stadt.

Stella Bardot … was soll ich tun, was soll ich mit dir machen …

Ich öffnete meine Schreibtischschublade und holte das iPhone heraus, das mir die Catering-Firma am Vortag geschickt hatte. Sie sagten, sie hätten es an Tisch sechzehn gefunden. Ich hatte meine Assistentin gebeten, alle am Tisch sitzenden Personen anzurufen, bis auf die geheimnisvolle Frau. Niemand hatte ein Telefon verloren. Also war ich mir ziemlich sicher, wem es gehörte. Die Frage war nur, was ich damit machen sollte.

Helena, meine Assistentin, steckte den Kopf in den Konferenzraum.

»Mr Rothschild, bitte entschuldigen Sie die Störung, aber hier ist jemand, der Sie sprechen möchte. Es steht kein Termin in Ihrem Kalender, aber sie behauptet, Sie hätten sie eingeladen.«

Ich deutete auf die Leute, die um den Tisch herumsaßen. »Ich bin mitten in einer Besprechung. Ich habe im Moment keine anderen Termine.«

Sie zuckte mit den Schultern. »Das habe ich mir gedacht. Ich sage ihr, dass Sie beschäftigt sind.«

»Wer ist es?«

»Ihr Name ist Stella Bardot.«

Na, sieh mal einer an … War Aschenputtel etwa endlich gekommen, um ihren gläsernen Schuh abzuholen? Es war schon sechs Tage her, dass ich ihr eine Nachricht geschickt hatte, daher hatte ich angenommen, Miss Bardot fehlte der Mut, hier aufzutauchen. Ich hatte Evelyns alte Adresse in unseren Firmenunterlagen gefunden, also hätte ich nett sein und ihr das Telefon einfach zurückschicken können. Aber wo wäre da der Spaß gewesen? Stattdessen schickte ich ihr meine Visitenkarte mit einer Notiz auf der Rückseite.

Wenn du willst, was du zurückgelassen hast, komm und hol es dir.

»Könnten Sie Miss Bardot bitte sagen, dass ich beschäftigt bin, aber wenn sie warten kann, komme ich, sobald ich hier fertig bin?«

»Klar, natürlich. Ich sage ihr Bescheid.« Helena schloss die Tür zum Konferenzraum.

Mein Meeting dauerte weitere vierzig Minuten, aber wahrscheinlich hätte ich es schon nach zwei Minuten beenden sollen, denn nachdem ich wusste, wer in der Lobby auf mich wartete, konnte ich mich nicht mehr konzentrieren. Schließlich kehrte ich mit den Akten aus dem Konferenzraum in mein Büro zurück.

»Soll ich Miss Bardot herbringen?«, fragte Helena, als ich an ihrem Schreibtisch vorbeikam.

»Geben Sie mir fünf Minuten und führen Sie sie dann bitte herein.«

Ich hatte keine Ahnung, was ich sagen sollte, als die kleine Betrügerin hereinkam. Andererseits war ich auch nicht derjenige, der etwas erklären musste. Also beschloss ich, es auf mich zukommen zu lassen und zu sehen, wohin das Gespräch führte.

Das war auch gut so, denn in dem Moment, als sie in meine Bürotür trat, konnte ich mich kaum noch an meinen eigenen Namen erinnern.

Evelyn – oder vielmehr *Stella – war* noch schöner, als ich sie in Erinnerung hatte. Bei der Hochzeit hatte sie ihr Haar hochgesteckt, jetzt umrahmten die blonden Locken ihre Porzellanhaut. Sie trug eine übergroße Brille mit einem dicken Rahmen, die ihr einen sexy Bibliothekarinnen-Look verlieh, und in ihrem marineblauen Sommerkleid und den flachen Schuhen wirkte sie zierlicher als bei der Hochzeit.

Mit möglichst teilnahmsloser Miene stand ich auf und wies mit einer Geste auf die Besucherstühle vor meinem Schreibtisch.

»Bitte, setz dich.«

Sie biss sich auf die Unterlippe, betrat jedoch mein Büro.

»Würden Sie bitte die Tür hinter sich schließen, Helena?«, bat ich meine Assistentin.

Sie nickte. »Natürlich.«

Stella und ich veranstalteten eine Art Wettstarren, bevor sie ihren Hintern auf der anderen Seite meines Schreibtisches platzierte.

»Ich dachte nicht, dass du deinen gläsernen Schuh abholen würdest, Aschenputtel.«

Sie schlug die Beine übereinander und faltete die Hände um ihr Knie. »Glaub mir, wenn ich eine andere Wahl hätte, wäre ich nicht hier.«

Ich hob eine Braue. »Sollte ich beleidigt sein? Ich hatte mich eigentlich auf deinen Besuch gefreut.«

Sie schürzte die Lippen. »Das möchte ich wetten. Mit welcher Art von Demütigung muss ich heute rechnen? Rufst du alle Angestellten, damit sie mich auslachen und auf mich zeigen?«

Meine Lippen zuckten. »Das hatte ich nicht vor. Aber wenn das dein Ding ist …«

Sie seufzte. »Hör zu, was ich getan habe, tut mir leid. Ich habe der Braut bereits einen Entschuldigungsbrief geschrieben und ein kleines Geschenk an die Absenderadresse auf der Einladung geschickt. Ich wollte niemandem schaden. Als die Einladung kam, habe ich sie versehentlich geöffnet, und nach ein paar Gläsern Wein heckten mein Freund Fisher und ich die Idee aus, dass wir uns auf die Party schleichen. Ich war sauer auf meine Mitbewohnerin – die Person, an die die Einladung eigentlich adressiert war. Sie ist mitten in der Nacht bei mir ausgezogen und hat dabei einige Klamotten und Schuhe von mir mitgehen lassen. Und gerade an dem Tag war der Scheck, den sie mir für die zwei Monate Mietrückstand hinterlassen hatte, geplatzt. Zu allem Überfluss war es auch noch mein letzter Arbeitstag gewesen, also brauchte ich ihre Hälfte der Miete wirklich dringend.« Sie hielt einen Moment inne und schien Luft zu holen. »Ich weiß, nichts davon entschuldigt, was ich getan habe. Eine Hochzeit sollte ein heiliges und sehr persönliches Ereignis sein, das man mit Familie und Freunden feiert, aber es war das erste Mal, dass ich so etwas getan habe. Ich möchte, dass du das weißt.« Sie schüttelte den Kopf. »Außerdem hätte ich es vielleicht auch nicht getan, wenn die Hochzeit woanders stattgefunden hätte, aber ich liebe die Bibliothek. Ich habe die letzten sechs Jahre nur einen Block entfernt gearbeitet und unzählige Male auf den Stufen zu Mittag gegessen. Ich wollte unbedingt mal zu einer Veranstaltung dort hingehen.«

Ich kratzte mich am Kinn und betrachtete ihr Gesicht. Sie schien aufrichtig zu sein. »Warum hast du so lange gebraucht, um dein Telefon abzuholen?«

»Die Wahrheit?«

»Nein, mir ist es lieber, du erfindest eine Geschichte wie bei der Hochzeit. Weil das so gut ausgegangen ist …«

Sie verdrehte die Augen und stieß einen schweren Seufzer aus. »Ich hatte überhaupt nicht vor zu kommen. Ich bin sogar losgegangen und habe mir ein neues iPhone gekauft. Aber meine Miete ist in ein paar Tagen fällig, und ich bin pleite, weil ich jeden Cent in meine Geschäftsgründung gesteckt habe, die sich nun verzögert. Ich habe vierzehn Tage, um das überteuerte Telefon zurückzugeben – die sind heute um. Ich kann mir keine tausend Dollar für ein neues Handy leisten, insbesondere jetzt, wo ich keine Mitbewohnerin mehr habe. Ich muss das Handy zurückgeben oder meinen Vater anrufen und ihn bitten, mir Geld zu leihen. Vor die Wahl gestellt, herzukommen und meine Strafe für etwas Dummes zu kassieren, oder meinen Vater anzurufen … Nun, hier bin ich.«

Meine Schwester hatte sich nicht einmal wirklich darüber aufgeregt, was auf der Hochzeit passiert war. Natürlich war sie verwirrt, weil sie nicht wusste, wer die Frau war, die eine Geschichte über ihre Kindheit erzählt hatte. Als ich ihr jedoch erklärte, dass sie sich heimlich auf die Party geschummelt habe, rügte Olivia mich, weil ich die Frau zur Rede gestellt und sie nicht einfach ruhig zur Tür begleitet hatte. Um ehrlich zu sein, hatte ich mich selbst nicht ganz wohl gefühlt, als Stella mit dem Mikrofon in der Hand zu schwitzen anfing und blass wurde. Aber ich war sauer gewesen, dass sie mich angelogen hatte. Tief im Inneren wusste ich, dass es zum Teil daran lag, dass eine Frau, die mir ins Gesicht log, ungute Erinnerungen in mir weckte. Es war auch nicht gerade hilfreich, dass meine kleine Schwester sich entschieden hatte, am selben Ort zu heiraten wie ich sieben Jahre zuvor. Also war meine Wut auf Stella vielleicht etwas übertrieben gewesen.

Ich öffnete meine Schreibtischschublade, nahm das Handy heraus und schob es ihr über den Schreibtisch hinweg zu.

»Danke«, sagte Stella. Sie nahm es in die Hand und wischte über den Bildschirm. Das Telefon leuchtete auf, und ich sah, wie sie die Stirn runzelte. »Es funktioniert noch. Hast du es geladen?«

Ich nickte. »Es war tot, als der Caterer es am Tag nach der Hochzeit vorbeischickte.«

Sie nickte, aber ich sah, dass ich die Frage, die ihr eigentlich auf der Seele lag, nicht beantwortet hatte.

»Hast du … versucht, meinen Code zu erraten?«

Ich schaffte es, eine neutrale Miene zu bewahren, obwohl ich genau das getan hatte. Sie brauchte nicht zu wissen, dass ich eine Stunde damit verbracht hatte, verschiedene Kombinationen auszuprobieren, um das verdammte Ding zu entriegeln. So neugierig war ich auf die Frau, die von der Hochzeit abgehauen war. Also wich ich ihrer Frage aus, dehnte meine Finger und sprach in strengem Ton mit ihr. »Ich musste es einschalten, um zu sehen, ob du überhaupt einen Code hast, oder?«

Stella schüttelte den Kopf und ließ das Telefon in ihre Handtasche gleiten. »Oh. Ja. Ja natürlich. Das ist richtig.«

Wir starrten uns ein paar Sekunden lang an, bis die Stille peinlich wurde.

»Okay, also …« Sie stand auf. »Ich sollte jetzt gehen.«

So beschissen es auch war, ich war noch nicht bereit, sie gehen zu lassen. Ich hatte hundert Fragen, die sie beantworten sollte – zum Beispiel, was ihr Vater getan hatte, dass sie ihn nicht anrufen wollte, oder warum sich ihr Geschäftsstart verzögerte. Doch stattdessen folgte ich ihrem Beispiel und stand auf.

Sie streckte ihre Hand über meinen Schreibtisch. »Danke, dass du mein Telefon aufbewahrt hast, und noch einmal, es tut mir leid, was ich getan habe.«

Ich nahm ihre kleine Hand in meine und hielt sie einen Tick zu lange. Doch wenn sie es bemerkte, sagte sie nichts.

Nachdem ich sie losgelassen hatte, wandte sich Stella zum Gehen, drehte sich dann aber noch einmal um. Sie öffnete ihre Handtasche und kramte darin herum, dann zog sie etwas heraus und bot es mir an.

»Magst du Schokolade?«

Ich war total verwirrt, nickte jedoch. »Ja.«

»Ich habe immer einen Hershey-Riegel in der Tasche. Für Notfälle. Er enthält Anandamid, das ist ein Neurotransmitter, der macht, dass man sich glücklicher fühlt.« Sie zuckte mit den Schultern. »Manchmal verteile ich sie an Leute, die so aussehen, als hätten sie es nötig, aber meistens esse ich sie selbst. Ich liebe Schokolade. Deiner Schwester habe ich ein Entschuldigungsgeschenk geschickt, aber dir habe ich nichts mitgebracht. Das ist alles, was ich als Friedensangebot habe.«

Diese Frau reichte mir einen Schokoriegel, um sich dafür zu entschuldigen, dass sie sich auf eine Veranstaltung geschlichen hatte, auf der allein die Verköstigung pro Person siebenhundert Dollar gekostet hatte? Das musste ich ihr lassen; sie war speziell.

Ich hielt meine Hände hoch. »Es ist alles in Ordnung. Alles okay. Behalte das.«

Sie zog den Arm nicht zurück. »Mir wäre wohler, wenn du ihn nimmst.«

Ich schaffte es, ein Lachen zu unterdrücken, als ich ihr den Riegel aus der Hand nahm. »Okay. Danke.«

Stella schob ihre Handtasche zurück auf die Schulter und ging zur Tür. Ich folgte ihr, um sie zu öffnen, doch wieder blieb sie abrupt stehen. Dieses Mal bot sie mir keinen Schokoriegel an, sondern lehnte sich zu mir und atmete tief ein.

»Retrouvailles«, sagte sie.

Ich sprach ein wenig Französisch und wusste, dass das übersetzt »*Wiedersehen*« oder so etwas Ähnliches hieß.

Als sie die Verwirrung auf meinem Gesicht sah, lächelte sie. »So heißt das Cologne, das du benutzt, stimmt's? Es heißt Retrouvailles.«

»Oh ja … ich glaube, das ist es.«

»Du hast einen guten Geschmack. *Einen edlen* Geschmack. Aber gut. Ich habe ihn geschaffen.«

»Wirklich?«

Sie nickte, und ihr Lächeln wurde breiter. »Es riecht gut bei dir. Colognes riechen bei jedem anders.«

Verdammt, sie hatte ein tolles Lächeln. Als ich es betrachtete, fiel mein Blick auf ihre Lippen.

Scheiße. Ich verspürte den Drang, sie zu beißen.

»Sprühst du es auf deinen Puls?« Sie zeigte auf die Vertiefung am Ende ihres Halses. »Ungefähr hierhin?«

Mir lief praktisch das Wasser im Munde zusammen, als ich ihren zarten Hals anstarrte. »Ich glaube schon.«

»Deshalb hält es so lange. Parfüms und Colognes werden durch die Körperwärme reaktiviert. Viele Männer sprühen es seitlich auf ihren Hals, aber der untere Teil des Halses ist eine der wärmsten Stellen, weil das Blut nahe unter der Hautoberfläche pumpt. Deshalb sprühen die meisten Frauen sich ihr Parfüm auch auf die Handgelenke und hinter die Ohren.«

»Trägst du auch eins?«, fragte ich.

Sie runzelte die Stirn. »Parfüm?«

Ich nickte.

»Ja, auch eins, das ich entwickelt habe.«

Ich hielt ihren Blick fest, während ich mich langsam nach vorn beugte. Sie rührte sich nicht vom Fleck, während ich meine Nase bis auf wenige Zentimeter auf ihre zubewegte, dann den Kopf zur Seite neigte, meine Nase in die Nähe ihres Ohrs führt und tief einatmete.

Sie roch absolut unglaublich.

Zögernd zog ich den Kopf zurück. »Das riecht auch sehr gut bei dir.«

Sie lächelte wieder, aber das leichte Glänzen ihrer Augen verriet mir, dass sie sich auch ein bisschen seltsam vorkam. »Danke, und nochmals danke für alles, Hudson.«

Sie drehte sich erneut zum Gehen, und als sie über die Schwelle trat, überkam mich ein merkwürdiges panikartiges Gefühl.

»Stella, warte …«

Sie hielt nochmals inne und sah sich um.

Bevor ich mich beherrschen konnte, purzelten die verrücktesten Worte aus meinem Mund. »Geh mit mir essen.«

4. Kapitel

Stella

»Hast du schon was von Prinz Charming gehört?« Fisher öffnete meinen Kühlschrank und nahm einen Behälter mit dem Abendessen von gestern heraus, obwohl es erst sieben Uhr morgens war.

Ich schüttelte den Kopf und versuchte, meine Enttäuschung zu überspielen. »Ist wahrscheinlich das Beste.«

»Wie lange ist es jetzt her? Eine Woche?«

»Acht Tage. Nicht dass ich mitzählen würde.« *Ich zähle ganz genau.*

Er musterte mich von oben bis unten. »Warum bist du so früh angezogen?«

»Ich bin gerade erst wiedergekommen, ich habe mir den Sonnenaufgang angesehen.«

»Weißt du, du kannst auf deinem Laptop ein paar sehr schöne Sonnenaufgänge und -untergänge als Hintergrund einstellen und ausschlafen.« Fisher nahm den Tupperware-Deckel ab und spießte mit der Gabel ein ganzes paniertes Hühnerschnitzel auf, als wäre es ein Lutscher, dann biss er ein Stück ab.

»Das ist nicht ganz das Gleiche, aber danke. Ähm … soll ich das für dich aufwärmen? Und dir einen Teller und ein Messer geben, damit du es klein schneiden kannst? Oder besser noch, dir ein paar Eier zum Frühstück zu machen?«

»Nicht nötig.« Er zuckte mit den Schultern und nahm einen weiteren Bissen. »Warum rufst du ihn nicht an?«

Ich sah meinen besten Freund verständnislos an. »Ich kann ihn nicht anrufen.«

»Warum nicht?«

»Weil er es sich wahrscheinlich anders überlegt hat. Hast du vergessen, wie wir uns kennengelernt haben? Ich bin überrascht, dass er überhaupt nach meiner Telefonnummer gefragt hat. Ich denke, er hatte einen vorübergehenden Aussetzer und hat sich's anders überlegt, nachdem ich weg war. Außerdem habe ich morgen sowieso ein Date.«

»Mit wem?«

»Mit Ben.«

»Der Typ, den du im Internet kennengelernt hast? Das ist doch schon ein paar Wochen her, oder?«

»Ja. Ich sollte vor ein paar Tagen mit ihm ausgehen, aber ich habe abgesagt.«

»Wieso?«

»Weiß ich nicht.« Ich zuckte mit den Schultern. »Ich hatte einfach viel zu tun.«

Fisher warf mir einen Blick zu. »Netter Versuch. Aber das kauf ich dir nicht ab. Du hast gehofft, dass Prinz Charming anruft, und wolltest deinen Kalender freihalten.«

»Ich habe nicht darauf gewartet, dass Hudson anruft.«

»Hast du diese Woche mehr als einmal dein Telefon auf verpasste Nachrichten überprüft?«

»Nein«, sagte ich – *viel* zu schnell und total abwehrend.

Das hatte ich durchaus, ein paarmal am Tag sogar. Aber ich wusste, wie Fisher vorging. Er war unerbittlich. Daher war er ein so guter Anwalt. Wenn er irgendwo einen kleinen losen Faden fand, zog er so lange daran, bis sich der ganze Pullover auflöste. Also wollte ich ihm den Faden nicht auf dem Silbertablett servieren.

Er taxierte mich. »Ich glaube, du redest Blödsinn.«

Ich rollte mit den Augen. »Weißt du, du kannst mit mehr als einem Mann gleichzeitig ausgehen …«

Zum Glück wurde unser Gespräch davon unterbrochen, dass mein Festnetztelefon klingelte, meine Geschäftsleitung.

»Ich frage mich, wer an einem Samstag bei Signature Scent anruft. Vielleicht ein Verkäufer aus Singapur. Dort ist doch immer noch Freitag, oder?«

Fisher grinste. »Falsche Richtung. Da ist schon Sonntag.«

»Oh.«

Ich fand das Telefon im Wohnzimmer, wo es auf einem Karton mit Proben lag. Ich klemmte mir den Hörer zwischen Kinn und Schulter und hob den Karton hoch. »Hallo?«

»Hallo, spreche ich mit Stella Bardot?«

Als ich in die Küche zurückkehrte, öffnete ich den Karton und nahm eines der kleinen Gläser heraus, die darin verpackt waren. »Ja. Wer ist da?«

»Mein Name ist Olivia Royce.«

Daraufhin rutschte mir das Glas aus der Hand. Es schlug mit einem lauten Klirren auf die Küchenfliesen, zerbrach aber zum Glück nicht. Ich tastete nach dem Telefon, das ich immer noch zwischen Kinn und Schulter balancierte. »Sagten Sie Olivia Royce?«

»Genau. Ich hoffe, du hast nichts dagegen, dass ich anrufe. Ich konnte keine Website finden, aber als ich den Namen deiner Firma gegoogelt habe, tauchte diese Nummer auf, also habe ich es probiert.«

»Ähm … Nein, ganz und gar nicht. Natürlich nicht.«

»Ich habe deine Nachricht und dein Geschenk erhalten. Als ich meinem Bruder erzählt habe, was du mir geschickt hast, sagte er, du würdest gerade ein Parfümunternehmen gründen, das individuelle Düfte herstellt. Ich würde gerne ein paar Parfüms als Dank für meine Brautjungfern bestellen, aber ich konnte dich im Internet nicht finden.«

»Ähh … die Website ist noch nicht online.«

»Verflixt. Kann ich sie dann vielleicht direkt bei dir bestellen?«

»Klar. Natürlich.«

»Yippie! Das ist großartig. Ich habe lange überlegt, was ich den Mädels schenken soll. Es soll etwas Persönliches und Besonderes sein. Das ist absolut perfekt. Meins gefällt mir übrigens total. Danke, dass du das gemacht hast.«

Ich kam nicht über dieses Gespräch hinweg. Olivia rief mich an, um eine Bestellung aufzugeben und nicht, um mich zurechtzuweisen, weil ich mich auf ihre Hochzeit geschlichen hatte? Hatte sie womöglich nicht begriffen, dass ich dieselbe Person war? Das war kaum möglich, denn ich hatte ihr das Geschenk und meine Entschuldigung im selben Karton geschickt, und sie hatte sich ganz offensichtlich mit Hudson über mich unterhalten.

»Ich danke *dir*. Ich, äh, ich kann dir ein paar Sets schicken und ihre Bestellungen vorrangig behandeln, sobald ich weiß, was sie mögen.«

»Oh, nein. Ich möchte, dass es eine Überraschung wird. Ich weiß eine Menge über sie – vielleicht könnte ich dir einfach sagen, was sie normalerweise tragen, und ein wenig über sie erzählen, und du lässt dir etwas einfallen?«

Ich war mir nicht sicher, ob das so effektiv war wie mein

übliches Vorgehen, aber ich konnte es ihr auf keinen Fall abschlagen. »Klar, das klingt gut.«

»Wie wär's mit Montag, zwölf Uhr dreißig?«

Ich legte die Stirn in Falten. »Also … Ja, zwölf Uhr dreißig ist gut.«

»Okay. Im Café Luce auf der Dreiundfünfzigsten? Ist das zu weit für dich? Wohnst du hier in der City?«

Ich staunte. Sie wollte sich persönlich mit mir treffen? Ich dachte, sie wollte mich in ihrem Kalender für eine E-Mail oder einen Anruf vormerken.

»Ja, ich wohne in der City. Und Café Luce klingt gut.«

»Perfekt! Dann sind wir verabredet. Danke, Stella! Ich kann es nicht erwarten, dich zu treffen.«

Zehn Sekunden später war die Leitung tot. Ich starrte auf mein Telefon. Fisher hatte das gesamte Gespräch über mein Gesicht beobachtet.

»Wer war das?«, fragte er.

»Olivia Royce.«

»Und sie ist?«

»Die Braut, auf deren Hochzeit wir uns eingeschlichen haben.«

Am nächsten Tag traf ich zwanzig Minuten vor der vereinbarten Zeit in dem Café ein. Ben hatte angeboten, mich zu unserem Date zu Hause abzuholen, aber mit Leuten, die ich nicht gut kannte, traf ich mich lieber in der Öffentlichkeit. So konnte ich jederzeit wieder gehen. Ich kaufte einen koffeinfreien Café Latte und nahm auf einem Sofa neben dem Tresen Platz. Im Café bei mir um die Ecke gab es immer Zeitungen und Zeitschriften, in denen man schmökern konnte, während man seinen überteuerten Kaffee trank, also nahm ich die *New York*

Times zur Hand und blätterte den Style-Teil durch. Auf halbem Weg erstarrte ich, als ich ein Foto sah. Nachdem ich ein paarmal geblinzelt hatte, um sicherzugehen, dass ich mir nichts einbildete, hob ich die Zeitung hoch, um die Ankündigung zu lesen.

Olivia Paisley Rothschild und Mason Brighton Royce gaben sich am 13. Juli in der New York Public Library in Manhattan das Ja-Wort.
Die Trauung wurde von Pfarrer Arthur Finch, einem episkopalen Priester, vollzogen.
Frau Royce, 28, die der Bräutigam Livi nennt, ist Vizepräsidentin einer Marketingabteilung. Sie hat an der University of Pennsylvania studiert und ihren MBA an der Columbia gemacht.
Sie ist die Tochter von Charlotte Bianchi Rothschild und Cooper E. Rothschild, beide verstorben, aus New York City. Die Hochzeit wurde von ihrem Bruder, Hudson Rothschild, ausgerichtet.
Mister Royce, ebenfalls 28, gründete seine eigene IT-Firma und ist auf Sicherheit und Compliance spezialisiert. Er hat an der University of Boston studiert und seinen MS in Informationstechnologie an der NYU abgeschlossen.

Ich konnte nicht glauben, dass ich über diesen Artikel gestolpert war. Wie groß war die Chance? Ich hatte die Sonntagsausgabe der *New York Times* seit Jahren nicht mehr gelesen, also fühlte es sich wie ein verrückter Zufall an. Fisher sagte immer, wenn man positive Gedanken äußerte, kämen positive Dinge zu einem zurück. Das wäre eine Erklärung. Ich hatte in den letzten anderthalb Wochen jedenfalls genug an einen bestimmten Mann gedacht, der nach meiner Nummer gefragt hatte, dann aber nie angerufen hatte.

Anfang dieser Woche hatte ich durch die Kanäle geschaltet und war zufällig auf *Dancing with the Stars* gestoßen. Obwohl ich es mir sonst nie ansah, blieb ich aus irgendeinem Grund dort hängen. Als die Paare sich zu einem langsamen Tanz bewegten, erinnerte ich mich, wie es sich angefühlt hatte, bei der Hochzeit seiner Schwester in Hudsons Armen zu liegen. Das hatte mich daran erinnert, wie viel Rhythmusgefühl er besaß, was meine Gedanken wiederum zu *anderen Dingen* wandern ließ, bei denen sein guter Rhythmus hilfreich sein könnte. Dann, am Freitagabend, als Fisher nach der Arbeit vorbeikam, hatte er mir eine Flasche Hendricks Gin mitgebracht. Das hatte mich an die Gänsehaut auf meinen Armen erinnert, als Hudson mir ins Ohr geflüstert hatte: »*Die Nacht ist noch jung, Evelyn. Tanzt du mit mir?*«

Ich hatte nie im Leben damit gerechnet, dass er mich um ein Date bitten würde, als ich kleinlaut in seinem Büro aufgetaucht war, um mein Telefon abzuholen. Doch als er es tat, ging meine Fantasie mit mir durch. Ich verschob sogar mein zweites Date mit Ben. Aber nachdem ich mehr als eine Woche darauf gewartet hatte, dass mein Telefon klingelte, erkannte ich, dass es dumm war, einen überaus netten Kerl zu meiden – einen, der mehrmals angerufen *hatte* –, nur weil ein anderer Kerl möglicherweise meine Nummer wählen *könnte*.

Ben kam ebenfalls ein paar Minuten zu früh. Ich warf einen letzten Blick auf das Hochzeitsfoto in der Zeitung, bevor ich sie zuklappte. Ich war fest entschlossen, mein Date nicht zu ruinieren, indem ich an einen anderen Mann dachte.

»Hey.« Ben küsste mich auf die Lippen.

Es war erst unser zweiter Kuss, das erste Mal hatten wir uns am Ende unseres ersten Dates geküsst, aber es war ganz angenehm. Es kribbelte zwar nicht, und mir lief keine Gänsehaut über die Arme oder so, aber wir waren mitten in einem Café, also was hatte ich erwartet? Als Ben von mir abrückte, reichte er mir eine Schachtel Godiva-Schokolade, die ich in seiner Hand nicht bemerkt hatte. »Eigentlich wollte ich dir Blumen mitbringen, aber ich dachte, dann musst du sie den ganzen Abend mit dir herumschleppen. Das hier kannst du wahrscheinlich in deine Handtasche stecken.«

Ich lächelte. »Das ist sehr rücksichtsvoll von dir. Vielen Dank.«

»Ich habe uns einen Tisch in einem Steakhaus reserviert. Anschließend gibt es nebenan einen Comedy-Club, wenn du Lust hast. Da ist heute Abend Open Mic.«

»Das klingt gut.«

»Wollen wir gehen?«

»Ja.«

Ich nahm meinen leeren Kaffeebecher und warf ihn auf dem Weg nach draußen in den Müll. Als ich nach der Türklinke griff, kam Ben mir zuvor. »Bitte, lass mich.«

»Danke schön.«

Draußen schaute ich erst nach links und dann nach rechts. »Welche Richtung?«

»Das Restaurant ist ein paar Blocks von hier entfernt auf der Hudson.«

»Hudson Street?«

»Ja, ist das zu weit, um auf Absätzen zu laufen? Ich kann uns auch ein Uber besorgen.«

»Nein, nein. Schon in Ordnung.« *Aber im Ernst … Hudson Street?*

Wir gingen los. »Ich habe das Lokal noch nicht ausprobiert«, sagte Ben. »Aber es hat Superkritiken, also hoffe ich, dass es gut ist.«

»Wie heißt es?«

»*Hudson's*.«

Ich musste mir ein Lachen verkneifen. *Hudson's in der Hudson Street?* So viel zu dem Vorsatz, heute Abend keine Gedanken an einen anderen Mann aufkommen zu lassen …

5. Kapitel

Stella

Am Montag kam ich ein paar Minuten zu spät im Restaurant an, obwohl ich meine Wohnung superfrüh verlassen hatte. Der Nahverkehrszug, den ich genommen hatte, hatte beschlossen, zu einem Expresszug zu werden und meine Haltestelle auszulassen.

Als ich eintraf, saß Olivia bereits an einem Tisch. In ihrem Hochzeitskleid hatte sie so anders ausgesehen, dass ich sie fast nicht erkannt hätte. Doch sie winkte und lächelte, als wären wir alte Freundinnen.

Ich hatte die wilde Vorstellung im Kopf, dass sie eigentlich gar kein Parfüm bestellen wollte, sondern mich hergelockt hatte, um mir persönlich die Meinung zu sagen – oder schlimmer noch, mich verhaften zu lassen. Ihr einladendes Lächeln half, meine Paranoia zu zerstreuen.

»Hi.« Ich stellte den Karton in meinen Armen auf einem leeren Stuhl ab und setzte mich ihr gegenüber. »Tut mir leid, dass ich zu spät bin. Mein Zug hat die Haltestelle übersprungen.«

»Kein Problem.« Sie streckte die Hand aus und hielt mir den Brotkorb hin, um mir zu zeigen, dass er leer war.

»Wie du siehst, habe ich mich beschäftigt. Ich habe vor meiner Hochzeit ein halbes Jahr lang keine Kohlenhydrate gegessen. Also hatte ich in den letzten Wochen einiges nachzuholen.« Sie stellte den Korb ab und streckte mir die Hand hin. »Ich bin übrigens Olivia Rothschild. Verdammt, nein, bin ich nicht. Ich heiße jetzt Olivia Royce. Daran kann ich mich immer noch nicht gewöhnen.«

Ich lächelte, obwohl ich ein nervöses Wrack war. »Stella Bardot.« Ich dachte, es wäre das Beste, reinen Tisch zu machen, und atmete tief ein. »Hör zu, Olivia, es tut mir so leid, was ich getan habe. Normalerweise mache ich so etwas nicht, ich schleiche mich nicht auf Hochzeiten.«

Sie legte den Kopf schief. »Nicht? Das ist schade. Ich dachte, wir würden uns gut verstehen. Ich habe mich mal auf einen Ball geschlichen.«

Ich machte große Augen. »Ach wirklich?«

Olivia gluckste. »Ja. Und ich habe mit dem Date eines anderen Mädchens herumgeknutscht und bin mit einer dicken Lippe nach Hause gekommen.«

Meine Schultern entspannten sich. »Oh mein Gott. Du hast keine Ahnung, wie erleichtert ich bin, dass du nicht sauer bist.«

Sie winkte ab. »Nein. Mach dir keine Gedanken. Ich war ziemlich beeindruckt von der Geschichte, die du erzählt hast. Hat sich wirklich jemand für dich in die Hose gepinkelt?«

Ich lächelte traurig. Die Erinnerung an die Wahrheit hatte heute einen bitteren Beigeschmack, weil meine Schwester und ich nicht mehr miteinander sprachen. »Eigentlich war ich diejenige, die das gemacht hat, und es war in der Vorschule. Meine Schwester ist ein Jahr jünger, bei der Probe für die Weihnachtsaufführung ist ihr ein Unfall passiert. Ein Junge zeigte auf ihren nassen Hintern und machte sich über sie lustig. Ich konnte sie da nicht allein stehen lassen.«

»Schön. Mein Bruder ist älter. Er hatte schon immer einen lächerlich übertriebenen Beschützerinstinkt mir gegenüber. Aber ich bin mir nicht sicher, ob er so weit gegangen wäre, sich in die Hose zu machen, um mein Gesicht zu wahren.« Sie nippte an ihrem Drink. »Wenn ich es mir recht überlege, würde er es wahrscheinlich doch tun. Er würde nur nie zugeben, dass er es getan hat, um mich zu schützen. Wahrscheinlich würde er sagen, er hätte sich in die Hose gepisst, und ich hätte es ihm nachgemacht.«

Wir lachten.

»Hudson hat mir erzählt, wie du auf die Hochzeit gekommen bist. Ich war nicht überrascht, als er mir erzählt hat, was Evelyn dir angetan hat – mitten in der Nacht abhauen und dir die unbezahlte Miete aufhalsen. Sie war schon immer unzuverlässig. Im ersten Jahr am College sind wir zusammen in die Frühjahrsferien gefahren. Sie lernte einen Typen kennen, der zehn Jahre älter war als wir und nur Französisch sprach. Am zweiten Tag der Reise wachte ich auf und fand eine Nachricht von ihr, dass sie nach Frankreich gefahren sei, um die Familie dieses Typen kennenzulernen, weil sie verliebt sei. Sie ließ mich ganz allein in Cancún zurück. Und diese Bitch hat auch noch meine Lieblingsschuhe mitgenommen.«

»Oh mein Gott. *Meine* Lieblingsschuhe hat sie auch mitgenommen, als sie ausgezogen ist!«

Wieder lachten wir, und Olivia fuhr fort: »Lexi, der Ex-Frau meines Bruders, hat sie auch etwas gestohlen. Die beiden haben sich zerstritten und nicht mehr miteinander gesprochen. Dann habe ich meinen knallharten Bruder überredet, ihr einen Job zu geben, und nach ein paar Monaten ist sie nicht mehr aufgetaucht. Das wird er mir nie verzeihen. Der Mann kann ziemlich nachtragend sein.«

»Hudson scheint definitiv nicht so nachsichtig zu sein wie du.«

»Das ist noch milde ausgedrückt. Er ist total überfürsorglich. Als ich sechzehn war und meinen ersten Freund hatte, saß Hudson immer draußen auf der Treppe und hat gewartet, bis ich nachts nach Hause kam. Natürlich bedeutete das, dass ich lediglich ein Küsschen auf die Wange bekam, anstatt einer netten Knutschorgie zum Abschied. Charlie tut mir leid. Wahrscheinlich darf sie sich nicht mit einem Typen treffen, bevor sie vierzig ist.«

»Charlie?«

»Hudsons Tochter.«

Ich nickte. Ich hatte keine Ahnung, warum, aber ich hatte nicht gedacht, dass er ein Kind hätte. Obwohl ich natürlich nicht viel über den Mann wusste, außer dass er gut aussah, göttlich roch, tanzen konnte und in den *zehn Tagen*, seit ich ihm meine Telefonnummer gegeben hatte, nicht angerufen hatte.

»Wie alt ist seine Tochter?«

»Sechs, aber man könnte meinen, sie sei sechzehn.« Sie lachte. »Er ist so was von am Arsch.«

Der Kellner kam, um unsere Bestellung aufzunehmen, und ich hatte noch nicht einmal in die Speisekarte geschaut. Olivia bestellte einen Birnen-Balsamico-Salat mit Huhn. Das hörte sich gut an, also nahm ich dasselbe.

»Nun …« Sie roch an ihrem Handgelenk. »Erzähl mir, wie du es geschafft hast, das beste Parfüm herzustellen, das ich je in meinem Leben gerochen habe. Ich bin völlig besessen davon.«

Ich lächelte. »Danke. Ich habe mich an deiner Hochzeit orientiert. Du hattest Gardenien als Tafelaufsatz und in deinem Strauß, also habe ich das als Ausgangspunkt gewählt. Dann habe ich zufällig gehört, wie eine der Frauen an unserem Tisch sagte, dass du in den Flitterwochen nach Bora Bora fliegen würdest. Also habe ich angenommen, dass du Strand magst, und fügte etwas Calone hinzu, was ihm einen Hauch von Meeresbrise verleiht. Dein Kleid war traditionell, aber mit einem leuchtend roten Seidengürtel, also dachte ich, dass du vielleicht etwas Besonderes haben möchtest.«

»Das ist erstaunlich. Sogar die Flasche war perfekt.«

»In dieses Design habe ich mich verliebt, aber wir werden es nicht verkaufen. Es kommt aus Italien, und das konnte ich mir mit meinem Start-up-Budget nicht leisten.«

»Wie schade. Es ist so hübsch.«

»Ich hoffe, dass ich es mir später leisten kann.«

In der nächsten Stunde erklärte ich ihr, wie Signature Scent funktionierte. Ich gab Olivia eine komplette Demo – sie schnupperte an allen zwanzig kleinen Mustern und bewertete sie, dann stellte ich ihr alle Fragen, die schließlich auf der Website als Teil des Bestellvorgangs erscheinen würden. Sie stellte mir ihrerseits eine Menge Fragen und schien sehr an der geschäftlichen Seite der Dinge interessiert zu sein. Ich machte mir Notizen über jede Brautjungfer, und sie suchte die Flaschen für jede einzelne aus.

»Und wann kommt Signature Scent offiziell auf den Markt?«, fragte sie, als wir fertig waren.

Ich runzelte die Stirn. »Das weiß ich noch nicht genau.«

»Wie kommt das? Es scheint doch eigentlich alles startklar zu sein.«

»Ja, zumindest was die Planung angeht. Aber ich hatte ein Finanzierungsproblem. Das ist eine lange Geschichte, aber ich hatte ursprünglich einen Partner und musste ihn abfinden.

Ich hatte einen guten Teil der Geschäftsmittel für den Kauf von Inventar verwendet, sodass ich für die Abfindung jeden Penny nehmen musste, den ich noch besaß. Doch das war in Ordnung, denn ich hatte eine ausreichend große Kreditlinie, mit der ich immer noch hätte starten können. Die hatte ich fast ein Jahr vorher beantragt für den Fall, dass es knapp werden sollte. Als ich sie dann aber das erste Mal in Anspruch nehmen wollte, sagte mir die Bank, dass ich sie jährlich aktualisieren müsse, um die Kreditlinie zu erhalten. Das war mir nicht klar. Ich hatte gerade meinen Job bei Estée Lauder gekündigt, und als ich der Bank mitteilte, dass ich den Arbeitsplatz gewechselt hätte, wurde mir die Kreditlinie gekündigt. Hätte ich es ein paar Tage früher gemacht, hätte ich das nicht erwähnen müssen, und mir wäre nichts passiert.«

»Oh, so ein Mist.«

Ich nickte. »Allerdings. Und keine Bank gibt jemandem einen Kredit, der gerade arbeitslos ist. Ich habe einen Antrag bei der SBA gestellt. Die ist so ziemlich meine letzte Hoffnung.«

Der Kellner brachte die Rechnung. Ich griff danach, obwohl ich es in diesen Tagen hasste, einen Cent zu verschwenden. Das war das Mindeste, was ich für diese nette Frau tun konnte, auf deren Hochzeit ich mich geschlichen hatte.

Aber Olivia kam mir zuvor. »Das Essen geht auf mich. Ich habe dich eingeladen.«

»Das kann ich nicht annehmen. Ich schulde dir bereits eine Mahlzeit.«

Sie winkte ab und holte ihr Portemonnaie aus der Handtasche. Sie steckte ihre Kreditkarte in die lederne Rechnungsmappe und klappte sie zu. »Auf gar keinen Fall. Ich bestehe darauf.«

Bevor ich weiter argumentieren konnte, hob sie die Hand, und der Kellner kam und nahm die Mappe mit.

Ich seufzte und fühlte mich wie ein Loser. »Danke. Das weiß ich zu schätzen.«

»Gern.«

Wir gingen zusammen nach draußen. Ich wollte nach Uptown, um ein paar Besorgungen zu machen, und sie nach Downtown, zurück zur Arbeit, also verabschiedeten wir uns. Olivia zog mich in eine Umarmung, als wäre ich die alte Freundin, die ich bei ihrer Hochzeit zu sein behauptet hatte.

»Die Düfte sind nächste Woche fertig«, versprach ich. »Ich kann sie alle an dich schicken oder an jede einzelne Person, wenn dir das lieber ist.«

Sie lächelte. »Ruf mich an, wenn sie fertig sind, dann verabreden wir etwas.«

»Okay. Mach ich.«

Eine Woche später ging ich in Kartons unter.

»Das ist der Letzte.« Fisher stapelte den letzten Karton auf einen bereits anderthalb Meter hohen Stapel. Er zog sein T-Shirt hoch und wischte sich damit den Schweiß von der Stirn. »Du solltest besser bald gefüllte Manicotti machen, nachdem du mich heute so viel hast heben lassen.«

»Versprochen. Mir war gar nicht klar, wie viel ich in diesem Lagerraum angesammelt hatte. Ich kann nicht glauben, dass da zweihundert Kartons drin waren.« In meinem ständigen Bemühen, die Kosten zu senken, hatte ich Fisher angeheuert, mir zu helfen, alles aus meinem teuren Lagerraum in meine Wohnung zu verfrachten. Da das Gästezimmer jetzt nicht mehr vermietet war, hatte ich hier den Platz dafür.

Fisher griff hinter sich in den Hosenbund seiner Shorts.

»Das hätte ich fast vergessen. Ich habe unsere Post abgeholt, als ich das letzte Mal hier war. Das Päckchen hier fällt schon auseinander. Sieht aus, als wäre es zerrissen, als der Postbote es in deinen Briefkasten gestopft hat, damit es reinpasst.«

Es war feucht von seinem Schweiß. Ich rümpfte die Nase. »Ist ja ekelhaft. Leg es bitte dorthin.«

Fisher warf den Stapel auf den Küchentisch, und die Umschläge fächerten sich auf. Mein Blick fiel auf das Logo in der Ecke eines Umschlags. *Die* SBA. Ich hob ihn auf und untersuchte ihn. »Oh mein Gott. Das ist ein kleiner Umschlag. Das ist kein gutes Zeichen.«

»Von wem ist der?«

»Von der Small Business Administration – ich sollte in zwei bis drei Wochen eine Entscheidung über den Kredit bekommen, den ich beantragt habe. Jetzt sind gerade einmal zwei vorbei.«

»Das ist doch großartig. Wahrscheinlich finden sie dein Geschäft so toll, dass sie es nicht erwarten konnten, den Kredit zu genehmigen.«

Ich schüttelte den Kopf. »Wenn man sich für etwas bewirbt und einen dünnen Umschlag zurückbekommt, ist das nie ein gutes Zeichen. Das ist so, als würde man einen normal großen weißen Umschlag von der Uni vorfinden, bei der man sich beworben hat, anstatt des großen braunen mit all dem Willkommenskram drin. Wenn sie den Kredit genehmigt hätten, wäre der Umschlag dick.«

Fisher rollte mit den Augen. »Die meisten Dinge werden heutzutage online erledigt. Hör auf, so negativ zu sein, und mach das verdammte Ding auf. Ich wette, du bekommst ein Login und ein Passwort, mit dem du online gehen und unterschreiben kannst, was auch immer sie von dir brauchen.«

Ich stieß die Luft aus. »Ich habe kein gutes Gefühl, Fisher. Was mach ich nur, wenn sie mich ablehnen? Ich habe mich schon bei drei Banken beworben. Niemand gibt einer Arbeitslosen einen Kredit. Ich war so dumm, meinen Job zu kündigen und zu glauben, ich könnte dieses Geschäft starten. Meine Stelle bei Estée Lauder ist bereits wieder besetzt, und die meisten guten Jobs für Parfümchemiker sind jetzt in Übersee. Was zur Hölle soll ich nur tun? Wie soll ich meine Miete bezahlen?«

Fisher legte mir die Hände auf die Schultern. »Atme tief durch. Du weißt doch noch gar nicht, was in dem Umschlag ist. Nach allem, was wir wissen, könnte es ein Formbrief sein, in dem man dir für deinen Antrag dankt oder dir mitteilt, dass sich die Bearbeitung noch etwas verzögert.«

Ich war zu nervös, um ihn zu öffnen, also hielt ich meinem Freund den Umschlag hin. »Mach du ihn auf. Ich kann nicht.«

Fisher schüttelte den Kopf, riss den Umschlag jedoch auf. Mit angehaltenem Atem beobachtete ich, wie er die ersten paar Zeilen überflog. Der skeptische Ausdruck um seine Mundwinkel sagte mir alles, was ich wissen musste.

Ich schloss die Augen. »Oh Gott …«

»Tut mir leid, Stella. Die schreiben, du hättest nicht genug Geschäftserfahrung oder einen ausreichenden Cashflow. Aber wie zur Hölle sollst du eines von beidem haben, wenn sie dir keinen Kredit geben, um das Geschäft zum Laufen zu bringen?«

Ich seufzte. »Ich weiß. Das haben im Grunde auch die Banken gesagt.«

»Kannst du nicht einfach ganz klein anfangen, Erfahrungen sammeln, und dich dann wieder bewerben?«

Ich wünschte, es wäre so einfach. »Ich habe keine Verpackungen und nicht genug von den Mustern, die ich den Leuten für ihre Bestellungen zuschicken muss.«

Fisher fuhr sich mit einer Hand durch die Haare. »Shit. Ich habe etwa neun Riesen auf der Bank, die ich für schlechte Zeiten gespart habe. Sie gehören dir. Du musst sie mir nicht mal zurückzahlen.«

»Für dieses Angebot liebe ich dich, Fisher. Ehrlich. Aber ich kann dein Geld nicht annehmen.«

»Sei nicht albern. Du bist meine Familie, und so etwas tun Familien.«

Ich wollte meinen Freund nicht beleidigen, aber neuntausend Dollar reichten nicht annähernd für den Start aus. »Ich lasse mir etwas einfallen. Aber danke für das großzügige Angebot. Es bedeutet mir sehr viel, dass du überhaupt daran gedacht hast.«

»Weißt du, wonach das schreit?«

»Wonach?«

»Dom. Ich hole eine von den teuren Champagnerflaschen, die wir noch von der Hochzeit übrig haben.«

»Das schreit nach einer Feier? Feiern wir, dass ich keinen Kredit bekomme oder dass meine Wohnung jetzt ein Lagerhaus ist?«

Fisher küsste mich auf die Stirn. »Wir feiern, dass alles klappen wird. Denk dran, wenn du nicht positiv denkst, passiert auch nichts Positives. Ich bin gleich wieder da.«

Während er nebenan in seiner Wohnung verschwand, schaute ich mich um. In meinem Wohnzimmer herrschte das reinste Chaos, was irgendwie gerade zu meinem Leben passte. Vor einem Jahr war ich verlobt gewesen, hatte einen tollen Job mit sechsstelligem Einkommen gehabt, Ersparnisse, die die meisten Siebenundzwanzigjährigen erst mit vierzig anhäuften, und ich träumte von einem aufregenden neuen Unternehmen. Jetzt war mein Ex-Verlobter mit einer anderen verlobt, ich war arbeitslos und pleite, und mein neues aufregendes Unternehmen fühlte sich eher wie eine Schlinge um meinen Hals an.

Ich starrte eine Minute lang auf den Brief mit der Absage, dann knüllte ich ihn zu einer Kugel zusammen und warf ihn in Richtung Küchenmülleimer. Natürlich verfehlte ich ihn. Abwesend wühlte ich mich durch meine Post, die größtenteils aus Werbung bestand, und beschloss dann, das zerrissene Päckchen zu öffnen, das gekommen war. Ich nahm an, dass es sich um weitere Produktproben handelte, die ich bestellt hatte, bevor die Bank meinen Kredit gesperrt hatte – Produkte, die ich mir nun niemals würde leisten können. Doch als ich die Schachtel öffnete, befanden sich darin keine Parfüm- und Inhaltsstoffproben, sondern ein Tagebuch, das ich auf eBay bestellt hatte. Ich hatte ganz vergessen, dass ich es vor fast drei vollen Monaten bei einer Auktion ersteigert hatte. Der Versand von Übersee konnte ewig dauern, und das Päckchen kam aus Italien.

Normalerweise konnte ich es kaum erwarten, das erste Kapitel zu lesen, wenn ein Tagebuch ankam. Doch dieses erinnerte mich nur daran, dass ich zweihundertsiebenundvierzig Dollar verschwendet hatte. Ich legte es auf den Couchtisch im Wohnzimmer und beschloss, mich zu waschen, bevor Fisher mit dem Champagner zurückkam.

Als ich zehn Minuten später aus dem Bad kam, lag mein bester Freund lang ausgestreckt auf dem Sofa, trank teuren Schaumwein und blätterte in meinem neuen Tagebuch.

»Äh … du weißt schon, dass diese Frau nicht auf Englisch geschrieben hat, oder?« Fisher hielt mir ein Glas Champagner hin.

Ich nahm es und ließ mich auf den Sessel gegenüber von ihm plumpsen. »Es ist auf Italienisch. Und es ist von einem Mann. Das heißt, ich habe zu viel dafür bezahlt und muss es auch noch übersetzen lassen.«

Weil sie so rar waren, waren Männertagebücher auf Auktionsseiten immer sehr teuer. Als ich das letzte Mal ein französisches gekauft hatte, musste ich dreihundert Dollar dafür bezahlen, plus hundertfünfzig für einen Übersetzer.

Ich nippte an dem Champagner. »Es wird eine Weile Staub ansetzen. Für eine Übersetzung Geld rauszuschmeißen steht nicht so weit oben auf meiner Prioritätenliste wie das Essen für den nächsten Monat.«

Fisher schüttelte den Kopf und warf das ramponierte, alte Tagebuch auf den Couchtisch. »Ich dachte, du hättest aufgehört, sie zu lesen, nachdem du dich letztes Jahr zu sehr in eins verstrickt hattest.«

Ich seufzte. »Ich bin rückfällig geworden.«

»Du bist ein seltsamer Vogel, Stella Bella. Weißt du das?«

»Sagt der Mann, der die Aufkleber von Bananen abzieht und auf der Innenseite seiner Garderobe sammelt.«

In meiner Tasche klingelte mein Handy, also holte ich es heraus und las den Namen, der auf dem Display blinkte. »Na, wie passend. Das ist die Frau, der wir den Champagner gestohlen haben.«

»Sag ihr, sie soll noch mehr schicken.«

Ich lachte und wischte über das Display, um das Gespräch anzunehmen. »Hallo?«

»Hey, Stella. Hier ist Olivia.«

»Hey, Olivia. Danke, dass du mich zurückrufst. Ich wollte nur Bescheid sagen, dass die Parfüms für deine Brautjungfern fertig sind.«

»Ich freu mich so, sie zu sehen. Oder besser gesagt zu riechen. Oder sie zu sehen *und* zu riechen. Wie auch immer.«

Ich lächelte. »Ich hoffe, sie gefallen deinen Freundinnen.«

»Ich habe ein paar Leuten davon erzählt, was du machst, und alle sind interessiert, Düfte herstellen zu lassen. Weißt du schon, wann deine Website online sein wird?«

Ich runzelte die Stirn. »Leider nicht in absehbarer Zeit.«

»Oh nein. Was ist passiert?«

»Die SBA hat meinen Kreditantrag abgelehnt. Ich habe den Brief erst heute erhalten.«

»Idioten. Tut mir leid.«

»Danke.«

»Was willst du tun?«

»Keine Ahnung.«

»Wie wäre es mit einem Partner? Jemandem, der Geld in den Laden steckt und im Gegenzug Firmenanteile erhält.«

Darüber hatte ich tatsächlich nachgedacht, aber niemand, den ich kannte, hatte viel Geld. »Vielleicht. Ich denk drüber nach. Heute Abend nehme ich erst mal ein paar Drinks, um zu vergessen. Morgen schmiede ich einen neuen Plan.«

»Gut. Das ist die richtige Einstellung.«

»Danke. Also, wohin soll ich deine Parfüms liefern?«

»Wir könnten uns morgen treffen, wenn du Zeit hast? Meine eine Trauzeugin reist in zwei Tagen ab, um ein paar Monate in London zu arbeiten. Ich treffe sie morgen Abend zum Essen. Dann könnte ich ihr das Parfüm geben. Darum würde ich es gern abholen, wenn es dir nicht zu viele Umstände macht.«

»Nein, überhaupt kein Problem.«

»Okay! Ich habe morgen früh ein Meeting. Ist es okay, wenn ich dir eine Nachricht schicke, wenn ich fertig bin? Dann kannst du mich einfach irgendwo hinbestellen.«

»Klar, in Ordnung. Bis dann.«

Nachdem ich aufgelegt hatte, sagte Fisher: »Nur du würdest dich mit der Frau anfreunden, auf deren Hochzeit wir uns geschlichen haben.«

Ich zuckte mit den Schultern. »Olivia ist toll. Ich werde ihr alle Parfüms für ihre Trauzeuginnen als Entschuldigungsgeschenk geben, anstatt sie in Rechnung zu stellen. Ich dachte mir, das ist das Mindeste, was ich tun kann.«

»Finde heraus, ob sie noch mehr Partys gibt, auf die wir gehen können.« Er hielt die Champagnerflasche hoch und füllte sein Glas nach. »Nach dem hier können wir nicht mehr zu dem billigen Zeug zurückkehren.« Er leerte ein halbes Glas und stieß ein übertriebenes *Aaah* aus. »Apropos, ich nehme an, du hast noch nichts von Prinz Charming gehört, sonst hättest du wohl etwas gesagt?«

Ich runzelte die Stirn. »Nope. Als ich mit Olivia zu Mittag gegessen habe, hat sie nicht erwähnt, dass er mich um ein Date gebeten hat. Also habe ich auch nichts gesagt. Sie hat allerdings gesagt, dass er ziemlich nachtragend sei.«

»Sein Pech.«

Ich sagte es nicht, aber es fühlte sich auch für mich an, als wäre mir etwas entgangen. Irgendetwas an Hudson hatte mich berührt, und ich hatte mich darauf gefreut, mit ihm auszugehen. Ich konnte mich nicht erinnern, wann ich mich das letzte Mal so auf einen Anruf von einem Mann gefreut hatte. Deshalb belastete mich die Tatsache, dass er nicht angerufen hatte, mehr als nötig. *Aber, na ja.* Ben war … nett.

In den nächsten zwei Stunden leerten Fisher und ich die Flasche Champagner und noch eine Flasche Wein, die schon geöffnet in meinem Kühlschrank stand. Wenigstens eine Sache war diese Woche gut gelaufen – wie beabsichtigt hatte ich es geschafft, mich oft genug zu betrinken. Als ich gähnte, verstand Fisher den Hinweis.

»Alles klar, ich gehe. Du musst kein Gähnen vortäuschen, um mich loszuwerden.«

»Das war nicht vorgetäuscht.«

Er stand auf und brachte unsere Gläser und die beiden leeren Flaschen in die Küche. Als er zurückkam, überlegte ich, ob ich in dem bequemen Sessel schlafen sollte, in dem ich gerade kauerte.

Fisher beugte sich vor und küsste mich auf die Stirn. »Ich hab dich lieb. Morgen ist alles besser.«

Wenn man bedachte, dass ich wahrscheinlich mit Kopfschmerzen aufwachen würde, bezweifelte ich das. Aber ich wollte kein Miesepeter sein. »Danke noch mal für alles, Fisher. Ich hab dich auch lieb.«

Er hob das Tagebuch auf, das immer noch auf dem Couchtisch lag. »Ich nehme das mit und lasse es zu deinem Geburtstag nächsten Monat übersetzen.«

»Äh, ich werde noch lange nicht achtundzwanzig. *Dein* Geburtstag ist nächsten Monat. Machst du das, was du letztes Jahr gemacht hast?«

»Ja, all die kleinen Geschenke sind für dich, denn *du* bist mein bestes Geschenk überhaupt. Dich glücklich zu machen macht mich glücklich, Stella Bella. Lass nur nicht zu, dass dieses Tagebuch dein Leben übernimmt.«

6. Kapitel

Stella

Fünfzehn Jahre zuvor

Ich nahm ein braunes Lederbuch in die Hand und hielt es mir an die Nase, um daran zu riechen. *Gott, ich liebe diesen Geruch.* Er erinnerte mich an Spencer Knox. Er trug ständig einen Football mit sich herum und warf ihn in die Luft und fing ihn wieder auf, während er sprach. Jedes Mal, wenn das Kalbsleder gegen seine Handflächen klatschte, wehte der schwache Geruch von Leder zu mir herüber und brachte mich zum Lächeln.

Die ältere Dame, die den Flohmarkt veranstaltete, trug eine orangefarbene Gürteltasche um die Taille. Ihr krauses graues Haar stand in alle Richtungen ab. Es sah aus, als hätte sie den Finger gerade in eine Steckdose gesteckt, anstatt den Stecker der Lampe, die sie auf einem Klapptisch positionierte.

Ich ging zu ihr. »Entschuldigen Sie bitte. Wie viel kostet das?«

Sie blickte auf meine Hände hinunter. »Fünfzig Cent. Aber als ich es vor fünfzehn Jahren auf dem Flohmarkt erstanden habe, habe ich zehn Dollar dafür bezahlt. So ist das, wenn man Mist kauft, den man nicht wirklich braucht. Am Ende will man es genauso loswerden wie die Person vor einem. Schreibst du Tagebuch?«

Ich hatte das Wort *Tagebuch* auf dem Einband gar nicht bemerkt, bis sie mich darauf hinwies. Ich schüttelte den Kopf. »Ich hatte noch nie eins.«

Eine schlanke Frau in einem Pullover, die das Haar zu einem ordentlichen Pferdeschwanz zurückgekämmt trug, kam mit einer noch verpackten Kaffeemaschine die Einfahrt herauf. »Ich gebe Ihnen fünf Dollar dafür.«

Die alte Dame schürzte die Lippen. »Können Sie nicht lesen? Auf dem Aufkleber steht, dass sie zwanzig kostet.«

»Ich zahle nicht mehr als fünf.«

»Na, dann können Sie Ihren dürren kleinen Hintern gleich wieder zu dem Tisch bewegen, von dem Sie sie geholt haben, und sie zurückstellen.«

Die Frau mit dem Pullover schnappte nach Luft. »Wie unverschämt.«

Die alte Dame brummte, die Frau solle doch zurück in ihren Country Club gehen oder so ähnlich, und richtete ihre Aufmerksamkeit wieder auf mich. »Also, willst du das Tagebuch nun haben oder nicht? Ich muss auf die Stöberer achten. Manche Leuten finden die Preise auf einem Flohmarkt noch zu hoch und klauen die Sachen einfach.«

Ich hatte mir überlegt, fünfundzwanzig Cent zu bieten, da sie mit fünfzig angefangen hatte. Meine Mutter sagte immer, wir sollten bei solchen Verkäufen feilschen. Aber diese Frau schien nicht der Verhandlungstyp zu sein. Außerdem hatte ich die fünfzig Cent, sie hatte zehn Dollar bezahlt, und ich hatte ein bisschen Angst vor ihr. Also kramte ich in meiner Tasche und holte zwei Vierteldollar heraus. »Ich nehme es.«

Ein paar Tage später ging ich nach dem Abendessen in

mein Zimmer und schloss die Tür ab, bevor ich das Tagebuch herauskramte. Ich wollte nicht, dass meine Schwester hereinplatzte und herausfand, dass ich aufschrieb, was mir durch den Kopf ging. Sie würde mit Sicherheit versuchen, es zu lesen, wenn ich nicht zu Hause war – insbesondere, wenn sie wüsste, was mir in letzter Zeit so durch den Kopf ging.

Vor zwei Tagen hatte Spencer mich gefragt, ob ich seine Freundin sein wollte. Ich war seit der fünften Klasse total in ihn verknallt. Natürlich hatte ich Ja gesagt, obwohl meine Eltern meiner Schwester gesagt hatten, sie dürfe sich erst in der Highschool verabreden, und ich gerade mal in der siebten Klasse war. Bevor Spencer mein Freund wurde, war ich bei Jungs nie nervös gewesen. Aber jetzt flippte ich jedes Mal aus, wenn er und ich auch nur miteinander redeten. Ich wusste auch, warum – er war vor mir mit Kelly Reed zusammen gewesen, und sie hatten herumgeknutscht. Ich hatte noch nie einen Jungen geküsst und hatte Angst, es falsch zu machen, wenn es so weit war. Also dachte ich, es wäre ein guter erster Eintrag in mein neues Tagebuch. Vielleicht half es mir herauszufinden, wie ich mit den Dingen umgehen sollte, wenn ich meine Ängste zu Papier brachte.

Bäuchlings auf meinem Bett liegend schwang ich die Füße in der Luft hin und her, während ich auf der Spitze meines Bleistifts kaute und überlegte, wie ich anfangen sollte. *Schreibe ich einfach* »Liebes Tagebuch«, *oder ist das streberhaft?*

»Stella?« Die Stimme meines Vaters und das Geräusch, als er versuchte, den Türgriff zu drehen, ließen mich aufschrecken.

Ich sprang auf, und das Tagebuch fiel vom Bett und landete mit den Seiten nach unten auf dem Boden. »Äh, wer ist da?«

»Dein Vater. Welcher andere Mann klopft an deine Schlafzimmertür, und warum ist sie verschlossen?«

»Ähm … weil ich mich gerade fürs Bett umziehe.«

»Oh. In Ordnung. Ich wollte nur kurz vorbeischauen und gute Nacht sagen.«

»Gute Nacht, Dad!«

»Gute Nacht, Kleine.«

Ich lauschte auf seine Schritte, die in der Ferne verklangen, bevor ich das Tagebuch vom Boden aufhob. Ein paar Seiten in der Mitte waren zerknickt, und ich wollte sie glatt streichen. Doch als ich das Buch umdrehte, stellte ich fest, dass auf den Seiten Wörter standen. Eine Menge Wörter. Verwirrt las ich einige Zeilen und blätterte dann ein paar Seiten zurück. Meine Augen weiteten sich, als ich oben auf einer Seite las.

Liebes Tagebuch,

Oh mein Gott!

Ich blätterte weitere Seiten zurück. Zwei oder drei waren beschrieben, dann stieß ich auf den gleichen Anfang.

Liebes Tagebuch,

Seiten über Seiten waren gefüllt. Wie konnte ich das übersehen? Ich hätte schwören können, dass ich es auf dem Flohmarkt aufgeschlagen hatte. Doch als ich zum Anfang blätterte, wurde mir klar, warum ich all die blaue Tinte nicht bemerkt hatte. Die ersten fünf oder sechs Seiten des Tagebuchs waren komplett leer.

Wessen Tagebuch war das? Die Frau sagte, sie hätte es vor Jahren auf einem Flohmarkt gekauft. Hatte sie es also auch nicht bemerkt?

Vielleicht sollte ich zurückgehen und es ihr zurückgeben.

Oder es meiner Mutter zeigen und sie fragen, was ich tun sollte?

Obwohl …

Vielleicht könnte ich zuerst ein bisschen darin blättern, um eine Ahnung zu bekommen, wem das Buch gehörte.

Ich musste ja nicht das ganze Ding lesen. Nur einen kleinen Eintrag.

Das war alles.

Ich schlug die erste beschriebene Seite auf, um mich zu vergewissern, dass ich ganz am Anfang war, und überflog dann die zwei schlichten Wörter in der ersten Zeile.

Liebes Tagebuch …

Nur ein kleiner Eintrag.

Es konnte ja nicht schaden.

Ich hatte keine Ahnung, wie sehr diese Worte mich noch verfolgen sollten.

7. Kapitel

Stella

»Hallo?«

»Hi, Stella. Ich bin's, Olivia.«

Ich wechselte das Telefon an mein anderes Ohr, damit ich meine Ohrringe fertig anlegen konnte. »Wie geht's dir, Olivia?«

»Mir geht's gut. Aber mein Tag ist doch ein bisschen voller, als ich dachte. Meinst du, du könntest heute mit den Parfüms in meinem Büro vorbeikommen? Ich weiß ja nicht, wo du wohnst, aber wenn es dir zu nervig ist, nach Downtown zu kommen, kann ich auch einen Wagen schicken.«

Meine Wohnung lag auf der Upper East Side, also war es für mich ziemlich umständlich, zu ihr zu kommen. Aber ich schuldete Olivia etwas, also wollte ich mich nicht beklagen. »Das ist in Ordnung. Ich habe sowieso Downtown ein paar Besorgungen zu machen.«

»Oh, großartig. Das ist toll. Danke. Ist gegen zwei Uhr okay?«

»Klar, das ist perfekt.«

»Gut. Bis dann.«

Es hörte sich an, als wollte sie gleich auflegen. »Moment – ich brauche die Adresse.«

»Ach, entschuldige. Ich dachte, die hättest du.«

Warum sollte ich ihre Büroadresse haben? Dachte sie, ich hätte sie gestalkt, bevor ich auf ihrer Hochzeit aufgetaucht war? Himmel, gerade fing ich an, über meine Verlegenheit hinwegzukommen. »Nein.«

»Fünfzehn Broad Street. Vierzehnter Stock.«

Ich schloss mein Schmuckkästchen. *Broad Street?* Dort befand sich Hudsons Büro. »Du arbeitest im selben Gebäude wie dein Bruder?«

»Ach, ich dachte, das wüsstest du. Hudson und ich arbeiten eigentlich zusammen. Rothschild Investments war das Geschäft unseres Vaters.«

Das hatte ich nicht gewusst. Und eigentlich hätte es keinen Unterschied machen sollen, doch ich würde lügen, wenn ich behauptete, die Vorstellung, Hudson möglicherweise zu begegnen, brächte meinen Puls nicht zum Rasen.

Olivia deutete mein Schweigen falsch.

»Der Weg ist ziemlich mühselig, stimmt's? Ich schicke dir doch einen Wagen.«

»Nein, nein – das ist absolut in Ordnung. Bis um zwei.«

»Bist du sicher?«

»Ja. Aber vielen Dank.«

Nachdem ich aufgelegt hatte, schaute ich in den Spiegel über der Kommode. Ich war aus der Dusche gekommen und hatte mein nasses Haar zu einem Pferdeschwanz gebunden. Plötzlich hatte ich Lust, es offen zu tragen und hübsch zu föhnen.

»Hey!« Ich stand von meinem Platz im Empfangsbereich auf, und Olivia schloss mich überschwänglich in die Arme. »Tut mir leid, dass du warten musstest. Ich hatte einen furchtbaren Morgen.«

Ich wünschte, ich sähe so strahlend und fröhlich aus, wenn ich einen schlechten Tag hätte. »Schon gut. Ich habe nicht lange gewartet.«

Sie deutete auf das Innere des Heiligtums. »Komm rein. Musst du gleich wieder aufbrechen? Ich hatte gehofft, wir könnten uns unterhalten. Ich habe uns ein paar Salate bestellt, falls du Hunger hast.«

Ich konnte es immer noch nicht fassen, dass die Frau, auf deren Hochzeit ich uneingeladen erschienen war, meine Freundin sein wollte. »Klar. Sehr gerne. Danke.«

Ich folgte Olivia um zwei Ecken. Von meinem letzten Besuch, als ich mein Handy abgeholt hatte, wusste ich, dass die letzte Tür am Ende dieses Flurs in Hudsons Büro führte. Als wir näher kamen, wurde mein Mund trocken. Seine Tür stand offen, und ich versuchte, im Vorbeigehen unauffällig einen Blick hineinzuwerfen, ohne erkannt zu werden. Als ich sah, dass es leer war, überkam mich Enttäuschung. Aber vermutlich war es das Beste so. Ich hatte genug Zeit mit einem Mann verschwendet, der sich nicht meldete.

Olivias Büro befand sich ganz in der Nähe von dem ihres Bruders. Es war groß und schick, aber nicht ganz das sprichwörtliche Eckbüro mit deckenhohen Fenstern, die auf die Stadt hinunterblickten, wie bei ihrem Bruder. Um keine Missverständnisse aufkommen zu lassen, ich wäre begeistert, in diesem Gebäude auch nur in einem Schrank zu sitzen. Doch ich fand es interessant, dass seine Räumlichkeiten den Anschein erweckten, als stünde er in der Firma über ihr, nachdem Olivia gesagt hatte, dass sie zusammenarbeiteten – und nicht, dass sie *für* ihren Bruder arbeitete.

»Ich habe nicht gefrühstückt. Macht es dir etwas aus, wenn wir essen, bevor ich mir die Parfüms ansehe? Ich kann es kaum erwarten, aber ich bin Diabetikerin und sollte keine Mahlzeiten auslassen.«

»Nein, natürlich nicht.«

Olivia und ich setzten uns einander gegenüber. Ich entfaltete die Stoffserviette, in die das Besteck eingewickelt war, und legte sie quer über meinen Schoß.

»Das sieht toll aus.«

»Ich hoffe, es schmeckt dir. Ich habe einen Salat bestellt, der einige der Zutaten enthält, die du bei unserem letzten Mittagessen genommen hast. Nur um sicherzugehen.«

Gott, sie war so aufmerksam.

Wir aßen unsere Salate. »Gibt es denn bessere Neuigkeiten zu Signature Scent?«, fragte sie.

Ich zwang mir ein Lächeln ab und versuchte, mir nicht anmerken zu lassen, wie unglücklich ich war. »Nicht wirklich. Da der SBA-Kredit abgelehnt wurde, wird sich der Start stärker verzögern, als ich gehofft hatte.«

Sie runzelte die Stirn. »Das tut mir leid. Ich dachte schon, dass dein Antrag abgelehnt werden könnte, als wir beim Mittagessen darüber gesprochen haben. Aber ich wollte nichts sagen und es nicht verschreien. Ich hatte schon mit denen zu tun, sie sind nicht so gründerfreundlich, wie sie behaupten.«

»Ja. Im Grunde haben sie gesagt, kommen Sie wieder, sobald der Laden läuft und Sie eine gewisse Umsatzhistorie nachweisen können.«

»Könntest du dir … eventuell vorstellen, einen Investor mit reinzunehmen? Das ist ein Teil unserer Arbeit hier. Rothschild Investments ist eine Vermögensverwaltungsgesellschaft. Wir bieten typische Dienstleistungen auf dem Sektor an, wie die Verwaltung von Aktienportfolios. Wir haben aber auch einen

Pool an Investoren, die sich an neuen oder expandierenden Unternehmen beteiligen.«

»Ihr verkauft also einen Teil einer Firma an einen Haufen verschiedener Leute?«

Sie nickte. »Ja, so in etwa. Aber normalerweise behältst du die Kontrolle über die Anteile. Und da die Investoren ein persönliches Interesse an deinem Erfolg haben, geben sie dir nicht nur einen Scheck. Sie unterstützen dich auch beim Management, indem sie zum Beispiel ihre Kaufkraft und andere Ressourcen einsetzen. Unsere Venture-Capital-Abteilung verfügt über ein ganzes Team, dessen einzige Aufgabe darin besteht, die Unternehmen zu unterstützen, in die es investiert.«

»Hmhm … Käme ich für so etwas denn überhaupt infrage? Ich habe eine Menge meiner Ersparnisse investiert, aber ich habe kein festes Einkommen mehr. Um ehrlich zu sein, werde ich mir bald einen Job suchen müssen, wenn ich nicht etwas von dem Inventar verkaufe, das ich angeschafft habe.«

»Die Zusammenarbeit mit einem Investor ist anders als mit einer Bank. Sie basiert nicht auf dem Einkommen des Eigentümers, sondern auf dem Potenzial des Unternehmens. Ich könnte einen Termin für dich vereinbaren, wenn du das in Erwägung ziehst.«

»Könnte ich … ein wenig darüber nachdenken und mich wieder bei dir melden? Es ist sehr großzügig von dir, dass du mein Geschäft überhaupt für so etwas in Erwägung ziehst. Ich möchte nur sichergehen, dass es die richtige Entscheidung für mich ist.«

»Natürlich. Auf jeden Fall.«

Olivia und ich beendeten unser Mittagessen und plauderten wie alte Freundinnen. Danach zeigte ich ihr alle Parfüms, die ich für ihre Trauzeuginnen gemacht hatte, und sie quietschte förmlich vor Freude über jedes einzelne. Ihre Aufregung war ansteckend, und als ich mich verabschiedete, war ich so aufgekratzt wie seit Wochen nicht mehr – zumindest seit die Bank meinen Kreditrahmen gesperrt hatte.

»Danke noch mal für das Mittagessen, Olivia.«

»Sehr gern. Es hat Spaß gemacht.«

»Und ich melde mich so schnell wie möglich bei dir wegen des Investors. Nur aus Neugierde: Wenn ich mich für diesen Weg entscheiden würde, was wäre der erste Schritt?«

»Du würdest dich mit dem Team der Venture-Capital-Abteilung hier im Büro treffen und denen von deinem Vorhaben erzählen, für dein Unternehmen werben und mögliche Fragen beantworten.«

Ich nickte. »Okay. Vielen Dank.«

Olivia begleitete mich zurück in den Empfangsbereich, und wir umarmten uns zum Abschied. »Sag Bescheid, wenn du dich entschieden hast, ich könnte dich wahrscheinlich für nächste Woche in den Kalender eintragen. Ich glaube, Hudson verlässt die Stadt, aber nicht vor Donnerstag.«

»Hudson?«

»Ja. Er ist der Leiter der Venture-Capital-Abteilung. Hatte ich das nicht erwähnt?«

Nein, ganz sicher nicht.

»Ich habe mich umgehört und nur Positives über Rothschild Investments gehört«, berichtete Fisher.

Ich schenkte mir ein Glas Wein ein und setzte mich ihm gegenüber an den Küchentisch. Er war direkt nach der Arbeit vorbeigekommen, hatte also noch seinen Anzug an und sah ziemlich elegant aus.

Zwei Tage waren seit meinem Treffen mit Olivia vergangen,

und ich hatte mich immer noch nicht entschieden, ob ich einen Teil meines Unternehmens an eine Investmentgruppe verkaufen sollte.

Die Anwaltskanzlei, in der Fisher arbeitete, hatte eine Abteilung, die viel mit Börsengängen und Finanzierungen zu tun hatte, auch wenn Fisher für Medienrecht zuständig war. Nachdem er mich über die Zusammenarbeit mit einem Risikokapitalgeber aufgeklärt hatte, streckte er daher seine Fühler aus, um einige Referenzen für das Unternehmen von Olivias Familie zu bekommen.

»Prince Charming ist dafür bekannt, streng zu sein«, sagte er.

Ich nippte an meinem Wein. »Nun, ich schätze, es gibt einen Grund, warum Evelyn ihn immer GQ Arsch genannt hat.«

»Aber er hat auch beeindruckend viel Erfolg mit den Unternehmen, an denen sie sich beteiligen. Vielleicht solltest du das ernsthaft in Betracht ziehen.«

Ich seufzte. »Ich weiß nicht.«

»Was hält dich zurück?«

»Einen Teil meines Unternehmens zu verkaufen, bevor es überhaupt richtig an den Start gegangen ist.«

Fisher nickte. »Verstehe ich gut, aber realistisch betrachtet, was ist die Alternative? Du wirst jahrelang wieder Vollzeit arbeiten müssen, um das Geld zusammenzubekommen, das du brauchst, um so zu starten wie geplant. Und du hast selbst gesagt, dass ein Großteil des Inventars, das du hast, nicht lange halten wird.«

»Ich könnte eine Weile sparen und in viel kleinerem Rahmen starten.«

»Aber dann würdest du Vollzeit arbeiten und gleichzeitig

versuchen, ein Geschäft zu führen, das deine volle Aufmerksamkeit verlangt.«

Ich ließ die Schultern hängen. »Ich weiß.«

»Du wolltest dir von der Bank Geld leihen, also hätte sie dich theoretisch gesehen sowieso in der Hand gehabt, bis du es zurückbezahlt hättest. Ich habe mit dem Partner gesprochen, der für den Geschäftsbereich in meiner Kanzlei zuständig ist. Er sagte, dass Risikokapitalgeber die Unternehmen, in die sie investieren, nicht für immer besitzen wollen. Sie beteiligen sich, um eine nette Rendite zu erzielen und dann zum nächsten Unternehmen zu wechseln. Sie müssen liquidieren, sonst besitzen sie am Ende nur einen Haufen Unternehmen und haben kein Kapital mehr für die nächste große Sache. Der durchschnittliche Risikokapitalgeber will nach sieben bis acht Jahren wieder aussteigen. Und du kannst ein Vorkaufsrecht aushandeln, sodass du, wenn die Zeit für einen Verkauf gekommen ist, als Erste ein Angebot für die Anteile machen darfst.«

»Wirklich?«

Fisher nickte. »Bei einem Bankkredit würdest du auch so lange oder noch länger brauchen, um ihn abzubezahlen.«

Das war ein gutes Argument. Die Gründe, die gegen diese Möglichkeit sprachen, lösten sich rasch auf. Doch ich konnte mir immer noch nicht vorstellen, dass der Mann, der mich zur Rede gestellt hatte, weil ich mich auf die Hochzeit seiner Schwester geschlichen hatte, um mich dann um ein Date zu bitten, aber nie anzurufen, irgendein Verlangen hatte, mit mir ins Geschäft zu kommen.

Ich nippte an meinem Wein und jonglierte mit meinen Gedanken. Im Grunde war ein Risikokapitalgeber die einzige Wahl, die mir blieb. Natürlich hatte ich herausgefunden, dass es Tausende von ihnen gab, als ich auf eigene Faust recherchiert hatte. Ich könnte es mit einer anderen Firma versuchen. Rothschild Investments war bestimmt nicht die einzige Firma in der Stadt mit guten Referenzen. Auf der anderen Seite gab es dort Olivia, die fast so begeistert von meinem Geschäft zu sein schien wie ich. Das war ein großes Plus. Und dann war da noch Hudson. Der gehörte in diesem Fall auf die Seite mit den Nachteilen. Aber wie lautete das alte Sprichwort? Von zwei Übeln wählt man besser das, das man schon kennt – oder so ähnlich.

Ich holte tief Luft und sah über den Tisch zu Fisher.

»Was würdest du tun?«

Mein Telefon lag in der Mitte des Tisches. Er griff danach und schob es mir hin. »Ich würde anrufen, bevor deine neue Freundin ihre Meinung ändert.«

8. Kapitel

Hudson

»Was zum Teufel, Olivia?«

»Beruhige dich. Beruhige dich. Deshalb habe ich es dir bis jetzt nicht gesagt. Du neigst zu Überreaktionen.«

Ich warf die Akte, an der ich gearbeitet hatte, auf meinen Schreibtisch. »Überreaktion? Eine Frau öffnet die Post einer anderen und schleicht sich auf deine Hochzeit – eine Hochzeit, die mich nebenbei bemerkt ein kleines Vermögen gekostet hat –, und du willst, dass wir mit dieser unberechenbaren Person Geschäfte machen? Ich glaube eher, bei dir sitzen ein paar Schrauben locker, als dass ich übertreibe.«

Ich erwähnte nicht, dass ich besagte unberechenbare Person um ein Date gebeten hatte. Zum Glück schien die kleine Miss Hochzeits-Crasher dieses pikante Detail meiner Schwester gegenüber ebenfalls ausgelassen zu haben. Ich schüttelte den Kopf und kam noch nicht darüber hinweg, dass meine Schwester Stella eingeladen hatte, ihre Idee dem Investmentteam zu präsentieren. »Nein, Olivia. Schlichtweg nein.«

»Mein Gott, Hudson. Ich weiß sehr wohl, dass du auch nicht immer so korrekt warst. Wenn ich mich recht erinnere, musste Dad eine Kaution für dich stellen, nachdem man dich wegen Einbruchs verhaftet hatte.«

»Ich war siebzehn und betrunken und dachte, es wäre unser Haus …«

Meine Schwester zuckte mit den Schultern. »Und was ist mit dem Dixi-Klo, das du auf der Baustelle in die Luft gejagt hast? Damals bist du nur nicht verhaftet worden, weil Dad sich bereit erklärt hat, dem Bauunternehmer drei neue zu kaufen.«

»Ich war noch auf der Highschool. Es war der vierte Juli, und Jack hat den Böller gezündet, nicht ich.«

»Weißt du, was dein Problem ist?«

Ich lehnte mich auf meinem Stuhl zurück und seufzte. »Nein, aber ich bin mir sicher, dass du es mir gleich sagen wirst.«

»Du bist nicht mehr lustig. Vor fünf Jahren hättest du gelacht, wenn sich jemand auf eine Hochzeit, auf der du warst, geschlichen hätte. Jetzt bist du verklemmt und verbittert. Deine Scheidung hat dir den Sinn für Humor geraubt!«

Ich spannte die Kiefermuskeln an. Eine Frau, mit der ich kürzlich ein paarmal ausgegangen war, hatte mir gesagt, ich würde nicht genug lächeln. Ich war höflich gewesen und hatte ihr nicht gesagt, dass sie einfach nicht besonders witzig war, doch ihre Bemerkung hatte mich genervt. In der Woche zuvor hatte Charlie in der Schule ein Bild von ihrer Familie gemalt. Alle auf dem Bild lächelten – sie, meine Ex-Frau, der Babysitter, sogar der verdammte Hund – nur ich machte ein finsteres Gesicht.

Ich schüttelte den Kopf und nahm meinen Stift in die Hand. »Verschwinde, Olivia.«

»Sie kommt heute um vierzehn Uhr, um ihre Idee dem Team zu präsentieren. Die können mit dir oder ohne dich abstimmen.«

Ich deutete mit dem Kinn in Richtung Bürotür. »Mach die Tür hinter dir zu.«

»Evelyn.« Ich nickte, als ich den Konferenzraum betrat.

Stella runzelte die Stirn, und meine Schwester starrte mich an.

»Was ist?« Ich zuckte mit den Schultern.

»Du weißt ganz genau, wie sie heißt.«

Ich grinste und sah zu Stella. »Ach, stimmt ja. Evelyn ist dein Alter Ego, das Straftaten begeht. Stella ist allem Anschein nach eine anständige Geschäftsfrau, die ich noch nicht kennengelernt habe. Ziehst du dich in einer Telefonzelle um oder so?«

Da sie noch nicht begonnen hatten, nahm ich meinen üblichen Platz am Kopfende des Tisches im Konferenzraum ein. Ich war gespannt, wie Stella mit meinen Sticheleien umgehen würde. Sie überraschte mich, indem sie mit ausgestreckter Hand auf mich zukam.

»Hallo, Mr Rothschild. Ich bin Stella Bardot. Freut mich sehr, Sie kennenzulernen. Ich weiß es zu schätzen, dass ich Ihnen heute meine Geschäftsidee vorstellen darf.«

Ich schüttelte ihr die Hand und hielt ihren Blick fest. »Ich kann es kaum erwarten.«

Eigentlich hatte ich nicht an dem Meeting teilnehmen wollen, doch dann war ich um kurz vor zwei Uhr zum Empfang gegangen, um ein paar Briefe in den Ausgangskorb zu werfen. Als ich den Flur vorm Konferenzraum hinunterging, nahm ich einen Hauch von Parfüm wahr und wusste, dass Stella eingetroffen war. Sie roch sogar noch besser, als ich es in Erinnerung hatte. Gegen meinen Willen ließ der Duft noch andere Erinnerungen in mir aufsteigen – an ihr phänomenales Lächeln, ihre temperamentvolle Persönlichkeit und wie ich meinen

Blick nicht von dem zarten Puls abwenden konnte, den ich an ihrem Hals sehen konnte, wenn sie lachte. Bei dieser Frau kam ich mir vor wie ein Vampir, so sehr wollte ich an ihr saugen.

Zurück in meinem Büro hatte ich versucht zu ignorieren, was gleich im Konferenzraum stattfinden würde. Doch zehn Minuten später gab ich auf, weil mir klar war, dass ich sowieso nicht mehr arbeiten würde. Außerdem hatte ich noch nie einen Pitch verpasst, und es war wahrscheinlich besser, wenn ich meine Schwester im Auge behielt. Jemand musste ihre sentimentale Seele davon abhalten, bis auf das letzte Hemd alles zu verschenken.

Stella kehrte zu ihrem Platz zurück. Daran, wie sie auf ihrem Stuhl hin und her rutschte und an ihrem Ring herumspielte, erkannte ich, wie nervös sie war. Obwohl sie sich alle Mühe gab, es nicht zu zeigen, was ich respektierte. Das Venture-Capital-Investmentteam bestand aus drei Senior-Analysten, dem Marketingleiter, Olivia und mir. Aber in der Regel leitete ich das Team und stellte den Großteil der Fragen.

Vom anderen Ende des Tisches warf mir meine Schwester einen warnenden Blick zu. Sie wollte mich ermahnen, mich von meiner besten Seite zu zeigen.

»Warum fangen wir nicht einfach an?«, fragte ich. Ich schaute nach links und nickte Stella knapp zu. »Sie haben das Wort, Miss Bardot.«

Sie holte tief Luft, so ähnlich wie auf der Hochzeit meiner Schwester, nachdem sie vor allen Gästen das Mikrofon genommen und versucht hatte, sich zu beruhigen – und nicht unähnlich dem Bild, das ich in den letzten Wochen mehr als einmal unter der Dusche heraufbeschworen hatte …

Faszinierende grüne Augen, volle rosa Lippen und ein unschuldiges Gesicht – Stella Bardot war wunderschön. Daran bestand kein Zweifel. Doch es war die Art, wie sie sich einer Herausforderung stellte, sich durchboxte und am Ende *Leck mich* sagte, die in mir den Wunsch weckte, ihre makellose elfenbeinfarbene Haut mit meinen Lippen zu bearbeiten.

Heute hatte sie das Haar zu einer Art Knoten hochgesteckt und trug diese dicke, dunkel gerahmte Brille. Ich verspürte den heftigen Drang, sie gegen einen Bücherstapel zu drücken, ihre Frisur zu lösen und ihre Brille in die Zimmerecke zu pfeffern.

Wie reif, Rothschild. Sehr reife Gedanken.

Ganz zu schweigen von äußerst professionell.

Glücklicherweise schien zumindest eine Person im Raum vernünftig zu sein.

Stella räusperte sich. »Ich habe ein paar Mustersets mitgebracht, eine Demoversion der Website, einige Informationen zu meinen bisherigen Investitionen und eine Liste des Lagerbestands. Wahrscheinlich ist es am besten, ich beginne mit dem Musterset.«

Ich nickte, sagte aber nichts.

Die nächste halbe Stunde folgte ich ihrer Präsentation. Ihre Geschäftsplanung war für eine impulsive Frau gut durchdacht. Die Website war professionell, mit einem guten Branding und einfacher Navigation. Die meisten Unternehmensgründer, die zu uns kamen, hatten *sich mit den hübschen Dingen* beschäftigt, sich aber keine Gedanken über digitales Marketing gemacht. Stella schon. Sie sprach über Marketing Metriken und andere Tools und zeigte, dass sie langfristig dachte. Auch die Höhe des investierten Kapitals war beeindruckend, wobei ich mich fragte, woher sie so viel Geld hatte.

»Hat das Unternehmen Schulden, oder gibt es bereits andere Investoren?«, fragte ich.

»Nein. Keine Schulden. Ich hatte einen Partner, der Geld investiert hatte, aber ich habe ihn letztes Jahr rausgekauft.«

»Also die zweihundertfünfundzwanzig Riesen, die Sie bis jetzt investiert haben … die kamen von …?«

»Das waren meine Ersparnisse.«

Vermutlich zeichnete sich meine Skepsis auf meinem Gesicht ab, denn sie fügte hinzu: »In meinem letzten Job habe ich als leitende Chemikerin hundertzehntausend verdient. Ich musste sechs Jahre lang sparen, das kleine Büro in meiner Wohnung in ein Gästezimmer umwandeln und eine Mitbewohnerin aufnehmen. Aber ich habe jedes Jahr fast die Hälfte meines Nettoeinkommens zur Seite gelegt.«

Erneut beeindruckt, nickte ich. Die Hälfte der Leute, die uns ihre Geschäftsideen präsentierten, hatten Almosen von Mommy und Daddy bekommen oder einen großen Batzen Schulden, bevor sie überhaupt loslegen konnten. Die Beharrlichkeit, die nötig war, um so weit zu kommen, verdiente meine Anerkennung. Wobei ich ihr diese Anerkennung nicht laut aussprechen würde.

Als Stella zum Demonstrationsteil ihrer Präsentation kam, merkte ich, dass meine Schwester bereits mit allem vertraut war. Sie verhielt sich wie ihre Assistentin und half Stella, das Produkt zu verkaufen. Sie schienen sich wirklich gut zu verstehen und warfen einander die Bälle zu. Olivia bemerkte zwischendurch, wie sehr ihre Freundinnen die Kreationen liebten. Irgendwann lachten die beiden, und ich ertappte mich dabei, wie ich mich auf den Puls an Stellas Hals konzentrierte. Ich konnte meinen Blick nicht von der verdammten Stelle losreißen. Olivia schaute zu mir herüber und warf mir einen komischen Blick zu.

»Und? Was denkt ihr?«, fragte meine Schwester, nachdem

die Präsentation zu Ende war. »Ist das nicht ein erstaunliches Produkt?«

Im Raum erhob sich lautes Gemurmel, meine Mitarbeiter nickten und drückten auf die eine oder andere Art ihre Anerkennung aus. Der Marketingleiter sprach über die Rentabilität der Parfümindustrie und wie viel Schönheitsartikel im Allgemeinen verkauft wurden. Ich schwieg, bis meine Schwester mich ansah.

»Hudson? Was denkst du?«

»Das Konzept ist interessant. Allerdings bin ich noch nicht davon überzeugt, dass die Bewertung einiger Geruchsproben und das Ausfüllen eines Online-Fragebogens mit einem konsequent entwickelten Produkt mithalten können, das dem Verbraucher gefällt.«

»Nun, ich liebe meins«, erklärte Olivia. »Und meine sieben Freundinnen waren alle verrückt nach ihren.«

Stella drehte sich um und sah mich an. »Möchten Sie es einmal selbst ausprobieren? Vielleicht sollte eine Frau in Ihrem Leben es ausprobieren.«

Meine Schwester schnaubte. »Soll er es von seiner Putzhilfe oder von seiner sechsjährigen Tochter testen lassen?«

Ich warf Olivia einen finsteren Blick zu.

»Eigentlich«, sagte Stella, »kann er es selbst ausprobieren.«

»Ich benutze eigentlich kaum Parfüm. Aber danke.«

»Ich meinte nicht, dass Sie es auftragen sollen. Sie wissen doch, welche Gerüche Sie mögen und welche nicht, richtig? Wenn Sie in einem Geschäft ein Parfüm auswählen, riechen Sie an einem Haufen Proben, bis Sie dasjenige finden, das Sie anspricht. Signature Scent überspringt einfach die unnötigen Schritte. Wenn Sie den Prozess durchlaufen, sollte der Duft, den ich für Sie kreiere, so ansprechend sein, dass Sie ihn auch im Laden für eine Frau gekauft hätten.« Sie zuckte mit den Schultern. »Männer mögen Parfüm genauso gerne wie Frauen. Sie sprühen sich nur nicht selbst damit ein.«

Obwohl ich fand, dass ihre Präsentation gut gelaufen war, dass sie ein gutes Produkt und ein unverwechselbares Marketing hatte, war ich mir nicht sicher, ob ich mit ihr zusammenarbeiten wollte.

Irgendetwas stimmte nicht, auch ohne das Fiasko bei der Hochzeit zu berücksichtigen oder dass sie in letzter Zeit der Star meiner peinlich häufigen Duschorgien war. Ich konnte einfach nicht herausfinden, was es war. Meine Schwester würde mich allerdings verrückt machen, wenn ich keinen seriösen Grund hätte, die Investition abzulehnen, also könnte diese Probe vielleicht mein Ausweg sein.

Ich stand auf und knöpfte mein Sakko zu. »Gut. Geben Sie mir ein Set, und wir werden sehen.«

Olivia klatschte in die Hände, als wäre der Deal bereits besiegelt. Ich warf ihr einen warnenden Blick zu, damit sie sich nicht zu große Hoffnungen machte, was sie natürlich ignorierte.

»Ich muss zu einem Meeting«, log ich.

Stella stand auf. Sie wies auf den Mist, der überall auf dem Tisch lag. »Ich setze diesen Musterkasten wieder zusammen, bevor ich gehe, und lasse Ihnen eine Kopie der Fragen da, die auf der Website stehen werden.«

»Klingt gut.«

Als ich hinausgehen wollte, rief Stella mir hinterher. »Mr Rothschild?«

Ich drehte mich um, und wieder streckte sie mir die Hand hin. »Danke, dass Sie sich die Zeit genommen haben. Ich weiß es wirklich zu schätzen, dass Sie mein Projekt in Betracht ziehen, insbesondere nach dem etwas unglücklichen Auftakt zwischen uns.«

Ich sah auf ihre Hand hinunter und dann wieder in ihr Gesicht, ehe ich ihre Hand ergriff. »Viel Glück, *Evelyn*.«

9. Kapitel

Stella

Ich kam nicht über den Brief hinweg, den ich in Händen hielt.

Zehn Tage waren seit meiner Präsentation bei Rothschild Investments vergangen. Wie ich es versprochen hatte, hatte ich das Musterset für Hudson zurückgelassen. Am nächsten Tag rief Olivia an, um mir mitzuteilen, dass sie sich vergewissert hätte, dass er alles ausgefüllt hatte, dann schickte sie mir seine Bewertungen und den ausgefüllten Fragebogen. Als das Päckchen eintraf, war ich überwältigt, dass es auch jede Menge großartiger Grafiken enthielt, die Olivia von ihrer Marketingabteilung hatte entwerfen lassen. Sie hatte sich sogar ein paar gute Slogans ausgedacht, die sich sehr gut auf den individuellen Kartons machen würden, die ich noch anfertigen lassen musste.

Ich hatte sie angerufen, um mich zu bedanken, woraufhin wir fast zwei Stunden über all unsere Ideen sprachen. Seitdem hatten wir noch ein halbes Dutzend Mal miteinander telefoniert. Ihre Aufregung war nicht zu überhören, aber nach den letzten Enttäuschungen, die ich bei der Finanzierung erlebt hatte, wollte ich meine Hoffnungen nicht zu hochschrauben – was Olivia allerdings unmöglich machte.

Als wir vor zwei Tagen gesprochen hatten, berichtete sie

mir, dass das Parfüm eingetroffen sei, das ich für Hudson kreiert hatte. Er war geschäftlich unterwegs, aber sie hatte es ihm mit einer Nachricht auf seinen Stuhl gelegt, damit er es sah, sobald er zurückkam. Der Vater ihres Mannes musste kurzfristig am Herzen operiert werden, weshalb Olivia für eine Woche nach Kalifornien fuhr, aber sie hatte gesagt, sie wolle nach ihrer Rückkehr ein Treffen arrangieren.

Ich hatte mich ehrlich gesagt in dem Glauben gewiegt, die Sache mit Rothschild Investments sei unter Dach und Fach, weshalb mich der Brief, den ich gerade zum zweiten Mal gelesen hatte, schockierte.

Liebe Miss Bardot,
vielen Dank für Ihr Interesse an einer Zusammenarbeit mit Rothschild Investments. Obwohl Ihr Produkt beeindruckend ist, müssen wir Ihnen leider mitteilen, dass wir Ihnen zum jetzigen Zeitpunkt kein Angebot unterbreiten können.
Wir wünschen Ihnen viel Glück bei Ihren zukünftigen Unternehmungen.
Mit freundlichen Grüßen
Hudson Rothschild

Enttäuschung drückte nicht im Entferntesten aus, was ich empfand. *Schon wieder.*

Immer noch geschockt, las ich den Brief noch einmal durch. Ich wollte Olivia nicht anrufen und fragen, was passiert war, da sie sich gerade um ihren kranken Schwiegervater kümmerte. Außerdem hatte Hudson den Brief unterschrieben, und wenn ich eine ganze Woche warten musste, bis Olivia zurückkam, würde ich durchdrehen. Also beschloss ich, Hudson direkt anzurufen. Ich musste zumindest herausfinden, warum sie ihre Meinung geändert hatten, denn ich war mir ganz sicher, dass es nicht an dem Parfüm liegen konnte, das ich für ihn kreiert hatte.

Mit zitternden Fingern tippte ich seine Nummer in mein Handy. Die fröhliche Empfangsdame antwortete nach dem ersten Klingeln.

»Guten Tag. Rothschild Investments. Wie kann ich Ihnen helfen?«

»Hallo. Könnte ich bitte mit Hudson Rothschild sprechen?«

»Ich frage gern nach, ob er verfügbar ist.«

Ich wartete eine Minute, bis eine Stimme, die ich als Helena, seine Assistentin erkannte, antwortete. Ich hatte sie bei meinen beiden Besuchen im Büro kennengelernt. Sie war ausgesprochen freundlich und mochte die Idee von Signature Scent.

»Hi, Helena. Hier ist Stella Bardot. Könnte ich wohl mit Hudson sprechen?«

»Hi, Stella. Er ist gerade von einer Besprechung zurückgekommen. Ich glaube, er hat eine Lücke in seinem Kalender, aber ich frage noch mal nach, ob er zu sprechen ist.«

Dreißig Sekunden später war sie wieder in der Leitung und klang nicht mehr so fröhlich.

»Es … tut mir leid, Stella. Er spricht auf der anderen Leitung. Kann er Sie zurückrufen?«

Irgendetwas sagte mir, dass er nicht am Telefon war und dass er ihr gesagt hatte, sie solle mich abwimmeln. Aber ich war aufgebracht, also könnte das auch an meiner Paranoia liegen.

»Ja, natürlich.«

Ich hinterließ ihr meine Geschäftsnummer und wartete geduldig. Aber es kam kein Rückruf. Also rief ich am nächsten

Nachmittag wieder an und landete erneut bei Helena. Als sie mir diesmal sagte, Hudson sei nicht erreichbar, stieß ich frustriert die Luft aus.

»Würden Sie ihm sagen, dass ich nur zwei Minuten seiner Zeit bräuchte? Er hat sicher sehr viel zu tun, aber es wird nicht lange dauern.«

»Klar, ich sage ihm Bescheid. Ist alles in Ordnung?«

»Nicht wirklich.« Ich seufzte. »Ich habe seine Absage wegen der Beteiligung an Signature Scent erhalten, und ich wollte ihn nach dem Grund fragen. Der stand nicht in dem Brief, und ich möchte wenigstens daraus lernen.«

»Oh wow. Das tut mir leid. Das wusste ich nicht.«

Das war interessant. Ich hätte erwartet, dass seine Assistentin den Brief abgetippt hatte. »Ich will nicht nerven. Ich hätte nur gerne ein paar Minuten seiner Zeit.«

»Ich sage ihm Bescheid. Und es tut mir leid, dass es nicht geklappt hat, Stella. Ich habe mich wirklich auf Ihr Projekt gefreut.«

»Danke, Helena.«

An jenem Tag versuchte ich, mich abzulenken. Dennoch sah ich mindestens ein Dutzend Mal auf mein Telefon. Um sechs Uhr abends hatte ich die Hoffnung schon fast aufgegeben – als mein Telefon klingelte, während ich gerade eine Runde joggen war. Ich wischte mir die Hände an der Hose ab und hob keuchend ab.

»Hallo?«

»Hi, Stella. Hier ist Helena.«

»Hi, Helena.«

»Tut mir leid, dass Hudson nicht zurückgerufen hat. Er war, äh, heute ziemlich beschäftigt. Ich habe Ihre Nachricht weitergeleitet, und ich soll Ihnen ausrichten, dass er sich gegen die

Investition entschieden hat, weil er das Muster nicht mochte, das Sie ihm geschickt haben. Das hat ihn wohl an dem Produkt zweifeln lassen.«

»Oh, ich verstehe.« Das war völliger Blödsinn. Denn ich hatte ihm denselben Duft gemacht, den ich in der Nacht von Olivias Hochzeit getragen hatte. Und er hatte mir *zweimal gesagt,* wie gut ich rieche. Vor ein paar Wochen wollte ich aufgeben und alles für lange Zeit auf Eis legen. Doch jetzt war ich nicht mehr bereit, mich mit der Niederlage abzufinden. Die ganzen Gespräche mit Olivia hatten mich zu sehr aufgeputscht, um diesmal so einfach zu kapitulieren. Ich wollte einen letzten Versuch wagen, weil ich wusste, dass Hudson wegen des Grundes log.

»Könnte ich wohl einen Termin vereinbaren, um mit Hudson persönlich zu sprechen?«

Helenas Stimme wurde leiser. Es klang, als würde sie den Hörer abschirmen, damit es niemand hörte. »Ich will keinen Ärger bekommen, aber ehrlich gesagt glaube ich, wenn ich ihn frage, wird er Nein sagen.«

Ich seufzte. »Okay, danke, Helena. Ich verstehe, was Sie sagen wollen.«

»Aber … ich arbeite jetzt schon lange für Hudson. Sein Bellen ist schlimmer als sein Beißen. Wenn Sie jetzt einfach auftauchen würden … hat er vielleicht keine Wahl. Und er respektiert Leute, die hart für das kämpfen, was sie wollen.«

Ich lächelte traurig. »Danke, Helena. Vielen Dank für Ihren Rat. Ich denke darüber nach.«

Am nächsten Morgen traf ich um acht Uhr bei Rothschild Investments ein. »Hallo. Ist Hudson Rothschild im Haus?«

Die Empfangsdame lächelte. »Ja. Haben Sie einen Termin?«

Ich holte tief Luft. »Nein, aber ich brauche nur zwei Minuten seiner Zeit. Könnte ich wohl kurz zu ihm reingehen?«

»Ich frage mal nach. Wie heißen Sie, und worum geht es?«

»Stella Bardot, und es geht um Signature Scent.«

Sie nahm den Hörer ab, und ich hörte ihre Seite des Gesprächs mit.

»Hallo, Mr Rothschild. Hier ist eine Stella Bardot, die Sie wegen Signature Scent sprechen möchte. Sie hat keinen Ter…«

Er hatte sie ganz offensichtlich unterbrochen. Ich hörte seine tiefe Stimme durch ihr Headset dröhnen, konnte jedoch nicht verstehen, was er sagte. Als ich ihr langes Gesicht sah, wusste ich, dass das kein gutes Zeichen war.

»Ähm … okay … Soll ich ihr das so sagen?« Eine Pause, dann hob sie ihren Blick und sah mir in die Augen. »Okay. Vielen Dank.«

Sie betätigte eine Taste auf ihrer Tastatur und schenkte mir ein entmutigendes Lächeln. »Mr Rothschild sagt: ›Wenn Sie nichts Besseres mit Ihrer Zeit anzufangen wissen, setzen Sie sich.‹ Wenn er im Laufe seines arbeitsreichen Tages zwei Minuten Zeit findet, empfängt er Sie.« Sie zog eine Grimasse. »Tut mir leid.«

»Schon in Ordnung – man soll nicht den Überbringer der Nachricht erschießen und so.«

Sie deutete auf den Wartebereich. »Möchten Sie vielleicht einen Kaffee haben, während Sie warten?«

»Nein danke.«

»Okay. Ich bin Ruby. Wenn Sie Ihre Meinung ändern, lassen Sie es mich einfach wissen.«

»Danke, Ruby.«

Ich setzte mich auf die Couch und holte mein Telefon heraus, um meine E-Mails zu checken. Mein Instinkt sagte mir, dass ich hier noch eine Weile sitzen würde. Ich hatte das Gefühl, Hudson genoss es, mich warten zu lassen.

Und ich hatte mich nicht geirrt.

Drei Stunden später kam die Empfangsdame hinter dem Schreibtisch hervor und zu mir.

»Ich wollte Ihnen nur sagen, dass ich noch mal angerufen und ihn erinnert habe, um sicherzugehen, dass er Sie nicht vergessen hat.«

Ich grinste. »Und wie ist es gelaufen?«

Sie lachte und sah über ihre Schulter, um sich zu vergewissern, dass niemand in der Nähe war. »Er war … irgendwie schnippisch.«

»Das glaube ich. Aber es ist okay.« Ich deutete auf den gläsernen Couchtisch vor mir. »Zumindest gibt es hier all diese tollen Zeitschriften.«

Um fünf Uhr dachte ich, er würde mich dazu bringen, ihn auf dem Weg aus dem Büro zu verfolgen, nur um ein Idiot zu sein. Heute Morgen hatte ich nach den ersten ein oder zwei Stunden überlegt zu gehen, aber jetzt hatte ich so viel Zeit investiert, dass ich auf keinen Fall nachgeben wollte. Ich steckte meine Ohrstöpsel ein, machte es mir auf der Couch bequem und schaltete klassische Musik ein, um mich zu entspannen. Ich würde mehr Ausdauer beweisen als Hudson, und wenn es mich umbrachte. Doch um halb sechs kam die Empfangsdame erneut zu mir.

Sie machte ein finsteres Gesicht. »Ich wollte gerade gehen, da habe ich noch einmal bei Mr Rothschild angerufen. Ich soll Ihnen ausrichten, dass er heute keine zwei Minuten Zeit hat.«

Was für ein Mistkerl. Das war von vornherein sein Plan gewesen – dass ich einen ganzen Tag verliere. Nun, glücklicherweise hatte ich keinen Job und musste nirgendwo sein. Anstatt mich also aufzuregen, beschloss ich, beharrlich zu sein. Ich stand auf und schob meine Handtasche über die Schulter.

»Könnten Sie Mr Rothschild bitte sagen, dass ich morgen wiederkomme? Vielleicht kann er dann die zwei Minuten erübrigen.«

Die Rezeptionistin zog die Augenbrauen hoch, doch sie lächelte. »Klar doch.«

Am nächsten Tag kam ich besser vorbereitet. Ich brachte meinen Laptop, einige Snacks, ein Ladegerät für mein Handy und meine To-do-Liste mit. Als der Morgen erneut verging, ohne dass Hudson ein paar Minuten Zeit für mich fand, hatte ich wenigstens ein paar Dinge von meiner Liste abgehakt und meine E-Mails aufgeräumt – zwei Dinge, die längst überfällig waren.

Am Nachmittag aktualisierte ich meinen Lebenslauf, lud mehr als tausend Bilder von meinem Telefon auf eine Speicher-Website hoch und organisierte sie. Dann verbrachte ich anderthalb Stunden damit, im Internet einen Traumurlaub zu planen, den ich mir niemals würde leisten können – ich suchte mir Luxushotels und ein privates Segelboot mit Kapitän, das mich zu den griechischen Inseln bringen sollte. Wieder kam um halb sechs die Empfangsdame zu mir.

»Gute Nachrichten. Ich denke …«

»Oh?«

»Ich habe gerade angerufen und ihm gesagt, dass ich gehe und dass Sie noch hier sind.« Sie zuckte mit den Schultern. »Er hat nicht gesagt, dass ich Sie bitten soll zu gehen.«

Ich verzog das Gesicht, weil ich jetzt eindeutig den Überblick verloren hatte. »Ich soll also warten?«

Sie zeigte auf die Glastüren. »Irgendwann muss er durch diese Tür gehen …«

Ich nickte. »Okay. Schönen Abend, Ruby.«

»Ihnen auch, Stella. Hoffentlich sehe ich Sie morgen nicht mehr hier sitzen.«

Ich lächelte. »Das hoffe ich auch.«

Um Viertel vor sieben hatte ich zugesehen, wie die meisten Mitarbeiter von Rothschild Investments gegangen waren. Ein Reinigungsteam kam und begann, um mich herum zu saugen. Ich hatte eine Pause von der Traumurlaubsplanung eingelegt, um eine Weile mit Fisher Nachrichten zu tauschen. Als ich fertig war, öffnete ich wieder meinen Laptop und ging zurück in den Urlaubsplanungsmodus. Mykonos war die letzte Insel, auf der ich noch das perfekte Hotel finden musste. Während ich Fotos von der unglaublichen Landschaft anschaute und überlegte, ob ich lieber auf der Nord- oder der Südseite der Insel wohnen wollte, war ich offenbar ganz vertieft.

Plötzlich ließ mich eine tiefe Stimme zusammenfahren, und ich sprang von meinem Sitz auf. Mein Laptop flog auf den Boden, und ich fasste mir an die Brust. »Du hast mich zu Tode erschreckt.«

Hudson schüttelte den Kopf. »Ich hätte einfach zur Tür hinausgehen sollen. Du hättest es nicht einmal bemerkt.« Er bückte sich und hob meinen Laptop auf, der zum Glück noch leuchtete und nicht kaputt war. Er schaute auf den Bildschirm und sagte: »Du machst Urlaub auf den griechischen Inseln? Guter Geschäftsplan. Viel Spaß im …« er blinzelte, »… *Royal Myconian*. Sieht teuer aus.«

Ich riss ihm meinen Laptop aus den Händen. »Ich *plane* nur einen Traumurlaub, ich fahre nicht wirklich.«

Obwohl er nicht lächelte, hätte ich schwören können, dass seine Mundwinkel zuckten. Hudson schob den Ärmel seines Sakkos hoch und brachte eine große klobige Uhr zum Vorschein. Obwohl ich den arroganten Mistkerl am liebsten dafür verprügelt hätte, dass er mich zwei Tage lang hier hatte warten lassen, bemerkte ich unwillkürlich, wie sexy die verdammte Uhr an seinem männlichen Handgelenk aussah. Ich schüttelte den Kopf und verdrängte das Gefühl.

»Zwei Minuten«, sagte Hudson und verschränkte die Arme vor der Brust. »Los.«

In den nächsten hundertzwanzig Sekunden redete ich auf ihn ein und sagte ihm, dass ich den wahren Grund wissen wolle, warum er die Investition abgelehnt hatte. Es sei unmöglich, dass er den Duft nicht mochte, den ich kreiert hatte. Ich sagte ihm sogar, dass es derselbe sei, von dem er mir schon *zweimal gesagt hatte*, dass er ihn mochte – einmal auf Olivias Hochzeit und dann noch einmal in seinem Büro, als ich mein Handy abholen wollte. Dann fing ich an, mich in Details zu verlieren, über die Proben, die er bewertet hatte, und die Chemikalien, die ich benutzt hatte … Irgendwie verwandelte sich meine Tirade in einen wissenschaftlichen Vortrag. Ich glaube nicht, dass ich während der ganzen zwei Minuten, die ich im Schnelldurchlauf redete, ein einziges Mal Luft geholt oder irgendwelche Satzzeichen verwendet habe.

Als ich endlich schwieg, starrte mich Hudson an. »Bist du fertig?«

»Ich denke schon.«

Er nickte knapp. »Einen schönen Abend noch.« Dann drehte er sich um und ging auf die Tür zu.

Ich blinzelte ein paarmal, weil ich mir sicher war, dass er unmöglich einfach gehen konnte. Doch als er die Tür erreichte und sie aufstieß, wurde mir klar, dass der Idiot genau das vorhatte. Also schrie ich ihm hinterher. »Wo willst du hin? Ich warte schon seit zwei Tagen auf dieses Gespräch.«

Mit der Hand an der Tür, und ohne sich umzudrehen, erwiderte er: »Du hast mich um zwei Minuten gebeten. Die hast du bekommen. Die Reinigungskräfte schließen hinter dir ab, wenn du gegangen bist.«

Wenn irgendein Abend Wein verdient hatte, dann war es dieser.

Fisher hatte heute lange gearbeitet, aber er war der glückliche Empfänger meiner Schimpftirade gewesen, als ich wütend von Rothschild Investments zur U-Bahn-Station gestapft war. Er wusste also, worauf er sich einließ, als er meine Wohnung betrat.

»Schatz, ich bin zu Hause!«

In der einen Hand hielt er eine große Flasche Merlot, in der anderen eine Blume, die er eindeutig gerade aus dem Blumenkübel unseres Nachbarhauses gerissen hatte – unten baumelten noch Wurzel und Erde.

Ich zwang ein Lächeln auf mein mürrisches Gesicht. »Hey.«

»Ich bin an einem berittenen Polizisten vorbeigekommen, dessen Pferd nicht so ein langes Gesicht hatte wie du.« Fisher küsste mich auf die Stirn und deutete auf die Blume. »Was meinst du? Die rote Vase oder die durchsichtige?«

Ich seufzte übertrieben. »Ich glaube, das Ding braucht eher Erde als eine Vase.«

Fisher gab mir einen Nasenstüber. »Die rote.« Er ging zum Schrank und holte eine Vase heraus, die für einen riesigen Strauß gedacht war, nicht für eine einzige traurige Blume, dann füllte er sie an der Spüle mit Wasser und steckte den Stiel hinein. »Ich finde, du solltest Olivia anrufen.«

Ich trank einen Schluck von dem Wein, der sich bereits in meinem Glas befand. »Ich will sie nicht belästigen. Und was soll das bringen? Sie hat mir selbst gesagt, dass Hudson für die Abteilung zuständig ist. Außerdem ist sie schon so großzügig mir gegenüber gewesen. Ich will nicht, dass sie sich schlecht fühlt.«

»Ich kann nicht glauben, dass dieser Trottel dich nach deiner Telefonnummer gefragt, aber nie angerufen hat und dich dann zwei Tage lang dort sitzen lässt. Dem Kerl macht es wohl Spaß, dich auf ihn warten zu lassen. Und dabei hatte ich das Gefühl, dass ihr beide am Ende miteinander vögeln würdet.«

Ich schnaubte verächtlich. »Hudson und ich? Bist du verrückt? Der Mann hasst mich ganz offensichtlich.«

Fisher zerrte an seinem Krawattenknoten, während er zur Couch kam, auf der ich saß und mich suhlte.

»Ich habe euch beide auf der Hochzeit beobachtet. Selbst als er dich verarscht und dich gezwungen hat, diese Rede zu halten, war da so ein Strahlen in seinen Augen. Zwischen euch hat es echt gefunkt.«

Ich leerte mein Weinglas. »Funken können zu Explosionen führen. Glaub mir, ich weiß Bescheid.«

»Aber warum fragt er dich nach einem Date und ruft dann nie an?«

Ich schüttelte den Kopf. »Um sich zu rächen. Aus demselben Grund, aus dem er mich in der Lobby hat sitzen lassen.«

Die nächste Stunde lang tranken Fisher und ich Wein. Und weil er der beste Freund aller besten Freunde war, hörte er sich klaglos noch mal alles an, was ich ihm zuvor schon am Telefon erzählt hatte.

Doch schließlich machte sich der übermäßige Alkoholkonsum nach dem langen Tag bemerkbar, und als ich ein zweites Mal gähnte, stand er auf, um zu gehen.

»Ich lasse dich jetzt ein bisschen in Ruhe. Du hast zwei Tage

Zeit. Heute war sauer sein und trinken angesagt. Morgen darfst du in Selbstmitleid baden. Donnerstag steigen wir wieder aufs Pferd und überlegen uns, wie es weitergeht. Wir kriegen das schon hin.«

Ich wollte nicht noch eine größere Spaßbremse sein und sagen, dass ich nirgendwo mehr hingehen konnte, außer vielleicht zum Arbeitsamt. Fisher meinte es gut. »Danke fürs Zuhören.«

»Jederzeit, meine Prinzessin.« Er beugte sich vor und küsste mich auf die Stirn, dann ging er zur Tür. Als er sein Sakko aus der Küche holte, sagte er: »Beinahe hätte ich es vergessen – du hattest Post im Briefkasten. Soll ich sie dir zum Sofa bringen?«

»Nein. Ich sehe sie mir morgen an.«

Er legte sie auf den Küchentisch. »Geh schlafen, meine Stella Bella.«

»Gute Nacht, Fisher.«

Nachdem er die Tür geschlossen hatte, zwang ich mich aufzustehen, ging durch meine mit Kartons vollgestellte Wohnung und schaltete das Licht aus. In der Küche fiel mir ein dicker Briefumschlag unter dem Poststapel ins Auge.

Dieses Logo kenne ich …

Aber das kann nicht sein …

Da ich meine Brille nicht aufhatte, nahm ich den Umschlag in die Hand, um ihn mir aus der Nähe anzusehen.

Klar, der Kreis mit dem verschlungenen R war das, was ich vermutet hatte. Was zum Teufel sollte Rothschild Investments mir schicken? Einen weiteren Scher-dich-zum-Teufel-Brief? Vielleicht diesmal mit einer detaillierten Rechnung für das Essen und die Getränke, die ich auf Olivias Hochzeit zu mir genommen hatte, sowie einer Rechnung für Hudsons wertvolle Zeit?

Ich hatte mich für heute genug gequält und hätte den Umschlag wahrscheinlich einfach bis morgen liegen lassen sollen. Doch etwas liegen zu lassen war noch nie meine Stärke gewesen. Also schob ich meinen Finger unter das Siegel und schlitzte ihn auf. Darin befand sich ein Anschreiben, das auf demselben Briefkopf geschrieben war wie das, das ich vor ein paar Tagen erhalten hatte. Darunter schien ein Haufen juristischer Dokumente zu liegen … Term Sheet, Vertrag über Investorenrechte, Vertrag über den Kauf von Aktienanteilen …

Was zum Teufel ist das alles?

Ich schnappte mir meine Brille und blätterte zurück, um das Anschreiben zu lesen.

Liebe Miss Bardot,
nach nochmaliger Prüfung ist Rothschild Investments erfreut, Ihrem Unternehmen Signature Scent, LLC ein Investitionsangebot zu unterbreiten. Die vorgeschlagene Struktur, die Beträge und die Bedingungen können Sie dem Term Sheet entnehmen. Wir bitten Sie, die beigefügten Unterlagen zu lesen, in denen die Details unseres Angebots erläutert werden. Da sich unser Angebot auf die Stimmrechte und Ihre Beteiligung an Ihrem Unternehmen auswirkt, empfehlen wir Ihnen dringend, alle Unterlagen vor der Unterzeichnung von Ihrem Anwalt prüfen zu lassen.
Wir laden Sie gerne ein, Teil der Rothschild Investments Familie zu werden, und freuen uns darauf, Ihr innovatives Produkt auf den Markt zu bringen.
Mit freundlichen Grüßen
Hudson Rothschild

War das ein Witz? Konnte ich ihn mit dem, was ich heute in

den zwei Minuten gesagt hatte, umgestimmt haben, und er hatte diesen Brief per Kurier geschickt? Aber wie hätte ein Kurier an meinen verschlossenen Briefkasten kommen sollen?

Da ich immer noch das Gefühl hatte, dass es sich um einen Fehler handeln musste, las ich das Anschreiben noch einmal, bevor ich die Unterlagen durchblätterte. Es schien ein seriöses Angebot zu sein. Zugegeben, ich verstand das meiste von dem juristischen Hokuspokus nicht, doch anscheinend wollte Rothschild Investments in Signature Scent investieren und im Gegenzug dafür vierzig Prozent der Firma erhalten. Und in der ersten Zeile stand tatsächlich »nochmaliger Prüfung« und nicht »Prüfung«. Ich konnte es einfach nicht glauben. Hatte ich ihn heute tatsächlich umgestimmt? In den lächerlichen zwei Minuten, die er mir zugestanden hatte, bevor er gegangen war?

Ich stand mit offenem Mund in der Küche – bis ich das Datum oben auf dem Brief bemerkte. Er war nicht von heute. *Er war auf vor drei Tagen datiert.* Ich schnappte mir den Umschlag, den ich auf den Tisch hatte fallen lassen, und überprüfte den Poststempel. Eindeutig, er war vor drei Tagen abgeschickt worden.

Was bedeutete …

Hudson hatte das rausgeschickt, *bevor* er mich zwei Tage lang hatte warten lassen.

Was zur Hölle?

10. Kapitel

Stella

Wie viel sich in einer Woche verändern kann.

Statt in der Lobby von Rothschild Investments zu sitzen und auf eine Chance zu warten, den Schlossherrn zu sprechen, wurde ich im Büro als »*unser neuester Rothschild-Partner*« vorgestellt. Die Hundertachtzig-Grad-Wende war mir immer noch ein Rätsel, aber ich wollte nicht länger darüber grübeln und meine Zeit verschwenden. Ich musste in wenigen Monaten ein Produkt auf den Markt bringen.

Olivia hatte mich am Morgen, nachdem ich das Angebot erhalten hatte, angerufen. Sie war immer noch in Kalifornien, um sich um ihren Schwiegervater zu kümmern, wollte sich aber vergewissern, dass ich mit den Bedingungen des Deals zufrieden war. Ich sprach sie vorsichtig auf den Ablehnungsbrief an, den ich erhalten hatte, und sie entschuldigte sich und sagte, es sei eine Verwechslung gewesen. Doch aus irgendeinem Grund glaubte ich nicht, dass das der Wahrheit entsprach. Mein Bauchgefühl sagte mir, dass mehr dahintersteckte, als dass nur ein falscher Formbrief verschickt worden war. Doch sie freute sich darauf weiterzumachen, also folgte ich ihrem Beispiel und konzentrierte mich auf die Zukunft und nicht auf die Vergangenheit.

»Stella, das ist Marta. Sie ist hier so etwas wie die Finanzaufsicht«, ließ Olivia mich wissen. »Zu deiner Information: Marta trinkt ihren Kaffee schwarz und mag lieber die Kenia-Mischung aus dem kleinen Laden um die Ecke als Starbucks. Glaub mir, irgendwann stehst du mit einem Kaffee in der Hand und kleinlaut vor ihr, weil du sie anbetteln willst, dir etwas zu genehmigen, das nicht im Budget vorgesehen ist.«

Marta lachte und streckte ihre Hand aus. »Freut mich, Sie kennenzulernen, Stella. Und glauben Sie mir, wenn Ihr Produkt nur halb so toll ist, wie Olivia sagt, müssen Sie gar nicht betteln.« Sie zwinkerte mir zu. »Bringen Sie einfach Parfüm mit.«

Ich lächelte, notierte mir aber sicherheitshalber auch Martas präferierte Kaffeesorte, während Olivia und ich in die nächste Abteilung weitergingen.

Nachdem alle Verträge in Fishers Kanzlei für mich überprüft worden waren, hatte ich auf der gepunkteten Linie unterschrieben, und vor ein paar Tagen hatten Olivia und ich uns zum Mittagessen getroffen, um die grundlegende Logistik zu besprechen. Ihre Rolle war die der Marketingleiterin, aber Rothschild Investments würde mich im Rahmen der neu erworbenen Beteiligung an meiner Firma auch in allen anderen Bereichen von der Webentwicklung bis zur Buchhaltung unterstützen. All das würde mir eine Menge Geld sparen, das ich nicht hatte.

Doch als Erstes hatte ich entscheiden müssen, wo mein neues Firmenbüro sein würde. Olivia sagte, viele Partner würden sich ein Büro auf den Fluren von Rothschild Investments einrichten, da sie so viele der Mitarbeiter und Dienstleistungen dort in Anspruch nahmen. Da mein bisheriges Büro aus der Couch in meinem Wohnzimmer bestand, um die herum sich noch dazu jede Menge Kartons stapelten, fand ich es etwas professioneller, mich hier mit Leuten zu treffen – zumindest bis ich mir etwas Eigenes leisten konnte.

Am Ende der Einführungstour brachte mich Olivia zu einem leeren Büro und überreichte mir den Schlüssel. »Dies ist dein neues Zuhause. Die Damentoilette befindet sich am Ende des Flurs. Ich habe meine Assistentin gebeten, dir eine Grundausstattung zur Verfügung zu stellen, aber sag ihr Bescheid, wenn du noch etwas brauchst. Ich habe um elf Uhr ein Meeting und muss mich beeilen. Vielleicht können wir gegen halb zwei ein spätes Mittagessen einnehmen?«

Ich nickte. »Das wäre toll.«

Nachdem Olivia verschwunden war, setzte ich mich hinter meinen großen modernen Schreibtisch und nahm alles in mich auf. Signature Scent hatte nicht nur mehr Geld bekommen, als es für den Start brauchte, es bekam auch Personal, Logistik und eine schicke Büroadresse in Downtown, von der ich sonst nur hätte träumen können. Es fühlte sich surreal an. Jede Person, die ich heute getroffen hatte, schien ehrlich erfreut über die neue Partnerschaft zu sein und der Arbeit voller Enthusiasmus entgegenzusehen. Alles war fast zu schön, um wahr zu sein. Was mich daran erinnerte, dass es hier mindestens einen Menschen gab, der wahrscheinlich *nicht* überglücklich über meine Anwesenheit war.

Als ich bei meinem Rundgang an Hudsons Büro vorbeigekommen war, war die Tür geschlossen gewesen. Doch ich wusste, dass er sich entweder hinter der Tür befand oder gerade erst gegangen war, weil ich sein Parfüm gerochen hatte. Zwischen ihm und mir stand schon längst ein Gespräch an, also machte ich, nachdem ich auf die Damentoilette gegangen war, einen Abstecher in den Flur, der zu seinem Büro führte.

Diesmal stand die Tür offen. Mein Puls beschleunigte sich, je näher ich kam. Als ich klopfte, stand er mit dem Rücken zur Tür und griff nach etwas in einem Regal.

»Legen Sie es einfach auf meinen Schreibtisch«, sagte er, ohne sich umzudrehen.

Ich nahm an, dass er jemand anders erwartet hatte. »Hallo, Hudson. Ich bin's, Stella. Ich hatte gehofft, wir könnten einen Moment reden.«

Er drehte sich um und sah mich an. Gott, war das Blau seiner Augen noch leuchtender geworden, seit ich ihn das letzte Mal gesehen hatte? Ich begann sofort, den Ring, den ich am Zeigefinger trug, zu drehen. Das tat ich immer, wenn ich nervös war, doch ich fasste mich und hörte auf. Ich durfte mich von Hudson nicht einschüchtern lassen.

Obwohl sich mein Inneres mulmig anfühlte, reckte ich mein Kinn vor und trat durch die Tür. »Es dauert nicht lange.«

Hudson verschränkte die Arme vor der Brust und lehnte sich gegen das Sideboard, anstatt an seinem Schreibtisch Platz zu nehmen. »Komm ruhig rein. Jetzt hast du mich sowieso schon unterbrochen.«

Offensichtlich war er sarkastisch, aber ich nutzte die Gelegenheit trotzdem. Mit einem tiefen Atemzug schloss ich seine Bürotür hinter mir. Hudson schwieg, verfolgte jedoch jeden meiner Schritte, als ich zu seinem einschüchternden, überdimensional großen Schreibtisch ging.

»Was dagegen, wenn ich mich setze?«

Er zuckte mit den Schultern. »Nein, warum nicht.«

Ich setzte mich auf einen der beiden Besucherstühle und wartete, dass er zu mir kam. Doch er rührte sich nicht.

»Willst du dich nicht setzen?«

Seine Augen funkelten. »Nein. Ich stehe gern.«

Ich brauchte einen Moment, um meine Gedanken zu sammeln, aber der Geruch von Hudsons Eau de Cologne wehte durch die Luft. Musste er so verdammt gut riechen? Das lenkte mich ziemlich ab. Als ich mich wieder einmal dabei ertappte, wie ich an meinem Ring drehen wollte, griff ich nach den Armlehnen des Stuhls, um meine Hände zu beschäftigen.

»Olivia sagte, der Ablehnungsbescheid, den ich erhalten habe, wurde irrtümlich verschickt. Stimmt das?«

Hudsons Blick fiel auf meine Hände, an denen die Knöchel weiß hervortraten, dann sah er mir in die Augen. »Ist das wichtig? Du bist hier.«

»Es ist mir wichtig. Ich habe fünf Jahre lang an meinem Geschäft gearbeitet und all mein Herzblut hineingesteckt. Rothschild Investments ist jetzt Miteigentümer, und ich würde lieber reinen Tisch machen, damit die Dinge so reibungslos wie möglich ablaufen können.«

Hudson rieb sich mit dem Daumen über die Unterlippe, während er über meine Worte nachzudenken schien. Schließlich sagte er: »Nein.«

Ich legte die Stirn in Falten. »Nein? Willst du keinen reinen Tisch machen?«

»Du wolltest wissen, ob der erste Brief irrtümlich verschickt worden ist. Nein, ist er nicht.«

Das hatte ich vermutet, aber es tat trotzdem weh, das zu hören. »Und was hat dich dazu gebracht, deine Meinung zu ändern?«

»Meine Schwester. Sie ist eine Nervensäge, wenn sie sich in etwas verbissen hat.«

Ich musste lächeln. Ich vergötterte Olivia. »Wolltest du nicht mit mir ins Geschäft kommen, meines Produkts wegen oder meinetwegen?«

Hudson musterte mein Gesicht, bevor er antwortete. »Deinetwegen.«

Ich runzelte die Stirn, wusste seine Offenheit jedoch zu schätzen. Solange er ehrlich war, machte ich weiter. »Das Datum auf dem Angebotsschreiben war der Tag vor dem ersten Tag, an dem ich in der Lobby saß, um dich zu sprechen. Und trotzdem hast du mich dort zwei volle Tage lang warten lassen. Warum?«

Seine Mundwinkel zuckten leicht. »Du hast um zwei Minuten gebeten. Ich war beschäftigt.«

»Aber du hättest der Empfangsdame einfach sagen können, dass du es dir anders überlegt hast und ein Angebot bereits in der Post ist.«

Diesmal konnte er sich das Grinsen nicht verkneifen. »Ja, das hätte ich tun können.«

Ich sah ihn aus schmalen Augen an, was ihn zum Lachen brachte. »Wenn das dein einschüchterndes Gesicht ist, solltest du vielleicht daran arbeiten.«

Sein Lächeln war gefährlich. Es machte mich ein bisschen atemlos. Dennoch richtete ich mich in meinem Stuhl auf. »Bekommen wir Probleme bei der Zusammenarbeit? Olivia hat gesagt, dass du ziemlich viel mit den ganzen Start-ups zu tun hast.«

Hudson musterte mich erneut. »Nicht, wenn du fleißig bist.«

»Das bin ich.«

»Ich denke, wir werden sehen.«

Die Gegensprechanlage auf Hudsons Schreibtisch surrte, dann ertönte die Stimme der Rezeptionistin über den Lautsprecher.

»Mr. Rothschild?«

Während er antwortete, ließ er mich nicht aus den Augen.

»Ja?«

»Ihr Elf-Uhr-dreißig-Termin ist da.«

»Sagen Sie Dan, ich bin gleich bei ihm.«

»Mach ich.«

Die Gegensprechanlage verstummte, und Hudson legte den Kopf schief. »Gab es sonst noch etwas?«

»Nein, ich denke, das war's.«

Als ich aufstand und mich zum Gehen wandte, sagte er: »Ehrlich gesagt habe ich noch etwas.«

»Okay …«

Er verschränkte die Arme vor der Brust. »Wie Olivia schon erwähnt hat, bin ich stark in die Markteinführung der neuen Unternehmen involviert, in die wir investieren. Du solltest Helena also auf dem Weg nach draußen deine richtige Handynummer geben – nur für den Fall, dass ich dich erreichen muss.«

»Was meinst du mit meiner richtigen Nummer? Ich habe sie dir an dem Tag gegeben, an dem ich mein Telefon abgeholt habe.«

Seine Lippen waren zu einer grimmigen Linie zusammengepresst. »Die Nummer, die du mir gegeben hast, war von Vinny's Pizza.«

»Was? Nein!«

»Doch. Ich habe angerufen.«

»Du musst sie falsch aufgeschrieben haben. Ich habe dir nicht die falsche Nummer gegeben.«

»Du hast sie in mein Telefon eingegeben.«

Ich zermarterte mir das Hirn und versuchte, mich an jenen Nachmittag zu erinnern. Hatte er sich meine Nummer nicht aufgeschrieben? Dann fiel es mir ein – er hatte nach meiner

Nummer gefragt, und gleich darauf hatte seine Assistentin angerufen. Während sie sprachen, hatte er in seine Tasche gegriffen und mir sein Handy gegeben.

Oh mein Gott.

»Kann ich dein Telefon sehen?«, fragte ich.

Hudson schwieg eine ganze Weile. Schließlich griff er nach dem Handy auf seinem Schreibtisch. Ich spürte, wie er mich beobachtete, als ich meinen Namen in seine Kontakte eintippte und die Nummer las, die ich eingegeben hatte. Meine Augen wurden groß. Die letzte Ziffer meiner Nummer war eine Neun, doch ich hatte eine Sechs getippt – die Ziffer über der Neun auf der Tastatur.

Ich sah zu ihm hoch. »Ich habe die falsche Nummer eingegeben.«

Sein Gesicht war vollkommen teilnahmslos. »Das ist mir klar.«

»Aber das wollte ich nicht.«

Er schwieg.

Mein Gehirn schien in Zeitlupe zu laufen, als ich verarbeitete, was das bedeutete. »Also … hast du mich nicht angerufen, weil du dachtest, ich hätte dir absichtlich die falsche Nummer gegeben? Aber deine Schwester hat mich angerufen. Sie hat meine Geschäftsnummer herausgefunden.«

»Ich stalke keine Frauen, die mir eine falsche Nummer geben, wenn ich sie um ein Date bitte.«

»Das würde ich nie tun.«

Wir starrten uns an. Es war, als hätten die fehlenden Puzzleteile endlich ihren Platz gefunden. »Und deshalb hast du es genossen, mich zwei Tage lang in der Lobby sitzen zu lassen. Du dachtest, ich hätte dich abblitzen lassen, und im Gegenzug hast du mich abblitzen lassen.« Ich schüttelte den Kopf. »Aber ich verstehe es trotzdem nicht. Was hat dich dazu gebracht, deine Meinung über die Investition zu ändern?«

Hudson kratzte sich am Kinn, was er oft zu tun schien. »Meine Schwester ist ziemlich begeistert von deinem Geschäft. Seit dem Tod unseres Vaters hatte sie es nicht leicht im Unternehmen. Wenn ich alles andere beiseitelasse, ist deine Idee etwas, woran ich unter anderen Umständen interessiert gewesen wäre. Ich dachte mir, es wäre nicht fair, Olivia zu enttäuschen, weil du mich hast abblitzen lassen.«

»Aber ich habe dich nicht abblitzen lassen. Ich war enttäuscht, als du nicht angerufen hast.«

Hudson schaute auf meine Füße hinunter. Ich hatte das Gefühl, dass er genauso unsicher war, was er mit dieser neuen Information anfangen sollte, wie ich. Wieder klingelte das Telefon auf seinem Schreibtisch.

»Ja, Helena?«, sagte er.

»Sie haben Esme auf Leitung eins.«

Er seufzte. »Ich nehme das Gespräch an. Sagen Sie ihr nur, dass es noch eine Minute dauert, bitte.«

»Okay. Und ich hole Dan einen Kaffee und bringe ihn in den Konferenzraum. Ich sage ihm Bescheid, dass Sie noch ein paar Minuten brauchen.«

»Danke, Helena.«

Schließlich hob Hudson den Blick, er ließ ihn ganz langsam von meinen Zehen nach oben wandern. Als sich unsere Blicke trafen, kribbelte es in meinem ganzen Körper. Die teuflische Andeutung eines Grinsens in seinem Gesicht machte die Sache nicht besser. »Sagtest du gerade … du warst *enttäuscht*, dass ich nicht angerufen habe?«

Ich schluckte und kam mir ein bisschen vor wie ein Reh im Scheinwerferlicht. »Hm …«

Hudsons Anflug eines Grinsens verwandelte sich in ein ausgewachsenes Grinsen. »Esme ist meine Großmutter, also muss ich diesen Anruf annehmen. Fortsetzung folgt?«

Ich nickte langsam. »Ähm … ja … klar.«

Ich drehte mich um und ging auf die Tür zu. Doch bevor ich sie öffnen konnte, hielt mich Hudsons Stimme erneut auf. »Stella?«

»Ja?«

»Ich habe das Parfüm, das du für mich gemacht hast, meiner Großmutter geschenkt. Sie hätte gerne mehr davon.«

Ich lächelte. »Kein Problem.«

Später an jenem Abend klopfte die Reinigungsmannschaft an meine Bürotür, um zu fragen, ob sie reinkommen und meinen Papierkorb leeren dürfte.

»Oh. Natürlich.« Ich hätte nicht gedacht, dass es schon so spät war, aber ich war damit beschäftigt, eine Lieferantenliste anzulegen und mir Notizen zu machen, welche Produkte ich von wem und zu welchen Konditionen kaufte. Es war definitiv eine Aufgabe, all das Wissen, von dort, wo ich es bisher aufbewahrte – nämlich in meinem Kopf – auf die verschiedenen Systeme zu übertragen, die Rothschild Investments nutzte. Doch ich wusste, dass es am Ende zum Besten war. Ich nahm mein Handy in die Hand und stellte schockiert fest, dass es bereits halb sieben war. Ich hatte auf die Uhr geschaut, als Olivia sich verabschiedet hatte, und da war es kurz vor fünf gewesen. Es fühlte sich an, als wäre das erst zehn Minuten her.

Eine lächelnde ältere Frau kippte den Inhalt meines Papierkorbs in einen größeren Mülleimer im Flur und kam mit einem Staubsauger wieder herein. »Hätten Sie etwas dagegen? Es dauert keine fünf Minuten.«

»Oh, überhaupt nicht. Ich muss mir sowieso die Beine vertreten und auf die Toilette gehen.« Ich klappte meinen Laptop zu und machte mich auf den Weg zur Toilette. Als ich näher kam, sah ich Hudson, der direkt neben der Tür an der Wand lehnte und auf sein Handy schaute.

»Willst du hervorspringen und eine Person erschrecken, wenn sie die Damentoilette verlässt?«, neckte ich.

Er runzelte die Stirn und zeigte auf die Tür. »Gehst du da rein?«

»Das wollte ich gerade.« Ich zog die Brauen zusammen. »Spricht etwas dagegen?«

Er stieß sich von der Wand ab und fuhr sich mit einer Hand durch die Haare. »Meine Tochter ist da drin – Charlie. Sie trödelt immer im Bad, sagt, sie mag die Akku-Sticks.«

»Akku-Sticks?«

»Die Akustik. Ich korrigiere sie, aber sie meint, ihre Variante höre sich besser an.«

Ich kicherte. »Soll ich sie antreiben?«

Er schaute auf seine Uhr. »Ich habe um halb sieben ein wichtiges Gespräch mit einem Investor in Übersee.«

»Geh. Ich vergewissere mich, dass es ihr gut geht, und bringe sie zurück in dein Büro.«

»Sicher?«

»Klar. Kein Problem.«

Hudson wirkte immer noch zögerlich.

Ich rollte mit den Augen. »Ich habe mich zwar mal auf eine Hochzeit geschlichen, aber ich verspreche, ich werde sie nicht verlieren.«

Er atmete tief aus. »Okay, danke.«

Voller Neugier betrat ich den Waschraum. Charlie war nirgends zu sehen, doch es war schnell klar, warum sie sich für die *Akku-Sticks* interessierte. Es war eine süße kleine Stimme zu hören, die sang … War das *Jolene*? Der alte Dolly-Parton-Song? Ja, doch, das war er. Und die kleine Charlie schien den ganzen Text zu kennen.

Ich bemerkte ihre kleinen Beine, die unter der ersten Toilettenkabine vor und zurück schwangen. Ich stand still und lauschte mit einem breiten Lächeln im Gesicht. Sie konnte wirklich singen. Ihre Stimme war jung, aber nach der Größe ihrer Beine zu urteilen passte sie vermutlich zu ihrem Körper. Doch sie traf die richtigen Töne und setzte ein Vibrato ein, das ungewöhnlich für ein kleines Mädchen war.

Als das Lied zu Ende war, wollte ich sie nicht erschrecken, also klopfte ich vorsichtig an die Kabinentür.

»Charlie?«

»Ja?«

»Hi. Ich bin Stella. Dein Dad hat mich gebeten, dich zurück in sein Büro zu bringen, wenn du hier fertig bist. Ich gehe eben auf die Toilette, aber warte auf mich.«

»Okay.«

Ich ging in die Kabine neben ihr und begann mich zu erleichtern.

Während ich gerade pinkelte, sagte Charlie: »Stella?«

»Ja?«

»Magst du Dolly?«

Ich verkniff mir ein Lachen. »Ja.«

»Hast du ein Lieblingslied?«

»Hm. Ja, eigentlich schon. Ich weiß nicht, ob es sehr bekannt ist, aber meine Großmutter lebte in Tennessee, und der Song *My Tennessee Mountain Home* hat mich immer an sie erinnert. Ich glaube, das ist mein Lieblingslied.«

»Das kenne ich nicht. Aber das von meinem Dad ist *It's All*

Wrong, But It's All Right. Er lässt mich das nicht singen, weil er sagt, der Text ist zu alt für mich. Aber ich habe es trotzdem auswendig gelernt. Willst du es hören?«

Auf jeden Fall – erst recht, nachdem sie gesagt hatte, ihr Dad wollte nicht, dass sie es singt. Aber ich beherrschte mich, ihr zu sagen, dass sie es singen sollte. Ich wollte unter keinen Umständen, dass Hudson dachte, ich hätte sein Kind verdorben.

»Hm … So gerne ich es auch hören würde, wir sollten wohl deinem Dad gehorchen.«

Zur Antwort ertönte die Toilettenspülung, also beeilte ich mich, damit sie nicht ohne mich losrennen konnte.

Charlie stand am Waschbecken und wusch sich die Hände, als ich aus der Kabine kam. Sie war absolut hinreißend – sandblonde Locken, die aussahen, als wären sie nicht leicht zu bändigen, eine Stupsnase und große braune Augen. Sie war von Kopf bis Fuß lila gekleidet, einschließlich Strumpfhose, Turnschuhe, Rock und T-Shirt. Irgendetwas sagte mir, dass Charlie ihre Kleidung selbst ausgesucht hatte.

»Bist du Stella?«, fragte sie.

Wieder musste ich mir ein Lachen verkneifen. Wir waren die Einzigen im Raum. »Ja. Und du musst Charlie sein.«

Sie nickte und betrachtete mich hinter sich im Spiegel. »Du bist hübsch.«

»Oh, danke. Wie süß von dir. Du bist auch schön.«

Sie lächelte.

Ich trat an das Waschbecken neben ihr, um mir die Hände zu waschen. »Nimmst du Gesangsunterricht, Charlie? Deine Stimme ist wirklich erstaunlich.«

Sie nickte. »Samstagmorgens um halb zehn. Mein Dad holt mich ab, weil meine Mutter ihren Schönheitsschlaf braucht.«

Ich lächelte. Dieses Kind war urkomisch, ohne dass es ihm auch nur im Geringsten bewusst war. »Oh, das ist nett.«

»Ich mache auch Karate. Mom wollte, dass ich zum Ballett gehe, aber das wollte ich nicht. Dad hat mich zum Karateunterricht angemeldet, ohne es ihr zu sagen. Darüber war sie nicht sehr glücklich.«

Ich lachte. »Ganz bestimmt nicht.«

»Arbeitest du mit meinem Daddy?«

»Ja, genau.«

»Willst du mit uns essen gehen? Wir fahren mit der Subway.«

»Oh, danke, aber ich habe noch etwas zu tun.«

Sie zuckte mit den Schultern. »Vielleicht beim nächsten Mal.«

Alles, was aus dem Mund dieses kleinen Mädchens kam, brachte mich unweigerlich zum Lächeln. »Vielleicht.«

Wir trockneten uns die Hände, und dann begleitete ich sie zum Büro ihres Vaters. Hudson war immer noch am Telefon, also fragte ich sie, ob sie mitkommen und mein Büro sehen wollte. Als sie nickte, gab ich Hudson mit einer Geste zu verstehen, dass ich sie mit zu mir nahm.

Charlie ließ sich auf einen Besucherstuhl plumpsen und schwang mit den Beinen. »Hast du keine Bilder?«

»Das liegt daran, dass heute mein erster Tag ist. Ich hatte noch keine Gelegenheit, etwas aufzuhängen.«

Sie sah sich um. »Du solltest dein Büro lila streichen.«

Ich lachte. »Ich bin mir nicht sicher, ob das bei deinem Vater so gut ankommen würde.«

»Er hat mich mein Zimmer auch lila streichen lassen.« Charlie schnupperte ein paarmal. »Dein Büro riecht gut.«

»Danke. Ich bin Parfümeurin. Ich stelle Parfüms her.«

»Du stellst Parfüms her?«

»Ja. Ist ein cooler Job, oder?«

Sie nickte schnell. »Wie machst du das?«

»Na ja, eigentlich ist es eine Menge Wissenschaft. Aber dein Dad und ich arbeiten zusammen daran, ein Parfüm herzustellen, das berücksichtigt, welche ganz verschiedenen Gerüche jemand mag. Würdest du gerne ein paar meiner Muster ausprobieren?«

»Ja!«

Ich hatte heute ein paar Muster-Sets mitgebracht, also holte ich eins aus meiner Schreibtischschublade und setzte mich neben sie auf einen Besucherstuhl. Ich öffnete die Schachtel, nahm eines der Riechdöschen heraus und bot es ihr an. Es war Calone, was mir sagte, ob jemand eine Vorliebe für einen an Meeresbrise erinnernden Duft hatte.

»An was erinnert dich dieser Geruch?«

Ihre Augen leuchteten. »Mmh … Schokoladen-Bananen-Eis.«

Ich zog die Augenbrauen zusammen und hob das Glas an, um selbst daran zu riechen, obwohl ich das Meer in der Sekunde gerochen hatte, als ich den Deckel abdrehte. »Riecht das für dich nach Eiscreme?«

»Nein. Aber Papa ist letzte Woche mit mir an den Strand gefahren, und danach haben wir auf der Promenade ein Eis gegessen. Ich habe einen Bananensplit bekommen, weil das mein Lieblingseis ist. Das riecht nach Strand, aber jetzt muss ich bei Strand immer an dieses leckere Eis denken.«

Ich hatte sie gefragt, woran der Duft sie erinnerte und nicht, wonach er roch. Ihre Antwort war also richtig. Ich nahm die Banane, die den ganzen Tag auf meinem Schreibtisch gelegen hatte. »Du bist auch ein Bananen-Fan, hm? Wollen wir uns die hier teilen?«

»Nein danke.« Sie schwang mit den Beinen. »Mein Dad schreibt auf meine Bananen, wenn er mir mein Mittagessen einpackt. Manchmal auch auf Orangen und Mandarinen. Aber nie auf Äpfel, weil man von denen nicht die Schale abmacht.«

»Er schreibt etwas auf dein Obst?«

Sie nickte.

»Was schreibt er?«

»Albernes Zeug. Zum Beispiel: ›*Orange*, bist du froh, dass Freitag ist?‹ Manchmal schreibt er einen Witz. Zu Halloween hat er geschrieben ›Was ist die Lieblingsfrucht eines Geistes? Eine Buh-nane.‹ Verstehst du?«

Interessant. Ich hätte mir nicht vorstellen können, dass Hudson so etwas Albernes machte.

»Kann ich noch etwas riechen?«, fragte Charlie.

»Klar.«

Ich öffnete ein weiteres Glas. Dieses roch nach Sandelholzöl von dem indischen Sandelbaum.

Sie rümpfte ihre kleine Nase. »Das riecht nach Bauchweh.«

Ich hatte keine Ahnung, was das bedeutete. Ich hielt es an meine Nase, um es herauszufinden. »Wirklich? Tut dir der Bauch weh, nur weil du daran riechst?«

Sie kicherte. »Nein. Saure Eiscreme schon. Das riecht wie der Mann in der Eisdiele um die Ecke von meinem Dad. Wir gehen da nicht mehr hin, weil das Eis vielleicht schlecht gewesen ist.«

Ohhh, nun, das ergab mehr Sinn. Sandelholz war in vielen beliebten Männer-Parfüms enthalten. Charlie hatte Talent. Außerdem stand sie anscheinend sehr auf Eiscreme. »Weißt du …«, sagte ich, »das ist die zweite Antwort, in der Eiscreme vorkommt. Ich erkenne ein Muster.«

Eine tiefe Stimme hinter mir meldete sich zu Wort: »Das hast du also schon herausgefunden.«

Ich drehte mich zu Hudson um, der am Türrahmen zu meinem Büro lehnte. Es wirkte, als hätte er womöglich schon eine Weile gelauscht.

»Charlie hat einen tollen Geruchssinn.«

Hudson nickte. »Sie hört auch Dinge aus einer Meile Entfernung, *vor allem* die Tür des Tiefkühlschranks. Wenn ich sie auch nur einen Spalt öffne, kommt sie angerannt, weil sie denkt, es könnte Eiscreme geben.«

Charlie rümpfte wieder die Nase. »Er mag Erdbeereis.«

»Und du wohl nicht?«, fragte ich.

Sie schüttelte den Kopf. »Das ist eklig. So viele Stückchen.«

»Da muss ich deinem Vater aber doch recht geben. Erdbeere gehört auch zu meinen Lieblingssorten.«

Hudson lächelte, und mir wurde bewusst, dass es vielleicht das erste echte Lächeln war, das ich seit dem Abend der Hochzeit auf seinem hübschen Gesicht sah.

»Bereit zum Aufbruch, Charlie?« Er sah zu mir herüber. »Wir gehen zum Abendessen.«

»Ich weiß. Ihr fahrt mit der Subway.«

Hudsons Lippen zuckten. »Die Subway, Dolly Parton und Eiscreme. Sie ist einfach zufriedenzustellen … noch.«

»Und Nachrichten auf Obst und die Farbe Lila.« Ich deutete auf mein Büro. »Charlie hat vorgeschlagen, ich sollte mein Büro lila streichen. Ich habe gesagt, ich würde darüber nachdenken.«

Hudson lächelte. »Zuzutrauen wär's dir.«

Charlie überraschte mich, indem sie von ihrem Stuhl aufsprang und mich umarmte. »Danke, dass du mir deine Riechsachen gezeigt hast.«

»Gern geschehen, Süße. Viel Spaß beim Essen.«

Sie hüpfte durch mein Büro und griff nach der Hand ihres Vaters. »Lass uns gehen, Dad.«

Er schüttelte den Kopf, als ob es ihn störte, dass sie das Kommando übernahm, aber ich spürte, dass sie wahrscheinlich der einzige Mensch auf der Welt war, von dem er sich gern herumkommandieren ließ.

Er nickte mir zu und sagte: »Bleib nicht zu lange.«

»Nein.«

Nachdem sie verschwunden waren, konnte ich Charlie den ganzen Weg den Flur hinunter reden hören.

»Nächstes Mal kommt Stella mit uns zum Essen«, sagte sie.

»Charlie, was habe ich dir über das Einladen von Leuten gesagt, die du gerade erst kennengelernt hast?«

»Riecht sie nicht gut?«

Es folgte eine Pause, und ich dachte, dass ich sie vielleicht nicht mehr hören konnte. Doch dann brummte Hudson: »Doch, Stella riecht gut.«

»Und hübsch ist sie auch, oder?«

Wieder folgte eine lange Pause. Ich rückte näher an meine Tür heran, um die Antwort nicht zu verpassen.

»Ja, sie ist hübsch, aber so entscheidet man nicht, wen man zum Essen einlädt, Charlie. Wir arbeiten zusammen.«

»Aber letzten Monat, als Mommy mich am Samstagmorgen bei dir abgesetzt hat, war eine Frau da, und sie war hübsch und roch gut. Du hast gesagt, du würdest mit ihr arbeiten, und sie wäre am Morgen zurückgekommen, weil sie ihren Schirm vergessen hat. Ich hab gefragt, ob sie mit uns zu Mittag essen könnte, und du hast gesagt, ein andermal. Aber dann hast du sie nie mitgebracht.«

Oh Mann. Ich hielt mir die Hand vor den Mund. Charlie

war eine Nummer. Ich war gespannt, wie Hudson sich aus dieser Sache herausreden würde. Leider hörte ich statt seiner Antwort, wie sich die Lobbytür öffnete und schloss, damit war die Show zu Ende.

Ich seufzte und ging zurück an meinen Schreibtisch – wo ich schnell feststellte, dass ich mich nicht mehr konzentrieren konnte. Der heutige Tag war turbulent gewesen. Ich war so vielen Leuten bei Rothschild Investments vorgestellt worden, hatte ein halbes Dutzend verschiedener Meetings gehabt und neue Systeme für Buchhaltung, Lagerbestand und Bestellungen kennengelernt. Es war ziemlich überwältigend. Aber nichts davon war auch nur halb so aufregend wie die zwei kleinen Worte, die Hudson heute früh gesagt hatte.

»Fortsetzung folgt …«

11. Kapitel

Stella

Am nächsten Morgen war ich vielleicht ein bisschen übereifrig. Olivia hatte mir gesagt, ich solle sie um acht Uhr im Büro treffen, um mit ihrem Team an dem Marketingplan für Signature Scent zu arbeiten. Doch ich traf bereits kurz nach Sonnenaufgang am Gebäude von Rothschild Investments ein. Da ich so früh dran war, ging ich ein paar Türen weiter zu einem Deli, der rund um die Uhr geöffnet hatte, um mir einen Kaffee und einen Muffin zu holen. Offensichtlich war ich nicht die Einzige, die heute früh dran war. In der Schlange standen zehn Männer und Frauen in Anzügen, die alle den Blick auf ihr Handy gerichtet hatten, während sie warteten.

Als ich endlich an der Kasse stand, nahm ein Junge meine Bestellung auf, der aussah, als sollte er sich lieber für die Highschool fertig machen, anstatt zu arbeiten.

»Was darf es sein?«, fragte er, holte dabei sein Telefon heraus und starrte auf das Display hinunter. Ich dachte, er müsse dort vielleicht meine Bestellung eintippen, damit sie jemand anders hinten fertig machte.

»Ich nehme einen Kaffee, mild und süß, und einen von diesen Streusel-Muffins, bitte.«

Er hob einen Finger und tippte in sein Telefon. Als er fertig war, gab er etwas in die Kasse ein. »Einen Kaffee, mild und süß, und einen Blaubeer-Muffin. Das macht sechs fünfundsiebzig. Wie ist Ihr Name?«

»Also, ich heiße Stella, aber ich wollte einen Streusel-Muffin, keinen Blaubeer-Muffin.«

Der Junge runzelte die Stirn, als würde ich ihn nerven. Er drückte ein paar Knöpfe an der Kasse, doch dann vibrierte sein Telefon, und seine Aufmerksamkeit wanderte wieder zu seinem Handy. Ich nahm einen Zehner aus meinem Portemonnaie und reichte ihn ihm, doch er ignorierte meine wartende Hand. Als gut zwei Minuten vergangen waren und er immer noch nicht von seinem Telefon aufgeschaut hatte, beugte ich mich vor, um nachzusehen, was er da tat.

Nachrichten schreiben.

Der Junge hatte nicht meine Bestellung auf seinem Telefon eingegeben, er hatte jemandem namens Kiara eine Nachricht geschrieben.

Ich bewegte das Handgelenk, um seinen Blick auf mich zu ziehen. »Ähm … Hier, bitte.«

Wieder hob er einen Finger.

Unglaublich.

Schließlich riss er mir den Schein aus der Hand und gab mir das Wechselgeld. Dann nahm er einen großen Kaffeebecher in die Hand, öffnete einen Marker und kritzelte einen Namen darauf. *Simone.*

Ich zog die Augenbrauen zusammen. »Soll der für mich sein?«

Er schnaubte. »Da steht doch dein Name drauf, oder?«

Anstatt zu widersprechen, lächelte ich. »Klar. Schönen Tag noch.«

»Nächster!«

Ich nahm an, dass das seine Art war, mich zu bitten, zur Seite zu treten, damit er den nächsten Kunden bedienen konnte.

Ein paar Leute tummelten sich am anderen Ende der Theke, also ging ich zu ihnen und tat das, was alle anderen auch taten: auf mein Handy schauen. Fisher hatte mir vor ein paar Minuten eine Nachricht geschickt.

Fisher: Viel Glück bei der Arbeit an der Vermarktung. Ich weiß, das ist dein Lieblingspart!

Ich schrieb zurück.

Stella: Danke! Bin nervös, aber ich freu mich.

Dann schickte er mir das Bild eines Mannes von der neuesten Dating-Site, auf der er sich angemeldet hatte. Der Typ trug nur enge graue Boxershorts. Er hatte ein nettes Lächeln und schöne Haare. Doch als mein Blick nach unten glitt, riss ich die Augen auf. Jetzt wusste ich, warum er es mir geschickt hatte. Es folgte eine weitere Nachricht.

Fisher: Du hast gesagt, ich solle aufhören, Männer nach ihren Bauchmuskeln auszuwählen, und nach einem echten Lächeln Ausschau halten. Dieses Ding lächelt definitiv. ☺

Stella: Das kann nicht echt sein …

Ich hob mein Telefon hoch und zoomte auf die Ausbuchtung. Das war auf keinen Fall nur er. Der Typ musste da irgendwo eine Banane reingesteckt haben. Nein, Quatsch, das war eindeutig eine Zucchini. Gab es überhaupt Penisse in dieser Größe? Ganz bestimmt hatte ich so einen noch nie gesehen.

Eine tiefe Stimme an meiner Schulter ließ mich aufschrecken.

»Und ich beginne meinen Morgen mit dem *Wall Street Journal …*«

Ich fuhr zusammen, und mein Handy fiel mir aus den Händen und schlug auf dem Boden auf. Ich bückte mich, um es aufzusammeln, und machte ein finsteres Gesicht. »Meine Güte, warum schleichst du dich so an mich heran?«

Hudson lachte auf. »Wie könnte ich es mir entgehen lassen, dich zu unterbrechen, wenn du dir einen Porno ansiehst?«

»Ich sehe mir keinen Porno an.« Ich spürte, wie ich rot wurde. »Mein Freund hat mir ein Bild von einer Dating-Site geschickt.«

Er sah mich skeptisch an. »Aha.«

Peinlich berührt versuchte ich, ihn davon zu überzeugen, dass ich die Wahrheit sagte, indem ich ihm das Telefon hinhielt – nur um festzustellen, dass ich auf den Schwanz des Typen gezoomt hatte. »Nein, wirklich …«

Hudson hob die Hand, damit er das Bild nicht mehr sehen musste. »Ich glaub dir. Danke. Aber es freut mich zu sehen, dass du und dein Freund euch auf die wichtigen Eigenschaften eines Mannes konzentriert.«

Ich schüttelte den Kopf. *Na toll.* Ich machte einen guten Eindruck nach dem anderen bei diesem Kerl. Ich seufzte niedergeschlagen.

»*Simone!*«, rief der Barista.

Ich hörte ihn, aber im ersten Moment machte es nicht klick.

»*Simone!*«

Verdammt – das war ich. Ich trat an den Tresen, um mir meinen Kaffee und den Muffin abzuholen. Hudson schüttelte den Kopf, als ich zu ihm zurückkehrte.

»Was ist?«, fragte ich.

»Ein neuer Deckname?«

»Der Junge, der meine Bestellung aufgenommen hat, hat nicht zugehört, als ich ihm meinen Namen genannt habe.«

Hudson nickte, wirkte jedoch skeptisch. »Klar.«

»Nein, ehrlich.«

Er zuckte die Achseln. »Warum sollte ich dir nicht glauben?«

Ich verdrehte die Augen.

»*Hudson!*«, rief der Barista.

Hudson grinste. »M*einen* Namen scheint er richtig verstanden zu haben.« Nachdem er sich seinen Kaffee genommen hatte, deutete er mit dem Kopf in Richtung Tür. »Bist du auf dem Weg ins Büro?«

»Ja.«

Gemeinsam verließen wir den Laden und gingen nebeneinander die Straße hinunter.

»Deine Tochter ist absolut bezaubernd«, sagte ich. »Sie hat mich gestern mehrfach zum Lachen gebracht, ohne dass sie es darauf angelegt hatte.«

Hudson schüttelte den Kopf. »Danke. Sie ist sechs, benimmt sich aber wie sechsundzwanzig und hat keinen Filter.«

»Sie hat auch sehr schön gesungen.«

»Lass mich raten, Dolly Parton, während sie auf der Toilette saß?«

Ich lachte. »*Jolene*. Das kommt wohl öfter vor?«

»Die Toilette und die Badewanne sind ihre bevorzugten Auftrittsorte.«

»Ah«, sagte ich. »Wahrscheinlich wegen der tollen *Akku-Sticks*.«

Hudson lächelte unbefangen. »Genau.«

Vor dem Gebäude neben unserem saß eine Obdachlose. Sie hatte einen Einkaufswagen voller Dosen und Flaschen dabei und rollte Kleingeld aus einem Plastikbecher in Münzhülsen. Hudson hielt mir an unserem Gebäude die Tür auf.

»Könntest du …« Ich kramte in meiner Handtasche. »Eine Sekunde.«

Ich ließ Hudson an der offenen Tür stehen, ging zurück zu der Frau und gab ihr, was ich erübrigen konnte. »Ich bin auch ziemlich pleite«, sagte ich, »aber das ist für dich.«

Sie lächelte. »Danke.«

Als ich zu Hudson zurückkehrte, hatte er die Stirn in Falten gelegt. »Hast du ihr Geld gegeben?«

Ich schüttelte den Kopf. »Meinen Hershey-Riegel.«

Er sah mich etwas merkwürdig an, nickte jedoch und drückte dann den Knopf für den Aufzug.

»Bist du ein großer Country-Fan?«, fragte ich. »Hat deine Tochter daher ihre Liebe zu Dolly?«

»Nein. Meine Ex-Frau auch nicht oder sonst irgendjemand, den wir kennen. Sie hat nur einmal einen von Dollys Songs im Autoradio gehört und mochte ihn. Dann hat sie angefangen, die Teile, an die sie sich erinnern konnte, zu Hause zu singen, und hat dann ihren Gesangslehrer gebeten, ihr den ganzen Song beizubringen. Jetzt singt sie nur noch ausschließlich ihre Songs. Sie kennt ein Dutzend Dolly-Songs auswendig.«

»Das ist toll.«

»Letztes Jahr an Halloween, als alle anderen kleinen Mädchen Disney-Prinzessinnen sein wollten, wollte Charlie, dass ihre Mutter ihr Shirt mit Socken ausstopft und ihr eine platinblonde Perücke kauft.«

»Wow, Platinblond und ausstopfen. Als ob sie schon dreizehn wäre.«

Hudson stöhnte. »Daran will ich gar nicht erst denken.«

Wir stiegen gemeinsam in den Aufzug, um zu den Büros hinaufzufahren. In dem Moment, in dem sich die Türen schlossen, stieg mir ein vertrauter Geruch in die Nase. Instinktiv lehnte ich mich zu ihm, um ihn besser riechen zu können.

Hudson hob eine Augenbraue. »Was machst du da?«

»Du riechst nach etwas, das nicht Eau de Cologne ist, kein Duschgel und kein Shampoo. Ich versuche, es zu identifizieren.« Ich schnüffelte. »Ich kenne den Geruch, ich kann ihn nur nicht einordnen.«

»Du bist vermutlich ein Mensch, der unbedingt die Antwort auf ein Problem finden muss. Macht es dich verrückt, wenn du es nicht herausfindest?«

Ich roch noch einmal an ihm. »Auf jeden Fall.«

Das Klingeln des Fahrstuhls zeigte an, dass wir im vierzehnten Stock angekommen waren. Hudson streckte den Arm aus und ließ mich zuerst aussteigen, dann schloss er die Bürotür auf. Als wir drin waren, ging er um den leeren Empfangstresen herum und legte eine Reihe von Schaltern um, um das Licht einzuschalten.

Ich wartete auf der anderen Seite. »Und was ist es? Eine Art Lotion vielleicht?«

Hudson grinste. »Nope.« Er drehte sich um und begann, mit langen Schritten nach hinten zu gehen.

»Warte … Wohin gehst du?«

Ohne sich umzudrehen, sagte er: »In mein Büro, um zu arbeiten. Und das solltest du auch tun.«

»Aber du hast mir nicht gesagt, wonach du riechst.«

Ich hörte, wie er im Gehen vor sich hin lachte. »Einen schönen Tag noch, Simone.«

Den Vormittag über gingen Olivia und ich einige erste Werbepläne durch, aber ihr Marketing-Manager wollte sehen, wie die Sache funktionierte. Also fuhr ich mit ihnen in das Labor, das die Parfüms produzieren würde, und nahm ein Muster-Set mit, um ihnen zu demonstrieren, welchen Prozess jede Bestellung durchlaufen würde. Ich fand es toll, wie begierig sie waren, mehr über das Produkt zu erfahren.

Nachdem wir fertig waren, musste Olivia zu einem Meeting, und der Marketing-Manager wollte sich mit einem Freund zu einem späten Mittagessen treffen. Ich blieb noch eine Weile im Labor und fuhr dann mit dem Zug zurück ins Büro.

Hudsons Tür stand offen, als ich vorbeikam, also klopfte ich.

Er sah von einem Papierstapel auf, und ich hielt eine Schachtel hoch. »Mehr von dem Parfüm, das deiner Großmutter so gut gefallen hat.«

Hudson warf seinen Stift auf den Schreibtisch. »Vielen Dank. Bleibst du heute Abend wieder lange hier?«

Ich nickte. »Ich habe eine Menge zu tun. Dein Team arbeitet auf Hochtouren, und sie haben mir schon eine Menge zur Durchsicht gegeben.«

»Ich bin deinen Warenbestand und deinen Lieferanten durchgegangen und habe ein paar Ideen, die ich gerne mit dir besprechen würde.«

»Klar. Das wäre toll. Wann passt es dir?«

Er deutete auf die Papierstapel auf seinem Schreibtisch. »Ich brauche noch ein bisschen, bis ich hier fertig bin. Wie wäre es um sechs?«

»Klingt gut.«

»Stella?« rief Hudson, als ich mich zum Gehen wandte.

»Ja?«

Er deutete mit dem Kinn auf die Schachtel in meiner Hand. »Du hast vergessen, mir das Parfüm zu geben.«

Ich lächelte. »Oh. Nein, habe ich nicht. Du bekommst es, wenn du mir sagst, wonach du heute Morgen gerochen hast.«

Er schüttelte lächelnd den Kopf. »Bring es um sechs mit in den Konferenzraum.«

Kurz nach fünf rief Hudsons Assistentin an und fragte, ob ich chinesisches Essen möge. Anscheinend hatten Hudson und ich ein Arbeitsessen. Ich war ziemlich fasziniert, etwas Zeit mit ihm allein zu haben. Das war meine Chance, meinen ersten – zweiten und dritten – Eindruck zu korrigieren und ihm zu zeigen, dass ich nicht wirklich kapriziös war.

Um sechs Uhr ging ich, bewaffnet mit einer riesigen Datei mit Bestandsdaten, einem Notizbuch und dem Parfüm, das ich hergestellt hatte, in den Konferenzraum. Hudson war bereits da. Er hatte Papiere auf dem Tisch ausgebreitet, in der Mitte standen Schachteln mit chinesischem Essen sowie Teller und Besteck.

»Hast du Knoblauchhuhn bestellt?«

Hudson schüttelte den Kopf. »Wie zum Teufel machst du das? Ich habe noch nicht einmal die Schachtel geöffnet.«

Ich lächelte. »Pappe kann keinen Knoblauch enthalten.«

Hudson saß am Kopfende des Tisches, also ließ ich mich auf einem Stuhl zu seiner Linken nieder. »Außerdem habe ich auch erst überlegt, Knoblauchhuhn zu bestellen, darum war es schon in meinem Kopf.«

»Was hast du bestellt?«

»Garnelen mit Brokkoli.«

»Wir können teilen, wenn du willst.«

»Okay. Essen wir zuerst oder danach?«

»Auf jeden Fall zuerst«, sagte er. »Ich habe nicht zu Mittag gegessen, darum habe ich einen Bärenhunger.«

Hudson und ich füllten das Essen auf unsere Teller. Er

deutete mit dem Kinn auf die Parfümschachtel und sagte: »Es war Öl, um den Baseballhandschuh zu bearbeiten. Jetzt gib das Parfüm rüber, Klugscheißer.«

Ich lächelte. »Du spielst um sechs Uhr morgens Baseball?«

»Nein, aber Charlie will sich einem Softball-Team anschließen. Sie wollte nur den einen lila Handschuh, den sie im Laden hatten. Natürlich ist er Mist. Also habe ich versucht, ihn weicher zu machen, indem ich Öl in ihn eingearbeitet habe, damit sie das verdammte Ding mit ihrer kleinen Hand überhaupt öffnen kann.«

»Ah.« Ich nickte und schob die Schachtel mit dem Parfüm zu ihm hinüber. »Lanolin, das war es also. Ich weiß nicht, wieso ich es nicht erkannt habe.«

»Vielleicht solltest du dich an Gin halten.«

Hudson zwinkerte, und ich spürte ein leichtes Flattern in meinem Bauch. Gott, war ich erbärmlich. Warum machte mich ein einfaches Zwinkern von Ben nicht heiß? Wir hatten zwei Dates gehabt und … noch nichts.

Ich steckte mir eine Garnele in den Mund. »Darf ich dich etwas fragen?«

»Würde es dich abhalten, wenn ich Nein sage?«

Ich lächelte. »Wahrscheinlich nicht.«

Er lachte. »Kein Wunder, dass du und meine Schwester euch gut versteht. Wie lautet deine Frage?«

»Wann genau hast du herausgefunden, dass ich nicht die bin, die ich auf Olivias Hochzeit behauptet habe zu sein?«

»Als du sagtest, dein Nachname sei Whitley. Evelyn Whitley und meine Schwester waren seit der Highschool befreundet. Eine Zeit lang war sie auch mit meiner Ex-Frau befreundet. Die drei verkehren in denselben Kreisen. Vermutlich hätte es zwei Frauen namens Evelyn Whitley geben können, aber als du mir erzählt hast, dass du bei Rothschild Investments gearbeitet hast, hat sich mein Verdacht natürlich bestätigt.«

Ich knabberte an meiner Unterlippe. »Also davor ... als wir das erste Mal getanzt haben, hattest du keine Ahnung?«

Hudson schüttelte den Kopf. »Nicht die geringste.«

»Trotzdem hast du mich zum Tanzen aufgefordert?«

Der Hauch eines Lächelns spielte um seine Mundwinkel. »Allerdings.«

Mein Herz schlug schneller. »Warum?«

»Warum ich dich zum Tanzen aufgefordert habe?«

Ich nickte.

Hudsons Blick fiel auf meine Lippen und verweilte dort einen Moment. »Weil ich dich interessant fand.«

»Ah ... okay.«

Er beugte sich nah zu mir und senkte die Stimme. »Und schön. Ich fand dich interessant und umwerfend.«

Mir schoss die Röte in die Wangen. »Danke.«

Hudson starrte mich weiter an. Ich hatte dem Mann die Komplimente zwar praktisch aus der Nase gezogen, trotzdem war mein Gesicht knallrot.

Er trommelte mit den Fingern auf den Tisch. »Sonst noch etwas?«

»Nein.«

Er grinste. »Sicher?«

Ich nickte. Doch nachdem ich einen Moment nachgedacht hatte, änderte ich erneut meine Meinung. »Obwohl ...«

»Lass mich raten. Noch eine Frage?«

»Als ich in dein Büro gekommen bin, um mein Handy abzuholen, hast du mich zum Essen eingeladen. Ich hatte aber irgendwie das komische Gefühl, dass du sauer auf dich warst, weil du gefragt hast.«

Er legte den Kopf schief. »Du bist sehr aufmerksam.«

Ich biss mir auf die Lippe und überlegte, was ich als Nächstes fragen sollte. Aber ich wollte die Antwort *wirklich* hören.

»Wären wir ausgegangen, wenn ich dir nicht aus Versehen die falsche Nummer gegeben hätte?«

Erneut zuckten Hudsons Mundwinkel. »Ich habe doch angerufen, oder?«

»Oh ... ja. Also, ich denke, es hat sich sowieso alles zum Besten gewendet. Wir werden eng zusammenarbeiten und die Sache nicht verkomplizieren.«

Hudsons Blick sprang wieder zu meinen Lippen hinunter. »Also, wenn ich dich jetzt um ein Date bitten würde, würdest du dieses Mal Nein sagen – wegen der Komplikationen und so?«

Jeder Teil meines Körpers wollte mit diesem Mann ausgehen ... außer dem Teil meines Gehirns, der fünf Jahre in mein Geschäft investiert hatte. Ich durfte es einfach nicht tun.

Ich runzelte die Stirn. »Ich hätte Signature Scent fast nicht weitergeführt wegen des Schlamassels, den ich mit meinem letzten Geschäftspartner angerichtet habe.«

»Du hast während der Präsentation erwähnt, dass du einen Partner hattest, den du aber rausgekauft hast.«

Ich nickte. »Ja, es hat nicht geklappt.«

Hudson schien auf eine weitere Erklärung zu warten.

Ich seufzte und sagte: »Mein Verlobter war mein Partner. Als er dann irgendwann mein *Ex-Verlobter* wurde, habe ich ihn rausgekauft.«

Hudson nickte. »Ist er auch Parfüm-Chemiker?«

Ich schnaubte. »Ganz sicher nicht. Aiden ist Dichter. Zumindest erzählt er das den Leuten. Von Beruf ist er Englischlehrer an einem Community College.«

»Ein Dichter? Das klingt nicht nach einem sehr hilfreichen Geschäftspartner.«

»Nein. An der Entwicklung war er überhaupt nicht beteiligt, aber er hat zum Startkapital beigetragen.«

»Was war zuerst da? Die kaputte Geschäftspartnerschaft oder die kaputte Beziehung?« Hudson gabelte ein Stück Garnele auf und aß es.

»Hm … Ich glaube, zuerst kam, dass er Sex mit einer anderen Frau hatte.«

Hudson verschluckte sich heftig.

»*Shit.* Geht es?«

Er hob eine Hand und sprach mit angestrengter Stimme. »Ja.« Er griff nach seiner Wasserflasche und spülte das Essen hinunter. »Geht gleich wieder.«

Als seine Augen aufhörten zu tränen und er wieder frei atmen konnte, schüttelte Hudson den Kopf. »Dein Verlobter hat herumgevögelt?«

Ich lächelte traurig. »Ja, aber es hat sich alles zum Besten gewendet – jedenfalls für mein Geschäft.«

»Wie das?«

»Nun, ich weiß nicht, ob ich es jemals so weit geschafft hätte, wenn Aiden und ich uns nicht getrennt hätten.«

»Warum? Hat dich die Abfindung deines Partners nicht erst in finanzielle Schwierigkeiten gebracht?«

»Doch. Aiden hatte im Laufe der Jahre einhundertfünfundzwanzigtausend Dollar beigesteuert. Das Geld, das ich für die restliche Ausstattung gespart hatte, ging also für ihn drauf. Aber ich bin mir nicht sicher, ob ich es jemals bis zum Start geschafft hätte, selbst wenn ich das ganze Geld noch gehabt hätte. Aiden und ich waren jung, als wir zusammengekommen sind. Damals hat er mich ermutigt, und wir fingen an, Geld auf ein gemeinsames Sparkonto einzuzahlen. Am Anfang war es nicht viel, aber mit den Jahren kam einiges zusammen. Und inzwischen konnte Aiden sich vorstellen, es in Immobilien zu investieren. Es hätte mich wahrscheinlich hellhörig machen müssen, dass er kein Haus für uns kaufen wollte, obwohl wir schon seit Jahren zusammen waren und immer noch keine gemeinsame Wohnung hatten. Aber wie dem auch sei, er sagte, Immobilien als Kapitalanlage seien weniger riskant als meine Geschäftsidee. Also schlug er vor, eine Immobilie zu kaufen und danach für Signature Scent zu sparen.«

Hudson sah mich skeptisch an. »Dein Ex klingt wie ein echter Arsch.«

Ich lächelte. »Das ist er. Aber ich habe mich oft von ihm beeinflussen lassen, obwohl ich es nicht hätte tun sollen. Ein paar Monate vor unserer Trennung hatten wir angefangen, uns Mietobjekte anzuschauen. Mein Traum war nicht sein Traum, und ich war kurz davor, meinen aufzugeben und seinen zu akzeptieren. Ich hatte einen guten Job, und er gab mir das Gefühl, ich sei egoistisch, weil ich noch mehr wollte.« Ich hielt inne. »Unsere Trennung war aus vielen Gründen schrecklich, das einzig Gute war, dass ich beschlossen habe, mir meine Zukunft zurückzuholen.«

Hudson musterte mich einen Moment lang. Schließlich nickte er. »Gut gemacht.«

»Ich denke schon.«

»Obwohl ich glaube, dass die Trennung mehr als nur eine positive Seite hat.«

Ich zog die Brauen zusammen. »Was noch?«

»Du heiratest kein Arschloch.«

Ich lachte. »Ja, stimmt, das wohl auch.«

Mein Handy klingelte auf dem Tisch, und Bens Name

blinkte auf dem Display. Ich griff danach und drückte auf »*Ablehnen*«, doch nicht bevor Hudson ebenfalls den Namen des Anrufers gelesen hatte.

»Wenn du das annehmen musst ...«, sagte er.

»Nein. Ist schon okay. Ich rufe ihn später zurück.«

Er wartete einen Moment, und als ich nichts weiter sagte, legte er den Kopf schief. »Ben. Ist das der Typ, mit dem du auf der Hochzeit warst?«

Ich schüttelte den Kopf. »Das war Fisher.«

»Richtig.« Er nickte. »Fisher.«

Wieder breitete sich peinliches Schweigen im Raum aus. Schließlich zog er fragend eine Augenbraue hoch. »Dein Bruder?«

»Nein. Ich habe keinen Bruder. Es gibt nur mich und eine Schwester.«

Als ich wieder nichts weiter sagte, lachte Hudson.

»Du zwingst mich zu fragen, oder?«

Ich lächelte unschuldig. »Es ist ... noch frisch.«

Hudson hielt meinen Blick für ein paar Herzschläge, dann räusperte er sich. »Warum fangen wir nicht an? Ich kann dir ein paar Dinge erzählen, die ich mit dir besprechen wollte, während du zu Ende isst.«

Hudson schien bereit, einen Schalter umzulegen und zum Geschäftlichen überzugehen, aber mein Kopf war jetzt zu durcheinander. Er fing an, Zahlen und Daten auszuspucken, und während ich nickte und so tat, als würde ich ihm folgen, schien alles zum einen Ohr rein- und zum anderen wieder rauszugehen Ich bemerkte nicht einmal, dass er innegehalten hatte, um mich etwas zu fragen, bis ich aufblickte und sah, dass er wartete.

»Tut mir leid. Was hast du gefragt?«

Seine Augen verengten sich. »Hast du überhaupt irgendetwas von dem gehört, was ich gesagt habe?«

Ich stach mit der Gabel in eine Garnele, schob sie mir in den Mund und deutete auf meine Lippen, um zu sagen, dass ich jetzt nicht mehr antworten konnte. Ich hielt mich für gerissen und dachte, ich könnte auf diese Weise seiner Frage ausweichen, doch es brachte Hudson nur dazu, auf meine Lippen zu starren. Es sah aus, als hätte er großen Appetit und das nicht nur auf chinesisches Essen.

Oh Mann. In meinem Bauch spürte ich die vertrauten Schmetterlinge, und als Hudson sich über die Lippen leckte, verstärkte sich das Flattern noch.

Ich kaute zu Ende, schluckte und räusperte mich. »Könntest du die Frage wohl noch mal wiederholen?«

Das kleine Zucken in seinem Mundwinkel war wieder da. Wenn ich es nicht besser wüsste, würde ich denken, er hätte einen Tick.

Ich war erleichtert, als Hudson nickte und wiederholte, was er gesagt hatte. Dieses Mal konnte ich mich auf das meiste konzentrieren. Und ich war verblüfft, wie viel er in so kurzer Zeit geschafft hatte. Er hatte seine Einkaufsabteilung beauftragt, mehrere Angebote für meine Mustermaterialien einzuholen, und konnte bei den meisten Artikeln mindestens fünf Cent pro Stück einsparen. Das hörte sich nicht viel an, aber bei zwanzig verschiedenen Mustern pro Kiste und den Frachtrabatten, die sein Team obendrein erhielt, war die Gesamtsumme doch recht beachtlich.

»Wow.« Ich lehnte mich auf meinem Stuhl zurück und grinste. »Du bist eindeutig besser als Aiden.«

Seine Augen funkelten. »Den fasse ich nicht mal mit der Kneifzange an.«

Ich lachte. »Wahrscheinlich eine gute Idee. Aber im Ernst, die Ersparnisse, die du erzielt hast, decken fast schon die Kosten für einen Partner im ersten Jahr. Ich weiß gar nicht, was ich sagen soll. Und dabei dachte ich, ich hätte so gut verhandelt.«

»Das hast du auch. Ein großer Teil der Einsparungen kommt durch Vorauszahlungen und den Einkauf großer Mengen, was du vorher aufgrund deiner knappen Mittel nicht konntest.«

Hudsons Telefon vibrierte, und auf dem Display blinkte *Charlie* auf. Er sah auf seine Armbanduhr, als wollte er überprüfen, ob die Zeit auf seinem Telefon richtig eingestellt war. »Mir war nicht klar, dass es schon so spät ist. Entschuldigst du mich einen Moment? Ich muss meine Tochter anrufen und ihr gute Nacht sagen.«

»Natürlich. Ich muss sowieso auf die Toilette.«

Als ich in den Konferenzraum zurückkam, sagte Hudson nichts, weshalb ich nicht gleich merkte, dass er noch am Telefon war. Als ich es realisierte, bedeutete ich ihm, ich würde draußen warten, doch er winkte mich herein. Also nahm ich Platz und hörte mir seine Seite des Gesprächs an.

»Ich hab nur Spaß gemacht. Du hättest es deiner Tante gegenüber nicht wiederholen sollen, Charlie.«

Es folgte eine Pause, dann schloss er die Augen. »Du hast deiner ganzen Klasse davon erzählt?«

Das weckte meine Neugier.

»Okay, ich bin mir sicher, dass der Lehrer verstanden hat, dass es ein Witz war, auch wenn Mami und Tante Rachel es nicht verstanden haben.«

Hudson sah zu mir hoch. »Also, sag Mom, dass ich gerade keine Zeit habe. Ich bin noch im Büro. Ich spreche morgen Abend mit ihr, wenn ich anrufe.«

Pause.

»Ich hab dich auch lieb.«

Nachdem er über das Display gewischt und das Gespräch beendet hatte, schüttelte er den Kopf. »Ich muss daran denken, dass eine Sechsjährige nicht immer meinen Sinn für Humor versteht.«

Ich lächelte. »Was ist passiert?«

»Meine Ex-Schwägerin ist schwanger. Sie platzt bald. Gegen Rachel ist meine Ex-Frau eine echte Ulknudel. Keine von beiden hat Sinn für Humor. Neulich Abend hat Charlie mich gefragt, was ich einen guten Namen für ihre künftige Cousine fände. Keine Ahnung, warum, aber ich sagte, dass Tante Rachel das Baby Kumpel nennen würde, und habe sie fünf Minuten lang davon überzeugt, dass es stimmt, als sie es mir erst nicht glauben wollte.«

Ich zog die Augenbrauen hoch. »Kumpel?«

Er grinste. »Ich wollte sie natürlich nur necken, aber dann wurde das Essen geliefert, wir wurden unterbrochen, und dann habe ich es wohl versäumt, noch mal darauf zurückzukommen und ihr zu sagen, dass ich es nicht ernst gemeint habe.«

»Und das hat sie ihrer Mutter erzählt? Ich nehme an, das kam nicht so gut an.«

Hudson schüttelte den Kopf. »Es wird noch schlimmer. Vor ein paar Monaten habe ich mich mit meiner Ex-Frau gestritten. Sie hatte gesagt, ich solle Charlie kein Eis mehr geben, weil ihre Schwester behauptete, Laktoseintoleranz sei erblich bedingt. Ich war mir nicht sicher, ob das stimmt oder nicht, aber Charlie ist ganz sicher nicht laktoseintolerant – sie isst so viel Eis, dass wir es wüssten, wenn es so wäre. Wir gerieten in einen Streit darüber, dass ihre Schwester sich wieder einmischt, und ich nannte Rachel lachmuskelintolerant.

Nach dem Streit habe ich ganz vergessen, dass ich das gesagt habe, bis Charlie es irgendwann erwähnte. Ich hatte keine Ahnung, dass sie zugehört hatte. Aber das hat sie.« Er holte tief Luft. »Heute musste Charlie etwas mit in die Klasse bringen und darüber sprechen. Sie hat ein Bild vom letzten Ultraschallbild des Babys ihrer Tante mitgebracht und allen erzählt, dass ihre neue Cousine Kumpel heißen würde. Als der Lehrer sagte, dass derjenige, der ihr das gesagt hat, vielleicht nur einen Scherz gemacht hätte, sagte Charlie, dass ihre Tante keine Witze erzähle, weil sie lachmuskelintolerant sei.«

Ich schlug mir eine Hand vor den Mund. »Oh mein Gott. Das ist ziemlich lustig.«

Hudson grinste. »Ja, oder?«

Ich nickte.

»Zu schade, dass meine Ex-Frau ihren Sinn für Humor schon lange verloren hat.«

»Nun, wenn es irgendwie hilft, ich finde es verdammt lustig. Die meisten Kinder erzählen zu viel. In den zehn Minuten, die ich neulich mit Charlie zusammengesessen habe, habe ich erfahren, dass du letzte Woche am Strand warst, dass sie einmal Bauchschmerzen von einer Eisdiele bekommen hat und dass du ihr Notizen auf das Obst in ihrer Lunchbox schreibst. Übrigens finde ich es sehr süß, dass du das machst.«

»Als sie in den Kindergarten kam, wurde sie beim Mittagessen sehr unruhig, weil sie nicht sicher war, neben wem sie sitzen sollte. Ich schrieb ihr Nachrichten, damit sie sich besser entspannen konnte, während sie ihr Essen auspackte. Das ist irgendwie hängen geblieben.«

»Ich finde es wunderbar.«

Er lächelte. »Es ist schon spät. Warum machen wir nicht

Schluss für heute? Wir können morgen weitermachen. Ich möchte sowieso, dass die Marketingabteilung dabei ist, wenn wir zu den nächsten Themen kommen.«

»Ah, okay … Klar.«

Wir gingen zurück in unsere jeweiligen Büros. Ein paar Minuten später kam Hudson auf seinem Weg nach draußen bei mir vorbei und blieb an meiner Tür stehen.

»Bist du heute Abend mit Ben verabredet?«

Ich lächelte. »Nein.«

»Gut.« Er klopfte mit den Knöcheln gegen den Türpfosten. »Bleib nicht zu lange. Du bist die Letzte hier, und die Reinigungskräfte sind schon gekommen und gegangen, also schließe ich die Tür hinter mir ab, wenn ich gehe.«

»Okay, danke. Ich habe nur noch ein paar Dinge zu erledigen, dann mache ich auch Schluss.«

Er nickte und wandte sich zum Gehen, machte dann aber einen Schritt zurück. »Übrigens, ich habe dich vorhin klar und deutlich gehört, also werde ich dich nicht noch einmal um ein Date bitten.«

Das Lächeln in meinem Gesicht erlosch. »Oh … okay.«

Er zwinkerte. »Diesmal warte ich darauf, dass du mich fragst. Gute Nacht, Stella.«

Hudson ging, und mit ihm entschwand meine Konzentration. Aber ich musste noch ein paar Dinge erledigen, bevor ich nach Hause gehen konnte. Es würde später noch genug Zeit geben, jedes Wort zu analysieren, das er gesagt hatte – vielleicht, wenn ich ein heißes Bad nahm oder mich mit dem Vibrator entspannte, den ich in meinem Nachttisch aufbewahrte. Im Moment musste ich an der Tabelle arbeiten, deren Fertigstellung ich schon den ganzen Tag vor mir hergeschoben hatte. Ich wollte alles fertig haben, um es gleich morgen früh mit dem Team durchzugehen.

Doch Excel war von Anfang an nicht mein Ding gewesen, und es war schon spät. Nachdem ich also die Tabelle geöffnet hatte, starrte ich nur auf die Zahlen. Unfähig, mich zu konzentrieren, beschloss ich, meine Ohrstöpsel aus der Tasche zu holen. Klassische Musik half mir immer, in die richtige Stimmung zu kommen. Währenddessen wurde es im Büro jedoch immer wärmer. Die Klimaanlage musste über einen Timer eingestellt sein. Da mir so ziemlich jede Ausrede recht war, um eine Pause von der Arbeit an der Tabelle zu machen, beschloss ich, mir etwas kaltes Wasser aus dem Pausenraum am Ende des Flurs zu holen.

Während ich einen großen Becher mit zerstoßenem Eis aus der Kühlschranktür füllte, begannen Vivaldis »Die vier Jahreszeiten«, und ich konnte nicht anders. Jedes Mal, wenn ich sie hörte, tat ich so, als wäre ich die Dirigentin. Es war niemand in der Nähe, also warum nicht? Ich stellte den Becher auf dem Tresen ab, schloss die Augen und schwang die Arme zu der gefühlvollen Musik durch die Luft. Nichts beruhigte meinen Geist so sehr, wie ein Orchester zu führen. Ich war so in den Moment vertieft, dass ich mich verlor.

Bis …

Ich spürte, wie mich jemand von hinten packte. Erschrocken fuhr ich herum. Aus einem Reflex heraus und von Adrenalin getrieben ballte ich eine Faust, holte Schwung und schlug mit aller Kraft zu.

Ich traf auf etwas, das sich wie eine Backsteinmauer anfühlte. Da ich die Augen geschlossen hatte, konnte ich es nicht sehen.

Doch dann hörte ich eine Stimme über der Musik.

»*Fuck*«, knurrte sie.

Und mir wurde flau im Magen.

Nein.

Nein und nochmals nein.

Das durfte nicht sein.

Bitte, lieber Gott, lass es jemand anders sein.

Ich schlug die Augen auf und sah bestätigt, was ich bereits wusste.

Gott hatte mich nicht erhört.

Denn ich hatte gerade einen Schlag direkt auf die Nase von Hudson gelandet.

12. Kapitel

Hudson

»*Was zum Teufel!*« Ich riss die Hände hoch und fasste nach meiner Nase.

»Oh mein Gott! Hudson! Es tut mir so leid. Ist alles okay?«

Meine Augen hatten angefangen zu tränen, also nahm ich an, dass die Nässe, die ich fühlte, daher stammte. Bis ich die Hände wegnahm und merkte, dass sie voll Blut waren.

»Heilige Scheiße! Du blutest ja!« Stella schnappte sich eine Rolle Papierhandtücher von der Theke, riss ein Bündel ab, wickelte es zu einem Ball und versuchte, es mir ins Gesicht zu drücken.

Ich riss es ihr aus den Händen.

»Es tut mir so leid. Ich … Du … Du hast mich erschreckt!«

Ich drückte die Papiertücher auf meine blutende Nase. »Ich habe dich zweimal angesprochen, aber du hast nicht reagiert.«

Sie zupfte einen kabellosen Ohrstöpsel aus ihrem Ohr. »Ich habe laut Musik gehört.«

Ich schüttelte den Kopf. »Du hast mit den Armen gefuchtelt – ich dachte, du würdest *ersticken.*«

Stella runzelte die Stirn. »Ich habe dirigiert.«

»*Dirigiert?*«

»Ja, du weißt schon, so tun, als würde man eine Sinfonie dirigieren.«

Ich starrte sie an, als hätte sie zwei Köpfe. »Nein, weiß ich nicht. Es kommt nicht oft vor, dass ich in der Küche von meinem Büro eine Sinfonie dirigiere.«

»Nun, das ist schade. Du solltest es versuchen. Es ist gut für die Seele.«

»Ich glaube, ich verzichte lieber auf einen Versuch, wenn man bedenkt, was gerade passiert ist.« Ich zeigte auf die Rolle mit den Papiertüchern. »Kannst du mir die mal geben?«

»Oh Gott … es hört immer noch nicht auf zu bluten.«

Ich tauschte die blutigen Papierhandtücher gegen frische aus. Stella begann, ein wenig blass zu werden.

»Du solltest dich setzen«, sagte sie. »Leg den Kopf in den Nacken.«

»Ich bin mir ziemlich sicher, dass du diejenige bist, die sich setzen sollte. Du siehst aus wie ein Geist. Setz dich, Stella.«

Sie hielt sich am Tisch fest und ließ sich auf einen Stuhl gleiten. »Ich kann kein Blut sehen. Davon wird mir übel. Vielleicht sollten wir uns beide setzen.«

Da es nicht so aussah, als würde meine Nase in nächster Zeit zu bluten aufhören, setzte ich mich ihr gegenüber.

Stella schüttelte immer wieder den Kopf. »Es tut mir so, so leid.« Sie legte eine Hand auf ihre Brust. »Ich kann nicht glauben, dass ich dich geschlagen habe. Es war ein Reflex. Ich habe nicht einmal gesehen, wer da war. Es ging alles so schnell.«

»Schon in Ordnung. Es ist meine eigene Schuld. Ich sollte inzwischen wissen, dass du schreckhaft bist. Und du wusstest nicht, dass ich zurückkomme. Ich habe die Situation falsch eingeschätzt.«

»Solltest du nicht den Kopf zurücklegen?«

»Nein. Das ist das Letzte, was man tun sollte, wenn man Nasenbluten hat. Man sollte in den weichen Teil über den Nasenlöchern kneifen. Wenn man den Kopf in den Nacken legt, schluckt man nur das Blut.«

Sie verzog das Gesicht und hielt sich den Mund zu. »Das ist ja widerlich.«

Zum ersten Mal bemerkte ich, dass ihre Fingerknöchel gerötet waren. Zwei begannen anzuschwellen. Ich hob mein Kinn und deutete auf sie. »Wie fühlt sich deine Hand an?«

»Oh … ich weiß nicht so genau.« Sie streckte ihre Finger aus, machte dann eine Faust und öffnete sie wieder. Es sah nicht so aus, als wäre sie gebrochen. »Sie tut weh. Ich glaube, ich war noch voller Adrenalin, deshalb habe ich es bis jetzt nicht gespürt.«

Ich stand auf und ging zum Kühlschrank. Das Beste, was ich im Gefrierschrank finden konnte, war ein Fertiggericht. Ich wickelte es in ein Papiertuch und reichte es ihr. »Leg das auf deine Knöchel.«

»Solltest du das nicht benutzen?«

»Mach dir um mich keine Sorgen.«

Zehn Minuten später ließ die Blutung endlich nach. »Du hast einen verdammt guten Schlag für deine Größe.«

Sie schüttelte den Kopf. »Ich kann immer noch nicht glauben, dass ich das getan habe. Ich habe in meinem Leben noch niemanden geschlagen. Ich dachte, ich wäre allein im Büro.«

»Ich war gegangen. Aber ich hatte etwas vergessen, das ich morgen früh für ein Meeting in der Stadt brauche, darum bin ich zurückgekommen. Dann hörte ich die Eismaschine und habe gemerkt, dass du noch da bist. Ich dachte, ich sage dir Bescheid, dass ich auf dem Weg nach draußen den Alarm zurücksetze, aber mit dem rechten Haken brauchst du wohl keine Security.«

Sie lächelte, doch es verblasste schnell, und sie musterte wieder besorgt meine Nase. »Es tut mir wirklich leid.«

»Mir geht's gut. Die Nase blutet nun mal sehr stark. Ich gehe auf die Herrentoilette und wasche mich, bevor ich rausgehe.« Ich deutete mit dem Blick auf ihre Hand. »Bist du sicher, dass es dir gut geht?«

Stella nahm das Eis weg und bewegte die Finger. »Ja, ich komme schon klar.«

Ich stand auf. »Bleib nicht zu lange, Rocky Balboa.«

»Was zum Teufel ist mit dir passiert?« Jack lehnte sich mit einem breiten Grinsen auf seinem Stuhl zurück. Der Wichser genoss diesen Moment ein wenig zu sehr.

Heute Morgen ging ich meiner üblichen Routine nach und putzte mir die Zähne, als ich zum Spiegel hochblickte und in zwei blaue Augen schaute. Es sah schlimmer aus, als es sich anfühlte. Meine Nase tat nicht wirklich weh, außer wenn ich sie berührte. Aber beide Augen waren geschwollen, und darunter lagen bläulich violette Schatten. Ich hatte eine Sonnenbrille aufgesetzt, bevor ich das Haus verließ, sodass ich das Problem leicht vergaß – bis ich sie eben im Büro meines Freundes abgenommen hatte.

»Wer hat dich geschlagen?« Er beugte sich vor, um genauer hinzusehen. »Wer auch immer es war, hat bessere Arbeit geleistet als ich, als wir uns im Suff darüber gestritten haben, wer eine Schlägerei zwischen uns gewinnen würde. Mein Schlag hat bei dir kaum einen Kratzer hinterlassen, aber ich musste mit dreizehn Stichen genäht werden, als du zurückgeschlagen hast.«

»Die Person, die das getan hat, war definitiv viel stärker als du.«

»Wer war es?«

Ich grinste. »Stella … du verdammtes Weichei.«

Jack riss die Augenbrauen hoch. »Eine Frau hat das getan? Wer zum Teufel ist Stella?«

»Erinnerst du dich an die Frau, die du bei Olivias Hochzeit kennengelernt hast? Die an der Bar an den Shots gerochen hat? Ich habe zweihundert Dollar gewonnen, weil sie die Gin-Marke durch Riechen identifizieren konnte.«

»Die scharfe Braut, die sich als Betrügerin entpuppt hat?«

»Genau die.«

»Okay. Was ist mit ihr?«

»Das ist Stella.«

Jacks Gesicht schien verwirrt. »Ich dachte, diese Frau hieße Evelyn.«

Ich hatte meinen Freund noch nicht in die ganzen Entwicklungen seit der Hochzeit eingeweiht, obwohl ich eigentlich heute gekommen war, um über Signature Scent zu sprechen. Jack war der Vizepräsident eines der größten Medienkonglomerate – dem zufällig auch der beliebteste Homeshopping-Kanal gehörte. Ich dachte, er könnte mich vielleicht einigen hohen Tieren dort vorstellen, um darüber zu sprechen, ob man Stellas Parfüm in einer der Sendungen vorstellen konnte.

»Sie war ein Hochzeits-Crasher, Dumpfbacke. Sie hat nicht ihren richtigen Namen benutzt.«

»Oh Scheiße. Okay, klingt logisch. Also heißt die scharfe Schnüfflerin in Wahrheit Stella.«

»Das ist korrekt.«

»Und sie hat dich geschlagen, weil …«

Wahrscheinlich war es am einfachsten, wenn ich ganz von

vorn anfing. Ich begann mit dem verlorenen Telefon, berichtete von dem großen Herzen meiner Schwester und landete schließlich bei dem Zweck meines heutigen Besuchs.

Als ich fertig war, lehnte Jack sich auf seinem Stuhl zurück und rieb sich das Kinn. »Du hast schon in viele Unternehmen investiert, für die du meine Verbindungen hättest nutzen können. Ein paarmal habe ich dir sogar gesagt, dass du dumm bist, nicht zu mir zu kommen. Dann argumentierst du immer, dass du Geschäftliches nicht mit Freundschaft vermischen willst. Was ist jetzt anders?«

»Nichts.«

Er legte den Kopf schief. »Und trotzdem bist du hier …«

»Ich bitte dich darum, mich jemandem vorzustellen, nicht darum, ein Risiko einzugehen.«

Jack zuckte mit den Schultern. »Du hast ein Dutzend Produkte, bei denen du mich im Laufe der Jahre um Hilfe hättest bitten können. Aber dies ist das erste, bei dem du vor meinem Schreibtisch sitzt. Willst du wissen, was ich denke?«

»Es ist mir verdammt egal, was du denkst, also nein.«

Er grinste. »Ich glaube, du bist scharf auf die Schnüfflerin und willst sie beeindrucken.«

Warum zum Teufel fragen mich alle, ob ich wissen will, was sie denken, und wenn ich Nein sage, sagen sie es mir trotzdem?

Ich schüttelte den Kopf. »Ich bin finanziell an der Firma *beteiligt*, du Idiot.«

Jack sollte auf keinen Fall wissen, dass die Frau, die mir zwei blaue Augen verpasst hatte, mich im Grunde vollkommen umgehauen hatte. Er würde mir immer noch damit auf den Sack gehen, wenn wir im Rollstuhl säßen und weiter Wetten abschließen würden.

»Du warst an allen Firmen beteiligt, wegen derer du zu mir hättest kommen können«, sagte er.

Ich verdrehte die Augen. »Hilfst du mir oder nicht?«

»Ja, aber weißt du, warum?«

»Weil du mir viertausend Gefallen schuldest?«

»Vielleicht, aber deshalb tue ich es nicht. Ich tue es, weil es schon lange her ist, dass du dich um eine Frau bemüht hast. Du bist es gewohnt, einfach in eine Bar zu gehen, dein hübsches Gesicht zu zeigen und die Beste mit nach Hause zu nehmen. Das ist gut. Ich habe keine Lust, ständig so viel Zeit mit dem Mann meiner Schwägerin zu verbringen. Er ist ein Idiot.«

»Ich kann dir nicht folgen. Was hat der Mann deiner Schwägerin damit zu tun?«

»Ganz einfach. Wenn du eine gottverdammte Freundin hättest, könnten Alana und ich manchmal mit dir und ihr essen gehen, statt mit Allison und Chuck. Wer zum Teufel unter sechzig Jahren nennt sich überhaupt Chuck?«

»Ich gehe nicht mit Stella aus.« *Bis sie fragt.* Jack lächelte. »Warten wir es ab.«

Mein bester Freund mochte eine Nervensäge sein, aber er hatte verdammt gute Verbindungen. In den nächsten zwei Stunden stellte er mich nicht nur dem Leiter der Einkaufsabteilung des Shopping-Kanals vor, sondern nahm mich auch mit ans Set, um das Ende der Sendung zu sehen, die gerade aufgezeichnet wurde. Als er fertig war, hatte er eine bekannte Moderatorin von dem Konzept von Signature Scent überzeugt *und* sie dazu gebracht, Stella und mich am nächsten Tag zum Mittagessen einzuladen.

»Vielen Dank, dass du mich ihr vorgestellt hast.« In der Lobby des Gebäudes schüttelte ich Jack die Hand. »Ich muss zurück ins Büro, aber ich schulde dir bald ein Bier.«

Jack lächelte. »Nein. Wir sind quitt, denn du ersparst mir, dass ich mir noch mehr von Chucks Geschichten über Ballenzehen anhören muss. Könnte er nicht wenigstens Gynäkologe anstatt Fußspezialist sein?«

»Ich rufe dich nächste Woche wegen des Biers an.«

»Du meinst wegen des Abendessens mit Alana und Stella?«

»Noch mal, ich gehe nicht mit Stella aus.«

Jack grinste. »Das werden wir ja sehen …«

Ich hatte eine Hand an der Tür, als Jack noch rief: »Vielleicht gehe ich morgen mit euch essen – und lerne die neue beste Freundin meiner Frau kennen.«

Stella klopfte an den Türrahmen von meinem Büro. »Hey, hast du einen Moment Zeit? Ich bin gerade diese Berichte durchgegangen, die Helena vorbeigebracht hat, und …« Als ich aufsah, fielen ihr beinahe die Augen aus dem Kopf. »Oh mein Gott! Bitte sag nicht, dass ich das war.«

Ich nickte. »Okay, du warst das nicht. Ich hatte eine Schlägerei mit dem Jungen aus dem Deli um die Ecke. Er hat meinen Namen falsch auf meinen Becher geschrieben, und das hat mich sauer gemacht.«

»Wirklich?«

»Nein, natürlich nicht.« Ich deutete mit der Hand auf mein Gesicht. »Das ist alles dein Werk, Rocky Balboa.«

Sie schloss die Augen. »Es tut mir so leid. Ich fühle mich absolut furchtbar. Tut es weh?«

»Ja, ich habe unerträgliche Schmerzen.«

»Oh Gott.«

Sie sah ziemlich aufgebracht aus, also musste ich sie von ihrem Elend befreien. »Entspann dich. Ich mach nur Spaß. Es sieht schlimm aus, aber ich fühle mich gut.«

»Ich kann nicht glauben, dass ich das war.«

»Was macht deine Hand?«

Sie öffnete und schloss sie. »Meine Knöchel tun weh, aber ich werde es überleben. Ehrlich, Hudson, es tut mir so leid, dass ich dich geschlagen habe.«

Stella hielt in der anderen Hand eine weiße Papiertüte und reichte sie mir. »Hier, nimm den Muffin. Er ist noch warm. Ich habe ihn gerade aus dem Deli um die Ecke geholt.«

Bot sie mir einen Muffin zum Ausgleich für zwei blaue Augen an? »Hast du keine Hershey-Riegel mehr?«

Sie grinste. »In der Tat. Ich habe meinen Notvorrat gestern Abend aufgegessen, nachdem du gegangen bist. Das ist alles, was ich zu bieten habe.« Ich lachte und hob eine Hand. »Schon okay. Aber vielen Dank.«

»Bitte nimm ihn. Dann fühle ich mich besser.«

Diese Frau war etwas Besonderes. Sie kam zu meinem Schreibtisch und stellte die Tüte auf der Ecke ab.

Ich schüttelte den Kopf. »Gut. Danke. Also, was wolltest du fragen?«

»Fragen?«

»Etwas wegen der Berichte, die Helena dir gegeben hat?«

»Ach ja, ich habe ein paar Fragen zu den Bestellungen, die ich genehmigen soll. Hast du kurz Zeit?« Sie warf einen Blick über ihre Schulter. »Ich kann rasch in mein Büro laufen und sie holen. Ich bin heute Morgen vorbeigekommen, aber da warst du noch nicht da.«

Ich schaute auf meine Uhr. »Ich habe in ein paar Minuten einen Telefontermin. Das sollte aber nicht lange dauern – vielleicht eine halbe Stunde. Ich kann bei dir im Büro vorbeikommen, wenn ich fertig bin.«

»Das wäre toll. Dann bis gleich.«

Nachdem sie gegangen war, starrte ich eine Minute lang auf den leeren Türrahmen. Ging es nur mir so, oder hatte sich die Energie im Büro verändert, seit sie hier zu arbeiten begonnen hatte? Ich hatte zwei blaue Augen und mehr Arbeit als je zuvor, dennoch fühlte ich mich ausgeglichener als sonst.

Ich seufzte und ging wieder an die Arbeit. Wahrscheinlich lag es an dem Schlag ins Gesicht.

Nachdem ich mein Telefonat beendet hatte, ging ich nach unten, um Stella zu suchen. Ihre Bürotür stand offen, aber ihr Gesicht war größtenteils hinter einem riesigen Strauß bunter Blumen auf ihrem Schreibtisch verborgen. Sie hatte die Nase in irgendwelchen Papieren vergraben, und bemerkte mich nicht sofort. »Schöne Blumen.« Ich hob eine Augenbraue. »Ken?«

»Falls du Ben meinst, nein. Die Blumen sind für den Geburtstag meines Freundes.«

»Du hast sie hierher liefern lassen, um sie ihm zu bringen?«

Sie schüttelte den Kopf. »Er hat zwar heute Geburtstag, aber er hat *mir* die Blumen geschickt, weil er den Tag nicht gerne feiert. Fishers Mutter ist vor zwei Jahren an seinem Geburtstag gestorben, deshalb ist es ein schwerer Tag für ihn. Anstatt sich zu feiern, schickt er mir jetzt Geschenke.«

Die meisten Menschen fänden das ungewöhnlich, aber bei Stella klang es richtig. »Wollen wir jetzt die Papiere durchgehen, zu denen du Fragen hattest?«

»Ja bitte.«

Ich nahm auf der anderen Seite ihres Schreibtisches Platz. Als sie sich umdrehte, um in einigen Papieren auf dem Sideboard hinter ihr zu blättern, blieb mein Blick an einem in Leder gebundenen Buch hängen. Es lag in einer offenen Schachtel neben den Blumen – oder genauer gesagt blieb mein Blick an dem Wort hängen, das darauf eingraviert war.

»Schreibst du deine Fantasien über mich auf?«, fragte ich. »Ich habe dir schon gesagt, dass du mich nur fragen musst, ob ich mit dir ausgehe.«

Stella legte fragend die Stirn in Falten, also zeigte ich auf das Buch mit der Aufschrift *Tagebuch*.

»Oh … nein, das ist nicht meins. Der Bote, der die Blumen geliefert hat, hat es mir gebracht. Es ist ein weiteres Geschenk von Fisher.«

»Schreibst du Tagebuch?«

»Nein, es gehört jemand anders. Oder zumindest hat es jemand anders gehört.« Sie griff über den Schreibtisch, schnappte es sich und verstaute es in einer Schublade.

Wie immer, wenn es um Stella ging, wusste ich nicht weiter. »Und du hast das Tagebuch von jemand anders, weil …«

Sie seufzte. »Können wir einfach vergessen, dass du es gesehen hast?«

Ich schüttelte langsam den Kopf. »Auf keinen Fall.«

Stella rollte mit den Augen. »Gut. Aber wenn ich es dir sage, darfst du dich nicht über mich lustig machen.«

Ich verschränkte die Arme vor der Brust. »Das wird mit jedem Moment interessanter. Ich kann es kaum erwarten, die Geschichte zu hören.«

»Es ist eigentlich keine Geschichte. Es ist nur ein Hobby von mir.«

»In Tagebücher zu schreiben?«

»Nein. Ich schreibe nicht in sie hinein. Ich lese sie.«

Meine Augenbrauen schossen nach oben. »Wie kommst du an diese Tagebücher? Hast du sie gestohlen oder so?«

»Natürlich nicht. Ich bin kein Dieb. Normalerweise ersteigere ich sie auf eBay.«

»Du kaufst die Tagebücher anderer Leute auf eBay?«

Sie nickte. »Es gibt tatsächlich einen großen Markt für sie. Manche Leute schauen gerne Reality-TV. Ich *lese* lieber. Das Tagebuch von jemandem zu lesen ist nicht viel anders.«

»Aha …«

»Nein, wirklich. Millionen von Menschen schauen diese *Real-Housewives*-Shows und *Jersey Shore*. Wenn man darüber nachdenkt, ist es das Gleiche – Leute waschen ihre schmutzige Wäsche und haben Geheimnisse.«

Ich kratzte mich am Kinn. »Wie genau kommt man zu diesem Hobby?«

Sie seufzte. »Als ich zwölf war, war ich auf einem Flohmarkt und habe auf einem Tisch ein in braunes Leder gebundenes Buch entdeckt. Ich nahm es in die Hand, um daran zu riechen.«

»Klar.«

Sie kniff die Augen zusammen. »Unterbrich mich nicht, sonst kann ich meine Geschichte nicht zu Ende erzählen.«

»Erzähl weiter …«

In den nächsten fünf Minuten plauderte sie davon, dass sie auf einem Flohmarkt an einem Tagebuch gerochen hatte, dass sie in einen Jungen verknallt war, der Fußball spielte, und dass sie keine Ahnung gehabt hatte, dass in dem Tagebuch etwas geschrieben stand, als sie es kaufte. Als sie wieder zu Atem kam, wusste ich sogar, wie viel sie vor fünfzehn Jahren für das verdammte Ding bezahlt hatte.

Ich sah sie an, versuchte, ihr zu folgen, und wartete darauf, dass sie zum Punkt kam. Doch Stella schien es nicht zu bemerken. Dann sah sie mich an, als ob sie sichergehen wollte, dass ich ihr noch zuhörte. Also nickte ich. »Okay …«

»Ich merkte, dass ich ein Tagebuch, das vollgeschrieben war, gekauft hatte, und ich wollte es nicht lesen, aber meine

Neugierde war stärker. Es stellte sich heraus, dass es ein dreißig Jahre altes Tagebuch von einem Mädchen war, das ein Jahr älter war als ich zu der Zeit. In den ersten paar Einträgen schrieb sie über einen Jungen, den sie mochte, und über ihren ersten Kuss. Ich war gefesselt und konnte nicht mehr aufhören. Ich habe das ganze Ding in einer Nacht durchgelesen. Danach habe ich ein halbes Jahr lang alle möglichen Flohmärkte nach einem weiteren Tagebuch abgeklappert, aber keins gefunden. Ich hatte die Tagebücher schon fast vergessen, als ich vor ein paar Jahren auf eBay über eines gestolpert bin. Damals erfuhr ich, dass es einen ganzen Markt für vollgeschriebene Tagebücher gibt. Seitdem kaufe ich sie immer wieder. Die meisten Leute sehen ein oder zwei Sendungen, bevor sie ins Bett gehen; ich lese gerne ein oder zwei Einträge am Abend.«

»Dein Freund hat dir also ein Tagebuch, das jemand vollgeschrieben hat, zum Geburtstag gekauft?«

»Eigentlich habe ich das Tagebuch selbst gekauft. Aber es ist auf Italienisch geschrieben. Fisher hat es zu seinem Geburtstag für mich übersetzen lassen.«

Ich dachte einen Moment darüber nach. »Nur so aus Neugier: Was kostet so ein Tagebuch auf eBay?«

»Das kommt drauf an. Wenn man das Tagebuch einer Frau kauft, kostet es normalerweise zwischen fünfzig und hundert Dollar. Manche Leute verkaufen fotokopierte Tagebücher, die sind billiger, weil sie es an mehrere Leute verkaufen können. Originaltagebücher aus dem 18. Jahrhundert können sehr viel mehr kosten, und die von Männern, egal, wie alt sie sind, sind immer viel wert.«

»Die von Männern? Männer schreiben Tagebücher?«

»Manche schon. Aber sie sind selten und können ziemlich teuer sein.«

Ich war sprachlos. Es existierte eine ganze Welt, von der ich nichts wusste. Ich deutete auf die Schublade, in der sie das Tagebuch verstaut hatte. »Von wem ist das, das du da hast?«

»Er heißt Marco und lebt in Italien.«

»Wovon erzählt er?«

»Das weiß ich noch nicht. Ich habe noch nicht angefangen, es zu lesen. Aber ich bin wirklich gespannt darauf. Ich muss mich strikt daran halten, nur einen Eintrag pro Abend zu lesen, sonst schaffe ich es in einem Rutsch. Italienische Tagebücher sind die besten. Die Leute dort sind so leidenschaftlich.«

»Wenn du das sagst. Du weißt aber schon, dass dein Hobby etwas ungewöhnlich ist, oder?«

»Ja, aber was soll's? Es macht mich glücklich.«

Es war beeindruckend, wie etwas so Einfaches sie glücklich machen konnte. In den letzten Jahren seit meiner Scheidung hatte es in meinem Leben nicht viel gegeben, was das bei mir bewirkt hätte – nicht einmal die Frauen, mit denen ich ausging. Vielleicht war ich ein wenig neidisch.

Wie auch immer, wir hatten zu arbeiten. Also räusperte ich mich. »Zeig mir, was du besprechen wolltest, als du in mein Büro gekommen bist.«

Stella und ich gingen ihre Fragen durch und korrigierten einige Fehler, die der Einkaufsabteilung bei der Vorbereitung der Warenbestellungen unterlaufen waren. Ich musste zu einem Nachmittagsmeeting, also sagte ich ihr, sie solle mir Bescheid sagen, wenn sie noch etwas brauche, und machte mich auf den Weg.

An der Tür merkte ich, dass ich ihr die gute Nachricht noch nicht erzählt hatte. »Fast hätte ich es vergessen – ich habe einen Kontakt genutzt, um mit den Führungskräften eines Homeshopping-Senders über dein Produkt zu sprechen.«

»Wirklich? Und hat es ihnen gefallen?«

»Sehr sogar. Sowohl der Chefeinkäufer als auch die Moderatorin einer der Sendungen mochten das Konzept. Sie wollen es gern kennenlernen. Robyn hat uns für morgen zum Mittagessen eingeladen. Ich hoffe, du hast noch nichts vor.«

Ihr stand der Mund offen. »Robyn? Wie Robyn Quinn? Die Königin des Homeshopping-Kanals?«

»Genau die.«

»Oh mein Gott! Das ist ja riesig! Wie konntest du mich eine Stunde lang plappern lassen und das nicht früher erwähnen?«

»Ich habe es wohl vergessen. Wenn ich mir deine Geschichten anhöre, schaltet mein Gehirn ab.«

Sie schüttelte den Kopf. »Das lasse ich durchgehen und schlage dich nicht noch mal, weil du einen Termin bekommen hast, der lebensverändernd sein könnte.«

Ich lächelte. »Robyn schickt mir eine E-Mail mit der Uhrzeit und den Details. Ich leite sie dir weiter, sobald ich sie bekomme.«

»Okay! Wow. Das entwickelt sich zu einem großartigen Tag. Vielleicht muss ich das feiern, indem ich heute Abend *zwei* Einträge von Marco lese.«

»Du bist eine wirklich wilde Frau.«

Sie zuckte mit den Schultern. »Vielleicht nicht, aber manchmal sind es die Leute in meinem Tagebuch.«

13. Kapitel

Stella

Siebzehn Monate zuvor

»Das könnten sie sein.« Ich zeigte auf ein Pärchen, das ein paar Stufen von mir entfernt auf der Bibliothekstreppe saß, auf der wir unser Mittagessen einnahmen.

Fishers Brauen zogen sich zusammen. »Wer könnten sie sein?«

»Alexandria und Jasper.«

Er zog die Stirn kraus. »Das Paar aus dem neuen Tagebuch, das du gerade liest? Das dir deine Mitbewohnerin zum Geburtstag geschenkt hat?«

Ich nickte. »Das war wirklich süß von ihr.« Mir war gar nicht klar, dass sie überhaupt wusste, dass ich Geburtstag hatte, doch sie hatte mir ein unglaubliches Tagebuch geschenkt. Ich war wie besessen davon.

Fisher wickelte sein Sandwich aus, nahm einen großen Bissen und sagte mit vollem Mund: »Ich dachte, du kennst den Namen des Freundes nicht.«

»Stimmt, aber ich habe mich entschieden, ihn Jasper zu nennen, da sie als J von ihm spricht. Dadurch fühlt er sich in meinem Kopf realer an, wenn ich an sie denke.«

»Süße, du weißt, dass ich dich liebe. Aber ein Großteil von dem Quatsch, der in deinem Kopf vorgeht, ist nicht real.«

Ich stieß ihn spielerisch mit dem Ellbogen an. In letzter Zeit hatte ich angefangen, mich zum Mittagessen auf die Treppe vor der Bibliothek zu setzen – genau auf die Treppe, auf der sich so viel von der Geschichte aus dem Tagebuch abspielte, das ich gerade las. Es gefiel mir, meinen täglichen Eintrag hier zu lesen und mir vorzustellen, dass einige der Personen in meiner Umgebung die aus den Seiten in meinen Händen waren.

»Dieses Tagebuch ist das beste, was ich je gelesen habe. Letzte Woche kam Alexandrias Mann an einem Tag früher von der Arbeit nach Hause, um nach ihr zu sehen. In der Nacht zuvor hatte sie ihm gesagt, dass sie sich nicht wohl fühlte, als er mit ihr schlafen wollte. In Wahrheit hatte sie erst ein paar Stunden zuvor Sex mit Jasper gehabt und deshalb keine Lust auf Sex mit ihrem eigenen Mann. Jedenfalls ... als er nach Hause kam, um nach ihr zu sehen, machte sie gerade ein Nickerchen, weil sie morgens schon wieder zu einem Treffen mit Jasper gefahren war und sie völlig erledigt war. Ihr Mann arbeitet immer bis spät in die Nacht, darum hatte sie ihr Handy sorglos auf dem Küchentresen zum Aufladen liegen lassen. Und als er hereinkam, sah er zufällig eine Textnachricht auf ihrem Bildschirm auftauchen. Sie war von Jasper, der ihr sagte, wann sie ihn am nächsten Tag treffen sollte. Zum Glück stand er nur als *J* in ihren Telefonkontakten. Als ihr Mann sie auf die Nachricht ansprach, sagte sie ihm, dass es um eine Überraschung für seinen Geburtstag ginge, und er kaufte es ihr ab. Der arme Kerl scheint immer noch nichts von der Affäre zu ahnen. Aber sie ist jetzt ziemlich paranoid geworden und achtet genau darauf, wo sie ihr Telefon liegen lässt.«

Fisher schüttelte den Kopf. »Armer Kerl? Du meinst wohl armer Trottel.«

»Ich weiß. Ihr Mann tut mir leid. Ihre Hochzeit hat hier in der Bibliothek stattgefunden.« Ich streckte meine Hände aus. »Und jetzt trifft sie Jasper manchmal genau auf diesen Stufen, damit sie in der Gasse um die Ecke hinter einem Müllcontainer vögeln können. Ich versteh das nicht. Letztes Jahr vor der Hochzeit schien sie so verliebt in ihren Mann zu sein.«

Fisher nahm einen weiteren Bissen von seinem Sandwich. »Was – hast du mehrere Tagebücher von dieser Person gekauft oder so? Ein Tagebuch erstreckt sich doch nicht über Jahre, oder?«

»Dieses hier schon, weil sie nicht so oft schreibt. Es gibt große Zeitsprünge – an manchen Stellen liegen Monate zwischen den Einträgen. Vor ihrer Hochzeit hat sie viel geschrieben und von allem berichtet, was sie geplant hat. Doch anschließend gab es kaum noch Einträge. Ich schätze, sie hatte ein oder zwei Jahre lang nichts Aufregendes zu erzählen ... bis sie anfing, mit dem Freund ihres Mannes zu schlafen.«

»Du solltest es lieber langsam angehen. Hört sich an, als würdest du Entzugserscheinungen bekommen, wenn du es ausgelesen hast.«

»Ich weiß. Das liegt daran, dass die Frau, die es geschrieben hat, und alle Personen, die darin vorkommen, hier in der Stadt leben. Ich habe noch nie ein Tagebuch von hier gelesen, schon gar nicht eins, das in der Nähe meiner Arbeit spielt. Dadurch wirkt alles so real – als würde es jetzt passieren und nicht zu der Zeit, als sie es geschrieben hat. Ich kann nicht aufhören, über die Leute in der Geschichte nachzudenken und mich zu fragen, ob ich vielleicht einem von ihnen begegne. Neulich war ich bei Starbucks, und auf dem Namensschild des Barista stand

Jasper. Daraufhin ist mir mein Iced Latte auf den Boden gefallen, weil ich so aufgeregt war und dachte, er könnte es sein. Ich habe in dem Laden gesessen, bis er seine Schicht beendet hatte. Zum Glück kam sein Geliebter, um ihn abzuholen, sodass er nicht der Geliebte der Tagebuchschreiberin sein konnte.«

»War der Barista süß?«

»Eigentlich schon. Aber ich habe einen Mann gestalkt, weil sein Name Jasper war! Ich kenne nicht einmal den richtigen Namen des Typen, mit dem die Frau in meinem Tagebuch eine Affäre hat.«

»Welcher Starbucks war es? Ein heißer schwuler Barista klingt eher nach meinem Geschmack als nach deinem.«

Ich kicherte. »Im Ernst, Fisher. Was wollte ich tun, nachdem ich zwei Stunden gewartet hatte, bis der arme Kerl von der Arbeit kam? Ihm den ganzen Weg nach Hause folgen?«

»Du klingst allmählich ein bisschen besessen.«

Ich seufzte. »Das hat Aiden auch gesagt. Wir hatten vor Kurzem einen Streit, weil mein Handy tot war. Ich hatte vergessen, es aufzuladen, und als ich nach seinem Handy suchte, um dir zu schreiben, dass ich mich verspäte, stellte ich fest, dass er sein Handy gar nicht mehr herumliegen lässt. Das hat mich misstrauisch gemacht, weil Alexandria solche Angst hat, erwischt zu werden, und dann haben Aiden und ich uns gestritten. Dabei hatte er nichts falsch gemacht.«

Fisher schüttelte den Kopf. »Vielleicht solltest du eine kleine Pause einlegen und später weiterlesen.«

Schließlich öffnete ich den Behälter mit dem Salat, den ich mir zum Mittagessen gemacht hatte. Ich stach mit der Gabel hinein und seufzte. »Ja, vielleicht hast du recht.«

Fisher lachte schnaubend. »Du redest einen solchen Blödsinn.«

14. Kapitel

Hudson

Unser Termin zum Mittagessen hatte sich in eine Party verwandelt. Robyn, die Moderatorin der Sendung, hatte ihre Co-Moderatorin und einen Produzenten eingeladen. Der Chefeinkäufer brachte noch jemanden mit, und Jack hatte auch beschlossen, uns mit seiner Anwesenheit zu beglücken. Da wir nun so viele waren und Stella für alle Muster-Sets mitbringen wollte, nahm ich das Auto. Es stand in einer Garage ein paar Blocks vom Büro entfernt, also ging ich rechtzeitig los und sagte Stella, sie solle mich in fünfzehn Minuten unten treffen.

Als ich an der Ecke an der Ampel hielt, wartete sie bereits vor dem Gebäude. Das gab mir die Möglichkeit, sie unbemerkt zu beobachten. Auf beiden Seiten des Haupteingangs standen zwei große Blumenkübel, alte Weinfässer, denen ich nie viel Beachtung geschenkt hatte, obwohl ich jeden Tag an ihnen vorbeiging. Ich bemerkte lediglich, dass die Gebäudewartung die Blumen ab und an austauschte. Aus der Ferne beobachtete ich, wie Stella sich umsah, als wollte sie sichergehen, dass sie niemand beobachtete, dann beugte sie sich vor. Ich dachte, sie würde an den Blumen riechen, sie neigte sich jedoch tiefer und hielt die Nase an das Fass darunter. *Hat sie gerade an dem Weinfass gerochen?*

Es brachte mich zum Schmunzeln, wie verrückt sie war. Jedes Mal, wenn ich dachte, ich wüsste, was sie sagen oder tun würde, stellte sich schnell heraus, dass ich falschlag. Es war seltsam erfrischend. Bei den meisten Frauen konnte ich fünf Minuten, nachdem ich sie kennengelernt hatte, erraten, welchen Salat sie bestellen würden, oder ob Yoga oder Tennis ihr bevorzugtes Hobby war. Nicht so bei Stella – an ihr war nichts durchschnittlich.

Sie trat zu dem Blumentopf auf der anderen Seite der Tür und prüfte erneut, ob die Luft rein war, bevor sie an ihm roch. Nur ging sie diesmal nicht in die Knie, sondern beugte den Oberkörper nach vorn. Was mir einen ungehinderten Blick auf ihren Hintern bot – ihren *phänomenalen Hintern.*

Großartig. Einfach großartig.

Sobald die Ampel umsprang, gab ich Gas und hielt vor dem Gebäude. Ich hatte die Kartons nach unten in die Lobby gebracht, bevor ich ins Parkhaus fuhr, also stieg ich aus und ging hinein.

»Warum steigst du nicht ein und passt auf, weil ich in zweiter Reihe geparkt habe. Ich hole die Sachen von der Security«, sagte ich zu ihr, als ich an ihr vorbeiging.

»Oh … okay.«

Nachdem ich den Kofferraum beladen hatte, schlug ich die Klappe zu und wartete, dass der Verkehr nachließ, damit ich einsteigen konnte.

»Danke, dass du dich darum gekümmert hast«, sagte Stella.

»Gern.«

Ich schnallte mich an. »Wir haben noch eine Stunde Zeit, bis wir im Restaurant sein müssen, aber wahrscheinlich brauchen wir bei dem Verkehr auch fast so lange.« Ich schaute über die Schulter, und es dauerte eine Weile, bis sich eine Lücke auftat, die groß genug war, um mich in den fließenden Verkehr einfädeln zu können.

Stella atmete ein paarmal ein. »Ist der Wagen ganz neu?«

Mein Auto war eigentlich drei Jahre alt, aber es sah neu aus, weil ich nicht viel gefahren war.

»Es ist ein paar Jahre alt.«

»Es riecht immer noch wie ein Neuwagen.«

»Ach ja? Magst du diesen Geruch lieber als den von dem Blumenkübel vor dem Büro?«

Stella seufzte. »Du hast mich also erwischt?«

»Ja.«

»Ich war neugierig, ob es tatsächlich alte Fässer sind, in denen früher Wein hergestellt wurde.«

»Und?«

»Ich bin mir nicht sicher. Alles, was ich riechen konnte, war Erde.«

Ich schmunzelte. »Große Mengen Erde neigen dazu, nach Erde zu riechen.«

»Was ist das für ein Auto? Der Innenraum ist so schön.«

»Ein Maybach S 650.«

»Ist das ein beeindruckendes Auto?«

»Ich weiß es nicht. Sag du es mir. Bist du beeindruckt?«

Sie lächelte. »Nicht wirklich. Ich fahre selten.«

»Weil du in der Stadt wohnst?«

»Na ja, ich habe zwar einen Führerschein. Und mein Ex hat vor Jahren versucht, mich dazu zu bewegen, häufiger zu fahren, aber dann bin ich in einer Kurve gegen einen Hydranten gefahren …«

Wir bewegten uns langsam stadteinwärts. Irgendwann tauchte aus dem Nichts ein Auto auf und schnitt mir den Weg ab, sodass ich voll auf die Bremse treten musste. Stella und ich waren beide angeschnallt, darum war uns nichts passiert, aber ihre Handtasche flog vom Sitz auf den Boden. Als sie sie aufheben wollte, landete sie auf dem Kopf, und der Inhalt war überall verteilt.

»Tut mir leid«, sagte ich.

Als sie sich nach vorn beugte, um ihre Sachen einzusammeln, bemerkte ich die Schachtel mit dem Tagebuch von gestern.

»Meine Ex-Frau hat ab und zu in so ein Buch geschrieben, vor allem, wenn wir uns gestritten hatten. Ich bin mir ziemlich sicher, dass sie sich darin über mich ausgelassen hat. Benutzen die meisten es nicht dazu, Dampf abzulassen?«

»Manchmal schon«, sagte Stella. Sie legte das Buch in die Schachtel und setzte den Deckel wieder darauf. »Ich habe schon ein paar von der Sorte bekommen. Normalerweise postet der Verkäufer ein paar Screenshots von Seiten, damit man einen Eindruck bekommt. Das hilft, einiges auszuschließen, aber manchmal kann man anhand eines kurzen Auszugs auch nicht viel erkennen.«

»Hast du angefangen, Nicos Geheimnisse zu lesen?«

»Er heißt Marco, und ja, hab ich.«

»Und … wie ist es?«

Stella seufzte. »Ich habe fast das halbe Tagebuch in einer Nacht gelesen.«

Ich lachte. »So gut also?«

Sie legte eine Hand auf ihre Brust. »Er ist in eine ältere Frau verliebt. Amalia ist neunzehn Jahre älter als er und die Bibliothekarin des kleinen Dorfes, in dem sie leben. Er ist Traubenbauer. Sie denkt, es wäre nur eine Schwärmerei und würde vorübergehen, aber er klingt, als wäre er Hals über Kopf in sie verliebt. Er überlegt, eine andere Frau mitzubringen, damit sie hoffentlich eifersüchtig wird und zugibt, dass sie auch Gefühle für ihn hat. Aber ich mache mir Sorgen, dass das nach hinten losgeht und sie sich noch stärker zurückzieht.«

»Ich denke, Amelia, oder wie auch immer sie heißt, hat wahrscheinlich recht. Marco ist nur ein aufgewühlter Junge. Das geht vorüber. Jeder junge Kerl hat irgendwann mal von einer heißen Bibliothekarin fantasiert. Er ist nicht in sie verliebt. Er ist nur Lust.«

»Du hast das Tagebuch doch noch nicht einmal gelesen. Wie kannst du wissen, wie er sich fühlt?«

Ich zuckte mit den Schultern. »Die meisten Beziehungen enden sowieso an der gleichen Stelle.«

»Da ist aber jemand extrem zynisch …«

»Ich bin nicht zynisch, ich bin Realist. Selbst wenn sie zusammenkommen, wie stehen die Chancen, dass ein Mann mit vierzig sich nicht woanders umsieht, wenn seine Bibliothekarsbraut sechzig ist?«

»Nicht, wenn er sie so sehr liebt wie Marco Amalia.«

Ich schnaubte. »Am Anfang ist alles eitel Sonnenschein …«

»Wie auch immer.«

»Du hast gesagt, dein Ex hat mit einer anderen geschlafen. Und trotzdem glaubst du noch an Märchen?«

»Nur weil ich eine schlechte Erfahrung gemacht habe, heißt das nicht, dass ich nicht an die Liebe glaube. Als Aiden und ich uns getrennt haben, war ich am Boden zerstört. Ich habe lange gebracht, um darüber hinwegzukommen und wieder glücklich zu werden. Verdammt, ich arbeite immer noch daran, mein Glück zu finden. Aber was mich unter anderem bei Laune hält, ist der Glaube daran, dass wir alle dazu bestimmt sind, ein glückliches Leben zu führen. Meins sollte nur nicht mit Aiden sein.«

Mein Blick sprang zu ihr und dann wieder auf die Straße. »Wenn du meinst …«

»Wenn du so verbittert bist, warum hast du mich dann um ein Date gebeten?«

»Muss ich zölibatär bleiben, nur weil ich nicht glaube, dass alles romantisch endet?«

»Oh.« Sie verdrehte die Augen. »Du wolltest also nur Sex haben. Ich bin froh, dass wir das geklärt haben. Ich ziehe es tatsächlich vor, jemanden kennenzulernen und Zeit mit ihm zu verbringen, zusätzlich zur körperlichen Nähe.«

»Dreh mir nicht die Worte im Mund um. Ich verbringe auch gerne Zeit mit einer Frau. Manchmal haben wir einfach unterschiedliche Erwartungen, wohin die Sache führt.«

Stella schüttelte den Kopf. »Weißt du, was du brauchst? Du musst mein Glückssystem ausprobieren.«

»Dein Glückssystem?«

Stella nickte. »Ich weiß – es braucht einen besseren Namen.«

»Da würden mir einige einfallen«, brummte ich.

»Das habe ich gehört, aber ich entscheide mich, es zu ignorieren. Jedenfalls, als ich mit mir gerungen habe und ständig schlechte Laune hatte, habe ich eine Liste mit Dingen zusammengestellt, die mich glücklich machen. Kleine Dinge – nicht Sachen, die außerhalb meiner Reichweite liegen und schwer umzusetzen sind. Zum Beispiel versuche ich, jeden Tag jemandem ein Kompliment zu machen. Das mag nicht viel erscheinen, aber es bringt dich dazu, jeden Tag in mindestens einer Person etwas Gutes zu finden. Nach einer Weile hilft es dir, deine Einstellung zu ändern. Außerdem nehme ich mir jeden Morgen zehn Minuten Zeit zum Meditieren. Und ich schaue mir mindestens einmal in der Woche den Sonnenaufgang oder -untergang an. Und ich versuche, jedes

Wochenende etwas zu tun, was ich noch nie zuvor getan habe.«

Ich grinste. »Wenn du Hilfe brauchst, es dieses Wochenende mit jemandem zu tun, mit dem du es noch nie getan hast, sag einfach Bescheid.«

Sie stöhnte. »*Etwas*, nicht *jemand*.«

Ich grinste noch breiter. »Unsere Glückssysteme sind irgendwie unterschiedlich.«

Der Verkehr hatte sich gelichtet, und wir waren schon auf halbem Weg zum Restaurant. »So fesselnd diese Unterhaltung ist, ich sollte dich über den Sender informieren, bevor wir zum Mittagessen gehen. Wir sind bald am Restaurant.«

»Ich habe mich schon informiert.«

»Na dann. Erzähl mir, was du weißt.«

Stella ratterte Fakten über die Eigentumsverhältnisse des Senders herunter, Statistiken über die Art der verkauften Produkte, welche Artikel am besten und am schlechtesten liefen und welche Eigenschaften sie von Partnern erwarteten. Dann informierte sie mich detailliert über Privat- und Berufsleben von Moderatorin und Co-Moderatorin. Sie hatte mehr Hausaufgaben gemacht als ich.

»Du bist gründlich«, stellte ich fest.

»Danke.«

Wir hielten an einer roten Ampel, und Stella veränderte ihre Haltung. Sie löste die Beine voneinander und schlug sie in der entgegengesetzten Richtung wieder übereinander. Es war eine ganz und gar unschuldige Geste, wahrscheinlich wollte sie es sich bequemer machen, weil wir schon eine Weile im Auto saßen. Die Art, wie ich den entblößten Teil ihres Oberschenkels anstarrte, war jedoch alles andere als unschuldig.

Glückssystem. Mir genügte ein Bein. Warum mussten Frauen immer alles so verdammt kompliziert machen?

Wer war die Frau, neben der ich beim Mittagessen gesessen hatte? Dieselbe Frau, die mir fünfzehn Minuten lang alle Einzelheiten von einem Flohmarkt erzählt hatte, zu dem sie mit zwölf Jahren gegangen war, als ich nur wissen wollte, wie sie dazu gekommen war, Tagebücher von anderen zu lesen. Dieselbe Frau, die noch vor zwei Stunden an Fässern gerochen hatte, hatte sich in eine kluge Geschäftsfrau verwandelt. Anstatt mit Geschichten um sich zu werfen, hörte sie zu – hörte richtig zu – und fand schnell heraus, was jedem der Entscheider wichtig war. Dann lenkte sie das Gespräch subtil auf diese Themen. Sie hatte die hohen Tiere des Senders dazu gebracht, ihr aus der Hand zu fressen. Robyn Quinn lud sie sogar zu einem Mittagessen für weibliche Führungskräfte ein, damit sie berichtete, wie sie aus einer Idee ein innovatives Unternehmen geschaffen hatte.

Der Parkwächter brachte meinen Wagen zuerst, also schüttelte ich der Gruppe die Hand. Stella wurde von den Frauen zum Abschied umarmt. Als wir wieder auf der Straße waren, schaute sie zu mir herüber.

»Also … schieß los. Sag mir, was ich falsch gemacht habe.«

Ich sah sie an und blickte dann wieder auf den Verkehr. »Falsch? Wie kommst du darauf, dass du etwas falsch gemacht hast?«

»Du bist so still.«

»Und?«

»Normalerweise wirst du ganz still und starrst mich so an, bevor du etwas Abfälliges sagst. Aber du fährst, also sind deine Augen auf die Straße gerichtet.«

»Eigentlich habe ich darüber nachgedacht, wie gut das Mittagessen gelaufen ist. Du hast einen tollen Job gemacht. Ich habe vielleicht die Vorarbeit geleistet, aber du hast das Geschäft besiegelt.«

Aus den Augenwinkeln sah ich Stella ein paarmal blinzeln.

»War das … ein Kompliment? Probierst du mein Glückssystem aus?«

Wir hielten an einer Ampel, also schaute ich zu ihr hinüber. »Definitiv nicht. Aber ich bin durchaus in der Lage, Komplimente zu machen, wenn sie angezeigt sind.«

Sie verzog die Lippen zu einem bezaubernden Lächeln. »Ich *war* gut, stimmt's?«

»Ich habe dir bereits ein Kompliment gemacht, hör auf, gleich nach einem weiteren zu angeln.«

Sie lachte. »Na gut. Ich muss wohl nehmen, was ich kriegen kann.«

Drei Tage später im Büro meldete sich meine Assistentin. »Jack Sullivan ist für Sie in der Leitung.«

»Danke, Helena.«

Ich lehnte mich auf meinem Stuhl zurück und nahm den Hörer ab. »Ich weiß, ich schulde dir noch ein Bier, aber es ist erst acht Uhr morgens.«

Jack lachte. »Als ob wir nicht schon mal Bier zum Frühstück getrunken hätten.«

Ich lächelte. »Das ist aber schon ein paar Jahre her.«

»Sprich für dich. Du warst vor ein paar Monaten nicht auf Franks Junggesellenabschied.«

Ich lachte. »Was gibt's?«

»Ich habe ein paar Neuigkeiten, mit denen du bei deiner kleinen Freundin punkten solltest.«

Ich wusste genau, auf wen er sich bezog, gab mich jedoch ahnungslos: »Im Moment gibt es keine Frau in meinem Leben. Und wenn es eine gäbe, bräuchte ich deinen jämmerlichen Hintern nicht, um bei ihr Punkte zu sammeln.«

»Dann willst du die Nachricht also nicht hören …«

»Spuck's schon aus, Sullivan. Was ist los?«

»Es gibt eine gute und eine schlechte Nachricht. Die gute Nachricht ist: Der neue Dampfstrahler – ein Gerät, das Falten aus der Kleidung entfernt, während man sie trägt – hat bei einem unserer Produzenten Verbrennungen zweiten Grades verursacht.«

»Jemand, mit dem du arbeitest, hat sich verbrannt? Und das ist die gute Nachricht? Ich glaube, ich möchte die schlechte Nachricht auf keinen Fall hören.«

»Natürlich ist es eine schlechte Nachricht für den Kerl. Aber es ist eine gute Nachricht für dich. Der Homeshopping-Kanal musste den Dampfstrahler von seinem geplanten Sendeplatz abziehen, und das bedeutet, dass sie diese Lücke sofort mit einem neuen Produkt füllen müssen.«

»Ach ja? Und du meinst, Signature Scent könnte eine Chance haben?«

»Nicht nur eine Chance. Der Platz gehört euch, wenn ihr schneller fertig werdet als ursprünglich geplant.«

Der Start sollte in neun Wochen sein, aber wenn nötig könnten wir die Dinge auf jeden Fall etwas beschleunigen. »Kein Problem. Wann müssten wir bereit sein?«

»Das ist die schlechte Nachricht. Ihr müsstet nächste Woche fertig sein.«

»Nächste Woche?« Ich schüttelte den Kopf. »Das ist unmöglich.«

»Nun, dann würde nur die Sendung aufgenommen. Die

Ausstrahlung wäre am darauffolgenden Wochenende. Die Versandzeit wird allerdings mit zwei bis vier Wochen angegeben. Ihr hättet also etwas Zeit, um die Ware auf den Weg zu bringen.«

Ich atmete tief aus. »Ich weiß nicht, ob wir alles so stark beschleunigen können.«

»Habe ich schon den Umsatz erwähnt, von dem sie ausgehen?«

»Nein, wovon reden wir?«

Ich war nicht so leicht aus der Fassung zu bringen, aber bei der Zahl, die aus Jacks Mund kam, klappte mir die Kinnlade herunter. »Mein Gott. Das sind mehr Verkäufe, als wir sie für das ganze erste Jahr erwartet haben.«

»Frauen reißen sich um die Produkte, die sie auf dem Kanal anbieten. Robyn braucht innerhalb der nächsten Stunde eine Antwort. Wenn ihr es nicht schafft, hat sie eine Liste von Leuten, die ganz heiß auf den Platz sind und es mit ihren Produkten schaffen können. Also, überleg dir den Shit besser.«

15. Kapitel

Hudson

»Im Ernst? Sie glauben, dass sie *so* viele verkaufen können?« Stella setzte sich, als ob die Zahl zu groß wäre, um sie im Stehen zu verdauen.

»Laut Jack sind ihre Umsatzprognosen ziemlich punktgenau. Sie kennen ihr Publikum und seine Kaufkraft.«

»Mein Gott. Das ist verrückt. Aber wir können unmöglich schon so bald so weit sein.«

»Doch, das können wir!«, mischte Olivia sich ein. »Wir haben keine andere Wahl. Das ist eine einmalige Gelegenheit. Wir müssen es schaffen.«

Stella fasste sich mit der Hand an die Stirn. »Aber wie? Wir haben gerade einige der Produkte bestellt, die wir brauchen, und die kommen aus Übersee. Allein der Versand dauert fast zwei Monate. Nächste Woche haben wir noch rein gar nichts fertig.«

»Nun, wir haben länger Zeit als nur bis nächste Woche«, sagte ich. »Die Sendung würde nächste Woche aufgenommen, aber erst am folgenden Samstag ausgestrahlt. Dann erlauben sie zwei bis vier Wochen für den Versand. Wir haben also noch etwas Zeit, bevor wir die Produkte rausschicken müssen. Entweder müssen wir die Sachen, die uns fehlen, schneller herbeischaffen – per Flugzeug anstatt per Schiff. Oder wir müssen Lieferanten vor Ort finden, um mit dem Versand beginnen zu können, bis der gesamte Bestand eingetroffen ist. Vielleicht beides.«

Stella schüttelte den Kopf. »Das wird alles ziemlich teuer werden.«

»Wir könnten den Preis erhöhen, um das auszugleichen«, sagte Olivia.

Stella wirkte skeptisch. »Ich weiß nicht. Parfüm ist ausgesprochen preisempfindlich, wenn es keine bekannte Marke ist oder keine prominente Unterstützung hat.«

»Der Shopping-Kanal verkauft seine Produkte in drei Ratenzahlungen«, sagte Olivia. »Darum sind die Produkte nicht so preisempfindlich wie normalerweise. 59,99 mag einem wie eine große Summe vorkommen, aber *drei Zahlungen von 19,99* wirken auf den Verbraucher wesentlich besser machbar.«

»Nun, wenn ihr meint, dass wir das hinbekommen, ist das offensichtlich eine unglaubliche Gelegenheit«, sagte Stella. »Vielleicht können wir morgen mal herausfinden, was nötig wäre, um es umzusetzen?«

Ich schüttelte den Kopf. »Wir haben keinen Tag Zeit. Die müssen unsere Antwort früher haben.«

»Wie viel früher?«, fragte Stella.

Ich schaute auf meine Uhr. »Uns bleiben noch etwa fünfzig Minuten.«

Wir trafen uns im Konferenzraum wieder, fünf Minuten bevor ich Jack unsere Entscheidung mitteilen sollte.

Stella warf einen vollgeschriebenen Notizblock auf den Tisch.

»Die Hälfte dessen, was wir brauchen, kann ich von lokalen

Lieferanten per Express bekommen, mit Ausnahme von zwei Artikeln – Calone und Ambrette. Der Preis ist zwar deutlich höher, aber wenn wir in großen Mengen einkaufen, ist das gar nicht so schlimm, wie ich dachte. Und das Labor ist in der Lage, die Zutaten zu mischen, sobald die Bestellungen eintreffen. Bei dieser Art von Volumen kann es ein paar Tage dauern, bis wir die Bestellungen erfüllen, aber es ist innerhalb der angegeben Zeit machbar.«

Ich nickte. »Ich kann die beiden Artikel, die du nicht vor Ort beschaffen kannst, mit einem sehr geringen Preisunterschied einfliegen lassen, indem ich die Bestellmenge erhöhe.« Wir sahen beide zu Olivia.

Sie lächelte. »Der Drucker hat gesagt, wenn es sein muss, kann er die Druckmaschinen die ganze Nacht laufen lassen. Er muss es nur vierundzwanzig Stunden vorher wissen, um das Personal zu informieren. Und natürlich braucht er unsere fertigen PDF-Dateien, die noch nicht fertig sind, es aber bald sein können. Und die Website ist kein Thema. Das Team betreibt noch etwas Kosmetik, aber wenn es sein muss, könnten wir in einer Stunde online gehen.«

Stella konnte ihre Aufregung nicht verhehlen. »Oh mein Gott, wir wollen es also wirklich tun?«

»Sieht so aus«, sagte ich. »Allerdings habe ich ein kleines Detail vergessen zu erwähnen.«

»Was?«

»Die wollen dich vor der Kamera haben. Du sollst das Produkt mit Robyn zusammen verkaufen.«

Ihre Augen weiteten sich. »*Mich?* Vor der Kamera? Das habe ich noch nie gemacht.«

»Ich schätze, es gibt für alles ein erstes Mal.« Ich schmunzelte. »Du wirst dein Glückssystem gut gebrauchen können.«

»Sie ist verdammt scharf.«

Jacks Blick folgte Stellas Beinen, als sie auf die Bühne kam. Sie beugte sich vor, damit der Tontechniker ihr Mikrofon anschließen konnte, und ich gab ihm keine Chance, noch etwas zu sagen.

Ich biss die Zähne zusammen. »Sei nicht so respektlos, du Idiot.«

Er spottete. »Was? Als ob du ihr nicht gerade auf den Hintern geschaut hättest?«

Ich schwieg.

»Der Vorbau ist auch nicht schlecht.«

Ein Geräusch drang tief aus meiner Kehle.

Jack drehte sich mit einem wissenden Grinsen zu mir um.

»Hast du mich gerade angeknurrt?«

»Halt die Klappe.«

»Gib's zu. Du willst nicht, dass ich hinsehe, weil du sie magst. Du bist schon besitzergreifend, was die heiße Braut angeht.«

»Die heiße Braut? Sind wir in diesem Studio noch im Jahr 1985? Sprichst du so über deine Mitarbeiter?«

»Lenk nicht ab. Du magst diese *Frau,* und das weißt du.«

Jack mochte mittlerweile Vizepräsident einer großen Firma sein, aber ein Teil von ihm blieb ewig ein Sechstklässler. Ich wusste, wenn ich ihm keinen Knochen hinwarf, würde er nie die Klappe halten.

Also versuchte ich, ihn zu beschwichtigen. »Sie hat sich als harte Arbeiterin und netter Mensch entpuppt, ja.«

»Du findest sie also nicht heiß?«

Ich stöhnte. »Sie ist attraktiv, ja.«

»Aber du willst sie nicht vögeln?«

»Stella und ich haben eine Geschäftsbeziehung.«

»Ah … also ist die Geschäftsbeziehung das Problem? Wenn du also *nicht* geschäftlich mit ihr zu tun hättest, würdest du versuchen, sie zu knallen?«

»Das Gespräch ist beendet.«

Jack schob die Hände in die Taschen und zuckte mit den Schultern. »Okay. Es macht dir also nichts aus, wenn ich Brent mitbringe, damit er sie kennenlernt?«

»Brent?«

»Fenway. Du kennst ihn doch vom College, oder? Groß, gut aussehend – wahrscheinlich der Einzige, der dir damals das Wasser reichen konnte. Er arbeitet jetzt hier. Sieht noch genauso aus, nur etwas fülliger. Immer noch Single …«

Mein Freund dachte, er sei schlau, als ob ich ihm nicht einen Satz blauer Augen verpassen würde, passend zu meinen, die allmählich verblassten. »Verpiss dich«, sagte ich.

Er grinste. »Das habe ich mir gedacht.«

Kurze Zeit später schaute Jack auf seine Armbanduhr. »Ich habe ein Meeting. Bleibst du für die Aufzeichnung hier?«

»Ja. Olivia konnte nicht kommen, darum habe ich versprochen, sie zu vertreten.«

»Es wird wahrscheinlich ein paar Stunden dauern.«

Ich hielt mein Telefon hoch. »Ich habe genug zu tun, ich kann mich beschäftigen.«

Er stand auf und klopfte mir auf die Schulter. »Da bin ich mir sicher. Aber ich würde mein Bankkonto darauf verwetten, dass du den Blick die ganze Zeit nicht von der Bühne nimmst.«

Gut, dass ich die Wette nicht angenommen hatte – nicht dass ich jemals zugeben würde, dass mir die letzten drei Stunden keine Bewegung von Stella entgangen war. Als Jack mir gesagt hatte, dass sie Stella in der Sendung haben wollten, war ich mir nicht ganz sicher gewesen, ob das ein kluger Schachzug war. Sicher, sie war hinreißend, und die Kamera würde sie wahrscheinlich lieben, aber sie hatte keine Erfahrung. Doch nachdem ich die letzten Stunden herumgesessen und sie bei der Aufzeichnung beobachtet hatte, verstand ich vollkommen, weshalb die Moderatorin Stella bei der Vorstellung mit dabeihaben wollte.

Sie war leidenschaftlich und lustig und wirkte auf eine Art unschuldig, dass man ihr alles glaubte, was sie da oben sagte – als ob sie zu anständig wäre, um zu lügen. Verdammt, ich wollte dieses blöde Parfüm kaufen, und dabei gehörte mir ein Teil der Firma.

Kurz nach fünf Uhr waren die Aufnahmen endlich beendet. Stella unterhielt sich noch eine Weile mit der Moderatorin und dem Team, dann drehte sie sich um und schaute ins Publikum. Sie legte ihre Hände über die Augenbrauen und schirmte ihre Augen gegen das Scheinwerferlicht ab. Als sie mich immer noch in der vierten Reihe sitzen sah, lächelte sie und begab sich zur Treppe an der Seite der Bühne. Ich stand auf und ging ihr den Gang hinunter entgegen.

»Oh mein Gott«, sagte sie. »Das hat vielleicht Spaß gemacht!«

»Du sahst aus, als hättest du dich amüsiert.«

»Ich hoffe, ich wirke nicht wie eine Verrückte.« Sie hob die Hände und wackelte mit den Fingern. »Ich kam mir vor … als hätte man mir einen Stromschlag verpasst oder so. Nicht als wären meine Organe gegrillt worden, sondern als würde unablässig Energie durch meinen Körper rasen.«

Ich lachte. »Du hast das großartig gemacht – unterhaltsam und trotzdem aufrichtig.« Ich drehte mich um, als ich hörte, wie sich die Bühnentür hinter uns öffnete und schloss. Jack war zurück, und der Hundesohn war nicht allein. Ich wollte ihm in seinen dürren Hintern treten.

Er kam mit einem breiten, hämischen Lächeln zu uns. »Hudson, du erinnerst dich doch an Brent, oder?«

Ich biss die Zähne zusammen und streckte meine Hand aus. »Ja. Wie geht's, Brent?«

Wir schüttelten uns noch die Hände, als der Blick dieses Idioten an Stella hängen blieb. Daraufhin konnte er meine Hand nicht schnell genug loslassen. »Ich glaube, wir kennen uns noch nicht. Brent Fenway.«

Stella lächelte. »Fenway wie der Park?«

»Ganz genau. Waren Sie schon mal da?«

»Nein, noch nicht.«

»Vielleicht kann ich Sie mal mitnehmen.«

Im Ernst? Er war weniger als dreißig Sekunden im Raum und baggerte sie schon an? Wie lange dauerte es, bis er sein Revier markierte und Besitzansprüche stellte?

Jack warf mir einen Blick zu und wippte auf den Fersen vor und zurück. Er schien verdammt stolz auf sich zu sein. »Das klingt nach einem lustigen *Date*. Meinst du nicht auch, Hudson?«

Ich starrte ihn an. »Ich bin Yankees-Fan.«

»Ich habe Robyn auf dem Weg nach unten getroffen. Sie will uns sehen.« Jack deutete mit dem Daumen auf die Tür, durch die er gerade gekommen war. »Sie ist in ihrem Büro. Es ist gleich am Ende des Flurs.«

»Okay.« Ich konnte nicht sagen, dass ich es schlimm fand, mich so früh von Brent zu verabschieden. Ich nickte ihm zu. »War schön, dich zu sehen.« Ich streckte den Arm aus und sagte zu Stella:. »Nach dir …«

Jack schüttelte den Kopf. »Eigentlich wollte sie nur dich

und mich sprechen, Hudson. Stella kann hierbleiben. Ich bin sicher, Brent kann ihr Gesellschaft leisten.«

Brent strahlte, und ich hätte ihm am liebsten eine gelangt. »Auf jeden Fall.«

Kaum waren wir im Flur, stichelte Jack: »Brent sieht gut aus, oder?«

Ich starrte ihn nur wütend an.

»Sie sind ein süßes Paar, er und Stella.«

»Du hast deinen Standpunkt deutlich gemacht. Jetzt geh und sag ihm, dass er zurück zu seiner Arbeit gehen soll.«

Jack lächelte. »Das kann ich nicht. Er arbeitet nicht für mich.«

Zum Glück meines Freundes kam Robyn in dem Moment aus ihrem Büro. »Da seid ihr ja. Ich habe ein paar gute Neuigkeiten.« Ich musste ein fröhliches Gesicht aufsetzen, obwohl ich am liebsten meinen Kumpel gekillt und dann mit seiner Leiche den hübschen Jungen im Studio umgenietet hätte.

»Wir sind hier, und ihr habt gerade eine irre gute Sendung für Signature Scent aufgenommen«, sagte Jack. »Ich glaube, wir schwimmen bereits in guten Nachrichten.«

Robyn reichte mir einen Stapel Papiere. »Normalerweise testen wir potenzielle Produkte mit einer Fokusgruppe, bevor wir uns für sie entscheiden – um zu sehen, ob sie unser Publikum ansprechen, und um herauszufinden, was es am meisten an dem Produkt interessiert. Bei Signature Scent hatten wir wegen der kurzfristigen Entscheidung keine Zeit dafür, aber wir hatten heute eine Gruppe für ein anderes Projekt hier. Ich habe Mike, den Produzenten der Sendung gebeten, denen ein paar Minuten von dem zu zeigen, was wir heute aufgenommen haben, und die Ergebnisse sind durch die Decke gegangen. Ich denke, wir müssen unsere Umsatzprognose erhöhen.«

Ich blickte auf die Zahlen hinunter. Das war kein Witz.

Wie wahrscheinlich ist es, dass Sie das Produkt kaufen werden – 94 % sagten »sehr wahrscheinlich«.

Haben Sie ein ähnliches Produkt irgendwo anders gefunden – 0 % sagten Ja.

Wie sympathisch war die Gastmoderatorin – 92 % sagten, sie sei sympathisch.

Und so weiter und so fort – drei Seiten mit wirklich bemerkenswerten Zahlen. Ich blätterte sie durch und überflog sie. »Das ist ...« Ich schüttelte den Kopf. »Das ist unglaublich.«

»Weißt du, was es noch ist?«, sagte Jack. Wir sahen beide zu ihm. »Ein Grund zu feiern.«

An diesem Abend fuhren Stella und ich gemeinsam zum Restaurant. Robyn und Jack wollten uns dort treffen, und wir waren zehn Minuten zu früh und somit die Ersten.

»Drink an der Bar?«, fragte ich sie.

»Das klingt sehr gut.«

Wir sagten der Oberkellnerin, wohin wir gingen, und fanden zwei Barhocker nebeneinander.

Der Barkeeper kam zu uns und legte uns beiden eine Serviette hin. »Was kann ich für Sie tun?« Ich schaute zu Stella.

»Für mich einen Merlot, bitte.«

»Möchten Sie die Weinkarte sehen?«

Sie schüttelte den Kopf. »Hauswein ist prima.«

Dann sah er mich an. »Und für Sie?«

»Ein Coors Light, bitte.«

Als er sich entfernte, fragte ich Stella. »Kein Gin zum Schnuppern?«

Sie lächelte. »Nicht heute Abend. Ich glaube nicht, dass es eine gute Idee ist, Geschäftliches mit hartem Schnaps zu vermischen.«

»Du findest es auch keine gute Idee, Geschäftliches mit einem Date zu vermischen. Trotzdem wirst du mich um eins bitten.«

Sie lachte. »Ach ja?«

Ich hatte sie den ganzen Tag aus der Ferne beobachtet. Die Maskenbildner hatten sie viel stärker geschminkt, als sie es selbst tat, einschließlich eines knallroten Lippenstifts, der nach all den Stunden immer noch nicht verblasst war. Ich konnte meinen Blick nicht von ihrem Mund abwenden.

Ich schluckte und starrte auf ihre Lippen. »Manche Regeln sind dazu gemacht, sie zu brechen.«

Sie stieß ein nervöses Lachen aus. »Bist du ein Regelbrecher, Hudson? Ich habe das Gefühl, dass du so viel über mich weißt und ich kaum etwas über dich.«

»Was möchtest du wissen?«

Der Barkeeper brachte unsere Getränke, und Stella hob ihren Wein an die Lippen.

»Ich weiß nicht. Du bist geschieden. Was ist da passiert?«

Ich runzelte die Stirn. »Das soll doch hier eine Feier werden, keine Beerdigung.«

Sie lächelte. »So schlimm?«

»Als ich ihr einen Antrag machte, habe ich ihr den Ring meiner Großmutter geschenkt. Als ich ein paar Tage später nach Hause kam, trug sie einen anderen Ring. Sie hatte den Ring meiner Großmutter gegen einen eingetauscht, der ihr besser gefiel.«

Stellas Augen weiteten sich. »Oje.«

Ich nippte von meinem Bier. »Geschieht mir recht, schließlich habe ich sie trotzdem geheiratet.«

»Warum?«

Das war eine verdammt gute Frage. Die Leute fragten

immer, warum wir uns getrennt hatten, aber nie, warum ich Lexi überhaupt geheiratet hatte. »Hättest du mich das vor der Hochzeit gefragt, hätte ich gesagt, dass ich jung war und wir viel gemeinsam hatten – wir sind beide gerne gereist, wir verkehrten in denselben Kreisen …«

»Und wie lautet die Antwort jetzt?«

Ich schüttelte den Kopf. »Im Nachhinein ist alles viel klarer. Meine Mutter war im Jahr zuvor gestorben. Ich arbeitete im Familienunternehmen und übernahm immer mehr Verantwortung, weil mein Vater sich nach seinem ersten Herzinfarkt zurückgezogen hatte. Es fühlte sich an, als wäre das der nächste Schritt. Das hört sich heute ziemlich dumm an, aber meine Familie brach auseinander, und darum habe ich wohl einfach meine eigene Familie gegründet. Ich war schon ein paar Jahre mit Lexi zusammen, also habe ich die nächsten Schritte getan. Im Grunde genommen war ich ein Idiot.«

»Das finde ich nicht. Ich finde es irgendwie süß, dass du versucht hast, an deinem Familienleben festzuhalten. Ich nehme an, deine Eltern hatten eine gute Ehe?«

Ich nickte. »Ja. Sie hielten immer noch Händchen, und immer, wenn einer von ihnen bemerkte, dass es auf der Uhr fünf Uhr dreizehn war, wünschten sie sich gegenseitig einen schönen Hochzeitstag. Sie haben am dreizehnten Mai geheiratet.«

»Oooch … wie romantisch.«

»Was ist mit dir? Sind deine Eltern noch verheiratet?«

»Ja. Aber sie führen eine … *interessante* Ehe …« Sie zögerte. »Meine Eltern sind polyamor.«

Ich riss die Augenbrauen hoch. »Wow. Also ist dein Vater mit mehreren Frauen verheiratet?«

Sie schüttelte den Kopf. »Nein, das ist Polygamie. Sie führen nur eine offene Beziehung. Schon immer.«

»Wie funktioniert das?«

»Ich bin in einem zweistöckigen Haus in Westchester aufgewachsen. Wir hatten eine kleine Zweizimmerwohnung im Erdgeschoss und drei Schlafzimmer im Obergeschoss. In der ersten Etage war das Leben normal. Meine Schwester und ich hatten jeweils unser eigenes Zimmer, und meine Eltern teilten sich ein Schlafzimmer. Aber es waren immer viele Freunde von meinen Eltern zu Besuch, die in den Gästezimmern unten wohnten. Sie haben ihren Lebensstil nie wirklich vor uns versteckt, aber erst als ich etwa acht oder neun Jahre alt war, wurde mir klar, wie anders ihre Beziehung war. Unser Badezimmer im ersten Stock wurde gerade renoviert, und ich wachte mitten in der Nacht auf. Ich musste auf die Toilette, also ging ich nach unten. Als ich auf das Bad zuging, kam eine Frau in Unterwäsche heraus. Ich war ihr zwar schon einmal begegnet, aber ich hatte nicht damit gerechnet, jemanden zu treffen, also schrie ich. Mein Vater kam, ebenfalls in Unterwäsche, aus dem Schlafzimmer am Ende des Flurs gerannt. Am nächsten Tag setzten sich meine Eltern mit meiner Schwester und mir zusammen und erklärten uns alles.«

»Das muss in dem Alter schwer zu begreifen gewesen sein.«

Sie nickte. »Ich hatte eine ganze Zeit lang damit zu kämpfen. Keiner meiner Freunde hatte solche Eltern, und die Paare im Fernsehen waren auch nicht so – schon gar nicht vor zwanzig Jahren. Ich verstand nicht, warum meine Eltern anders sein mussten, und fragte mich, ob mein Leben auch so sein würde. Ich erinnere mich, dass ich meine Mutter eines Tages fragte, ob das, was sie hatten, vererbbar sei.«

Meine Augen weiteten sich. »Du machst doch nicht … Du bist nicht …«

Stella gluckste. »Bestimmt nicht. Ich habe die Ehe meiner Eltern akzeptiert, so wie sie war, aber ich wusste schon früh, dass ich das nicht will. Ich bin ein ziemlich eifersüchtiger Mensch, wenn es um Beziehungen geht. Ich bin viel zu besitzergreifend, um zu teilen.«

Ich lächelte und dachte daran, wie ich mich gefühlt hatte, als Jack Brent mitgebracht hatte. Verdammt, Stella und ich waren nicht mal zusammen, und ich wollte den Kerl schon verprügeln. »Versteh ich.«

Ich erinnerte mich, dass sie an dem Tag, an dem sie in mein Büro gekommen war, um ihr Handy abzuholen, auf eine schlechte Beziehung zu ihrem Vater angespielt hatte. »Leben deine Eltern noch in Westchester?«

Sie nickte. »Im selben Haus. Soweit ich weiß, haben sie dasselbe Schlafzimmer im Obergeschoss für die Ehe und das Untergeschoss für ihre anderen Aktivitäten. Aber ich bin seit über einem Jahr nicht mehr dort gewesen.« Sie nippte an ihrem Wein. »Wir hatten einen … Streit, könnte man sagen. Wenn es dir nichts ausmacht, ich möchte eigentlich nicht darüber reden. Heute war so ein toller Tag, und ich will mir das Hochgefühl nicht verderben.«

»Ja, natürlich.«

Sie trank noch einen Schluck Wein. »Was ist mit deiner Familie? Hast du außer Olivia noch weitere Geschwister?«

Ich schüttelte den Kopf. »Nur die eine Schwester. Gott sei Dank. Eine weitere Hochzeit könnte ich mir nicht leisten.«

»Eine Hochzeit in der Bibliothek muss doch ein kleines Vermögen gekostet haben. Eine der Frauen, deren Tagebücher ich vor einer Weile gelesen habe, hat auch dort geheiratet. Ich habe mich in ihre Beschreibung verliebt. Damals arbeitete ich in der Nähe. In den Mittagspausen saß ich draußen auf der

Treppe der Bibliothek und habe ein paar Seiten gelesen. Ich schaute mich immer um und fragte mich, ob der Mann, den sie geheiratet hatte, vielleicht vorbeikam, denn sie hatten offensichtlich einmal hier gelebt.«

»Du hast gesagt, die Tagebücher seien deine Version von Reality-TV. Aber wenn du mich fragst, klingt es mehr nach romantischer Träumerei als nach Realität.«

»Eigentlich«, sagte sie, »hat sich dieses spezielle Tagebuch eher zu einer Horrorgeschichte entwickelt. Es war mit ein Grund, warum ich herausgefunden habe, dass Aiden mich betrügt.«

»Wie das?«

»Das Tagebuch hatte große zeitliche Lücken und erstreckte sich über ein paar Jahre. Aber nach der überschwänglichen Hochzeit in der Bibliothek ging es offenbar bergab. Auf die Einträge, in denen sie den schönen Veranstaltungsort und ihre Blumen beschrieb, folgten Berichte darüber, wie sie eine Affäre vertuschte. Einige der Dinge, die sie tat, trafen mich, weil ich die gleichen Veränderungen bei Aiden bemerkt hatte – er fing an, lange zu arbeiten und zu duschen, sobald er nach Hause kam. Die Frau beschrieb, wie sehr es ihr widerstrebte, den Geruch ihres Liebhabers abzuwaschen. Sie nahm es ihrem Mann sogar übel, dass sie sofort duschen musste, wenn sie nach einer ihrer Tändeleien nach Hause kam. Das führte dazu, dass ich anfing, Aiden Fragen zu stellen. Zuerst ließ er mich glauben, ich sei paranoid. Er gab den Tagebüchern die Schuld und meinte, ich würde Gespenster sehen. Aber mir kam immer stärker der Verdacht, dass etwas nicht stimmte. Ich schäme mich eigentlich ziemlich, weil ich am Ende so verrückt geworden bin.«

»Was könntest du getan haben, wofür du dich schämen

müsstest? Klingt so, als wäre dein Ex derjenige, der sich schämen sollte.« Stella wandte einen Moment lang den Blick ab. »Wie sind wir wieder auf mich gekommen? Wir wollten doch über dich reden.«

»Ich glaube, über die Hochzeit meiner Schwester. Ich habe es dir nicht erzählt, aber ich habe dort auch geheiratet.«

»Wirklich? Deine Schwester hat am selben Ort geheiratet wie du?«

Ich nickte. »Unsere Eltern haben auch dort geheiratet. Schon als sie klein war, hat Olivia immer gesagt, dass wir beide dort heiraten sollten. Ich bin froh, dass sie sich nicht davon hat abbringen lassen, wie es bei mir gelaufen ist.«

Wir leerten unsere Getränke, doch weder Jack noch Robyn waren inzwischen aufgetaucht. Ich schaute auf meine Uhr und stellte fest, dass sie zwanzig Minuten zu spät waren.

Stella bemerkte es ebenfalls. »Wir wollten uns doch um sieben mit ihnen treffen, oder?«

Ich nickte und schaute zum Eingang. Es wartete niemand. »Ich sehe lieber mal nach. Vielleicht habe ich mich in der Zeit geirrt.« Ich holte mein Handy heraus und klickte auf die Textnachricht, die Jack mir geschickt hatte. Wir waren zur richtigen Zeit am richtigen Ort, also schickte ich meinem Freund eine Nachricht.

Hudson: Hast du das Restaurant gewechselt oder so? Stella und ich warten auf euch im »NoMad«.

Stellas Weinglas war leer. Ich deutete auf ihr Glas. »Willst du noch einen?«

»Ich sollte nicht.«

»Aber willst du noch einen?«

Sie lachte. »Ich verzichte. Ich will bei dem Essen mit Robyn einen klaren Kopf behalten.«

Eine Minute später meldete mein Handy den Eingang einer Nachricht.

Jack: Habe ich vergessen zu erwähnen, dass die Feier für heute Abend abgesagt wurde? Robyn konnte keinen Babysitter bekommen. Sie sagt mir Bescheid, wann es ihr nächste Woche passt.

Ich tippte zurück.

Hudson: Was zum Teufel? Ja, das hast du vergessen.

Jack: Ist mir wohl durchgerutscht. Feiert heute Abend ohne uns. Es sei denn, du hast keine Lust dazu? Ich kann Brent jederzeit schreiben, damit er dir Stella abnimmt …

Ich schüttelte den Kopf.

Hudson: Du bist so ein Mistkerl. Das hast du mit Absicht gemacht, oder?

Jack: Gern geschehen, mein Freund.

Ich warf mein Handy auf die Theke.

»Alles in Ordnung?«, fragte Stella.

»Anscheinend ist etwas dazwischengekommen, und das Abendessen wurde verschoben. Mein Trottel von einem Freund hat vergessen, mir Bescheid zu geben.«

»Oh. Wow. Okay.«

Die Taktik meines Kumpels mochte hinterhältig sein, aber ich konnte nicht sagen, dass ich mit dem Ergebnis unzufrieden war.

»Wir stehen auf derselben Seite, richtig?«

Stella sah mich verwirrt an. »Wie meinst du das?«

»Du wolltest keinen weiteren Drink, weil wir mit Geschäftsfreunden zu Abend essen wollten. Aber du und ich sind keine Geschäftspartner, wir sind Partner. Wir stehen also auf derselben Seite.«

Sie lächelte. »Ja, ich muss mir jetzt wohl weniger Sorgen

machen, wenn man bedenkt, dass ich mich schon mehrfach vor dir zum Narren gemacht habe.«

»Was hältst du davon, wenn wir den zweiten Drink nehmen, während wir das Essen bestellen? Wir sollten noch feiern.«

Sie biss sich auf die Unterlippe.

Ich streckte meinen Daumen aus und strich über ihre Lippe, bis sie sie losließ. »Hör auf, dir Sorgen zu machen. Es ist kein Date. Wir sind nur Geschäftspartner und Freunde, die zu Abend essen. Ich werde dich nicht zerfleischen, bis du mich um ein Date bittest.«

16. Kapitel

Stella

»Du willst doch nicht etwa noch einen bestellen?«

Hudson hob eine Hand. »Ich bin der Fahrer.«

Ich hatte Schluckauf. »Und ich bin beschwipst. Freut mich, dich kennenzulernen, Fahrer.«

Er lachte. »Du bist süß, wenn du betrunken bist.«

Ich schüttelte den Kopf. »Nicht betrunken. Nur beschwipst.«

»Und der Unterschied ist?«

»Beschwipst habe ich mich noch unter Kontrolle.«

»Ah, betrunken verlierst du also die Kontrolle?« Hudson hielt unsere Kellnerin an, die zufällig vorbeikam. »Könnten wir vielleicht noch einen Wein bekommen? Und machen Sie das Glas bitte *richtig voll.*«

Ich lachte. »Der heutige Abend war auf jeden Fall lustiger als mein letztes Date. Halt …« Ich wedelte mit der Hand. »Das ist ja kein Date.«

»Natürlich nicht.« Er grinste und nippte an seinem Wasser. »Läuft es nicht so gut mit Ken?«

»Ben.«

»Wie auch immer. Ärger im Paradies?«

Ich seufzte. »Er ist ein wirklich netter Kerl. Ich glaube, es … funkt nur einfach nicht.«

Hudsons Blick fiel auf meine Lippen. »Kein Funke, hm?«

Die Luft im Raum begann derart laut zu knistern, dass ich mich wunderte, dass sich nicht alle anderen Gäste umdrehten, woher das Geräusch kam. Das … *Das* war es, was zwischen Ben und mir fehlte. Hudson brauchte mich nur auf eine bestimmte Art anzusehen, und meine Körpertemperatur stieg.

Ich schluckte. »Er hat mir zu unserem ersten Date Blumen mitgebracht und Schokolade zum zweiten. Er ist sehr aufmerksam. Ich meine, die Verbindung könnte sich noch entwickeln.«

Hudsons Blick verfinsterte sich. »Nein.«

»Woher weißt du das?«

»Weil man das nicht erzwingen kann, wenn es nicht funkt – genauso wenig wie man das Funken verhindern kann, wenn man es nicht haben will. Gegen manche Dinge sind wir einfach machtlos.«

In diesem Moment fühlte ich mich ein wenig machtlos. Wenn Hudson seine Hand unter den Tisch und unter meinen Rock schieben würde, könnte ich mich nicht überwinden, ihn aufzuhalten. Glücklicherweise brachte die Kellnerin mein Weinglas, das praktisch bis zum Rand gefüllt war.

Sie zwinkerte Hudson verschwörerisch zu. »Möchten Sie die Dessertkarte sehen?«

Er nickte. »Das wäre toll. Danke.«

Als sie mit den Speisekarten zurückkam, sagte sie, sie würde uns ein paar Minuten Zeit lassen. Ich dachte, die Unterbrechung könnte Hudson und mir helfen, das Thema zu wechseln, aber er stellte sein Glas ab und hatte offensichtlich andere Vorstellungen.

»Also, wann werden wir diesen Len los?«

Ich lächelte. »*Wir?* Willst du ihn mit mir zusammen sitzen lassen?«

»Ich übernehme das gerne für dich.« Er streckte seine Hand aus. »Gib mir dein Telefon.«

Ich kicherte. »Danke, aber ich denke, das schaffe ich schon allein.«

»Aber du machst es? Heißt das: Bye-bye, Benny-Boy?«

»War ja klar, dass du dir seinen richtigen Namen merken kannst, wenn wir darüber reden, dass ich Schluss mache.« Ich rollte mit den Augen. »Außerdem haben du und ich unterschiedliche Vorstellungen von Beziehung.«

Hudsons Augen verengten sich. »Wie das?«

»Du hast selbst gesagt, dass du gerne Zeit mit Frauen verbringst, aber dass ihr unterschiedliche Erwartungen habt, worauf das Ganze hinausläuft.«

»Ich meinte, dass ich Schluss mache, wenn ich keine Zukunft sehe, die Frau, mit der ich mich treffe, sich aber mehr zu erhoffen scheint. Ich bin einer Beziehung nicht abgeneigt, falls du das denkst.«

»Oh.«

Er grinste. »Bei dir und mir beruhen unsere Gefühle auf Gegenseitigkeit. Das ist also kein Problem.«

Ich kicherte. »Also triffst du dich im Moment mit niemandem?«

»Im Moment noch nicht, aber ich arbeite daran.« Seine Augen funkelten.

»Wann hattest du das letzte Mal ein Date?«

»Ich glaube, das war an dem Wochenende vor der Hochzeit meiner Schwester.«

»Und wie war das?«

»Nun, wir sind in ein mexikanisches Restaurant gegangen. Sie fragte mich, ob ich mir eine Vorspeise teilen wollte, und sagte, ich solle mir eine aussuchen, also bestellte ich Chips und

Guacamole, die sie am Tisch zubereiteten. Als ich die Bestellung ausgesprochen hatte, drehte sich mein Date zum Kellner um und sagte: ›Guatemala. Er meint Chips und Guatemala.‹«

Ich lachte. »Das hast du dir doch ausgedacht.«

Er schüttelte den Kopf. »Ich wünschte, es wäre so.«

»Vermutlich bist du nicht noch mal mit ihr ausgegangen?«

»Nein. Wobei ich am nächsten Wochenende dann sowieso einer Frau begegnet bin, die mein Interesse geweckt hat. Sie geht mir irgendwie nicht mehr aus Kopf, also wäre es nicht fair, mit einer anderen auszugehen, selbst wenn diejenige den Unterschied zwischen Guatemala und Guacamole kennen würde.«

Ich versuchte, das warme Gefühl in meinem Bauch mit Wein zu kühlen. Aber die Art, wie Hudson mich beobachtete, machte es mir nicht leicht.

»Hast du Miss Guatemala auf einer Dating-Site kennengelernt?«

»Nein. Eigentlich habe ich sie bei einer Spendenaktion kennengelernt. Ich bin nicht auf irgendwelchen Dating-Sites.«

»Wirklich nicht? Wie lernt man dann Leute kennen? Auf die altmodische Art?«

»Ja, ich bezahle für Prostituierte.«

»Lügner.« Ich lächelte. »Du hast noch nie in deinem Leben dafür bezahlen müssen. Ich meinte Bars. Lernst du Frauen dort kennen?«

»Manchmal. Ich weiß nicht. Wo auch immer.«

Ich wedelte mit der Hand vor seinem Gesicht. »Du hast keine Probleme, Frauen kennenzulernen, weil du so aussiehst.«

»Willst du damit sagen, dass dir gefällt, was du siehst?«

»Du weißt, dass du scharf bist. Du hast doch einen Spiegel

zu Hause, oder? Du brauchst nur in eine Bar zu gehen und mit den Fingern zu schnippen, schon laufen die Frauen dir nach.«

Hudson lachte. »Was bin ich, der legendäre Fonz aus *Happy Days*?«

»Vielleicht?« Wir lachten beide.

Sein Lächeln verblasste, und sein Blick wanderte über mein Gesicht. »Du bist wirklich wunderschön, wenn du lachst.«

Ich schaute auf den Boden und war etwas unsicher. »Danke.«

Hudson beobachtete mich immer noch aufmerksam, als die Kellnerin zurückkam. Sie schien ein tadelloses Timing zu haben – jedenfalls für mich. Denn als Hudsons Blick auf meine Lippen fiel, war ich kurz davor, etwas vorzuschlagen, das nicht auf der Dessertkarte stand.

»Haben Sie etwas gefunden?«, fragte sie.

Hudsons Augen leuchteten, und das leichte Zucken seines Mundwinkels bestätigte, dass wir dasselbe dachten. »Ich überlasse die Entscheidung der Dame.«

Ich schluckte und konzentrierte mich auf die Speisekarte. »Also … Es gibt Crème brûlée-Käsekuchen. Wollen wir uns ein Stück teilen?«

Wieder sprang sein Blick kurz zu meinen Lippen. »Worauf auch immer du Lust hast.«

Das war *auf jeden Fall* mein letztes Glas Wein. Ich nickte der Kellnerin zu.

Hudson nahm meine Speisekarte und reichte sie ihr mit seiner zusammen. »Danke.«

Nachdem die Kellnerin gegangen war, nippte ich an meinem Wein, und Hudson und ich unterhielten uns noch etwas. Ich konnte mich nicht daran erinnern, wann ich mich das letzte Mal bei einem Date so locker mit jemandem unterhalten hatte. Ich hatte auch den ganzen Abend gelächelt. Wobei das hier natürlich kein Date war. Das vergaß ich nur immer wieder. Als mein Glas wieder leer war, hatte ich die schmale Grenze von beschwipst zu betrunken überschritten. Was vermutlich der Grund war, warum ich alles ungefiltert von mir gab.

»Wie lange gilt es als normal, ohne Sex auszukommen?«

Hudsons Brauen erreichten fast seinen Haaransatz. »Fragst du das, weil du denkst, du hättest die normale Grenze überschritten?«

Ich grinste schief. »Vielleicht.«

Er stöhnte. »Ich habe gesagt, dass ich dich nicht mehr um ein Date bitten würde. Aber ich könnte dir Hilfe anbieten, um das Problem zu lösen.«

Ich lachte. »Im Ernst. Was ist schon normal?«

»Ich habe keine Ahnung.«

»Wie lange ist es denn bei dir her?«

»Ich weiß nicht. Ich glaube, ein paar Monate. Und bei dir?«

Ich verzog das Gesicht. »Eher ein Jahr.«

»Kein Fan von Affären, nehme ich an?«

»Zählt Theo James?«

»Der Schauspieler? Du hast mit ihm gepoppt?«

»Also, nein – nicht mit dem richtigen Schauspieler. Aber ich habe meinen Vibrator nach ihm benannt.«

Hudson stöhnte erneut. »Erzähl mir nicht so einen Mist.«

»Was? Ist das zu persönlich? Es ist doch wohl nicht überraschend, dass eine alleinstehende Frau so etwas hat.«

»Nein, das ist es nicht. Aber jetzt will ich Theo James vermöbeln.«

Ich lachte.

Hudson schüttelte den Kopf. »Ich nehme an, du hast ihn nach ihm benannt, weil du dir ihn … dabei vorstellst?«

Ich biss mir auf die Lippe. Theo war jahrelang meine Lieblingsfantasie gewesen. In letzter Zeit hätte ich meinen batteriebetriebenen Freund allerdings nach dem Mann umbenennen sollen, dessen Augen sich nun verdunkelten.

Ich war dankbar, dass die Kellnerin schnell war und mit dem Dessert zurückkam. Wenigstens würde meine große Klappe für eine Weile beschäftigt sein.

Einige Zeit später sah ich mich im Restaurant um und stellte fest, dass es fast leer war. »Wie spät ist es?«

Hudson sah auf seine Uhr. »Fast elf. Mir war nicht klar, dass es schon so spät ist. Kein Wunder, dass die Kellnerin dreimal nach uns geschaut hat, seit sie den Nachtisch gebracht hat. Sie will wahrscheinlich Feierabend machen.«

»Ich glaube, du hast recht.«

Wir verließen das Restaurant, und Hudson fuhr mich nach Hause. Wie immer gab es keine Parkplätze vor meinem Haus, also parkte er ein paar Türen weiter.

»Ich begleite dich noch.«

»Das ist nicht nötig.«

»Doch, ist es.«

Er stieg aus und kam auf meine Seite, um mir die Tür zu öffnen und mir eine Hand zu reichen. »Danke.«

Er nickte.

Auf dem Weg zu meinem Haus schwiegen wir. Ich überlegte, ob ich ihn auf einen Kaffee oder etwas anderes einladen sollte, und hatte mich noch nicht entschieden, als wir die Lobby betraten und vor dem Aufzug standen. Normalerweise dauerte es zehn Minuten, bis das Ding nach unten gefahren war, doch heute glitten die Türen natürlich sofort auseinander, nachdem ich den Knopf gedrückt hatte. Hudson legte eine Hand auf die Kante, um zu verhindern, dass sie sich wieder schlossen, und hielt mir die andere hin, damit ich eintreten konnte – allerdings folgte er mir nicht hinein.

»Nochmals Glückwunsch zum heutigen Tag. Du hast es geschafft.«

Ich lächelte. »Ich danke dir. Für alles, Hudson – dass du mir eine Chance gegeben hast. Dass du den Kontakt zum Sender hergestellt hast, für alles, was du getan hast, damit alles zusammenpasst. Und dass du heute Abend auch noch mit mir gefeiert hast. Ich glaube, ich habe noch nicht ganz begriffen, dass ich demnächst auf dem Homeshopping-Kanal erscheinen werde, um der Welt Signature Scent vorzustellen. Und ehrlich, das verdanke ich alles dir.«

Er schüttelte den Kopf. »Ich habe nur ein paar Türen aufgestoßen. Alles andere hast du selbst gemacht.«

Wir sahen uns durchdringend an, bis die Türen des Aufzugs zugehen wollten. Hudson hielt sie mit der Hand zurück, nahm das jedoch als Stichwort. »Gute Nacht, Stella.«

»Gute Nacht, Hudson.«

Er wich zurück und nahm seine Hand weg.

Die längsten fünfzehn Sekunden verstrichen, während ich in der Kabine darauf wartete, dass die Aufzugtüren wieder zuglitten. Ein Gefühl der Panik überkam mich, als sie sich endlich bewegten, und in letzter Sekunde steckte ich meine Hand dazwischen, wodurch sie wieder aufsprangen.

Hudson hatte sich bereits zum Gehen gewandt, drehte sich aber noch mal um, als er hörte, wie sich der Aufzug wieder öffnete.

»Möchtest du … noch auf einen Kaffee hochkommen oder so?« Mit klopfendem Herzen wartete ich auf seine Antwort.

»Kaffee?«, sagte er schließlich.

Ich biss mir auf die Lippe und nickte.

Hudsons Blick glitt suchend über mein Gesicht. »Bist du sicher, dass ich mit hochkommen soll?«

Als ich mir mit meiner Antwort zu lange Zeit ließ, lächelte er traurig. »Das habe ich mir gedacht.«

Ich atmete erleichtert aus und schüttelte den Kopf. »Es tut mir leid.«

»Es muss dir nicht leidtun. Ich ärgere dich damit, dass ich darauf warte, dass du mich um ein Date bittest. Aber eigentlich geht es nicht darum, dass du den ersten Schritt machst. Es geht darum, dass du dir darüber im Klaren bist, was du willst. Es ist noch nicht vorbei. Ich warte nur darauf, dass das kleine Flüstern in deinem Kopf laut genug wird, sodass du es hörst.«

»Was für ein Flüstern?«

»Das, das dir immer wieder sagt, dass du mich trotz deiner Vertrauensprobleme und Bedenken bezüglich unserer Geschäftsbeziehung genauso willst wie ich dich.«

Ich lächelte halbherzig, und Hudson nahm meine beiden Hände in seine. Er deutete mit dem Kinn auf die leere Kabine hinter mir.

»Geh lieber zurück in den Aufzug, bevor ich den letzten Rest Selbstbeherrschung verliere und doch noch zu dir komme.« Er hob eine meiner Hände an seine Lippen und küsste sie. »Geh.«

Ich nickte und trat wieder in den Fahrstuhl. Während ich den Knopf zu meiner Etage drückte, sagte ich leise: »Danke, Hudson.«

Er zwinkerte mir zu, als sich die Türen zu schließen begannen. »Viel Spaß mit Theo.«

17. Kapitel

Stella

Der Rest der Woche verging wie im Flug. Olivia und ich arbeiteten Tag und Nacht, um alle Marketing-Materialien fertigzustellen, während Hudson sich auf die Bestellungen und die Finanzen konzentrierte. Am Samstagmorgen waren erst wenige der Eilsendungen eingetroffen, weshalb die Aussicht, dass der Beitrag, den ich aufgezeichnet hatte, heute Nachmittag um drei Uhr ausgestrahlt werden würde, ziemlich beunruhigend war. Anschließend könnten die Bestellungen auf uns einstürmen. Zumindest *hoffte ich, dass* sie auf uns einstürmen würden. Alles war in Bewegung, aber ich würde erst aufatmen, wenn das Lager mit allen Produkten gefüllt war, die für den Versand notwendig waren.

Abgesehen von diesem Stress war ich mit den Nerven am Ende, weil ich mich im Fernsehen sehen würde. In den letzten Tagen hatte ich allmählich Angst bekommen, dass Signature Scent floppen könnte. Ich wusste, dass die Show die verbleibende Produktmenge wie eine Laufschrift am unteren Rand des Fernsehbildschirms einblendete, und ich hatte einen wiederkehrenden Albtraum, dass ich während der Sendung nur drei Sets verkaufen würde und am Ende der Stunde noch neunundvierzigtausendneunhundertsiebenundneunzig übrig wären.

Eigentlich wollte ich heute zu Hause bleiben und mir die Sendung allein ansehen, während ich abwechselnd an den Nägeln kaute und mein Gesicht unter einer Decke versteckte. Doch Olivia hatte in ihrer Wohnung eine Fernsehparty organisiert. Sie war so nett gewesen und hatte mich so sehr unterstützt, dass ich unmöglich Nein sagen konnte. Darum war ich nun also mit zwei Dutzend selbst gebackenen Cupcakes auf dem Schoß in einem Uber unterwegs nach Downtown, um mir die Show mit einem Dutzend Leuten aus dem Büro anzusehen.

Ich hatte natürlich gewusst, dass die Familie Rothschild nicht arm war. Schließlich bestand ihr Geschäft darin, anderen Unternehmen Geld zu leihen, doch als wir an der Adresse in der Murray Street vorfuhren, stockte mir der Atem. *Wow.* Sie wohnte in einem der neuen schicken Wolkenkratzer in Tribeca – ein moderner Turm aus gebogenem Glas, der sich nach oben hin verbreiterte. Das Design war superschick, die Art von Gebäude, die im *Architectural Digest* oder einem anderen Hochglanzmagazin abgebildet war. Schon der Eingang war einschüchternd. Er ragte auf imposante Weise bis auf die Straße hinaus, als wollte er den Leuten zeigen, wer für wen Platz machen musste. Als ich aus dem Uber stieg und nach oben blickte, wünschte ich mir plötzlich, ich hätte nicht selbst gebacken. Stattdessen hätte ich lieber professioneller aussehende Modelle in einer der vielen überteuerten Cupcakerys besorgen sollen, die in den letzten Jahren überall aus dem Boden geschossen waren. Außerdem wünschte ich mir, dass Fisher dieses Wochenende nicht geschäftlich verreist wäre. Ich könnte ihn heute an meiner Seite brauchen.

Ich seufzte und gab mir alle Mühe, mich nicht minderwertig zu fühlen, nur weil ich mir noch nicht einmal die Riesenpflanzen vor der Haustür leisten konnte. Olivias Wohnung lag in der dreiundfünfzigsten Etage, aber ich musste mich zunächst an einem Schalter in der Lobby anmelden. Der Security-Mann gab mir eine Schlüsselkarte, die ich in das Aufzugpaneel schieben sollte, anstatt einen Knopf zu drücken. Sobald ich sie eingesteckt hatte, glitten die Türen zu, und die Lampe für die dreiundfünfzigste Etage leuchtete auf. Als die Kabine in hohem Tempo nach oben sauste, atmete ich tief durch, aber mit jedem Stockwerk, das ich passierte, wurde ich angespannter. Als sich die Türen öffneten, dachte ich, ich hätte ein paar Minuten Zeit, mich im Flur zu sammeln, doch stattdessen trat ich direkt in Olivias Wohnung.

Sie begrüßte mich wie üblich mit überschäumender Begeisterung und schloss mich in die Arme. »Ich bin ja so aufgeregt! Ich kann es kaum erwarten! Du bist die Erste.«

»Wenigstens eine von uns. Ich habe das Gefühl, ich muss mich übergeben.«

Olivia kicherte, als wäre das ein Scherz, aber mein Magen fühlte sich im Moment tatsächlich ziemlich mulmig an. Sie führte mich vom Eingang in die Küche. So schick ich mir ihre Wohnung beim Anblick des Gebäudes auch vorgestellt hatte, ich hatte sie noch unterschätzt. Die Küche war wunderschön und mit High-End-Geräten, funkelndem Granit und zwei großen Inseln ausgestattet. Doch das Wohnzimmer war der absolute Hit.

»Wow. Deine Aussicht ist einfach …« Ich schüttelte den Kopf. »Es ist unglaublich.«

Deckenhohe Fenster umgaben das angrenzende Wohnzimmer und boten einen weiten Blick auf das Wasser und die Stadt. Olivia winkte ab. »Ach die Aussicht – diese Cupcakes sehen köstlich aus. Hast du was dagegen, wenn ich schon mal von einem abbeiße?« Ich lachte. »Natürlich nicht. Und ich denke, du kannst mehr als einen Bissen haben. Sie sind sogar zuckerfrei. Ich habe das Rezept auf einer Diabetiker-Website gefunden. Ich habe heute Morgen einen zum Frühstück gegessen, nachdem ich sie gebacken hatte, und sie sind verdammt gut, wenn ich das sagen darf.«

»Du bist ein Engel!« Sie öffnete den Deckel von einem der Plastikbehälter und wählte einen mit Vanille- und Schokoladenglasur. Während sie das Papier vom Boden löste, deutete sie auf die riesigen Fenster, von denen ich den Blick nicht abwenden konnte. »Ich dachte immer, das wäre alles, was ich wollte. Und dann hat Hudson letztes Jahr sein Haus in Brooklyn gekauft. Er hat keine Aussicht, aber er hat einen kleinen Hinterhof, und das Gebäude hat so viel Charakter. Es fühlt sich an wie ein richtiges Heim. Dieser Ort …« Sie schüttelte den Kopf und leckte einen Streifen Zuckerguss von der Oberseite des Törtchens. »Ich weiß nicht … Es fühlt sich irgendwie so an, als würde ich in einem Luxushotel wohnen oder so. Charlie ist nur ein paar Tage in der Woche bei ihrem Vater, und sie hat in ihrem Block schon Freunde gefunden. Ich wohne hier seit zwei Jahren und kenne keinen einzigen Menschen im Gebäude. Es kommt mir irgendwie vor, als würde ich hier in einem Elfenbeinturm leben.« Sie lachte. »Sag Hudson nicht, dass ich das gesagt habe. Ich möchte unsere empfindliche Dynamik nicht stören. Er denkt, es sei seine Aufgabe, mich über das Leben zu belehren, und ich tue so, als bräuchte ich ihn nicht.«

Ich lächelte. »Dein Geheimnis ist bei mir sicher.«

Über ihrem Kopf ertönte eine Glocke, und Olivia ging zu einer Gegensprechanlage an der Wand und drückte auf einen Knopf. »Ich habe eine Lieferung von Cipriani«, sagte die Stimme.

»Großartig. Schicken Sie sie bitte hoch, Dave.«

Gerade als sie den Summer losließ, trat ein Mann aus dem Flur auf der anderen Seite des Wohnzimmers, den ich erkannte – obwohl ich ihn noch nicht wirklich kennengelernt hatte. *Oje.* Ich war so damit beschäftigt gewesen, wie es sein würde, mich im Fernsehen zu sehen und wie Signature Scent abschneiden würde, dass ich gar nicht daran nachgedacht hatte, dass Olivias Mann an einem Samstagnachmittag zu Hause sein würde. Natürlich hatte ich mich mehrfach bei Olivia entschuldigt, und inzwischen empfand ich ihr gegenüber keine Scham mehr. Irgendwie hatten wir es geschafft, das, was ich getan hatte, hinter uns zu lassen. Aber ich hatte noch nie mit ihrem Mann gesprochen, und ich betete, dass es nicht zu peinlich werden würde. Obwohl es mich ziemlich nervös machte, wie er grinste, als er sich auf den Weg in die Küche machte.

Olivia winkte vom einen zum anderen. »Mason, das ist der Ehrengast, Stella. Stella, das ist mein Mann, Mason. Mase, das Essen ist da. Vielleicht machst du Stella einen Drink, während ich mich um die Lieferung kümmere?«

Vor Scham schoss mir erneut die Röte ins Gesicht, als er seine Hand ausstreckte. »Schön, dich endlich kennenzulernen.«

»Hi.« Ich verzog das Gesicht und schüttelte den Kopf. »Es tut mir wirklich leid wegen der Hochzeit. Ich habe mich bei deiner Frau entschuldigt, aber ich hätte dir auch eine Nachricht schicken sollen.«

Mason schüttelte den Kopf. »Völlig unnötig. Die ganze Sache war ziemlich lustig, besonders die Geschichte, die du erzählt hast. Außerdem hört Liv gar nicht mehr auf, von dir zu reden, also hat sich alles zum Besten gewendet. Ich glaube, ich habe sie noch nie so aufgeregt gesehen, wenn es um die Arbeit ging. Sie ist wirklich total begeistert von deiner Idee.«

Ich atmete erleichtert aus und lächelte. »Ja. Ich habe großes Glück. Um ehrlich zu sein, war ich ziemlich unsicher, ob ich mich auf einen Investor einlassen sollte. Aber sie hat mir so viel mehr als nur finanziellen Rückhalt gegeben. Ich habe das Gefühl, eine Partnerin zu haben, der das Unternehmen genauso viel bedeutet wie mir selbst.«

Mason nickte. »Das ist so.« Er sah über die Schulter zu ihr, bevor er seine Stimme senkte. »Nachdem ihr Vater letztes Jahr gestorben war, hat sie eine schwere Zeit durchgemacht. Das Einzige, was sie aufzumuntern schien, war die Planung unserer Hochzeit. Darum habe ich mir etwas Sorgen gemacht, was passieren würde, wenn sie vorbei ist. Aber dann bist *du* aufgetaucht, und es kommt mir so vor, als hätte ich meine alte Liv wiedergefunden. Also, du denkst vielleicht, dass du mir eine Entschuldigung schuldest, dabei schulde ich dir eigentlich ein großes Dankeschön.«

Wow. Ich schüttelte den Kopf. »Ich weiß nicht, was ich sagen soll – doch eigentlich schon. Ihr beide seid wie füreinander geschaffen. Ihr seid beide wunderbar.«

Er lächelte und blickte wieder über meine Schulter. »Ich sehe, wie sie in ihrer Tasche nach Geld für ein Trinkgeld sucht. Sie hat nie einen Dollar dabei, also weiß ich nicht, warum sie überhaupt sucht. In etwa zehn Sekunden wird sie nach mir rufen, damit sie in meiner Brieftasche wühlen kann. Also, was kann ich dir zu trinken bringen? Ein Mixgetränk, Bier, Wein?«

»Ich würde gerne ein Glas Wein trinken. Merlot, wenn du einen dahast.«

»Geht klar.«

»Mason?«, rief Olivia aus der Küche.

Er grinste und zog seine Brieftasche heraus. »Ich bin gleich mit deinem Wein zurück, nachdem ich dem Lieferanten ein Trinkgeld gegeben habe. Fühl dich wie zu Hause.«

Ich hätte den ganzen Tag an den Fenstern stehen und die Aussicht auf die Stadt genießen können, doch mein Blick blieb an der Ablage über dem Kamin hängen. Darauf stand ein halbes Dutzend gerahmter Bilder, also ging ich hinüber und betrachtete sie neugierig.

Der große silberne Rahmen in der Mitte zeigte ein Foto von ihrem Hochzeitstag. Olivia bog sich vor Lachen neben einer mehrstöckigen Hochzeitstorte, von der sie ihrem Mann offensichtlich gerade ein Stück ins Gesicht geschmiert hatte. Masons hatte die Zunge herausgestreckt und versuchte, sich lächelnd die Torte aus dem Gesicht zu lecken. Ich fand es toll, dass sie dieses Foto eingerahmt hatten und nicht irgendein perfekt gestelltes. Es zeigte wirklich ihr Glück, und ihr Lächeln war ansteckend, als ich es betrachtete.

Auf der einen Seite des Hochzeitsfotos befand sich ein Bild von einem älteren Paar. Sie standen in gelben Öljacken im Regen, aber das Lächeln auf ihren Gesichtern strahlte Sonnenschein aus. Es mussten die Eltern von Olivia und Hudson sein, denn der Mann war im Grunde eine ältere Version von Hudson. Neben diesem Foto stand eine Aufnahme von Olivia und Mason am Strand – sie trugen umgedrehte Baseballkappen und tranken Bier. Auch hier war das Lächeln auf ihren Gesichtern ansteckend.

Ich überflog ein paar weitere Fotos des glücklichen Paares mit verschiedenen Freunden, dann landete mein Blick auf dem letzten gerahmten Bild. Ich nahm es in die Hand, um mir die beiden Kinder genauer anzusehen – Olivia und Hudson. Der kleine Junge war vielleicht neun oder zehn Jahre alt, aber seine wunderschönen, strahlend blauen Augen waren unverkennbar die von Hudson. Außerdem trug er ein Grinsen, das ich nur zu gut kannte. Er beugte sich über einen Geburtstagskuchen und war im Begriff, die Kerzen auszupusten. Olivia saß links von ihm, Hudson hatte einen Arm ausgestreckt und hielt ihr mit einer Hand den Mund zu.

Eine tiefe Stimme über meiner Schulter schreckte mich auf. »Manches ändert sich nie.«

Hudson. »Meine Güte. Du hast mich erschreckt. Hast du deine Lektion im Anschleichen nicht gelernt? Ich habe dich nicht reinkommen hören.«

»Bin mit dem Essen hochgefahren. Du kannst übrigens froh sein, dass sie heute was bestellt und nicht versucht hat, selbst zu kochen.«

»Ich bin sicher, sie ist keine schlechte Köchin.«

»Letztes Jahr an Weihnachten hat sie zwei Tabletts mit Parmesan-Garnelen gemacht. Wir haben alle ganz schön gekaut, sobald wir hineingebissen haben.«

»Hatte sie die Garnelen zu lange gekocht?«

Er schüttelte den Kopf. »In ihrem Rezept stand, man sollte geschälte Garnelen verwenden. Sie hat sich aber irgendwie vertan und dachte, man sollte die Schale dranlassen.«

Ich lachte. »Ohhhhh …«

Er deutete mit dem Kinn auf das Foto in meiner Hand. »Ich habe immer noch mindestens einmal in der Woche Lust, das zu machen.«

»Warum hast du ihr den Mund zugehalten?«

»Weil sie dachte, alle Geburtstagskuchen seien für sie, und die Kerzen ausgeblasen hat. Meine Eltern fanden das süß und ließen sie gewähren. Aber in diesem Jahr wollte ich mir etwas wünschen, das unbedingt in Erfüllung gehen sollte, und ich wollte kein Risiko eingehen.«

Ich lachte. »Was war das für ein Wunsch?«

»Ich wollte einen Schäferhund haben.«

»Und hast du einen bekommen?«

Er schüttelte den Kopf. »Nein.«

»Nun, es ist ein bezauberndes Bild.«

»Meine Mutter hatte es eingerahmt auf ihrem Nachttisch. Sie sagte, es würde unsere Beziehung auf den Punkt bringen, und da hatte sie recht. Meine Schwester muss es mitgenommen haben, als wir die Sachen meiner Eltern ausgeräumt haben.«

Mason kam und reichte mir ein Glas Wein. Hudson gab er ein Bier. Er hob seine eigene Flasche und prostete uns zu. »Viel Glück heute, ihr zwei.«

Hudson stieß mit seinem Bier an, und ich folgte seinem Beispiel. »Danke.«

Der Rest der Gäste trudelte kurz darauf ein, und Hudson und ich wurden in entgegengesetzte Richtungen getrieben. Ich entdeckte ein paar Leute aus dem Marketingteam, die an einigen Dingen für uns gearbeitet hatten, für die ich aber noch nicht viel Zeit gehabt hatte. Also ging ich zu ihnen und bedankte mich für alles, was sie getan hatten.

Ein paarmal, während Hudson und ich uns beide mit verschiedenen Leuten unterhielten, trafen sich unsere Blicke. Seine Mundwinkel zuckten, und seine Augen funkelten, aber keiner von uns unternahm einen Versuch, unser Gespräch fortzusetzen. Ein paar Minuten vor drei Uhr deutete Olivia mit der Fernbedienung auf den Fernseher über dem Kamin und klopfte dann damit gegen ihr Glas.

»Also gut, ihr Lieben. Es wird höchste Zeit! Das ist doch viel spannender als eine blöde Superbowl-Party, oder? Wem dürfen wir vor dem Anpfiff noch mal nachschenken?«

Ich war wirklich verdammt nervös, also ging ich in die

Küche und nahm ihr Angebot an, bevor ich mein Gesicht auf ihrem riesigen Fernseher sehen musste. Mason stand in der Nähe des Weins und nahm den Merlot in die Hand, als er mich kommen sah.

»Du siehst so aus, wie ich mich gefühlt habe, als sie anfingen *Here Comes The Bride* zu spielen.«

Ich öffnete und schloss die Hände. »Waren deine Fingerspitzen vor Nervosität taub?«

Mason füllte mein Glas bis zum Rand und reichte es mir mit einem Lächeln zurück. »Ich war komplett gelähmt. Ich bin mir ziemlich sicher, dass das der Grund ist, warum die Person, die die Braut übergibt, den Schleier hebt, und der Trauzeuge den Ring hält. Die Hände des Bräutigams sind zu zittrig, um irgendetwas zu tun.«

Ich nippte an meinem Wein. »Nun, ich hoffe, ich kann mich so gut verstellen wie du. Denn du sahst aus wie die Ruhe selbst.«

Jemand hakte sich bei mir ein. »Komm schon«, sagte Olivia. »Ich will neben dir sitzen!«

Ich trank so viel Wein, wie ich konnte, während wir es uns gemeinsam auf dem Sofa gemütlich machten. Gleich nachdem wir uns hingesetzt hatten, setzte die Anfangsmusik der Sendung ein, und die Moderatorin Robyn schlenderte auf die Bühne und winkte dem Publikum im Studio zu. Das war lustig zu sehen, denn ich war dabei gewesen, und das Publikum hatte nur aus Hudson und seinem Freund Jack bestanden. Nun schwenkte die Kamera jedoch auf eine klatschende Menge.

Olivia verschränkte ihre Finger mit meinen und drückte sie. »Also, los!«

Sie drehte die Lautstärke auf, und das Gerede im Raum wurde leiser. Robyn machte ihre übliche Einführung von der

Seite der Bühne aus und ging dann zum Tresen, an dem sie immer stand. Überall stapelten sich Signature Scent Schachteln und Proben. Es fühlte sich völlig surreal an. Adrenalin rauschte durch meine Adern und machte mich ein wenig benommen.

In den nächsten Minuten gab Robyn eine perfekte Verkaufsshow, hob die Schachteln an und wedelte mit ihren manikürten Händen herum, was, wie ich nun wusste, die Blicke der Zuschauer von der Moderatorin weg und auf das Produkt lenken sollten. Als sie begann, ihre heutige Co-Moderatorin vorzustellen, hielt ich den Atem an.

Es war absolut verrückt, mich im Fernsehen neben einer so bekannten Persönlichkeit stehen zu sehen. Robyn Quinn war ziemlich prominent. Während der Aufzeichnung hatte mich der Regisseur den Gang auf die Bühne ein Dutzend Mal wiederholen lassen. Dabei lächelte ich direkt in die Kamera und winkte, als ob mein persönlicher Fanclub im Publikum säße.

Oh mein Gott, ich sehe aus wie ein Schinken!

Alle aus dem Büro fingen an zu johlen und zu jubeln, und ich ließ mein Gesicht in die Hände sinken – es war mir peinlich zuzusehen. Ich hatte Schauspieler sagen hören, dass sie sich ihre eigenen Filme nicht ansahen, und hatte das verrückt gefunden. Aber jetzt verstand ich, warum. Ich war mir all meiner kleinen nervösen Ticks bewusst und wie stark mein New Yorker Akzent war. Ich konnte mich auf nichts anderes konzentrieren als auf meine Fehler – die sich in diesem Moment alle um ein Vielfaches verstärkt zu haben schienen.

Ich verzog das Gesicht zu einer Grimasse und schüttelte den Kopf. »Gott, das ist schwer zu ertragen.«

»Machst du Witze?«, fragte Olivia. »Du bist ein Naturtalent, du machst das unglaublich gut!«

Der Moment der Wahrheit kam nach zehn Minuten. Robyn deutete auf die Ecke des Bildschirms, in der Preis und Telefonnummer ein paarmal aufblinkten. Dreißig Sekunden später erschien eine Countdown-Uhr.

»In Ordnung, meine Damen – und meine Herren, die ihre Damen beeindrucken wollen. »Wir schalten jetzt die Leitungen frei, und Sie können Ihre Bestellungen aufgeben. Wir werden weiter über Signature Scent sprechen, aber ich denke, Sie alle wissen bereits, dass Sie es haben wollen. Nun kommt das, worauf Sie gewartet haben, Ihr Countdown zur Freischaltung unserer Leitungen und zur Online-Bestellung. Sie wissen, wie es läuft … Und fünf, vier, drei, zwei, eins. Es geht los!«

Innerhalb von Sekunden begann der Countdown die noch verbleibende Menge herunterzuzählen. Zuerst langsam, dann flog er. Ich weiß nicht, worüber Robyn oder ich die Sendung über gesprochen haben – mein Blick klebte an der Countdown-Uhr. Als die *Tausender* in rasantem Tempo zu schwinden begannen, dachte ich, ich würde auf der Stelle hyperventilieren, und musste mich einen Moment sammeln.

»Würde es dir etwas ausmachen, wenn ich nach unten gehe, um etwas Luft zu schnappen? Ich bin gleich wieder da.«

Olivia sah besorgt aus: »Natürlich nicht, aber ist alles okay?«

»Ja. Es ist nur ganz schön überwältigend, und ich brauche eine Minute.«

»Natürlich. Ja, natürlich. Aber geh nicht nach unten.« Sie zeigte auf den Flur, aus dem ihr Mann vorhin gekommen war. »Die letzte Tür auf der linken Seite führt zu einem Gästezimmer. Es hat einen eigenen Balkon und auch ein Bad.«

»Es macht dir auch sicher nichts aus?«

»Natürlich nicht. Geh. Nimm dir so viel Zeit, wie du brauchst.«

»Danke.«

Die kühle Luft draußen fühlte sich wunderbar an. Ich schloss die Augen und nahm ein paar tiefe Atemzüge. Nach nur ein oder zwei Minuten fühlte ich mich ruhig genug, sie wieder zu öffnen und die atemberaubende Aussicht zu genießen. Aus dieser Höhe wirkte die Stadt ungewöhnlich ruhig, was einen wirklich beruhigenden Effekt auf meinen Geisteszustand hatte. Deshalb fühlte ich mich schon etwas besser, als ich hörte, wie die Tür hinter mir geöffnet wurde. Als ich mich umdrehte, sah ich Hudson.

»Alles okay?«, fragte er.

Ich nickte. »Ich war nur ein wenig überwältigt, als ich den Ticker sah, und habe Herzrasen bekommen.«

»Verständlich.« Er lächelte und hielt mir etwas hin. »Hier.«

Ich sah verwirrt nach unten. »Eine Banane?«

»Ich habe sie aus der Küche meiner Schwester gestohlen. Sie hatte keine Orangen. Mit denen bin ich kreativer.«

Ich war immer noch verwirrt, bis ich merkte, dass er etwas darauf geschrieben hatte.

Dein Fernsehdebüt ist alles andere als total Banane.

Hudson zuckte mit den Schultern. »Sei nachsichtig mit mir – ich hatte nicht viel Zeit, mir etwas einfallen zu lassen und dir hierher zu folgen.«

Ich lachte. »Das ist sehr süß. Ich danke dir. Ich kann verstehen, warum Charlie deine Nachrichten in ihrer Lunchbox so mag.«

Wir standen nebeneinander und schauten auf die Stadt. Der kleine Früchtetrick, den er bei seiner Tochter angewandt hatte, hatte mir tatsächlich geholfen, mich zu entspannen. Oder vielleicht war es nur Hudsons Anwesenheit.

Ich seufzte. »Das ist alles so surreal.«

»Das kann ich mir vorstellen.« Er lächelte.

Ja, ich hatte zwar gerade einen Nervenzusammenbruch, aber ich bemerkte dennoch, wie gut Hudson aussah. Er war nicht nur lässig in eine Jeans gekleidet, er hatte auch einen Bartschatten, der mir sehr gefiel.

Schweigend hatte er beobachtet, wie ich ihn ansah, und ich fühlte mich bemüßigt, etwas zu sagen.

»Das ist das erste Mal, dass ich dich unrasiert und in Freizeitkleidung sehe.«

Er lächelte auf seine zurückhaltende Art, die ich so sexy fand. »Und?«

Ich neigte den Kopf. »Gefällt mir.«

»Sagst du die Wahrheit, oder versuchst du nur, deine tägliche Komplimente-Quote für deinen Glücksplan zu erfüllen?«

Ich lachte. »Nein, es gefällt mir. Die Stoppeln an deinem Kinn geben dir etwas Verschlagenes.«

Er legte den Kopf schief. »Ist das dein Typ? Verschlagen? Das habe ich mir nicht gerade vorgestellt, als du sagtest, dein Ex sei ein Dichter.«

»Oh, Aiden ist total adrett. Das war schon immer mein Typ. Ich stand nie auf die bösen Jungs. Ich glaube nicht, dass ich jemals mit jemandem ausgegangen bin, der eine Narbe oder ein Tattoo hatte.«

»Und das würdest du gerne ändern?«

Ich zuckte mit den Schultern, spielte mit und neckte. »Vielleicht.«

Hudsons Augen funkelten. »Das ist gut. Denn da kann ich helfen. Ich habe beides.«

»Wirklich?«

Er nickte.

»Wo?«

»Ah … diese Information hebe ich mir für ein anderes Mal auf.«

Ich lachte. »Ist wohl streng geheim?«

Ein leichter Windstoß wehte mir eine Locke ins Gesicht, und Hudson strich sie mit dem Finger zur Seite. »Fühlst du dich besser?«

Ich holte tief Luft und entspannte meine Schultern. »Ja. Danke.«

Er deutete mit dem Kopf in Richtung Tür. »Wollen wir dann wieder reingehen? Sosehr ich auch lieber hier wäre, ich möchte nicht, dass du etwas verpasst.«

Ich nickte.

Zurück im Wohnzimmer setzte ich mich wieder neben Olivia aufs Sofa und schaute auf die Countdown-Uhr, um zu sehen, wie es lief. Ich blinzelte ein paarmal, als ich die Zahl las. Ich war höchstens fünf Minuten weg gewesen, und trotzdem waren wir schon fast komplett ausverkauft.

»Ich habe mir diese Show in den letzten anderthalb Wochen jeden Tag angesehen«, sagte Olivia. »Und so schnell sind sie nie ausverkauft. Du übertriffst alle. Ich hatte schon Angst, du würdest die Stelle verpassen, an der Robyn ihren großen Slogan sagt – *Er läuft und läuft und … bye-bye*!«

Und tatsächlich, nur wenige Minuten später begann die Seite des Bildschirms mit dem Countdown zu blinken.

»Oh-oh«, sagte die Moderatorin. »Gleich sind wir ausverkauft. Beeilen Sie sich und geben Sie Ihre Bestellungen auf!« Sie hielt inne und schüttelte den Kopf. »Ich sage es besser, bevor es zu spät ist. Er läuft … er läuft …« Sie hob ihre Hand und winkte. »… und *bye-bye*!« Über der Countdown-Uhr auf dem Bildschirm erschien ein großer Stempel.

AUSVERKAUFT

Alle im Raum jubelten. Olivia umarmte mich, und die Leute kamen nacheinander zu uns, um uns zu gratulieren. Als ich mich wieder zum Fernseher umdrehte, wurde bereits das nächste Produkt vorgestellt. Erleichterung überkam mich, dass es so gut gelaufen war und ich mein Gesicht nicht mehr auf diesem riesigen Fernseher sehen musste.

Olivia und Mason ließen einen Champagnerkorken knallen, und sie verteilte Gläser. Als sie mir eines reichte, begegnete mein Blick Hudsons auf der anderen Seite des Raumes. Er hob schweigend sein Glas und lächelte.

Olivia sah zwischen uns beiden hin und her, bevor sie ihren Arm um meinen Nacken legte. Sie drehte uns so, dass wir mit dem Rücken zu Hudson standen, und sprach mit leiser Stimme. »Er mag dich wirklich.«

»Wer?«

Sie verdrehte die Augen. »Äh, der Mann, der dich nicht aus den Augen gelassen hat, seit er gekommen ist. Hudson, natürlich. Ich sehe doch, wie er dich ansieht.«

»Er ist begeistert wegen heute … wegen Signature Scent.«

Sie zeigte mit dem Finger auf mich. »Er ist begeistert von *dir*.«

Ich blickte über meine Schulter zu Hudson, und unsere Blicke trafen sich erneut. Ich konnte nicht leugnen, dass ich heute das Gefühl gehabt hatte, im Mittelpunkt seiner Aufmerksamkeit zu stehen. Er schaute zu seiner Schwester und mir und bekam schmale Augen. Er wusste genau, dass wir über ihn sprachen.

Ich seufzte. »Er ist ein toller Typ.«

»Also …« Olivia zuckte mit den Schultern. »Warum spielt ihr zwei dann immer noch Katz und Maus?«

»Wir sind Geschäftspartner. Er ist ein Investor in meiner Firma.«

»Und …«

»Ich weiß nicht.« Ich schüttelte den Kopf. »Wenn es nicht klappt, könnte es ziemlich unangenehm werden.«

Olivia nippte an ihrem Champagner. »Das Leben ist chaotisch. Kennst du den einzigen Moment, in dem es das nicht ist? Wenn du nicht lebst. Wenn alles seinen Gang geht.«

»Ich weiß … Aber …«

Sie unterbrach mich. »Was ist mit der Frau passiert, die sich auf meine Hochzeit geschmuggelt hat und lachend und Champagner trinkend geflohen ist?«

Ich lachte. »Gott, das ist ein gutes Beispiel für einen chaotischen Moment.«

»Vielleicht.« Sie zuckte die Achseln. »Aber sieh dir an, wohin dich dieses Chaos geführt hat. Zu einem neuen Geschäft und einer neuen besten Freundin – und wenn du mich fragst, wer die neue beste Freundin ist, verpass ich dir eine. Das ist wichtig.«

Ich lachte. »Ich verstehe, was du sagst, aber ich habe dir ja erzählt, wie es mit Aiden war. Viele unserer Streitigkeiten kamen daher, dass wir geschäftlich miteinander zu tun hatten. Er zweifelte, ob ich das Geld richtig investierte, und wir stritten darüber, wo die Reise hingehen sollte. Damit haben unsere Probleme tatsächlich angefangen.«

Olivia schüttelte den Kopf. »Ich glaube, du irrst dich. Ich will nicht unhöflich sein, aber der Anfang eurer Probleme war, dass er seinen Schwanz in eine andere Frau gesteckt hat.«

»Nicht dass das eine zulässige Ausrede wäre, aber er hat sich jemand anders zugewandt, weil wir uns nicht mehr verstanden haben.«

»Nein, hat er nicht. Er hat sich einer anderen zugewandt, weil er ein Stück Dreck ist. Das war nur seine Ausrede.«

Ich seufzte. »Vermutlich …«

»Habe ich dir erzählt, dass Mason und ich uns bei der Arbeit kennengelernt haben?«

»Wirklich? Bei Rothschild Investments?«

Sie nickte. »Hudson hat ihn als Leiter der IT-Abteilung zu uns geholt. Dort war er drei Jahre lang, und zwei davon waren wir zusammen. Wir haben zusammen an einigen Projekten gearbeitet und waren nicht immer einer Meinung.«

»Er hat jetzt eine eigene IT-Firma, oder? Ist er deshalb gegangen?«

»Nein. Bei Rothschild gab es für ihn keine Möglichkeit, sich weiterzuentwickeln. Wir haben nur ein paar IT-Leute, und er wollte weiter wachsen. Aber ich will damit sagen, dass wir zusammen gearbeitet und gestritten haben. Das hat ihn nicht dazu gebracht, mich zu betrügen.« Olivia sah zu ihrem Mann hinüber und grinste. »Gelegentlich führte es zu heißem Versöhnungssex auf meinem Schreibtisch, obwohl …« Sie hob abwehrend die Hände und verzog das Gesicht. »Oh Gott. Mach das bloß nicht mit meinem Bruder. Mein Büro ist so nah an seinem. Ich habe unsere Eltern einmal dabei erwischt, und ich bin immer noch nicht darüber hinweg.«

Ich lachte.

»Im Ernst, Stella. Wenn du nicht in Hudson verliebt bist, ist das in Ordnung. Aber lass dir nicht von dem, was mit deinem Ex passiert ist, oder von deinen Ängsten vor einer chaotischen Situation, etwas kaputtmachen, was schön sein könnte. Einige der besten Dinge im Leben sind nicht sauber und ordentlich – lockere Haarknoten, Laken nach gutem Sex, Lavakuchen, Wassermelone. Muss ich weitermachen?«

Ich lächelte. »Nein. Ich versteh schon.«

Hudson kam mit einer Flasche Champagner herüber und füllte unsere Gläser auf. Ich bemerkte das Etikett und sagte: »Kein Wunder, dass der so lecker ist. Das ist das gute Zeug. Die Flaschen, die ich von Olivias Hochzeit gestohlen habe, sind mir ausgegangen, also solltest du die, die du noch übrig hast, vielleicht verstecken, wenn ich auf dem Weg nach draußen bin.«

Olivia lachte. »Ich helfe Mason, mehr Essen hinzustellen. Feiert ihr zwei ohne mich weiter.« Sie ging weg, schaute aber über ihre Schulter zurück und zwinkerte mir zu, was Hudson nicht sehen konnte.

Ich lächelte. »Deine Schwester ist wirklich toll.«

»Sie ist gar nicht so übel«, stimmte Hudson zu. »Aber sag ihr nicht, dass ich das gesagt habe.«

Er war herübergekommen, um unsere Gläser zu füllen, hatte aber kein eigenes dabei. »Wo ist dein Champagner?«

»Ich habe noch was vor.« Hudson sah auf seine Uhr. »Ich muss eigentlich schon los. Ich bin gekommen, um mich zu verabschieden.«

»Oh.« Enttäuschung überkam mich, in die sich vielleicht ein kleines bisschen Eifersucht mischte. Ich zwang mich zu einem Lächeln. »Na dann, viel Spaß.«

Hudsons Augen verengten sich, dann grinste er.

»Bist du eifersüchtig, weil ich ein Date habe?«

»Nein«, antwortete ich – viel zu schnell.

Er steckte die Hände in die Hosentaschen und setzte ein süffisantes Lächeln auf. »Bist du doch.«

»Bin ich nicht.«

Er beugte sich vor, sodass seine Nase meine fast berührte, und flüsterte: »Eifersüchtig.«

»Du bist so von dir eingenommen, dass du nicht unterscheiden kannst, ob sich jemand für dich freut oder eifersüchtig ist.«

Er zog den Kopf zurück. »Ach ja? Freust du dich, dass ich ein Date habe?«

Ich setzte ein Lächeln auf und zeigte auf meinen Mund. »Ja. Siehst du?«

Der Ausdruck auf Hudsons Gesicht verriet mir, dass mein Lächeln eher dem in einem Spiegelkabinett glich.

Er schmunzelte. »Ich hole Charlie von einer Spielverabredung ab. Meine Ex begleitet ihre schwangere Schwester zu einem Arzttermin und schafft es vielleicht nicht rechtzeitig, also habe ich gesagt, dass ich sie nach Hause bringe.«

»Ah. Okay.«

»Glücklich, dass es kein richtiges Date ist?«

Ja. Ich zuckte mit den Schultern. »Wie auch immer. Das ist deine Sache.«

Er rieb sich das Kinn. »Ich habe überlegt, anschließend zurückzukommen. Meinst du, dass du dann noch da bist?«

»Vielleicht habe ich heute Abend ein Date. Würde *dir* das etwas ausmachen?«

Hudson spannte die Kiefermuskeln an. »Ich tue nicht so, als wäre ich nicht interessiert, also wird es dich nicht überraschen, dass es mir etwas ausmachen würde.«

Ich hatte herumgealbert, und es war nach hinten losgegangen. Sein Gesicht war zu ernst, um herumzualbern. Ich seufzte. »Ich habe keine Verabredung. Ich werde wahrscheinlich noch hier sein.«

Hudson schüttelte den Kopf. »Du nervst.«

Ich nippte von meinem Champagner. »Nun, du scheinst Nervensägen zu mögen.«

Sein Blick fiel auf meine Lippen. »Du weißt schon, dass ich mir genau merke, wie oft du mich quälst, oder? Irgendwann werde ich mich rächen.«

»Und wie willst du das machen?«

Er beugte sich vor und küsste mich auf die Wange, dann bewegte er seine Lippen zu meinem Ohr. »Mit meinem Mund.«

Ich blinzelte ein paarmal und sah, wie Hudson im Weggehen grinste.

Über seine Schulter sagte er: »Merk dir den Gedanken, Stella. Dein Geflüster ist fast so laut, dass ich es hören kann.«

Oh Mann. Ich stecke in Schwierigkeiten.

18. Kapitel

Stella

Ich dachte schon, Hudson würde doch nicht mehr zurückkommen. Es war schon vor Stunden gegangen, aber da der Stress der Show vorbei war, hatte ich mich total entspannt und amüsierte mich. Aber ich würde lügen, wenn ich behauptete, dass ich nicht ständig die Tür beobachtet hätte. Die Hälfte der Gäste war schon weg, und ein paar weitere machten sich bereit zum Aufbruch. Ich ging auf die Toilette und überlegte, ob ich mich nicht auch bald verabschieden sollte. Doch als ich herauskam, saß Hudson an der Kücheninsel und trank ein Bier.

»Da bist du ja wieder. Ich dachte schon, du hättest es dir anders überlegt.«

Sein Blick zuckte zu meinen Beinen, bevor er mir wieder in die Augen sah. »Definitiv nicht.«

Wieder hatte ich Schmetterlinge im Bauch – die gehörten in letzter Zeit dazu, wenn ich den Mann begrüßte.

»Da ich Charlie abgeholt habe, dachte meine Ex-Frau, sie lässt sich noch mal kurz massieren. Muss eine harte Woche gewesen sein, wenn man so nichts tut.«

Ich lächelte. »Ich nehme an, sie arbeitet nicht?«

Er schüttelte den Kopf.

»Vielleicht sollte ich dich nicht um ein Date bitten, sondern dir einen Antrag machen. Du klingst wie ein guter Ex-Ehemann.«

Er lachte. »Willkommen zurück.« Ich legte die Stirn in Falten, also erklärte er. »Du warst gestresst. Offenbar hat das dazu geführt, dass dein innerer Klugscheißer eine Auszeit genommen hatte.«

»Oh«, sagte ich lachend. »Ja, ich war gestresst.«

»Fühlst du dich jetzt besser, nachdem der Tag vorbei ist?«

»Ja.« Ich rieb mir den Nacken. »Wobei ich auch eine Massage brauchen könnte.«

Er wackelte mit den Fingern. »Da könnte ich dir helfen. Ich bin ziemlich gut mit meinen Händen.«

Ich lächelte. »Darauf wette ich.«

»Bist du bereit weiterzufeiern?«

Ich war aufgedreht und wollte noch lange nicht nach Hause gehen. »An was denkst du?«

»Lass uns was trinken gehen. Da ist eine Bar um den Block.«

Ich knabberte an meiner Lippe. »Hm ... Bittest du mich um ein Date?«

»Nope. Ich gehe mit einer Kollegin aus, um zu feiern.«

»Ich denk drüber nach.«

Hudson runzelte die Stirn. »Du denkst drüber nach?«

»Ja.«

Er wirkte ein wenig verärgert, zuckte aber mit den Schultern. Als er nach seinem Bier griff, klopfte ich ihm auf die Schulter.

»Ich hab drüber nachgedacht.«

»Und?«

»Gehen wir noch ein bisschen feiern.«

»Ich kann es immer noch nicht fassen, dass wir heute in weniger als einer Stunde fünfzigtausend Schachteln Signature Scent verkauft haben.« Ich schüttelte den Kopf. »Vor einem Monat dachte ich noch, dass ich den Tag, an dem auch nur eine einzige Schachtel bestellt wird, nie erleben würde.«

»Wir hatten Glück«, sagte Hudson.

»Nein. Wir hatten kein Glück. Glück bedeutet, dass dir etwas in den Schoß fällt. Du bist losgezogen und hast es möglich gemacht.«

»Ohne ein gutes Produkt wäre das nicht möglich gewesen.«

Ich nippte an meinem Wein. »Weißt du, ich hätte nicht gedacht, dass du so bescheiden bist.«

»Glaub mir. Das bin ich nicht. Ich zolle nur Anerkennung, wenn es angemessen ist.«

Wir saßen an einem Tisch in einer gehobenen Bar ein paar Blocks von Olivias Wohnung entfernt, und die Kellnerin kam an unseren Tisch. Sie war umwerfend, aber Hudson sah sie überhaupt nicht an. Tatsächlich schien er kaum in ihre Richtung zu schauen, was mich neugierig machte.

»Erzähl mir von der letzten Frau, mit der du ausgegangen bist. Abgesehen von Miss Guatemala. Eine Frau, mit der du dich mehr als ein Mal getroffen hast?«

Er sah mich skeptisch an. »Warum?«

Ich zuckte mit den Schultern. »Bin nur neugierig. Stehst du auf einen bestimmten Typ? Zieht dich ein bestimmtes Aussehen an?«

Er grinste. »Ja, blondes Haar und Brille.«

Ich lachte. »Nein, im Ernst.«

»Ich weiß nicht.« Er schüttelte den Kopf. »Ich glaube, die letzte Frau, mit der ich zusammen war, war brünett. Groß. Dunkle Augen.«

»Wie lange hat das gehalten?«

»Wir sind ein paarmal ausgegangen.«

»Warum war es dann zu Ende?«

Er sah zwischen meinen Augen hin und her. »Willst du die Wahrheit hören?«

»Natürlich.«

»Sie hat von nichts anderem gesprochen als von ihrer Schwester, die gerade ein Baby bekommen hatte. Es fühlte sich an, als wollte sie so schnell wie möglich heiraten und selbst Kinder bekommen.«

»Und du willst nicht wieder heiraten oder weitere Kinder haben?«

Er trank von seinem Bier. »Das habe ich nicht gesagt. Ich konnte es mir nur mit ihr nicht vorstellen.«

»Wenn sie also etwas Lockeres gewollt hätte, wäre es noch weitergegangen?«

»Ich weiß nicht, so war die Situation nicht. Aber ich bin nicht bindungsscheu, falls du darauf hinauswillst. Ich habe nicht aufgehört, sie zu treffen, weil sie eine Zukunft mit jemandem wollte, sondern weil ich nicht der Richtige für sie war.«

Ich nickte. »Die Kellnerin ist schön …«

Hudson legte den Kopf schief. »Ach ja?«

»Sehr.«

Er kratzte sich am Kinn. »Willst du mich verkuppeln?«

»Soll ich dich verkuppeln?«

»Gibt es einen Grund, warum wir uns nur in Fragen austauschen?«

Ich lächelte. »Ich weiß nicht. Gibt es einen?«

Nachdem Hudson mich ein paar Sekunden durchdringend angesehen hatte, beendet er unser kleines Spiel. »Die Kellnerin interessiert mich nicht.«

Als ich nichts sagte, legte er den Kopf schief. »Willst du nicht wissen, warum nicht?«

So wie er mich ansah, kannte ich die Antwort schon.

Ich trank meinen Wein aus und lächelte. »Nope.«

Er grinste. »Wie läuft es mit dir und Ken?«

»Er heißt Ben, und das weißt du.« Ich lächelte und schüttelte den Kopf. »Ich treffe mich nicht mehr mit ihm. Wir waren nicht auf einer Wellenlänge.«

Hudson strahlte von einem Ohr zum anderen. »Tut mir leid, das zu hören.«

Ich rollte mit den Augen. »Ja, so siehst du auch aus.«

Hudson hielt unsere Kellnerin an, als sie vorbeiging. »Entschuldigen Sie bitte. Können wir noch eine Runde bekommen?«

»Natürlich.«

Nachdem sie weggegangen war, murmelte er: »Kann dir nicht das Wasser reichen.« Dann trank er sein Bier aus und stand auf. »Entschuldige mich eine Minute. Ich muss kurz auf die Toilette.«

Während er weg war, schrieb ich Fisher eine Nachricht und informierte ihn über den Rest des Nachmittags. Wir hatten uns heute schon ein paarmal geschrieben, und ich hatte ihm berichtet, wie gut Signature Scent lief. Doch ich hatte mein Handy schon eine Weile nicht mehr herausgeholt.

Fisher: Wie ist The Rose?

Stella: Woher weißt du, dass ich hier bin?

Fisher: Ich habe dich vor einer halben Stunde getrackt, als du zwei Stunden lang nicht auf meine Nachricht reagiert hast. Du brauchst nie so lange, um zu antworten, also habe ich mir Sorgen gemacht. Hat sich die Party dorthin verlagert?

Manche Leute mögen es vielleicht nicht, getrackt zu werden, aber ich hatte Fisher nicht ohne Grund Zugriff auf den Standort meines Telefons gewährt und wusste seine Sorge zu schätzen.

Stella: Ein Teil der Gruppe ist hierhergewechselt …

Ich lächelte und sah, wie die Punkte sofort herumsprangen.

Fisher: Nur du und der Adonis?

Stella: Wir sind nach der Party noch was trinken gegangen.

Fisher: Willst du dich ihm endlich an den Hals werfen?

Stella: Ich glaube nicht, dass das auf der Speisekarte steht …

Fisher: Süße, Männer stehen immer auf der Speisekarte. Es ist ganz einfach. Sag ihm einfach, dass du Lust auf einen Cocktail hast – Sex on the Beach.

Ich schüttelte lächelnd den Kopf.

Stella: Das merk ich mir. Danke.

Als Hudson von der Toilette zurückkam, legte ich mein Handy weg. Er ließ sich wieder auf den Sitz mir gegenüber gleiten. »Also, was ist zurzeit mit Marco los?«

»Marco?«

»Der Lustknabe.«

»Oh.« Ich lachte. »Er liest *Die Dornenvögel*. Er hat Amalia gefragt, was ihre Lieblingsbücher seien, und geht jede Woche in die Bibliothek, um eins zurückzugeben und sich ein neues zu leihen. Dann fängt er ein Gespräch mit ihr über das Buch an, das er gerade beendet hat. Er versucht, ihr zu zeigen, wie engagiert er ist, und Gemeinsamkeiten zu finden. Das ist so romantisch.«

»*Die Dornenvögel?* Kommt mir bekannt vor, aber ich glaube nicht, dass ich es gelesen habe.«

»Oh, das solltest du. Es ist eigentlich auch eines meiner Lieblingsbücher.«

»Fällt also Wie-heißt-sie-noch darauf rein?«

»Amalia … und ich glaube, ja. Er hat angefangen, an den Abenden hinzugehen, an denen sie die Bibliothek schließt, und sie lässt sich von ihm nach Hause begleiten.«

Hudson schüttelte den Kopf. »Wie alt ist dieses Tagebuch? Klingt nach einer Menge Arbeit. Ich schätze, die hatten noch kein Tinder?«

Ich lachte. »Nun, vermutlich ist es wesentlich leichter, nach links oder rechts zu wischen – welche Richtung auch immer es ist. Aber das ist wahrscheinlich der Grund, warum die Leute über Tinder normalerweise nicht die Liebe ihres Lebens treffen.«

»Was ist eigentlich aus seinem anderen Plan geworden? Sie eifersüchtig zu machen, indem er ein junges Mädchen mitbringt?«

»Zum Glück hat er sich für den erwachsenen Weg entschieden und will ihr stattdessen zeigen, dass er engagiert ist.«

Ein Mobiltelefon vibrierte. Ich dachte, es sei meins, und drehte es um, doch da war nichts. »Ist das dein Handy, das da vibriert?«

»Shit.« Er kramte in seiner Tasche. »Das habe ich gar nicht bemerkt.« Als er den Namen auf dem Bildschirm las, wirkte er besorgt. Er schaute auf seine Armbanduhr. »Es ist meine Ex-Frau. Ich sollte rangehen. Sie ruft nie so spät an.«

»Ja, natürlich. Mach nur.«

Er wischte über das Display und brachte das Telefon an sein Ohr. »Was ist los?«

Ich hörte eine Frauenstimme, konnte aber nicht verstehen, was sie sagte.

»Wo ist Mark?«, fragte Hudson nach einem Moment.

Pause.

»Mist. Ich komme, so schnell ich kann.« Er beendete das

Gespräch und winkte sofort die Kellnerin heran. »Es tut mir leid. Ich muss gehen.«

»Ist alles okay mit Charlie?«

»Ja, ihr geht es gut. Bei Lexis Schwester haben die Wehen eingesetzt, und anscheinend ist ihr Mann geschäftlich in Kalifornien. Lexi will mit ihr ins Krankenhaus fahren, und ich muss Charlie dort abholen.«

»Oh, wie aufregend. Ich wette, Charlie kann es nicht erwarten, den kleinen Kumpel kennenzulernen.«

Hudson lachte. »Sie wird mich anflehen, die ganze Nacht im Krankenhaus zu bleiben.«

Die Kellnerin kam, und er reichte ihr seine Kreditkarte.

»Warte.« Ich griff nach meiner Handtasche und holte mein Portemonnaie heraus. »Lass mich das bitte machen.«

Er schüttelte den Kopf und schickte die Kellnerin weg, die mir nicht einmal die Chance gab zu widersprechen.

»Du hast neulich Abend das Essen bezahlt«, protestierte ich. »Ich wollte das hier übernehmen.«

»Ich sag dir was, ich lass dich bezahlen, wenn du mich um ein Date bittest.«

»Und was, wenn ich dich nie um ein Date bitte? Das wäre nicht fair.«

»Nur ein weiterer Grund, warum du mich fragen solltest. Auch wenn es nicht ganz oben auf der Liste der Gründe steht.«

»Nein?«

Die Kellnerin kam mit seiner Kreditkarte und der Quittung zurück, die er unterschreiben musste. Hudson zog ein großzügiges Trinkgeld aus seiner Brieftasche und legte es in die lederne Scheckmappe.

Er warf den Stift auf den Tisch. »Bist du bereit?«

»Ja, aber ich möchte noch hören, was ganz oben auf der

Liste der Gründe steht, warum ich dich um ein Date bitten sollte.«

Hudson stand auf und hielt mir eine Hand hin, um mir aufzuhelfen. Ich nahm sie, doch nachdem ich stand, ließ er mich nicht los. Stattdessen zog er mich dicht an sich heran und senkte seine Lippen zu meinem Ohr.

»Ich zeige es dir lieber, als dass ich es dir sage. Riskier es, Stella.«

19. Kapitel

Stella

Die nächsten zwei Tage war Hudson nicht im Büro.

Olivia erzählte mir, dass die Schwester seiner Ex-Frau gestern Nachmittag nach ziemlich langen Wehen entbunden habe, also vermutete ich, dass er deshalb nicht da sei. Heute hatte ich mich bei seiner Assistentin gemeldet, weil ich die Bedingungen eines Auftrags mit ihm besprechen wollte, aber sie sagte, er sei den ganzen Tag bei einer Firma, in die sie investiert hätten.

So ungern ich es auch zugab, ich vermisste ihn, wenn er nicht im Büro war. Ich freute mich darauf, ihn zu sehen, und das lag nicht nur daran, dass er intelligent war und ich gut mit ihm über mein Geschäft sprechen konnte. Also tat uns eine kleine Trennung womöglich ganz gut. Ich musste meine stärker werdenden Gefühle für ihn unter Kontrolle bringen. Unsere Beziehung hatte sich nicht verändert – wir waren immer noch Geschäftspartner. Doch es fiel mir zunehmend schwerer, mich daran zu erinnern, warum wir niemals mehr sein konnten.

»Hey, gute Neuigkeiten.« Olivia kam in mein Büro. »Ich konnte Phoenix Mets gewinnen, die Bilder für die letzten Anzeigen zu schießen.«

»Oh, das ist ja toll!« Ich lächelte, konnte mir dann aber nicht helfen und lachte. »Tut mir leid. Ich habe keine Ahnung, wer Phoenix Mets ist.«

Olivia lächelte. »Ein Promi-Fotograf. Er hat das Bild von der schwangeren Anna Mills gemacht, das auf dem Cover der *Vogue* war.«

»Oh. Wow. Das war ein sehr schönes Foto.«

»Er wird dich noch besser aussehen lassen.«

»Mich?« Ich rümpfte die Nase.

»Yep. Nachdem ich gesehen habe, wie du den Shopping-Kanal gerockt hast, habe ich die vorgeschlagenen Anzeigen noch ein bisschen optimiert.« Sie öffnete einen Ordner und legte mir einige Skizzen auf den Schreibtisch. »Ich habe Darby um diese Entwürfe gebeten, aber ich denke nicht, dass wir ein Model verwenden sollten.«

Ich nahm die Papiere in die Hand. Es waren grobe Zeichnungen, aber die Frau in der Anzeige sah der Person, die ich heute Morgen im Spiegel gesehen hatte, ziemlich ähnlich. »Du willst, dass *ich* in der Anzeige vorkomme?«

Sie nickte. »Du bist das Gesicht von Signature Scent. Die Leute reagieren auf dich.«

»Aber ich stelle mich ungelenk an auf Fotos. Ich habe noch nie ein professionelles Shooting oder so mitgemacht.«

Olivia zuckte mit den Schultern. »Du warst auch noch nie im Fernsehen, und du siehst, wie gut das gelaufen ist.«

»Ich weiß nicht …«

»Bei dieser Kampagne geht es um Schönheit und Wissenschaft, und wer könnte das besser verkörpern als du?«

Ich starrte immer wieder auf die Anzeigen. Die Frau, die mich darstellen sollte, hatte eine dicke Brille auf und trug ihr Haar hochgesteckt. Sie saß vor einem Labortisch mit allerlei

Messbechern und Labormaterialien, die überall verstreut waren. Doch ihr Bein lugte hinter dem Tisch hervor, und sie trug einen Schuh mit roter Sohle. Das war definitiv eine Anzeige, die ich mir ansehen würde – aber ich war ja auch ein Wissenschaftsfreak.

»Wie wäre es damit …«, sagte Olivia. »Wir fotografieren das, was wir ursprünglich geplant hatten, *und* das hier. Du darfst die endgültige Entscheidung treffen.« Sie zeigte auf die gezeichnete Anzeige. »Aber ich sage dir, das könnte super werden.«

Nach diesem Angebot konnte ich nicht ablehnen. Olivia war wunderbar, und sie glaubte an ihre Idee, sonst würde sie sie nicht vorantreiben. Sie hatte nur die besten Absichten, Signature Scent zu einem Erfolg zu machen.

Also holte ich tief Luft und nickte. »Okay. Ich versuch's mal.«

Olivia klatschte in die Hände. »Großartig. Das Shooting ist übermorgen – am Freitagmorgen.«

»Sag mir einfach, wie ich mich vorbereiten kann. Soll ich etwas zum Anziehen mitbringen?« Auf dem Foto war eine weiße Button-up-Bluse zu sehen und etwas, das wie ein schwarzer Bleistiftrock aussah. »Ich habe auf jeden Fall eine weiße Bluse und einen dunklen Rock.«

»Nein. Wir haben alles.« Olivia lächelte besorgt. »Ich habe schon alles bestellt, was wir brauchen. Die Kleidung, die Labor-Requisiten, sogar die Schuhe. Bei deiner Größe war ich mir nicht sicher, also habe ich von allen ein Paar bestellt.«

Ich lachte. »Okay.«

Sie stand auf. »Alles, was du tun musst, ist kommen.«

»Das schaffe ich schon.«

»Ich lasse uns dann jetzt Flüge buchen. Wenn das okay ist,

lege ich den Rückflug auf den Samstag – nur für den Fall, dass wir noch einen Tag mehr brauchen.«

Ich runzelte die Stirn. »Flug? Wo ist das Shooting?«

»Oh. Der Fotograf sitzt in L.A. Habe ich das nicht erwähnt?«

»Nein. Aber das ist in Ordnung. Ich war noch nie in Kalifornien.«

»Es wird dir gefallen. Wahrscheinlich werden wir eine Menge Freizeit haben. Ich kann den Reiseleiter spielen.«

»Okay. Das klingt toll. Danke, Olivia.«

Am nächsten Morgen war ich früh wach und startklar. Ich hatte gestern Abend vor dem Schlafengehen ein Melatonin genommen, weil ich wusste, dass ich unruhig sein und mich hin und her wälzen würde. Schlimm genug, dass mein Gesicht überall auf den Anzeigen zu sehen sein würde; ich wollte nicht auch noch Tränensäcke unter den Augen haben, wenn es sich irgendwie vermeiden ließ.

Unser Flug ging um halb zehn, aber wir mussten um halb sieben zum Flughafen aufbrechen. Um Viertel nach sechs trank ich gerade meine zweite Tasse Kaffee und schaute aus dem Fenster, um den Sonnenaufgang zu beobachten, als eine schwarze Stretchlimousine vor meinem Haus vorfuhr. Es gab keinen Parkplatz, also eilte ich in die Küche und kippte den Rest des Kaffees weg, dann spülte ich meinen Becher aus und schnappte mir mein Gepäck. Im Flur drückte ich den Knopf für den Aufzug, merkte aber, dass ich meine andere Tasche mit meinem Laptop vergessen hatte. Also ließ ich meinen Koffer stehen und lief zurück in die Wohnung.

Ich hörte, wie der Aufzug eintraf, als ich gerade zum zweiten Mal meine Tür abschloss. Ich wollte nicht, dass der Wagen um den Block fahren musste, also beeilte ich mich, meine Tasche zu greifen, als die Türen aufglitten. Da ich annahm, dass der Fahrstuhl leer war, stürmte ich hinein und rannte prompt in jemanden, der gerade aussteigen wollte.

»Shit.« Ich ließ den Griff des Koffers los, den ich hinter mir hergezogen hatte, und er kippte um und fiel auf den Boden. Ich bückte mich, um ihn aufzuheben, und sagte: »Entschuldigung! Sind Sie …« Als ich aufsah, hielt ich abrupt inne. »Hudson?«

»Vermutlich sollte ich dankbar sein, dass du mir nicht erneut eine verpasst hast.«

»Was machst du denn hier?«

»Ich hole dich ab, um mit dir zum Flughafen zu fahren.« Er zuckte mit den Schultern. »Was sollte ich sonst hier tun?«

Ich war völlig verwirrt. »Aber wo ist Olivia?«

»Oh, stimmt. Ich habe Olivia gesagt, ich würde dir Bescheid sagen, dass ich anstelle von ihr mitfahre. Das muss ich vergessen haben. Tut mir leid.«

»Aber warum fährst du anstelle von Olivia mit?«

»In ihrem Kalender hat sich irgendetwas verschoben. Ist das ein Problem?«

Abgesehen davon, dass mein Herz bereits hämmerte, nachdem ich diesem Mann nur eine Minute lang nahe war – und ich jetzt *tagelang* an seiner Seite verbringen musste –, wo sollte das Problem liegen? Ich schaute in seine Augen, nicht ganz sicher, wonach ich suchte. Dann atmete ich endlich aus. Ich war ein Profi; ich konnte damit umgehen.

Ich machte mich gerade und sagte: »Nein. Überhaupt kein Problem.«

Ich hätte schwören können, dass ich ein Funkeln in seinen Augen gesehen hatte. Aber ich hatte keine Zeit, dem nachzugehen, denn Hudson schnappte sich meine Reisetasche und streckte den Arm aus, damit ich die noch wartende Aufzugkabine betreten konnte. »Nach dir.«

Ich fühlte mich sehr unwohl, schaffte es jedoch hineinzugehen.

Mir gingen eine Million Gedanken durch den Kopf, als wir uns auf den Weg in die Lobby machten, aber eine bestimmte Frage drängte sich in den Vordergrund. In meinem Gebäude gab es keinen Pförtner. Besucher mussten klingeln, um hereingelassen zu werden. »Wie bist du reingekommen?«

»Fisher. Er wollte gerade eine Runde laufen gehen, als ich kam.«

Ich nahm mir vor, mich bei meinem Freund für die Vorwarnung zu bedanken. Er wusste, dass ich dachte, ich würde mit Olivia fahren. Er hatte meinen Kühlschrank geplündert, während ich gestern Abend gepackt und ihm alles über meine Reise erzählt hatte. Aber egal – ich hatte Wichtigeres zu tun. Zum Beispiel, mich von dem Mann neben mir im Fahrstuhl fernzuhalten, wenn er so verdammt gut aussah. Hudson trug eine einfache marineblaue Hose und ein weißes Hemd. Ich stand einen halben Schritt hinter ihm, und es war unmöglich zu übersehen, wie schön der Stoff seinen knackigen Hintern umschmeichelte. Ich wette, er machte einen Haufen Kniebeugen.

Er sah zu mir herüber, und mein Blick sprang im letzten Moment zu seinem nach oben. Zumindest hoffte ich das. Wobei seine Mundwinkel etwas anderes sagten. *Na toll. Einfach toll. Das wird eine verdammt lange Reise werden.*

Hudson musste auf der Fahrt zum Flughafen einen Anruf aus Übersee entgegennehmen, und als wir ankamen, wurde er in eine andere Schlange geschickt, da er die Sicherheitsvorprüfung im Gegensatz zu mir schon hinter sich hatte. Ich war dankbar für die Gnadenfrist. Erst als wir an Bord des Flugzeugs gingen, hatten wir wirklich Zeit zum Reden. Wir saßen nebeneinander in Reihe drei der ersten Klasse, womit ich nicht gerechnet hatte.

»Na, das ist ja komfortabel.« Ich schnallte mich an. »Ich habe noch nie in der ersten Klasse gesessen.«

»Vor Jahren, als noch mehr Platz zwischen den Sitzen war, bin ich in der Touristenklasse geflogen, aber in den letzten zehn Jahren ist es extrem unbequem geworden, wenn man über eins achtzig ist – vor allem auf einem sechsstündigen Flug an die Westküste.«

Eine Flugbegleiterin kam mit einem Tablett mit Sekt und Orangensaft zu uns. »Mimosa?«

»Äh, gern«, sagte ich.

Sie reichte mir eine Flöte und sah dann zu Hudson. Er hob abwehrend die Hand. »Nein danke. Aber ich nehme einen Kaffee, wenn das möglich wäre.«

»Natürlich.«

Nachdem sie weggegangen war, hielt ich Hudson mein Glas hin. »Kein Morgentrinker?«

Er lächelte. »Normalerweise nicht.«

»Ich hätte es wahrscheinlich auch ausfallen lassen sollen, aber ich bin mit den Nerven am Ende.«

»Hast du Flugangst?«

»Nein … eigentlich nicht. Obwohl mir manchmal ein bisschen übel wird, wenn es Turbulenzen gibt.«

»Großartig.« Er zeigte auf den Gang. »Neig den Kopf in diese Richtung.«

Ich lachte. »Du merkst vermutlich gar nicht, dass du in einem Flugzeug sitzt. Wahrscheinlich arbeitest du die Hälfte der Zeit und machst dann die Augen zu und hältst ein Nickerchen.«

»Fast. Normalerweise arbeite ich den Großteil des Fluges.«

Die Flugbegleiterin kam zurück, um Hudsons Kaffee zu bringen. Der Service war hier vorn eindeutig besser als in der Touristenklasse.

»Weswegen bist du dann nervös?«, fragte er. »Wenn es nicht wegen des Fluges ist?«

»Ach, ich weiß nicht … vielleicht, weil ich von einem berühmten Fotografen fotografiert werde, damit das Bild überall in den Anzeigen von Signature Scent erscheinen kann?«

Hudson sah zwischen meinen Augen hin und her. »Willst du ein Geheimnis wissen?«

Ich lächelte. »Klar.«

Er lehnte sich nahe herüber und flüsterte. »Du schaffst alles.«

Ich lachte. »Das ist das Geheimnis?«

»Nun, eigentlich ist es kein Geheimnis, da du die einzige Person bist, die es nicht zu wissen scheint.«

Ich seufzte. »Das ist sehr nett, aber ich bin mir nicht so sicher, dass das stimmt.«

Wieder sah Hudson mich einen Moment lang an. Er schien zu überlegen, ob er etwas sagen sollte.

»Erinnerst du dich an deinen ersten Arbeitstag im Büro?«, fragte er schließlich.

»Bei Rothschild? Ja, warum?«

»Du hast mich gefragt, warum ich meine Meinung über eine Investition in deine Firma geändert habe.«

»Du hast gesagt, deine Schwester sei sehr überzeugend oder so ähnlich.«

Er nickte. »Das war nicht die ganze Wahrheit.«

»Nein?«

Hudson schüttelte den Kopf, und sein Blick fiel auf meine Lippen. »Ich wollte dich kennenlernen. In der Woche nach der Hochzeit meiner Schwester konnte ich nicht aufhören, an dich zu denken. Nicht weil du schön bist – versteh mich nicht falsch, das bist du. Aber ich fühlte mich von deiner Stärke angezogen. Du bist keine Frau, die einen Mann braucht. Du bist eine Frau, die ein Mann braucht. Ich weiß nicht, ob ich den Unterschied vor Jahren überhaupt erkannt hätte. Aber du machst es mir jetzt unmöglich, es zu vergessen.«

Ich blinzelte ein paarmal. »Wow. Ich glaube, das könnte das schönste Kompliment sein, das ich je bekommen habe.«

Er runzelte ein wenig die Stirn. »Ich dachte mir ja schon, dass dein Ex ein Idiot ist, weil er dich so hintergangen hat. Aber jetzt bin ich mir sicher, dass er ein totaler Vollpfosten ist.«

Die Flugbegleiterin unterbrach unser Gespräch, um unsere Becher einzusammeln, da wir vom Gate ablegten. Dann begann die Einführung in die Sicherheitsmaßnahmen. Wir sahen zu, wie eine Frau ein paar Meter von uns entfernt demonstrierte, wie wir die Gurte schließen sollten, die wir alle längst geschlossen hatten, und sich eine unaufgeblasene Schwimmweste aus Plastik anlegte.

Als wir hinter einer Reihe von Flugzeugen, die sich auf den Start vorbereiteten, auf die Startbahn rollten, bot mir Hudson eine Zeitung an. Ich lehnte ab, ich wollte lieber meine Ohrstöpsel nehmen und versuchen, mich zu entspannen. Doch kaum hatte ich die Augen geschlossen, wusste ich, dass das unmöglich war. Jetzt konnte ich nicht aufhören, daran zu denken, was Hudson gesagt hatte. Er fand mich schön und stark, zwei Dinge, die ich schon lange nicht mehr empfunden hatte.

Und wisst ihr was? Er hatte recht – zumindest was die Stärke anging. In letzter Zeit fühlte ich mich fast high von alldem, was ich erreicht hatte. Ich war unsicher gewesen, ob ich einen Investor beteiligen sollte, aber das hatte sich als die beste Entscheidung herausgestellt, die ich bisher getroffen hatte. Und ich hatte Angst davor gehabt, beim Homeshopping-Kanal auf Sendung zu gehen, und das war ein durchschlagender Erfolg gewesen. Warum sollte ich also Angst davor haben, ein paar Fotos machen zu lassen und mein Gesicht für die Anzeigen meiner Firma herzugeben? Ich sollte keine haben. So lautete die Antwort auf diese Frage.

Ich nahm ein paar tiefe Atemzüge und spürte, wie sich meine Schultern entspannten. Alles, was ich brauchte, war etwas Vivaldi, und ich könnte tatsächlich zu den Menschen gehören, die während eines Fluges ein Nickerchen machen können. Wer hätte das gedacht?

Als die Musik begann, schaute ich zu dem Mann, der neben mir saß. Hudson bemerkte, dass ich ihn ansah, und machte ein hinreißendes Gesicht. Er lächelte etwas schief und wirkte leicht verwirrt – als versuchte er herauszufinden, was ich dachte, sei aber auf jeden Fall froh, dass ich ihn ansah. Ich entfernte den Ohrstöpsel auf seiner Seite und beugte mich zu ihm hinüber.

»Danke«, sagte ich.

»Wofür?«

»Dass du mich so siehst, wie du es tust. Ich weiß, es ist manchmal ganz schön schwer mit mir.«

Hudson sah mir in die Augen. »Es *ist* manchmal ganz schön schwer mit dir. Aber keine Sorge.« Er zwinkerte. »Ich habe zwei starke Hände.«

»Willkommen im Hotel *Bel-Air*. Checken Sie heute ein?«

»Ja, unter Rothschild«, sagte Hudson. »Es müssten zwei Zimmer reserviert sein.«

Die Frau hinter der Rezeption klickte mit ihren langen Nägeln auf der Tastatur, während ich mich in der Lobby des Hotels umsah. Ich hatte erwartet, dass wir in Downtown L. A. in einem schicken Hotel übernachten würden, dieses Hotel war eher wie ein verstecktes Heiligtum im Wald. Das Hotel *Bel-Air* strahlte einen Hauch Hollywood der alten Schule aus. Es hatte alle Standard-Luxusmerkmale – Marmorsäulen und -tresen, Kalksteinböden, Decken aus Naturholz –, aber irgendwie fühlte es sich eher ruhig und privat an als auffällig.

Hudson bemerkte, dass ich mich umsah. »Das Hotel ist wunderschön. Man vergisst fast, dass man in L. A. ist. Ich habe hier schon einmal übernachtet, aber diesmal hat der Fotograf es ausgesucht. Wir werden das Shooting hier machen.«

»Oh, wow. Das ist schön und unkompliziert. Ich kann es gar nicht erwarten, mich umzusehen.«

Die Hotelangestellte hielt zwei Zimmerkarten hoch: »Die hier ist für die Stone Canyon Suite.« Sie hob erst die eine hoch, dann die andere: »Und die für das Deluxe-Zimmer.«

Hudson nahm die Zimmerkarten entgegen und reichte mir die für die Suite.

»Was? Nein. Ich brauche keine Suite. Nimm du sie.«

»Du empfängst morgen früh ein Stylisten-Team. Die brauchen den Platz. Außerdem will der Fotograf einen Teil der Aufnahmen auf der Terrasse deines Zimmers machen. Er hat genau diese Suite angefordert.«

»Oh …« Es kam mir immer noch komisch vor, sie zu nehmen, aber vermutlich war das sinnvoll. »Okay.«

Hudson begleitete mich zu meinem Zimmer. Er rollte meinen Koffer hinein, während ich direkt zu den beiden offenen Türen im Wohnzimmer ging. Sie führten geradewegs auf eine private Terrasse.

»Heiliger … hier draußen gibt es einen Kamin und einen großen Whirlpool.«

Hudson trat hinter mir ins Freie. Er deutete auf einen Sitzbereich mit üppigen Pflanzen und Grün im Hintergrund. »Ich glaube, hier will er sich morgen einrichten. Er hat mir gestern Abend ein paar Entwürfe mit Möbeln gemailt, die er für den Tag gemietet hat.«

Ich zeigte auf den Whirlpool. »Ich wusste, ich hätte einen Badeanzug einpacken sollen.«

»Es ist ein privater Innenhof.« Er zuckte mit den Schultern. »Ich glaube nicht, dass du einen brauchst.«

»Ooohh. Das ist noch besser.«

Eine weitere Doppeltür führte in ein Schlafzimmer, also sah ich mir auch das an, bevor ich in das luxuriöseste Badezimmer trat, das ich je gesehen hatte. Hudson schien meine Begeisterung zu amüsieren.

»Ich möchte diesen Raum nie mehr verlassen«, scherzte ich.

Er blickte zum Bett hinüber und wieder zu mir. »Da sind wir schon zu zweit.«

Ich lachte, doch meine Augen verweilten auf dem Bett. Als sich mein Blick hob, merkte ich, dass Hudson mich beobachtete.

Er räusperte sich. »Ich sollte jetzt gehen. Ich muss noch einiges an Arbeit nachholen. Der Fotograf meinte, es sei eine gute Idee, heute Abend zusammen zu essen, aber ich war mir nicht sicher, ob du dazu in der Lage bist.«

»Mir geht's gut. Ein Abendessen wäre schön.«

Hudson nickte knapp. »Ich sage ihm um fünf, das ist nach New Yorker Zeit dann um acht.«

»Gute Idee.«

Wir gingen zur Tür. »Möchtest du irgendetwas unternehmen?«, fragte er. »Willst du den Schlüssel für den Mietwagen haben?«

»Hm … ich muss noch etwas arbeiten, aber vielleicht könnte ich mir einen Badeanzug kaufen. Wir sind an einem Haufen hübscher Boutiquen vorbeigekommen, die nicht allzu weit weg sind.«

»Wenn ich es mir recht überlege«, sagte Hudson. »Ich muss auch nicht arbeiten. Du brauchst sicher jemanden, dem du alles vorführen kannst.«

Ich lachte. »Ich glaube, das schaffe ich allein.«

Er holte den Autoschlüssel aus seiner Tasche und hielt ihn mir hin. »Schade. Aber sag mir Bescheid, wenn du Gesellschaft im Whirlpool haben möchtest, wenn du wieder da bist.«

»Hast du denn eine Badehose dabei?«

Hudson grinste. »Nope.«

20. Kapitel

Stella

Ich hatte mich dreimal umgezogen.

Als Hudson dann fünf Minuten zu früh an meine Tür klopfte, um mich zum Abendessen abzuholen, war ich deshalb noch nicht fertig.

»Hey …« Ich schwang die Tür auf. »Oh … du trägst Jeans.«

Er schaute an sich hinunter. »Sollte ich das nicht?«

Ich schüttelte den Kopf. »Doch, doch. Schon okay. Ich war mir nur nicht sicher, was ich anziehen sollte. Ich hatte auch erst Jeans an, dachte aber, das wäre vielleicht zu leger. Also bin ich nach unten gefahren und habe mir angesehen, wie schick das Restaurant ist. Es sah sehr nett aus, also habe ich mich umgezogen … zweimal.«

Hudson musterte mich von oben bis unten. Ich hatte mich für ein einfaches, ärmelloses kleines Schwarzes mit nudefarbenen Pumps entschieden.

»Ich weiß nicht, was du vorher anhattest«, sagte er, »aber ich kann mir nicht vorstellen, dass es noch besser ausgesehen haben könnte als das. Du siehst wunderschön aus.«

Ich spürte ein warmes Gefühl in meinem Bauch. »Danke. Du siehst auch gut aus. Ich mag es sehr, wenn du so einen Fünf-Uhr-Schatten hast.«

»Ich werde nach dem Essen direkt all meine Rasierapparate wegschmeißen.«

Ich lachte und trat zur Seite. »Ich brauche nur eine Minute. Ich muss nur noch Lippenstift auftragen und meinen Schmuck wechseln.«

Hudson nahm auf der Couch im Wohnzimmer Platz, während ich ins Bad ging, um mich fertig zu machen. »Ich habe Versandbenachrichtigungen für einen Haufen weiterer Produkte bekommen«, rief ich, während ich mir die Lippen schminkte. »Wenn alles klappt, könnten wir sogar früher als erwartet mit dem Verschicken beginnen.«

»Nun, dann sollten wir mit den Fotos wohl besser morgen fertig werden«, rief er aus dem anderen Zimmer.

Nachdem ich Lippenstift aufgetragen hatte, legte ich Ohrclips mit türkisfarbenen Perlen an, um etwas Farbe hinzuzufügen, und ein dazu passendes dickes Armband. Ich fuhr mir ein letztes Mal mit den Fingern durch die Haare, atmete tief durch und schaute in den Spiegel. Eigentlich war es schon nervenaufreibend genug, mit Hudson zusammen zu sein. Die Aussicht, mit einem Fotografen zu Abend zu essen, der es gewohnt war, berühmte Models und Prominente zu fotografieren, übte zusätzlichen Druck auf mich aus. Ich wollte nicht, dass er mich sah und dachte: *Oh Shit … wie soll ich die denn nur so fotografieren, dass man damit einen Damenduft verkaufen kann?*

Doch es war, wie es war, und wenn ich noch weitere fünf Minuten an mir herummachte, würde das nichts ändern. Also ging ich ins Wohnzimmer und schnappte mir meine Handtasche vom Couchtisch. Ich warf ein paar Sachen hinein und klappte sie zu. »Hast du heute Nachmittag alles geschafft, was du wolltest?«

Hudson stand auf. »Ich schon. Und du?«

»Das meiste habe ich geschafft. Aber dann konnte ich nicht widerstehen, den Whirlpool auszuprobieren.«

»Hast du einen Badeanzug bekommen?«

Ich schüttelte den Kopf und grinste. »Ich bin ohne reingegangen.«

Hudsons Blick glitt über mich, und er brummte: »Wir sollten gehen.«

Seine frustrierte Reaktion gab mir den Vertrauensschub, den ich in diesem Moment brauchte. Hudson beeilte sich, mir die Tür der Suite aufzuhalten, was mich zum Kichern brachte. Nebeneinander gingen wir zum Restaurant des Hotels.

»Hast du Phoenix schon mal getroffen?«, fragte ich.

»Nein. Ich dachte, es dürfte nicht allzu schwer sein, ihn zu finden. Fotografen haben meist ein bestimmtes Aussehen, und er wird allein sein.«

Als wir uns im Restaurant anmeldeten, sagte die Oberkellnerin, dass der andere Gast unserer Gruppe bereits angekommen sei und an der Bar einen Drink zu sich nehme. Wir wollten zu ihm gehen, doch an der Bar saßen mehrere Männer allein.

»Was glaubst du, welcher ist es?«, fragte ich.

Hudson sah sich um und deutete auf einen Typen am anderen Ende der Bar. Er hatte struppiges Haar, ein knallbuntes Hemd und Armbänder am Arm – er sah total trendy aus.

»Der.« Er zeigte auf ihn.

Die beiden anderen Männer konnte ich zwar nur von hinten sehen, aber einer hatte graue Haare und trug ein Tweed-Jackett und der andere breite Schultern wie ein Footballspieler, darum vermutete ich, dass Hudson recht hatte. Dennoch überließ ich ihm die Führung.

Er ging hinüber und fragte: »Phoenix?«

Der Typ schüttelte den Kopf. »Ich glaube, da haben Sie den falschen.«

»Entschuldigung.«

Hudson und ich schauten über den Tresen zu den anderen Männern, die wir nun beide von vorn sehen konnten – und ... wow, der Typ mit den Linebacker-Schultern war absolut umwerfend. Er bemerkte unseren Blick und lächelte.

Ich deutete mit dem Kinn in seine Richtung. »Ich glaube, das ist er.«

»Er sieht nicht wie ein Fotograf aus«, sagte Hudson.

»Ich weiß. Eher wie ein Model.«

Der Typ stand auf und kam auf uns zu.

»Ich nehme an, Sie sind von Signature Scent?«, sagte er.

»Ja genau.« Ich lächelte. Ich wollte eigentlich nicht so fröhlich und eifrig klingen, aber ich glaube, es kam so rüber, denn Hudson warf mir einen seltsamen Blick zu, als ich meine Hand ausstreckte. »Stella Bardot. Schön, Sie kennenzulernen.«

»Ah. Meine Muse.« Er nahm meine Hand und gab mir einen Handkuss. »Ich sehe schon, das ist ein leichter Job.«

Hudson setzte eine teilnahmslose Miene auf, als er sich vorstellte und dem gut aussehenden Mann die Hand schüttelte, doch ich sah einen finsteren Ausdruck in seinen Augen.

Wir baten um einen Tisch, und ich ging voraus und folgte der Kellnerin zu unseren Plätzen. Ich bemerkte, dass mehr als nur eine Frau den Kopf drehte und die Männer hinter mir musterte. Ich konnte es ihnen nicht verübeln. Hudson und Phoenix sahen sehr unterschiedlich aus, aber jeder war auf seine Art umwerfend.

Hudson wollte den Stuhl für mich herausziehen, aber Phoenix kam ihm zuvor.

»Danke«, sagte ich.

Sobald wir saßen, begann Phoenix das Gespräch.

»Also, wie lange modeln Sie schon?«, fragte er mich.

»Oh, ich bin kein Model. Ich habe Signature Scent erfunden.«

»Wirklich? Ich hätte es Ihnen ohne Weiteres abgenommen.«

Hudson nahm die Getränkekarte in die Hand und brummte.

»Die Information, wen Sie fotografieren, stand in dem Schreiben, das das Marketing Ihnen geschickt hat. Das müssen Sie wohl übersehen haben.«

Ich versuchte, Hudsons Kommentar zu überspielen. »Wie lange fotografieren Sie schon?«

»Beruflich, etwa fünf Jahre. Davor war ich zehn Jahre lang Model, so habe ich das Geschäft gelernt. Models altern ziemlich schnell. Obwohl ich noch ganz gut gebucht war, habe ich ein paar Kurse belegt, damit ich etwas habe, auf das ich danach zurückgreifen kann.«

»Schlau.«

»Sie haben also das Produkt erfunden *und* sind das Model? Schönheit und Köpfchen. Ihr Mann ist ein Glückspilz.«

»Danke.« Ich wurde rot. »Aber ich bin nicht verheiratet.« Phoenix lächelte, und Hudson rollte mit den Augen.

Ich nahm mir vor, Hudson in das Gespräch einzubinden und weitere Flirtversuche abzuwenden. Obwohl mir Phoenix' Aufmerksamkeit schmeichelte und es amüsant war, bei dem Mann zu meiner Linken etwas Eifersucht aufblitzen zu sehen, dies war ein Geschäftsessen. Außerdem war es egal, wie gut Phoenix aussah, ich hatte kein Interesse an ihm.

Ich war mir nicht sicher, ob es an meinen Bemühungen lag oder vielleicht an den zwei Scotch auf Eis, die Hudson während des Essens trank, aber er schien sich allmählich zu entspannen. Wir sprachen über Signature Scent – von der Entwicklung bis hin zu den Marketingplänen, die Olivia sich ausgedacht hatte.

Als die Kellnerin Kaffee und Dessert vorschlug, lehnte Hudson ab, also folgte ich seinem Beispiel.

»Wie wäre es, wenn wir morgen um neun Uhr anfangen?« schlug Phoenix vor. »Die Stylisten können um acht Uhr bei Ihnen sein. Ist die Garderobe schon fertig?«

Hudson antwortete. »Olivia hat mir eine Nachricht geschickt, dass die letzten Pakete vor einer Weile ins Hotel geliefert wurden.«

»Perfekt«, sagte Phoenix. »Ich denke, wir werden bis zum frühen Nachmittag fertig sein, dann können Sie noch ein bisschen die kalifornische Sonne genießen.«

Ich lächelte. »Oh gut. Ich bin zum ersten Mal hier und würde gerne etwas von der Stadt sehen.«

»Ich bin hier geboren und aufgewachsen. Wenn Sie Lust haben, kann ich Ihnen nach dem Dreh alles zeigen.«

Ich schielte zu Hudson und konnte sehen, dass er sauer war, aber er sagte nichts.

»Ehrlich gesagt …«, ich lächelte Phoenix höflich an, »… habe ich schon etwas vor. Aber vielen Dank für das Angebot.«

Wir gingen zu dritt in die Lobby. Hudson war ruhig, aber professionell, als er unserem Tischnachbarn gute Nacht sagte.

»Ich muss noch zur Rezeption und die Pakete abholen, die Olivia geschickt hat«, sagte Hudson, nachdem Phoenix gegangen war.

»Okay.« Ich nickte.

Ich wusste nicht, ob er sauer auf mich war oder einfach nur miese Laune hatte, jedenfalls behielt er seine strenge Miene bei, als er die Hotelangestellte nach der Lieferung fragte.

Sie tippte einige Tasten auf der Tastatur und schaute auf ihren Bildschirm. »Sieht so aus, als wäre alles auf Ihr Zimmer gebracht worden. Zimmer 238.«

»Okay, danke.«

Da Zimmer 238 seins war und ich die Sachen anprobieren musste, sagte ich: »Macht es dir etwas aus, wenn ich sie jetzt rasch bei dir abhole? Ich möchte mich heute Abend so gut wie möglich vorbereiten, damit morgen früh keiner auf mich warten muss.«

»Das ist gut.«

Wieder schwieg er, als wir uns auf den Weg zu seinem Zimmer machten. Er schloss die Tür auf und ließ mich eintreten, doch sobald sich die Tür hinter uns schloss, wurde die Stille ohrenbetäubend, und ich konnte es nicht mehr ertragen.

»Bist du … sauer auf mich?«

Hudsons Blick glitt zwischen meinen Augen hin und her. »Nein.«

»Okay … Bist du müde? Es war ein langer Tag mit der Reise und allem.«

Er schüttelte den Kopf. »Ich bin nicht müde.«

Ich nickte und wollte es eigentlich dabei belassen, doch nur für ungefähr dreißig Sekunden. Ich konnte einfach nicht anders. »Als ich gesagt habe, dass ich noch nie in L. A. war und gern etwas sehen würde, hatte ich es nicht darauf angelegt, dass er mich um ein Date bittet.« Ich schüttelte den Kopf. »Ich weiß nicht einmal, ob er mich um ein Date gebeten hat – aber was auch immer er mir angeboten hat, ich wollte ihn nicht dazu bringen, mir die Stadt zu zeigen.«

Hudsons Blick durchbohrte mich. »Oh, er hat dich um ein Date gebeten. Da kannst du dir sicher sein.«

»Aber ich …«

Er ließ mich nicht ausreden. »Du warst sehr höflich und professionell. Du hast nichts falsch gemacht.«

Ich schüttelte den Kopf. »Warum fühlt es sich dann so an, als würdest du das denken?«

Hudson starrte auf seine Füße, vermutlich waren es nur ein paar Sekunden, doch es fühlte sich wie eine Stunde an. Schließlich sah er mir in die Augen. »Ich bin nur ein eifersüchtiger Idiot. Ich wollte das nicht an dir auslassen. Tut mir leid.«

Oh … *wow.* Ich hätte nicht gedacht, dass er so ehrlich sein würde. Ich lächelte traurig. »Danke. Wenn die Rollen umgekehrt wären und der Fotograf ein schönes weibliches Ex-Model wäre, das dir die Stadt zeigen wollte, wäre ich auch eifersüchtig.«

Hudson sah mir in die Augen. »Weißt du, wir werden nicht eifersüchtig, wenn wir jemanden nicht haben wollen.«

»Es ging für mich nie um das Wollen. Es ist nur … es könnte so vieles schiefgehen.«

»Oder so vieles könnte richtig laufen.« Hudson zwang sich zu einem Lächeln und nickte. »Aber ich verstehe dich.« Er blickte sich im Raum um. »Ich sehe hier keine Kartons. Vielleicht im Schlafzimmer. Hast du eine Liste, was wir erhalten haben sollten?«

»Ja …« Ich seufzte. »Ich kann sie auf meinem Handy abrufen.«

Ich setzte mich auf die Couch und kramte mein Telefon aus der Handtasche. Als ich zu scrollen begann, bemerkte ich, dass etwas zwischen den Polstern steckte. Es sah aus wie ein Buch. Ohne darüber nachzudenken, zog ich es heraus und legte es auf den Beistelltisch, damit es nicht verloren ging. Doch als ich den Titel auf der Vorderseite entdeckte, machte ich große Augen.

Die Dornenvögel.

Hudson und ich hatten neulich über dieses Buch gesprochen. Er hatte gesagt, er hätte es nicht gelesen.

Ich nahm das Buch wieder in die Hand und begann, die Seiten durchzublättern. Nach etwa drei Vierteln steckte eine von Hudsons Visitenkarten als Lesezeichen zwischen den Seiten.

»Sie haben zwei Kartons …« Hudson erstarrte. Er sah mir in die Augen, sagte jedoch nichts.

»Liest du das gerade?«

Er stellte die Kartons vor mir auf den Couchtisch. »Du hast neulich gesagt, dass du es gut fandst. Ich lese viel, wenn ich unterwegs bin.«

Mein Herz schwoll in meiner Brust und ließ mich ein wenig atemlos zurück. Ich schüttelte den Kopf. »Du wusstest, dass ich es romantisch finde, dass Marco Amalias Lieblingsbücher liest.«

Hudson schwieg einen Moment, dann tippte er auf die Kartons. »Wie viele sollten noch kommen?«

»Ähm …« Ich hatte die Liste noch nicht gefunden und suchte jetzt nach Olivias E-Mail mit den Versandinformationen. »Ich glaube, das sind die letzten beiden. Die ganzen Requisiten werden morgen früh von einer Firma hier vor Ort geliefert.«

Er nickte. »Ich bringe dir die auf dein Zimmer.«

Ich schüttelte den Kopf. »Das ist schon okay. Das sind nur ein paar Outfits. Die kann ich mitnehmen.«

Hudson schob die Hände in die Hosentaschen und hielt den Blick gesenkt. Sein schüchternes Verhalten passte so gar nicht zu ihm.

Meine Gefühle wirbelten durcheinander, und ich stand da

und wusste nicht, was ich sagen sollte. Irgendwie fühlte sich das Gespräch über das Buch noch nicht abgeschlossen an. Schließlich wurde es unangenehm, also nahm ich die Kartons und dachte, es sei Zeit zu gehen.

»Noch mal vielen Dank für das Abendessen. Sehe ich dich morgen früh?«

»Ich komme runter zu deinem Zimmer, wenn es losgeht.«

»Okay. Danke.«

Er öffnete die Tür, und wieder trafen sich unsere Blicke. Warum fühlte es sich an, als würde mein Herz brechen? »Gute Nacht, Hudson.«

Ich schaffte es bis zu meinem Zimmer, konnte mich aber nicht dazu durchringen hineinzugehen. Mit zwei Kartons in den Armen starrte ich auf meine Tür.

Was zum Teufel mache ich hier?

In den letzten Wochen hatte ich ein Tagebuch gelesen und einem Mann die Daumen gehalten, dass er durch all seine süßen Gesten ein Mädchen eroberte. Doch in meinem Leben gab es einen Mann, der mir zuhörte, der mir verziehen hatte, dass ich mich auf die Hochzeit seiner Schwester geschlichen und ihm ein blaues Auge verpasst hatte. Ich hatte ihn mehr als einmal als Arsch bezeichnet, und doch hatte er mir geholfen, mein Geschäft auf die Beine zu stellen und mir die ganze Zeit zur Seite gestanden. Zudem war er ein liebender Vater, was viel über einen Mann aussagt. Nicht zu vergessen, dass ich mich lächerlich zu ihm hingezogen fühlte.

Warum also gehe ich das Risiko nicht ein?

Ich hatte mir eingeredet, dass es keine gute Idee sei, Geschäftliches mit Privatem zu vermischen, weil es mit Aiden nicht geklappt hatte. Aber mein Geschäft hatte bereits alle meine Erwartungen übertroffen, und dabei hatten wir noch nicht einmal die Website freigeschaltet. Das war es also nicht. Ich dachte zurück an mein Gespräch mit Hudson vor ein paar Minuten.

»Es könnte so viel schiefgehen«, hatte ich gesagt.

Aber vielleicht war es wichtiger, was er gesagt hatte. *»So vieles könnte richtig laufen.«*

In Wahrheit hatte ich Angst, etwas zu riskieren. Doch jetzt erkannte ich, dass mir dadurch etwas Wunderschönes entgehen könnte.

Meine Handflächen wurden feucht, denn ich wusste, was ich zu tun hatte. Ich wusste auch, dass ich kneifen würde, wenn ich in mein Zimmer ginge und anfinge, zu viel nachzudenken. Also musste es sofort sein.

Jetzt.

Ich ließ die Kartons auf den Boden vor meiner Tür fallen und eilte zurück zu Hudsons Zimmer. Als ich vor seiner Tür stand, wollte ich mir zunächst einen Moment Zeit nehmen und mich sammeln. Doch dann hätte ich womöglich Zeit, die Nerven zu verlieren. Also zwang ich mich, einfach zu klopfen – wobei es bei all dem Adrenalin, das mich durchströmte, ziemlich stürmisch geriet. Es klang wie ein sehr lautes und schnelles Trommeln.

Hudson riss mit wütendem Gesicht die Tür auf, doch als er mich sah, schaltete er in den Beschützermodus.

»Was ist passiert? Ist alles okay?« Er machte einen Schritt aus seinem Zimmer und sah in beide Richtungen den Flur hinunter. »Stella, was ist los? Ist alles in Ordnung?«

»Es ist alles g…«

Mitten im Satz vergaß ich, was ich sagen wollte. Als er die Tür aufgerissen hatte, war ich erschrocken und hatte nur sein wütendes Gesicht gesehen. Aber jetzt …

Ich konnte den Blick nicht von ihm lösen.

Mein Gott.

Hudson hatte sein Hemd aufgeknöpft. Der Gürtel um seine Hose war geöffnet und der Reißverschluss heruntergezogen, darunter kamen dunkle Boxershorts zum Vorschein. Doch nicht die Tatsache, dass er halb entkleidet war, machte mich sprachlos, sondern das, was sich unter der Kleidung befand.

Ich wusste, dass er trainierte, also hatte ich erwartet, dass er gut in Form war. Aber Hudson war nicht nur einfach gut trainiert, er war … umwerfend. Wunderschöne, glatte gebräunte Haut, definierte Brustmuskeln und ein Sixpack. Eine schmaler Streifen Haare führte von seinem Bauchnabel hinunter in die Boxershorts, und der Anblick ließ mir das Wasser im Munde zusammenlaufen.

»Stella? Ist alles okay?«

Als ich die Sorge in seiner Stimme hörte, blinzelte ich ein paarmal.

»Oh … ja. Mir geht's gut.« *Wenn auch nicht so gut wie dir.*

»Du hast an meine Tür geklopft, als ob es brennen würde oder so.«

»Tut mir leid.« Ich schüttelte den Kopf. »Ich hatte nur Angst.«

»Angst? Wovor? Wegen der Aufnahmen morgen?«

»Nein … ja … nein … also, ja, ich habe Angst wegen des Shootings, aber deshalb habe ich nicht an deine Tür geklopft.«

Hudson sah immer noch verwirrt aus.

Na klar, warum auch nicht, wenn ich wie eine Idiotin brabbelte? Also holte ich tief Luft und beruhigte mich.

»Ich … ich … willst du morgen Abend mit mir essen gehen?«

»Abendessen?«

Ich nickte und schluckte. »Ja … wie ein Date?« Alle Verwirrung und Wut verschwanden aus seinem Gesicht. Er schüttelte den Kopf. »Das wurde aber auch Zeit.« Ich rollte mit den Augen. »Sei nicht so eingebildet. Willst du oder nicht?«

Er lächelte. »Ja, ich würde sehr gerne mit dir ausgehen, Stella.«

Mein Magen schlug einen kleinen Purzelbaum. Ich fühlte mich plötzlich wie auf der Schule, wenn der beliebteste Junge mir gesagt hatte, dass er mich auch mochte. Nervös schaute ich nach unten. »Okay, also dann morgen? Nach dem Shooting. Gehen wir essen oder so?«

Hudson sah amüsiert aus. »Ja, so läuft das normalerweise – Abendessen oder so.«

Ich sah ihn finster an. »Das fällt mir nicht leicht, weißt du? Du musst es nicht noch schwieriger machen, indem du dich wie ein Idiot verhältst.«

Seine Augen funkelten. »Ich arbeite daran.«

»Gut.« Ich hatte noch nie in meinem Leben einen Mann um ein Date gebeten, also war ich mir nicht sicher, was als Nächstes kam. Doch als ich mich dabei ertappte, wie ich nervös an meinem Ring zu drehen begann, dachte ich, es sei das Beste, gute Nacht zu sagen. »Na gut, dann bis morgen.«

Ich wollte gerade gehen, doch da trat Hudson einen weiteren Schritt vor und ergriff meine Hand. »Warte mal kurz. Du hast etwas vergessen.«

Ich sah ihn verwirrt an. »Was?«

Er zog an meiner Hand, sodass ich stolperte und gegen seine Brust fiel. Dann beugte er sich mit einer schnellen Bewegung nach unten, hob mich hoch und drehte uns um, sodass ich mit dem Rücken an seiner Zimmertür lehnte. Ich schlang die Beine um seine Taille, und Hudson drängte sich gegen mich und hielt mich mit seinem Körper fest. Er legte die Hände auf meine Wangen und sah mir in die Augen.

»Das hast du vergessen, Süße.«

Hudson presste seinen Mund auf meinen. Das Keuchen, das mir gerade über die Lippen kam, wurde erstickt und verschwand zusammen mit jeglicher Schüchternheit, die ich noch vor einer Minute empfunden hatte. Ich fuhr mit den Fingern durch sein dichtes Haar, zog daran und wollte ihn noch näher spüren.

Hudson stöhnte. Er neigte meinen Kopf, um den Kuss zu vertiefen, und unsere Zungen trafen voller Verlangen aufeinander.

Nun gab es kein Halten mehr. Hudson rieb sich zwischen meinen Beinen, ließ eine Hand zu meinem Hinterkopf gleiten und griff in mein Haar. Seine Grobheit, gepaart mit dem Gefühl seines warmen, festen Körpers, der sich gegen mich drängte, löste ein Stöhnen tief in meinem Inneren.

»Fuck«, knurrte Hudson, als sich sein Mund zu meinem Hals bewegte. Er saugte an meiner Pulslinie entlang, bevor er sich zurück zu meinen Lippen küsste. »Mach das noch mal. Mach noch mal dieses Geräusch.«

Ich hatte es nicht bewusst erzeugt, also war ich nicht sicher, ob ich es wiederholen konnte. Doch als er seinen Schwanz zwischen meinen gespreizten Beinen auf und ab rieb, musste ich mir darüber keine Gedanken mehr machen, denn es stieg erneut tief aus mir auf.

Hudson stöhnte. »Fuck, ja.«

Ich wusste nicht, wie lange wir so blieben – uns aneinander rieben und uns erforschten – doch als wir unsere Lippen schließlich voneinander lösten, keuchten wir beide. Ich tastete nach meinen geschwollenen Lippen. »Wow.«

Ein Lächeln erschien auf Hudsons Gesicht, und er lehnte seine Stirn gegen meine. »Hat ja auch lange genug gedauert.«

Ich lachte. »Halt die Klappe. Ich hatte allen Grund, Angst zu haben.«

Hudson strich mir eine Haarsträhne aus dem Gesicht, und sein Gesicht wurde weicher. »Du brauchst keine Angst zu haben. Ich werde dir nicht wehtun. Außer vielleicht ein bisschen beißen.«

Ein Geräusch am anderen Ende des Flurs unterbrach den intimen Moment. Ein älteres Paar kam den Flur herunter auf uns zu.

»Mist«, sagte Hudson und setzte mich auf dem Boden ab. In einer bewundernswert geschickten Bewegung zog er mein schwarzes Kleid herunter und richtete es für mich.

Ich lachte und deutete mit dem Blick auf seine Hose hinunter. »Ähh … ich glaube, ich bin nicht diejenige, deren Aussehen hier obszön wirken könnte.«

Hudsons runzelte die Stirn, bis er nach unten blickte und seine Erektion sah, die sich aus seiner Hose wölbte. »Verdammt.«

»Mach dir keine Sorgen«, sagte ich. »Ich mach das.« Ich trat schützend vor ihn, bis das Paar vorbei war. Dann zog er seinen Reißverschluss hoch und schloss seinen Gürtel.

»Komm«, sagte er, »ich bringe dich zu deinem Zimmer.«

»Das ist nicht nötig.«

»Es liegt auf meinem Weg.«

Ich stutzte. »Auf dem Weg wohin?«

»Zur Rezeption. Ich habe mich aus meinem Zimmer ausgesperrt.«

Ich kicherte. »Geschickt, Rothschild. Geschickt.«

Er antwortete mit einem Klaps auf meinen Hintern. »Sei

nett, oder ich benehme mich an deiner Tür nicht wie ein Gentleman.«

»Vielleicht will ich nicht, dass du ein Gentleman bist.«

Er legte einen Arm um meine Schulter, und wir gingen los. »Ich sagte, ich werde ein Gentleman sein, wenn wir *an* deiner Tür sind. Glaub mir, sobald wir an einem etwas privateren Ort sind, ist der Mist vergessen, jetzt, wo du mir gehörst.«

»Oh, jetzt gehöre ich also dir?«

Als wir meine Tür erreichten, küsste mich Hudson sanft auf die Lippen. »Das tust du schon eine ganze Weile, Süße. Du hast es nur endlich zugegeben.«

Ich verdrehte die Augen, als wäre das arrogant, aber es war die Wahrheit.

Ich griff nach seinem Hemd. »Willst du … mit reinkommen?«

Er strich mir über die Wange. »Ja, will ich. Aber nein, ich komme nicht mit. Du musst morgen früh aufstehen. Außerdem verdienst du ein nettes Date, und das bekommst du, bevor wir weitergehen. Wenn ich mit in dein Zimmer komme, *werde* ich am Ende versuchen, dich nackt zu haben. Es ist unmöglich, dir zu widerstehen. Vertrau mir, ich habe es verdammt noch mal versucht.«

Ich lächelte und stellte mich auf die Zehenspitzen für einen weiteren süßen Kuss. »Gute Nacht, Hudson.«

»Schön, dass du endlich auf das Flüstern gehört hast, Süße.«

»Ich hatte nicht wirklich eine Wahl. Das Flüstern war in letzter Zeit eher wie ein Schreien.«

21. Kapitel

Hudson

Am nächsten Morgen erschien ich um halb acht vor Stellas Tür.

Als sie öffnete, war sie nur in ein Handtuch gewickelt. »Hey. Du bist früh.«

Mein Blick glitt über reichlich cremefarbene nackte Haut. Ich schüttelte den Kopf. »Sieht aus, als käme ich genau richtig.«

Sie kicherte, und das Geräusch war vielleicht sogar noch schöner als die Aussicht, und die war schon verdammt spektakulär.

Stella ging ins Zimmer. »Die Stylisten kommen um acht, also habe ich mit dem Duschen gewartet, damit meine Haare noch feucht sind.«

In ihrer Suite zu sein fühlte sich völlig anders an als gestern. Zum Beispiel konnte ich jetzt das hier tun.

Kaum schloss sich die Tür hinter uns, nahm ich sie in die Arme und presste meine Lippen auf ihre. Letzte Nacht war ich mit dem Gedanken eingeschlafen, wie sie schmeckte, und heute Morgen hungrig aufgewacht. Das leise Stöhnen, das mich gestern fast umgebracht hatte, ertönte erneut – es wanderte von ihren Lippen zu meinen und von dort geradewegs zu meinem Schwanz.

Shit.

Wahrscheinlich würde sie mich nicht aufhalten, wenn ich das Handtuch lösen würde, doch das würde alles nur noch schlimmer machen. Wenn ich mich schon bei einem Kuss wie ein Wilder fühlte, würde es auf keinen Fall reichen, sie ganz zu sehen. Also riss ich mich von ihr los.

Stella hob die Hand und strich sich mit zwei Fingern über ihre Unterlippe. »Ich glaube, ich habe noch nie gespürt, was im Kopf von jemandem vorging, nur indem ich ihn geküsst habe.«

»Wie meinst du das?«

»Deine Küsse sagen so viel aus. Ob es ein zarter Kuss auf die Lippen ist oder was gerade passiert ist, ich weiß einfach, was in deinem Kopf vorgeht, wenn sich unsere Lippen treffen.«

»Ach ja?«, sagte ich. »Und was ging gerade in meinem Kopf vor?«

»Du wolltest mir das Handtuch abnehmen, aber du wusstest, dass das keine gute Idee ist, weil die Leute jeden Moment hier sein werden.«

Meine Augenbrauen schossen hoch. »Woher zum Teufel wusstest du das?«

Sie schüttelte den Kopf. »Keine Ahnung. Ich wusste es einfach.«

»Das ist gefährlich – für mich.«

Sie lächelte und rückte die Ecke zurecht, an der sie das Handtuch festgesteckt hatte. »Ich sollte mich anziehen, bevor die anderen ankommen.«

Sosehr es mir auch widerstrebte, dass sie sich anzog, ich wollte ihr Aussehen auf keinen Fall mit irgendjemandem teilen – vor allem nicht mit diesem Vollpfosten von Fotografen. Ich nickte. »Geh nur.«

Stella ging, rief jedoch von der Schlafzimmertür aus: »Hudson?«

»Ja?«

Sie ließ das Handtuch auf den Boden fallen.

Ich stöhnte auf. Das würde ein langer Tag werden. Bevor Stella mit dem Anziehen fertig war, traf der Erste ein. Dig – zumindest war ich mir ziemlich sicher, dass er das gebrummt hatte, als er sich vorstellte – war Stylist. Er rollte einen Koffer heran und schaute sich um, wo er sich einrichten sollte.

Eine Minute später klopfte die Maskenbildnerin, gefolgt von drei Typen, die Mietmöbel anlieferten, dem Zimmerservice, einem Lichttechniker und irgendeinem x-beliebigen Typen, dessen Akzent so stark war, dass ich keine Ahnung hatte, was er machte. Sie alle stürzten sich auf Stella, sobald sie aus dem Bad kam.

Nachdem sie fünfundvierzig Minuten von einem Team von Leuten zurechtgemacht worden war, wirkte sie etwas überfordert. Also machte ich einen Teller mit etwas Obst und einem Croissant aus dem Frühstücksangebot zurecht und stellte ihn ihr hin.

»Hast du schon etwas gegessen?«

Stella schüttelte den Kopf.

Ich schaute die Friseurin an, die gerade ihre Haare auf Lockenwickler gedreht hatte, und dann zu den beiden Jungs, die sie flankierten. »Könntet ihr fünf Minuten Pause machen?«

»Oh … natürlich.«

Ich deutete mit dem Kopf auf die Tabletts mit dem Essen. »Warum nehmt ihr euch nicht etwas zu essen? Draußen auf der Terrasse steht ein Tisch.«

Als nicht mehr an ihr herumgemacht wurde, atmete Stella

tief aus. »Danke. Woher wusstest du, dass ich eine Pause brauche?«

Ich zuckte mit den Schultern. »Genauso wie du wusstest, dass ich bei dem Kuss vorhin kurz davor war, dir das Handtuch vom Leib zu reißen.«

Sie lächelte und hob die Banane auf, die ich ihr auf den Teller gelegt hatte. Als sie sie schälen wollte, sah sie meine Nachricht und las laut vor.

»*Ich kann es nicht erwarten, dir meine Banane zu zeigen.* Ooh …« Sie kicherte. »Diese Nachrichten gefallen mir immer besser.«

Ich lächelte, zeigte aber auf ihren Teller. »Iss. Die sind in ein paar Minuten wieder hier, um dir noch mehr Make-up ins Gesicht zu klatschen.«

»Wenn ich es mir recht überlege, hebe ich mir das für später auf.« Stella legte die Banane weg und nahm sich ein Stück Melone. »Also, was machen wir heute Abend bei unserem Date? Ich weiß, dass ich dich um ein Date gebeten habe, aber ich bin zum ersten Mal in Kalifornien.«

»Ich dachte, ich gebe dir etwas zu essen und zeige dir L. A., da du noch nie hier warst.«

»Das klingt fantastisch.« Sie biss in die Melone und machte ein genüssliches Geräusch. »Mmmmmh, das ist eine richtig gute Melone.«

»Ich habe heute um vier Uhr einen Telefontermin, den ich nicht verschieben konnte, aber wenn wir hier früh genug fertig werden, kann ich das auch unterwegs erledigen.«

»Wenn du zu beschäftigt bist …«, sie grinste, »kann ich immer noch Phoenix bitten, mich herumzuführen.«

Meine Augen verengten sich. Stella führte die Melone zu ihren Lippen, um einen weiteren Bissen zu nehmen, doch ich fing ihr Handgelenk ab und leitete die Frucht zu meinem eigenen Mund um, wobei ich an ihren Fingern knabberte.

»Aua …«

»Du hast Glück, dass wir hier Publikum haben, sonst würde ich dich übers Knie legen und dir für diesen Kommentar den Hintern versohlen.«

Sie kicherte. »Wir könnten ins andere Zimmer gehen …«

»Bring mich nicht in Versuchung, Süße.« Mein Blick fiel auf ihre Lippen. »Ich lasse sofort die Suite räumen, wenn du dieses Spiel spielen willst.«

Stellas Augen funkelten und forderten mich auf, meine Drohung wahr zu machen, doch ein Klopfen an der Tür unterbrach unser Geplänkel.

Es kostete mich alle Mühe, eine freundliche Miene zu bewahren, als Phoenix vor der Tür stand. Ich begrüßte ihn mit einem knappen Nicken. »Morgen.«

Der Wichser ging direkt auf Stella zu, ohne mich überhaupt zu beachten.

Ich schloss die Tür hinter ihm und brummte: »Freut mich auch, Sie zu sehen.«

Da es vermutlich nicht geschickt war, sich schon vor dem ersten Date wie ein eifersüchtiger Freund zu verhalten, dachte ich, ich schaue mal, was draußen los ist. Die Requisiteure hatten auf der Terrasse gearbeitet, seit sie angekommen waren.

Der kleine Außenbereich war in eine Art Labor verwandelt worden. Es stand dort ein Tisch mit Bechern und Geräten, aber auch Gläser mit leuchtend roten Rosenblättern, Sand und verschiedenen bunten Blumen. An der Vorderseite des Tisches prangte das Signature-Scent-Logo, und auf einem Spiegeltablett waren die verschiedenen Flakons ausgestellt, in denen das Parfüm geliefert wurde. Dig trat zu mir und wischte sich den Schweiß von der Stirn. »Was meinen Sie?«

»Es sieht toll aus.«

»Ja, als ich die Liste mit den Sachen gesehen habe, die wir zusammenstellen sollten, war ich mir keineswegs sicher, wie es aussehen würde. Schien mir eine seltsame Kombination zu sein. Aber jetzt verstehe ich es, vor allem, wenn das Model noch mit im Bild ist.«

Ich wusste, dass meine Schwester wach sein würde und es zu schätzen wusste, den Aufbau zu sehen, also machte ich ein paar Fotos und schickte sie ihr.

Olivia: Es sieht fantastisch aus! Ich bin ein Genie.

Ich lachte und antwortete.

Hudson: Sehr bescheiden.

Olivia: Wo ist Stella? Ich will wissen, wie sie aussieht.

Ich drehte mich um und sah, wie der Friseur die Lockenwickler herausnahm, während eine Frau ihr noch mehr im Gesicht herummalte.

Hudson: Sie arbeiten noch an ihr.

Olivia: Schick mir ein paar Bilder, sobald sie anfangen! Ich wette, sie ist ein Knaller.

Natürlich ist sie das. Ich schaute wieder in die Suite, und mein Blick begegnete dem von Stella. Ihre Mundwinkel kräuselten sich zu einem süßen Lächeln, das sie zu unterdrücken versuchte, aber nicht konnte. Das wusste ich, weil es mir an den meisten Tagen, seit ich sie getroffen hatte, genauso gegangen war.

Der Rest des Vormittags verlief chaotisch und verging wie im Flug. Stella sah bei dem Shooting fantastisch aus. Da musste man nur den guten alten Phoenix fragen – der hatte es ihr oft genug gesagt. Ich verstand, dass Fotografen ihre Schützlinge mit Komplimenten ermutigen mussten, um sie für das Shooting aus ihrem Schneckenhaus zu locken. Es war allerdings ein Unterschied, ob man einem Model sagte, dass es sich gut machte und wunderschön aussah, oder ob man schwärmte, wie sexy es aussehe und es *Schatz* und *Süße* nannte. Jedes Mal, wenn er Stellas Haare neu ordnete oder ihren Kragen zurechtrückte, beobachtete ich den Lackaffen wie ein Falke.

Als wir Mittagspause machten, schlug die Stylistin vor, dass Stella sich umziehen sollte, damit nichts auf ihr Outfit käme. Sie ging ins Bad und kam in Shorts und einem Tanktop wieder heraus.

»Wie war ich? Es ist nicht leicht, so lange zu lächeln. Ich kam mir vor wie Joaquin Phoenix als Joker.«

»Nein. Du warst toll. Vielleicht ein bisschen was von Heath Ledger, aber nicht so schlimm wie Joaquin.«

Stella boxte mir aus Spaß gegen den Bauch. Sie stand mit dem Rücken zu ihm und bemerkte nicht, dass Phoenix draußen auf der Terrasse an einem Klapptisch Platz genommen hatte, direkt auf der anderen Seite der Glasschiebetüren. Ich bemerkte es allerdings. Darum ergriff ich Stellas Hand, zog sie an mich und strich ihr eine Haarsträhne aus dem Gesicht.

»Du machst das toll. Du siehst wunderschön aus, und die Anzeigen werden perfekt.«

»Das sagst du nur, weil du mir an die Wäsche willst.«

Ich schob zwei Finger unter ihr Kinn und neigte ihren Kopf nach oben. »Ich sage es, weil es stimmt. Obwohl ich dir an die Wäsche will. Küss mich.«

Sie lächelte, stellte sich auf die Zehenspitzen und presste ihre weichen Lippen auf meine. Ich hätte sie am liebsten richtig geküsst, aber das wollte ich nicht, solange die ganze Crew im Nebenzimmer und draußen auf der Terrasse war. Als ich aufsah, fiel mein Blick auf Phoenix, der das Ganze gerade beobachtet hatte. *Damit wäre das wohl erledigt …*

Die Nachmittagssession verlief genauso reibungslos wie die am Morgen, nur dass der Fotograf wesentlich professioneller war. Ich machte ein paar Fotos von Stella mit all den Requisiten und schickte sie an meine Schwester. Doch das Foto, auf dem sie sich über den Zaun beugte, um an einem Strauß lila Blumen zu riechen, als sie dachte, niemand würde es sehen, das war für mich.

Um drei Uhr beendete der Fotograf schließlich den Tag. Alle fingen an aufzuräumen, und Stella ging ins Bad, um sich wieder umzuziehen.

Während Phoenix seine Kamera zerlegte und die Teile in einen Koffer packte, sah er zu mir hoch. »Ich habe eine Menge gutes Material. Ich gehe alles durch und überarbeite die Aufnahmen, die ich für die besten halte. Aber ich schicke Ihnen auch die unbearbeiteten Muster, falls Ihnen eine Aufnahme ins Auge sticht, die ich nicht ausgewählt habe. Ich weiß, dass Sie die Sachen so schnell wie möglich brauchen, also bekommen Sie alles bis Montag.«

Ich nickte. »Danke.«

Er klappte seine Kameratasche zu. »Und … ich muss mich bei Ihnen entschuldigen. Ich wusste nicht, dass Sie und Stella …«

Ich hätte ihm sagen können, dass es noch frisch war oder dass sie gestern Abend beim Abendessen noch nicht einmal zugestimmt hatte, mit mir auszugehen – ich hätte ihn vom Haken lassen können. Doch stattdessen sagte ich nur: »Kein Problem.«

»Danke.« Er streckte seine Hand aus. »Sie scheint ein tolles Mädchen zu sein.«

Ich schüttelte ihm die Hand und drückte sie fester, als es sich gehörte. »Frau. Sie ist eine großartige *Frau.*«

Er hielt beide Hände hoch. »Verstanden.«

Als alle gegangen waren, war es fast vier, und ich musste mein Telefonat führen. Dafür brauchte ich meinen Laptop, der in meinem Zimmer war.

Ich nahm Stellas Hand. »Hast du immer noch Lust, heute Abend auszugehen?«

»Auf jeden Fall. Aber ich würde gerne schnell duschen, wenn es dir nichts ausmacht. Mit der ganzen Schminke fühle ich mich, als hätte ich eine Schlammmaske auf, und in meinen Haaren kleben zehn Pfund Haarspray.«

»Ich hab um vier Uhr das Telefonat. Also, warum kommst du nicht in mein Zimmer, wenn du so weit bist?«

»Okay.«

Stella begleitete mich zur Tür. »Wohin gehen wir heute Abend, damit ich weiß, was ich anziehen soll?«

»Zieh dir etwas an, das sexy ist.«

»Okay. Dann ist es also schick?«

»Nicht wirklich. Ich möchte nur, dass du etwas anhast, das sexy ist.«

Sie lachte. »Ich gebe mein Bestes.«

Ich beugte mich zu ihr hinunter und küsste sie auf die Wange. »Dazu musst du dich kein bisschen anstrengen.«

»Wow. Das ist wunderschön.« Stella ließ sich auf ihrem Platz nieder und blickte auf den Ozean. Ich hatte sie zu *Geoffrey's* in Malibu geführt, weil es ein schöner Abend war und das Essen auf der hinteren Terrasse einen unschlagbaren Blick aufs Meer bot. Ach was – was sie anschaute, konnte mit dem, was ich gerade sah, nicht mithalten.

»*Du* siehst wunderschön aus.«

Stella wurde rot. »Danke.«

Ich liebte es, dass sie so bescheiden war. Die Frau hatte tatsächlich keine Ahnung, dass sich jeder nach ihr umgedreht hatte, als wir durch das Restaurant gegangen waren.

»Hast du hier schon mal gegessen?«

»Ja. Ein Kunde hat mich vor ein paar Jahren hierhergeführt. An den meisten Orten hat man entweder eine gute Aussicht oder gutes Essen. Dies ist einer der seltenen Orte, an denen man beides bekommt.«

Sie hob die Stoffserviette vom Tisch und drapierte sie über ihren Schoß. »Ich habe tatsächlich einen Bärenhunger.«

Mein Blick fiel auf ihre Lippen, die mit dem gleichen kräftigen roten Lippenstift geschminkt waren, den sie heute beim Shooting getragen hatte. Ich musste vermutlich dankbar sein, dass sie normalerweise etwas Schlichteres trug, denn sonst würde ich im Büro nichts schaffen.

Ohne sie aus den Augen zu lassen, hob ich mein Wasserglas. »Ich auch.«

Stella bemerkte meinen anzüglichen Tonfall und sah mich mit funkelnden Augen an. »Ach ja? Sagen Sie, Mr Rothschild, was ist Ihre Vorstellung von einer *befriedigenden Mahlzeit*?«

Ich spürte, wie ich unter dem Tisch hart wurde. In ihrer Nähe fühlte ich mich wie ein geiler Fünfzehnjähriger. Und dass sie mich Mr Rothschild nannte? Ich hatte mich noch nie in Rollenspielen versucht, aber ich konnte mir vorstellen, dass wir es in naher Zukunft mit einer Chef-Sekretärin-Szene probieren würden.

Ich räusperte mich. »Wir sollten besser das Thema wechseln.«

Sie sah mich mit einem durch und durch unschuldigen Gesichtsausdruck an. »Warum?«

Ich sah mich um. Die Tische standen dicht beieinander, also lehnte ich mich vor und senkte meine Stimme. »Weil ich intensiv darüber nachdenke, was ich *eigentlich* essen möchte.«

Sie wurde rot. »Oh.«

Die Kellnerin kam, um unsere Getränkebestellung aufzunehmen. Stella studierte die Weinkarte, und ich war erleichtert, einen Moment zu haben, um mich wieder in den Griff zu bekommen. Ich schien heute Abend nur an das eine denken zu können, und sie sollte nicht den Eindruck bekommen, dass Sex das Einzige war, was mich interessierte – obwohl es sich in letzter Zeit durchaus so angefühlt hatte. Da es unser erstes Date war, sollte ich ihr vermutlich nicht sagen, dass ich mir jedes Mal, wenn sie rot wurde, vorstellte, welche Farbe ihre cremefarbene Haut beim Höhepunkt bekam.

Als die Kellnerin verschwand, um unseren Wein zu holen, lenkte ich das Gespräch in unverfänglichere Gefilde.

»Also, was willst du als Nächstes erobern, jetzt, wo Signature Scent fast startklar ist?«

Stella lehnte sich auf ihrem Stuhl zurück. »Dasselbe hat mich vor ein paar Wochen in einer der Pausen am Set jemand gefragt. Sie wollte wissen, ob ich vorhabe, ergänzende Produkte herauszubringen, wie zum Beispiel ein Eau de Cologne für Männer oder irgendetwas anderes, das mit Schönheit zu tun hat.«

»Und? Würdest du gerne?«

Sie zuckte mit den Schultern. »Vielleicht. Aber ich habe es nicht eilig. Ich möchte erst sichergehen, dass mit Signature Scent alles reibungslos läuft. Ich habe so lange nebenher Vollzeit gearbeitet, und nachdem ich meinen Job dann aufgegeben hatte, habe ich mich noch intensiver in die Sache gestürzt.« Stella hielt inne und blickte hinaus auf den Ozean. Lächelnd sagte sie: »Ich glaube, als Nächstes würde ich gerne das Glück erobern.«

Die Kellnerin brachte uns den Wein. Stella tauchte ihre Nase in das Glas, atmete ein und lächelte, also wusste ich, dass er gut war. Die Kellnerin füllte unsere Gläser und sagte, dass sie in ein paar Minuten zurückkäme, um die Bestellung aufzunehmen.

»Willst du damit sagen, dass dein Glückssystem nicht funktioniert?«, stichelte ich.

»Doch, absolut. Ich … aber vierzehn Stunden am Tag zu arbeiten bringt vielleicht finanzielle Befriedigung, aber das ist nicht das Einzige, was zählt.«

Mein Blick wanderte über ihr Gesicht. »Ja, das wird mir auch langsam klar.«

Sie lächelte und legte den Kopf schief. »Bist du glücklich?«

»Im Moment sogar sehr.«

Sie lachte. »Ich bin froh. Aber ich meinte im Allgemeinen, in deinem Leben.«

Ich trank von meinem Wein und dachte darüber nach. »Das ist eine ziemlich schwierige Frage. Ich glaube, es gibt Dinge in meinem Leben, mit denen ich sehr glücklich bin – meine Arbeit, meine finanzielle Stabilität, meine Freunde, meine Familie, meine aktuelle Dating-Situation.« Ich zwinkerte ihr zu. »Aber dann gibt es Dinge, mit denen ich nicht glücklich bin, wie meine Tochter nicht jeden Abend zu sehen, wenn ich nach Hause komme, in ein leeres Haus zu kommen …«

Stella nickte. »Ich glaube, ich habe in den letzten ein oder zwei Jahren vor allem mit dem Glück gerungen, weil sich mein

Leben ganz anders entwickelt hat, als ich es mir vorgestellt hatte. Ich musste meine ursprüngliche Vorstellung loslassen, um eine neue Geschichte zu schreiben.«

Wenn ich mir überlegte, dass ich diese Frau bei unserer ersten Begegnung für exzentrisch gehalten hatte. Und einige Zeit später stellte ich fest, dass sie das Leben fest im Griff hatte und ich hingegen noch viel lernen musste. Noch verrückter war, dass ich hoffte, ein Teil ihrer neuen Geschichte sein zu dürfen.

22. Kapitel

Hudson

Ich konnte nicht anders, ich musste sie einfach küssen.

Nachdem ich sie den ganzen Tag und Abend angeschaut, aber kaum berührt hatte, kam ich mir vor wie ein Mann, der seit Tagen ausgehungert war und nun ein großes saftiges Steak vor sich hatte. Als der Junge vom Parkservice loslief, um meinen Mietwagen zu holen, zog ich Stella an der Hand an die Seite des Gebäudes.

»Was machst du?«

»Dein Gesicht essen.«

Sie kicherte. »Es *essen*? Das klingt nicht sehr romantisch.«

»Vertrau mir.« Ich schlang einen Arm um ihre Taille und zog sie dicht an mich, während ich mit der anderen Hand ihren Nacken umfasste und ihren Kopf dorthin neigte, wo ich ihn haben wollte. »Ich werde dich mit Romantik überhäufen – dir ins Ohr flüstern und dir Nachrichten schicken, damit du weißt, dass ich an dich denke. Du solltest allerdings dein Telefon abschirmen, bevor du sie öffnest, sollten andere in der Nähe sein.«

Sie biss sich auf die Unterlippe, und ich stöhnte.

»Gib mir das.« Ich senkte den Mund zu ihrem, und sie überraschte mich zu Tode, als sie meine Lippe fing und hineinbiss.

Mit meiner Lippe zwischen den Zähnen zog sie den Kopf ein bisschen zurück und setzte ein böses Lächeln auf.

»Vielleicht esse ich zuerst dein Gesicht.«

Wir lachten beide noch, als ich meinen Mund für einen langen Kuss auf ihren presste. Ein Pärchen in der Nähe war das Einzige, was mich davon abhielt, sie direkt vor dem Restaurant zu befummeln.

Wir kehrten zur Parkstation zurück, und als unser Mietwagen vorfuhr, winkte ich dem Jungen, als er Stellas Tür öffnete. Ich gab ihm ein Trinkgeld, während sie einstieg.

Ich war froh, dass es eine Weile dauern würde, ihr den ganzen touristischen Quatsch zu zeigen, denn ich brauchte etwas Zeit, um mich nach diesem Kuss zu erholen.

Ich setzte mich hinter das Lenkrad und schnallte mich an. »Ich dachte, wir könnten uns das Hollywood Sign ansehen und dann zum Hollywood Boulevard fahren, um einen Spaziergang zu machen. Dort befindet sich der Walk of Fame. Morgen könnten wir uns vielleicht den Santa Monica Pier, Venice Beach und ein paar andere Orte ansehen.«

»Hättest du etwas gegen eine Planänderung?«, fragte sie. »Ich dachte, wir könnten einfach zurück ins Hotel fahren.«

Sosehr ich touristischen Mist auch hasste, ich hatte mich darauf gefreut, ihr die Stadt zu zeigen. Ich war definitiv noch nicht bereit, unser erstes offizielles Date abzubrechen. Aber heute war ein langer Tag für sie gewesen, also verbarg ich meine Enttäuschung.

»Klar. Natürlich. Du musst müde sein. Ich habe nicht nachgedacht.«

»Eigentlich …«, sie legte ihre Hand auf meinen Oberschenkel, »… bin ich überhaupt nicht müde.«

Und … die Frau überraschte mich einfach immer wieder.

Ich drehte meinen Kopf und fing ihren Blick auf. »Bist du sicher?«

Sie nickte und lächelte mich schüchtern an. »Wie lange dauert die Rückfahrt? Ich habe auf dem Weg hierher nicht aufgepasst.«

»Ungefähr eine halbe Stunde.« Ich setzte den Wagen in Bewegung. »Aber ich bringe uns in zwanzig Minuten hin.«

Auf dem Rückweg ins Hotel hörte ich Stella im Geiste immer wieder sagen, dass sie zurück ins Hotel wolle, während ich gegen ein halbes Dutzend Verkehrsregeln verstieß. Sie hatte die Karten offen auf den Tisch gelegt. Sie wollte mit mir allein sein, aber das bedeutete nicht unbedingt, dass sie Sex haben wollte. Das musste ich mir immer wieder sagen, denn sobald meine Lippen ihre auch nur berührten, war ich von null auf hundert.

Wir waren früh zum Abendessen gegangen, weil wir danach noch eine Stadtbesichtigung machen wollten, und als wir in die Hotellobby kamen, war es gerade einmal acht Uhr.

»Willst du etwas an der Bar trinken?«, fragte ich.

»Ich habe die Bar in meinem Zimmer nicht angerührt, und sie ist ziemlich gut bestückt.«

Ich lächelte. »Dann auf dein Zimmer ...«

Zurück in ihrer Suite schlüpfte Stella aus ihren Schuhen, während ich hinter die Bar ging, um zu sehen, was es gab. Sie hatte nicht übertrieben; die Auswahl war größer als in jedem anderen Hotelzimmer, in dem ich je gewohnt hatte.

Ich hob eine Flasche Merlot und eine große Flasche Gin hoch. »Ist dir eher nach mehr Wein oder nach etwas anderem?«

Stella kramte in ihrer Handtasche, seufzte entnervt und warf sie auf die Couch. »Hast du Kondome?«

Okay. *Es war offenbar etwas anderes angesagt.*

Ich stellte die Flaschen ab und trat hinter der Bar hervor, wobei ich ein paar Meter Abstand zwischen uns hielt.

»Ja.«

»Hast du sie jetzt dabei?«

Ich kicherte. »Ja, hab ich.«

Sie schluckte. »Ich habe vor ein paar Wochen wieder angefangen, die Pille zu nehmen. Aber man muss erst einen ganzen Monat dabei sein, bevor man verlässlich geschützt ist.«

Ich trat einen Schritt näher auf sie zu. »Kein Problem.«

»Wie viele hast du dabei?«

Ich riss die Augenbrauen hoch. »Was hast du vor?«

Sie lächelte mich schüchtern an. »Es ist schon eine Weile her bei mir. Eine *ziemlich* lange Weile.«

Ich lächelte und schloss den Abstand zwischen uns, strich ihr das Haar von der Schulter, beugte mich hinunter und hauchte einen sanften Kuss auf ihre cremefarbene Haut. »Ich habe zwei dabei. Aber ich habe noch mehr in meinem Koffer drüben in meinem Zimmer.«

»Okay …« Sie schaute für ein paar Sekunden weg, und ich konnte sehen, wie sich die Räder in ihrem Kopf drehten, als ihr Blick entrückt wirkte.

»Gibt es noch etwas, was du mir sagen …«

Ich kam nicht dazu, die Frage zu beenden, weil Stella sich in dem Moment auf mich stürzte. Überrumpelt stolperte ich ein paar Schritte zurück, schaffte es aber, sie in meinen Armen zu halten. Ich hatte den Begriff *Wie einen Baum besteigen* schon einmal gehört, aber ich hatte es noch nie erlebt. In einer Art Überraschungsangriff sprang sie hoch, schlang ihre Beine um meine Taille, ihre Arme um meinen Hals und presste ihre Lippen auf meine.

»Ich will dich«, murmelte sie an meinen Lippen.

So viel zu meiner Unsicherheit, wie weit wir gehen würden. Ihre Gier traf mich vollkommen unvorbereitet, aber ich fand es großartig. Ich hätte es langsam angegangen, mir Zeit genommen und nichts überstürzt. Aber das? Das war viel besser. Wir hatten noch die ganze Nacht Zeit, es langsam anzugehen. Mit langen Schritten trug ich sie durch das Wohnzimmer ins Schlafzimmer. Stella drückte ihre Brüste an mich und rieb ihre weit gespreizten Beine an meinem bereits harten Schwanz.

Ich stöhnte. »Und ich dachte, du wolltest es romantisch haben.«

»Ich glaube, ich würde mir jetzt lieber von dir das Gesicht auffressen lassen.«

Ich setzte sie auf dem Bett ab und ließ mich auf die Knie fallen. »Süße, das ist nicht das, was ich gleich essen werde …«

Ich war derart besessen von der Idee, mein Gesicht zwischen ihren Beinen zu vergraben, dass ich nicht sanft sein konnte, als ich ihr den Slip auszog. Ich griff nach oben, packte den dünnen Stoff ihres Tangas und riss ihn ihr vom Körper. Als ich das Keuchen aus ihrem Mund hörte, wäre ich fast gekommen, und dabei hatte sie noch keinen Finger an mich gelegt.

Ich schob ihr eines Bein weiter zur Seite und warf das andere über meine Schulter. Ihre Muschi war wunderschön nackt und glänzte, und mir lief das Wasser im Mund zusammen. Ich konnte es nicht erwarten, sie zu verschlingen. Ich duckte mich nach unten und strich mit der Zunge einmal vom einen Ende zum anderen. Als ich ihren Kitzler erreichte, saugte ich ihn tief in meinen Mund.

»Ahh …« Sie bog den Rücken durch.

Der Klang machte mich wild. Ich war so heiß, dass es mir nicht genügte, sie nur mit der Zunge zu befriedigen.

Also drückte ich mein ganzes Gesicht an ihre nasse Scham, benutzte meine Nase, meine Wangen, Kiefer, Zähne und Zunge. Währenddessen hielt ich inne, um tief einzuatmen. Ich musste Stella unbedingt später fragen, ob sie *dies* als einen ihrer individuellen tollen Düfte entwickeln könnte – nur für meine private Sammlung.

Während ich an ihr saugte und sie leckte, schob sie die Hüften gegen mich, und als sie meinen Namen schrie, wusste ich, dass sie kurz vorm Höhepunkt war. Also schob ich zwei Finger in sie hinein. Stellas Muskeln zogen sich fest zusammen, als ich in sie hineinpumpte.

Als sie erneut den Rücken durchbog, griff ich nach oben und drückte ihre Hüften auf die Matratze, um sie zu fixieren, während ich mein Festmahl fortsetzte.

Sie stöhnte. »Ah … ich … ah …«

Ich begann mir Sorgen zu machen, dass ich zur gleichen Zeit wie sie fertig werden könnte. In diesem Fall würde mein Finale in einer Dreihundert-Dollar-Hose stattfinden und an einen Teenager erinnern. Doch zu hören, wie sie die Kontrolle verlor, war einfach so verdammt gut, und im Grunde war es mir auch egal, wenn es passierte, denn ich konnte unmöglich aufhören.

Stellas Nägel gruben sich in meine Kopfhaut. Sie zerrte an meinen Haaren, während sie immer lauter stöhnte, und dann … ließ sie plötzlich los, und ich wusste, dass sie kam.

»Oh, Gott … *Ohhhhhh* … Gott …«

Ich machte weiter, leckte an ihr, bis jedes letzte Beben durch ihren Körper gerollt war. Dann wischte ich mir mit dem Handrücken das Gesicht ab, kroch auf das Bett und beugte mich über sie.

Stella hatte die Augen fest geschlossen, aber auf ihrem Gesicht lag ein breites Lächeln. Sie warf einen Arm über ihre Augen, um es zu verbergen. »Oh mein Gott. Wie peinlich.«

»Was ist dir peinlich?«

»Ich habe dich geradezu … angegriffen.«

»Und das war das Beste, was mir passiert ist, solange ich denken kann.« Ich zog ihren Arm von ihrem Gesicht, und sie öffnete ein Auge. »Greif mich an, wann immer dir danach ist.«

Sie biss sich auf die Lippe. »Du kannst … das wirklich gut.«

Ich lächelte. »Ich kann einiges ganz gut. Die Nacht fängt gerade erst an, Schätzchen.«

Sie öffnete das andere Auge, und ihr Ausdruck wurde weich. »Du hast mich *Schätzchen* genannt. Das gefällt mir.«

»Gut.« Ich küsste sanft ihre Lippen, bevor ich mich vom Bett hochschob.

Stella stützte sich auf ihre Ellbogen und beobachtete, wie ich in meine Schuhe schlüpfte. »Wohin gehst du?«

»In mein Zimmer.«

»Warum?«

Ich ging zu ihr und küsste sie auf die Stirn. »Um die restlichen Kondome zu holen. Zwei werden bei Weitem nicht reichen.«

23. Kapitel

Stella

Ich hatte noch nie so lange geschlafen.

Leise legte ich mein Telefon zurück auf den Nachttisch und erinnerte mich an die *vielen* Gründe, warum ich fast bis mittags geschlafen hatte. Wie oft hatten Hudson und ich Sex gehabt? Dreimal? Viermal? Es war Jahre her, dass ich mehr als einmal innerhalb von vierundzwanzig Stunden Sex gehabt hatte. Selbst zu Beginn der Beziehung mit Aiden konnte ich mich nur an eine Handvoll Male erinnern, in denen wir zweimal Sex gehabt hatten – und mehr war es ganz sicher nie gewesen. Ein Grinsen breitete sich auf meinem Gesicht aus, als ich mich an die letzte Nacht erinnerte – und an den frühen Morgen.

Hudson war unersättlich. Genau genommen wir beide. Wir hatten es in allen möglichen Stellungen getan – er oben, ich oben, von hinten … Aber am besten hatte es mir heute Morgen gefallen, als wir beide auf der Seite lagen und uns unterhielten. Ich werde nie die Verbindung zwischen uns vergessen, als er in mich hinein- und wieder herausgeglitten war und wir uns dabei in die Augen gesehen hatten. Es war wahrscheinlich das Intimste, was ich je erlebt hatte. Allein der Gedanke daran verschlug mir noch jetzt den Atem.

Ich lächelte noch immer bei der Erinnerung daran und überlegte, Mr Schlafmütze vielleicht mit dem Mund zu wecken. Doch als ich mich in der Erwartung umdrehte, Hudson würde hinter mir tief und fest schlafen, fand ich stattdessen nur ein leeres Bett vor.

Ich stützte mich auf einen Ellbogen und rief: »Hudson?«

Keine Antwort.

Doch nachdem ich jetzt wach war, musste ich aufstehen und Mutter Natur gehorchen. Als ich aus dem Bett kletterte, schmerzte mein gesamter Körper, doch für die lustvollen Stunden würde ich jeden Tag ein paar Schmerzen auf mich nehmen.

Nachdem ich im Bad fertig war, holte ich mein Telefon, um zu sehen, ob Hudson mir eine Nachricht hinterlassen hatte. Doch als ich um das Fußende des Bettes herumging, bemerkte ich, dass etwas auf seinem Kopfkissen lag – eine weiße Schachtel mit einer roten Schleife und einem gelben Klebezettel darauf.

Hatte um halb zwölf eine Telefonkonferenz. Wollte dich nicht wecken. Ich komme wieder, wenn ich fertig bin.
Bleib nackt.
PS: Fangen wir an, sie zu schreiben.

Fangen wir an, sie zu schreiben?

Was zum Teufel sollte das bedeuten?

Ich war mir nicht sicher, aber mein Lächeln strahlte, als ich die rote Schleife löste und die Schachtel öffnete. Darin befand sich ein wunderschönes, in Leder gebundenes Buch. Ich brauchte einen Moment, um zu verstehen, was es bedeutete, dann stiegen mir Tränen in die Augen.

»Fangen wir an, sie zu schreiben.« Gestern Abend beim

Abendessen hatte ich Hudson erzählt, dass ich mit meinem Glück gerungen hatte, weil die Dinge nicht so gelaufen waren, wie ich es mir vorgestellt hatte, dass ich die Vergangenheit loslassen und *eine neue Geschichte schreiben* musste.

Gott, erst das schönste sexuelle Erlebnis, das ich je gehabt hatte, jetzt noch ein schönes Geschenk. Daran könnte sich eine Frau gewöhnen.

In der nächsten halben Stunde schwebte ich förmlich, während ich duschte und mich für den neuen Tag fertig machte. Als ich mich gerade zu schminken begann, hörte ich, wie die Tür zu meiner Suite geöffnet und geschlossen wurde.

»Hudson?«

»Stella?«

Ich kicherte. »Ich bin im Bad und mache mich fertig.« Hudson kam mit zwei Tüten herein, hielt die eine hoch und sagte zu meinem Spiegelbild. »Frühstück.« Dann hob er die andere hoch. »Mittagessen. Ich war mir nicht sicher, worauf du Lust hast.«

»Wenn du in einer von beiden Kaffee hast, bin ich auf ewig deine beste Freundin.«

Er öffnete eine Tasche und holte einen Styroporbecher heraus. »Jack hat wohl gewonnen. Ich werde ihm Bescheid sagen müssen.« Ich lächelte, als ich mich umdrehte und den Kaffee entgegennahm. »Vielen Dank für das Tagebuch. Es ist wunderschön, und der Gedanke bedeutet mir sehr viel.«

Hudson nickte, zog einen zweiten Kaffeebecher aus der Tüte und löste die Plastiklasche vom Deckel. »Es gab auch Tagebücher. Aber ich war mir nicht sicher, ob du auch selbst schreibst oder lieber in denen anderer Leute schnüffelst.«

»Ich habe tatsächlich selbst noch nie Tagebuch geschrieben. Was lustig ist, denn ich habe das erste in der Absicht gekauft hineinzuschreiben. Es hat mich einfach auf einen ganz anderen Weg gebracht.«

»Oh, du gehst einen anderen Weg, alles klar …«

Ich lachte. »Halt die Klappe. Wann hast du das überhaupt besorgt? Du musst ziemlich früh aufgestanden sein, um zum Laden zu gehen und es herzubringen, bevor ich aufgewacht bin.«

»Ich habe es heute Morgen nach dem Joggen abgeholt.«

»Du warst joggen? Ich bin froh, dass ich es vom Bett in die Dusche geschafft habe.«

Hudson grinste. »Gut, mach dich fertig, dann komm raus und iss etwas, damit du Energie hast. Ich will los, um dir die Sehenswürdigkeiten zu zeigen, damit wir früh ins Hotel zurückkehren können.«

»Okay. Ich muss mir nur noch die Haare trocknen, also vielleicht zehn Minuten. Oder … sagen wir lieber fünfzehn. Ich liebe dieses Badezimmer.«

Hudson sah mich skeptisch an. »Du liebst das Badezimmer?«

»Also … ja.« Ich deutete auf alles, was ich für bedeutsam hielt. »Es ist ungefähr zehnmal so groß wie meins zu Hause, hat eine *Badewanne*, und sieh dir doch die schöne Beleuchtung an.«

Hudson lächelte. »Ich glaube, mein Haus wird dir gefallen.«

»Willst du damit sagen, du hast ein großes Badezimmer mit einer tollen Badewanne?«

Er nickte.

»Du bist auf jeden Fall mein neuer bester Freund.«

Ein Händchenhalter.

Das hätte ich nie vermutet.

Ich lächelte zu Hudson hoch, und er musterte mich misstrauisch.

»Was ist?«

»Nichts.« Ich zuckte die Achseln. »Du hältst meine Hand.«

»Sollte ich das nicht?«

»Doch, ich liebe es. Ich hätte nur nie gedacht, dass du ein Händchenhalter bist.«

Hudson schüttelte den Kopf. »Ich bin mir nicht sicher, ob das ein Kompliment ist oder ob ich beleidigt sein sollte.«

Die letzte halbe Stunde waren wir über den Hollywood Boulevard gelaufen und hatten die Namen der Stars auf der Straße gelesen. Bis jetzt waren wir am Muscle Beach in Venice gewesen (ich hatte mir das schicker vorgestellt; die Gewichte waren alle verrostet), am Hollywood Sign, dem bekannten weißen Schriftzug (er hatte mich zum Wandern überredet … igitt) und am Santa Monica Pier (merke: Macho-Männer fahren lieber mit einem klapprigen Riesenrad, als zuzugeben, dass sie ein wenig Höhenangst haben. Hudsons olivenfarbene Haut hatte einen hübschen Grünton).

»Das ist nur so eine Pärchensache.«

»Und?«

»Ich weiß nicht.« Ich zuckte erneut die Achseln. »Sind wir das?«

Hudson blieb abrupt stehen. »Im Ernst?«

»Was? Ich wollte nur wegen gestern Nacht nicht einfach davon ausgehen.«

Hudson runzelte die Stirn. »Nun, ich klär dich auf: Das sind wir.«

Ich konnte das Lächeln nicht verbergen, das sich auf mein Gesicht schlich. »Okay … *Freund*«

Er schüttelte den Kopf und setzte sich wieder in Bewegung.

Nach einer weiteren Stunde, und nachdem wir ein Dutzend oder mehr Blocks gelaufen waren, gingen wir im *Roosevelt Hotel* in einen schicken Laden, der Burger und die besten Trüffelpommes zum Abendessen servierte.

»Was ist dein Lieblingsessen?« Ich wedelte mit einer Pommes.

»Ganz einfach. Makkaroni mit Käse.«

»Wirklich?«

»Ja. Charlie und ich haben … Ich glaube, zweiundvierzig verschiedene Sorten probiert.«

Ich lachte. »Ich hatte keine Ahnung, dass es zweiundvierzig verschiedene Sorten Makkaroni mit Käse gibt«

»Wir machen das meist an den Wochenenden, an denen sie bei mir ist. Mit denen im Supermarkt sind wir durch, also kaufe ich sie jetzt im Internet. Sie führt eine Tabelle mit unseren Bewertungen.«

»Das ist echt lustig.«

Hudson nippte an seinem Bier. »Und deins?«

»Diese Trüffelpommes sind dicht dran. Aber ich würde sagen, Tortellini Carbonara – die mit Erbsen und kleinen Prosciutto-Stückchen drin.«

»Machst du die selbst?«

Ich zögerte. »Nein, die hat meine Mutter immer für mich gemacht. Sie hat auch fantastische gebackene Makkaroni mit Käse gemacht. Ich habe aber keins der Rezepte.«

Ich schaute nach unten und drehte die Pommes in dem Ketchup. Der Gedanke, wie lange es her war, dass ich mit meiner Mutter gesprochen hatte, stimmte mich traurig.

Hudson musste bemerkt haben, dass ich still geworden war.

»Du hast erwähnt, dass du nicht mit deinem Vater redest«, sagte er. »Stehen du und deine Mutter euch auch nicht nahe?«

Ich seufzte. »Wir haben seit mehr als einem Jahr nicht mehr miteinander gesprochen. Wir waren uns mal sehr nahe.«

Hudson schwieg einen Moment lang. »Willst du darüber reden?«

Ich schüttelte den Kopf. »Nicht wirklich.«

Er nickte.

Ich versuchte, mich wieder aufs Essen zu konzentrieren, um die Stimmung nicht zu ruinieren. Ich dachte nur äußerst ungern an das Geschehene, und darüber reden wollte ich schon gar nicht. Doch nachdem das Thema nun aufgekommen war, sollte ich die Gelegenheit vielleicht nutzen. Wenn ich Hudson zumindest einen Teil von dem erzählte, was zwischen Aiden, mir und meiner Familie vorgefallen war, würde er meine Vertrauensprobleme vielleicht etwas besser verstehen.

Also holte ich tief Luft. »Ich habe dir doch erzählt, dass mein Ex mich betrogen hat. Ich habe dir aber nicht erzählt, dass meine Eltern mich auch betrogen haben.«

Hudson setzte seinen Burger ab und schenkte mir seine volle Aufmerksamkeit. »Okay …«

Ich senkte den Blick. »Sie wussten von Aidens Affäre.«

»Und sie haben es dir nicht gesagt?«

Ich war verlegen und hielt den Blick weiter gesenkt. »Nein, sie haben kein Wort gesagt. Es war eine Sauerei.« Ich konnte mich nicht dazu durchringen, ihm den Rest der schmutzigen Geschichte zu erzählen.

Hudson schüttelte den Kopf. »Shit. Das tut mir leid.«

Ich nickte. »Danke. Ehrlich gesagt, im Nachhinein betrachtet, war es nicht so schwer, über Aiden hinwegzukommen, sondern darüber, dass ich zur gleichen Zeit auch meine Familie verloren habe.« Ich runzelte die Stirn. »Ich vermisse es, mit meiner Mutter zu reden.«

Hudson fuhr sich mit einer Hand durchs Haar. »Glaubst du, du kannst ihr verzeihen und es irgendwann hinter dir lassen?«

Im letzten Jahr hatte ich nicht gedacht, dass das jemals möglich sein würde. Ich war so verbittert und traurig über alles, dass ich meine Eltern in gewisser Weise genauso zur Verantwortung gezogen hatte wie Aiden. Vielleicht lag es daran, dass ich zum ersten Mal seit langer Zeit glücklich war, aber heute fühlte ich mich nicht so verbittert, und ich wusste nicht, ob ich meiner Familie für immer böse sein sollte.

Ich schüttelte den Kopf. »Ich weiß nicht, ob ich das vergessen kann. Aber vielleicht könnte ich versuchen, ihnen zu verzeihen. Könntest du so tun, als wäre es nie passiert, wenn du in meiner Situation wärst?«

»Ich war noch nie in einer ähnlichen Lage, um das sicher sagen zu können, aber als jemand, der die Eltern verloren hat, würde ich nicht etwas bereuen wollen, wenn sie nicht mehr da wären. Ich glaube nicht, dass du ihr Verhalten entschuldigst, wenn du ihnen verzeihst. Ich denke, beim Verzeihen geht es mehr darum, dass dein Herz nicht länger leidet.«

Ich spürte seine Worte *in* meinem Herzen. »Wow. Wo kommst du denn her, Hudson Rothschild? Das war tiefgründig und reif. Die Männer, die ich normalerweise anzuziehen scheine, sind oberflächlich und unreif.«

Er grinste. »Ich glaube mich zu erinnern, dass du mich auf einer Hochzeit gefunden hast, auf die du dich geschlichen hast.«

»Oh ja … ich glaube, das stimmt. Nun, zumindest einer von uns ist reif.«

In den nächsten Stunden genossen wir den Sonnenuntergang in Malibu, gutes Essen und Wein und die Gesellschaft des anderen. Jetzt, wo ich meinen Gefühlen nachgegeben hatte, kam es mir vor, als hätte sie jemand mit Dünger übergossen, anstatt sie nur mit Wasser zu nähren. So erfüllt und zufrieden war mein Herz. Und dieses Gefühl begleitete mich den ganzen Abend hindurch und den ganzen Weg zurück in meine Hotelsuite.

Ich lag auf dem Bett, beobachtete Hudson beim Ausziehen und bewunderte die Aussicht. Als er sein Hemd aufknöpfte und es auf einen Stuhl in der Nähe warf, war ich mir nicht sicher, wohin ich zuerst schauen sollte – auf seine wohlgeformten Brustmuskeln, sein Sixpack oder das tiefe V, das mir das Wasser im Mund zusammenlaufen ließ. Hudson öffnete seinen Gürtel und zog den Reißverschluss herunter, was meine Augen dazu veranlasste, sich an einer weiteren Lieblingsstelle seines Körpers zu ergötzen – dem sexy Haarstreifen, der von seinem Bauchnabel nach unten führte. Es gab so viel an diesem Mann zu genießen, dass ich dachte, vielleicht sollte er einfach eine Weile nackt dastehen.

Er beugte sich, um aus seiner Hose zu steigen, und ich erhaschte einen Blick auf das Tattoo, das an der Seite seines Oberkörpers entlanglief. Ich hatte es gestern Abend gesehen, aber wir waren zu sehr damit beschäftigt gewesen, übereinander herzufallen, als dass ich danach hätte fragen können.

Ich deutete mit dem Kinn auf die Tätowierung. »Ist das der Herzschlag von jemandem?«

Hudson nickte. Er drehte seinen Körper und hob den Arm, um mir einen besseren Blick zu gewähren. »Mein Vater hatte einen großartigen Sinn für Humor und ein sehr ausgeprägtes Lachen. Es war ein echtes Bauchlachen – es klang, als käme es von irgendwo tief in seinem Inneren. Jeder, der ihn kannte, hörte es sofort heraus, und es brachte die Menschen um ihn herum ebenfalls zum Lachen – selbst Fremde. In der letzten Woche seines Lebens lag er im Krankenhaus. Eines Tages besuchte ich ihn, während er ein EKG am Bett bekam. Er erzählte irgendeinen abgedroschenen Witz und begann zu lachen. Der Witz war nicht einmal besonders lustig, aber bei dem Klang seines Lachens bekamen wir alle drei – die Technikerin, mein Vater und ich – einen Lachanfall. Aus irgendeinem Grund konnten wir einfach nicht aufhören zu lachen. Sie musste das EKG wiederholen, weil die Werte alle derart hohe Spitzen aufwiesen. Die Elektroden hatten das Herz meines Vaters beim Lachen erwischt. Ich fragte die Schwester, ob ich den Ausdruck haben könnte, den sie wegwerfen wollte. Das hier habe ich mir ein paar Tage nach seinem Tod machen lassen.«

»Das ist unglaublich süß.«

Hudson lächelte traurig. »Er war ein wirklich guter Mensch.«

»Und wo ist deine Narbe?«

»Meine Narbe?«

»Letzte Woche, als ich sagte, dass ich noch nie mit jemandem ausgegangen sei, der ein Tattoo oder eine Narbe hatte, hast du gesagt, du hättest beides.«

»Ah.« Er drehte seinen Körper in die andere Richtung, hob den Arm und enthüllte eine gezackte, drei Zentimeter lange Linie. »Ich habe ein paar, aber diese ist wahrscheinlich die schlimmste.«

»Wie hast du die bekommen?«

»Bruderschaftsparty. Trinken, Wasserrutsche und ein unter einer Plane versteckter Stock.«

»Autsch.«

»Nicht mein schönster Moment. Am Anfang war es nicht

so schlimm. Jack hat mir geholfen, es zu verbinden, doch als ich mich dann erneut auf die Wasserrutsche geworfen habe, ist die Wunde weiter aufgegangen.«

»Warum hast du nicht aufgehört, nachdem du dich verletzt hattest?« Er zuckte mit den Schultern. »Wir hatten eine Wette laufen.«

Ich schüttelte den Kopf. »Hast du wenigstens gewonnen?«

Hudsons Lächeln war bezaubernd. »Ja.«

Er zog sich weiter aus, und ich bewunderte weiterhin seinen erstaunlichen Körper.

Als er mich wieder einmal beim Starren erwischte, blinzelte Hudson. »Was geht nur in deinem Kopf vor?«

Ich sprach zu seinem Körper, noch nicht bereit, meine Augen zu heben. »Ich habe Monate damit verschwendet, allein ins Bett zu gehen, in denen ich *das* hätte berühren können. Was hältst du davon, wenn du eine Weile dort stehen bleibst, damit ich mir das ausgiebig ansehen kann? Vielleicht zwei oder drei Stunden? Das sollte genügen.«

Er lachte und beendete das Ausziehen seiner Hose, bevor er auf das Bett kletterte und sich über mich beugte. Ich hob meinen Finger an seine Lippen und zeichnete die Umrisse nach. Hudson ergriff meine Hand und küsste sie zärtlich.

»Warum hast du mich so lange abgewiesen? Und beleidige mich nicht, indem du sagst, weil ich ein Investor in deinem Unternehmen bin. Wir wissen beide, dass das Quatsch ist.«

»Du hast mich nur einmal um ein Date gebeten.«

Hudson machte ein Gesicht, das sagte: *Du weißt, dass du Unsinn erzählst.* »Pure Semantik. Du wusstest vom ersten Tag an, dass ich interessiert war. Ich habe dir den Ball überlassen, aber ich habe dich trotzdem oft genug wissen lassen, dass ich interessiert bin.«

Ich seufzte. »Ich weiß. Ich glaube … ich hatte einfach Angst.«

»Wovor?«

Ich schüttelte den Kopf. »Meine letzte Beziehung und ihre Nachwehen waren wirklich schwer zu überwinden. Ich habe Angst davor, wieder verletzt zu werden … Angst vor *dir* …«

»Vor mir?«

»Ja. Du machst mich in vielerlei Hinsicht nervös. Sogar jetzt, Hudson. Die meisten Dinge in meinem Leben sind von außen betrachtet wirklich toll – die Ehe meiner Eltern, meine Verlobung. Ich bin eine Frau, die an ein glückliches Ende glaubt, an ein Märchen. Manchmal macht mich das blind und hält mich davon ab, etwas zu sehen, das ich nicht sehen will. Ich habe mich immer für eine Idealistin gehalten, aber nachdem mein Ex mich verletzt hat, habe ich mich gefragt, ob ich womöglich nur eine Idiotin bin. Außerdem bist du ein Prinz Charming – ein schönes Gesicht, dieser Körper, erfolgreich, freundlich, wenn du es sein willst, reif, unabhängig …« Ich zuckte mit den Schultern. »Du bist fast zu schön, um wahr zu sein, und ich habe wohl einfach Angst, wieder auf ein Märchen hereinzufallen. Fisher und ich haben dich immer so genannt.«

Hudson sah mich irritiert an. »Wie habt ihr mich genannt?«

»Prinz Charming.«

Er sah einen Moment zur Seite, dann schaute er mir in die Augen. »Ich bin kein Märchenprinz, Schätzchen. Aber ich mag dich sehr.«

»Warum?«

»Warum ich dich mag?«

Ich nickte.

»Aus vielen Gründen. Es hat mir gefallen, dass du dich der

Herausforderung gestellt hast, als ich dir auf Olivias Hochzeit das Mikro in die Hand gedrückt habe, und dass du mich dann mit feurigem Blick ein Arschloch genannt hast. Du gibst nicht klein bei. Du bist unerschrocken, auch wenn du dich selbst irgendwie für einen Feigling hältst. Es gefällt mir, dass du dich nicht unterkriegen lässt, obwohl du schon einige beschissene Situationen erlebt hast. Anstatt dich von dem ganzen negativen Mist im Leben unterkriegen zu lassen, hast du dir ein Glückssystem ausgedacht. Es gefällt mir, dass du, wenn du eine obdachlose Frau siehst, ihr einen Hershey-Riegel gibst, weil du weißt, dass er in ihrem Gehirn eine chemische Reaktion auslöst, durch die sie sich ein bisschen besser fühlt, wenn auch nur für ein paar Minuten. Es gefällt mir, dass du kreativ bist und dein eigenes Produkt erfunden hast, und dass du schlau genug bist, einen Algorithmus zu schreiben, von dem ich nicht im Entferntesten wüsste, wie man ihn formuliert. Und es gefällt mir, dass du hartnäckig bist und nicht aufgibst.«

Er blickte auf meinen Körper hinunter und betrachtete dann einen Moment mein Gesicht. Kopfschüttelnd fügte er schließlich an: »All das, und dazu noch dein Aussehen. Die bessere Frage ist: Welchen Grund sollte ich haben, dich *nicht* zu mögen?«

Mir traten Tränen in die Augen. Hudson beugte sich vor und presste seine Lippen auf meine. »Hast du jetzt Angst?« flüsterte er.

Mein Puls raste. »Mehr denn je.«

Er lächelte. »Gut.«

»Gut? Willst du etwa, dass ich Angst habe?«

»Nein … aber wenigstens bin ich dann damit nicht allein. Wir haben nur Angst vor den Dingen, die uns am meisten bedeuten.«

Ich streichelte seine Wange. »Ich bin so froh, dass du auf mich gewartet hast.«

»Ich wusste, dass es sich lohnt.«

Hudson presste seine Lippen auf meine und küsste mich leidenschaftlich. Wir hatten einen Großteil der letzten vierundzwanzig Stunden in diesem Bett verbracht und uns geküsst, doch dieser Kuss fühlte sich anders an – gefühlvoller als je zuvor. Hudson hielt mein Gesicht zwischen seinen Händen, und ich schlang meine Arme um seinen Hals. Doch der innige Kuss wurde schnell lustvoller und leidenschaftlicher, und wir rissen uns gegenseitig die restlichen Kleider vom Leib.

Es lag ein fieberhaftes Gefühl in der Luft. Doch Hudson sah mir auf eine Art in die Augen, die mir sagte, dass er wusste, dass ich in vielerlei Hinsicht noch empfindlich war. Wir ließen den Blick des anderen kein einziges Mal los, während Hudson sich vor meiner Pforte positionierte und schließlich in mich eindrang. Hudson war stark, und vor gestern Abend hatte ich über ein Jahr keinen Sex mehr gehabt. Also ließ er sich Zeit und sank langsam und behutsam mit jedem Stoß tiefer in mich. Als er ganz in mir war, ließ er die Hüften kreisen, und ich spürte, wie sein Becken gegen meine Klitoris drückte. Es fühlte sich so gut an, so ganz und gar richtig. Mein Herz war ebenso erfüllt wie mein Körper, und es war fast unmöglich, meine Gefühle zurückzuhalten. Tränen kribbelten in meinen Augen, und ich schloss sie in dem Bemühen, sie zurückzuhalten.

»Sieh mich an, Schätzchen.« Hudsons Stimme klang heiser.

Ich öffnete flatternd die Lider und begegnete seinem Blick. Was ich sah, machte es mir unmöglich, die Tränen zurückzuhalten. In Hudsons Augen lag ebenso viel Gefühl wie in meinen. So blieben wir, verbunden auf jede erdenkliche Weise, während wir langsam dem Höhepunkt entgegenstrebten. Da ich nicht wollte, dass der Moment endete, versuchte ich, mich zurückzuhalten, als seine Stöße härter und schneller wurden. Doch die Geräusche, die durch den Raum hallten, waren zu erregend. Unsere nassen Körper klatschten aneinander, während er mich mit seinem Körper und seiner Seele nahm.

»Hudson …«

Seine Kiefermuskeln spannten sich an, während er weitermachte. »Lass dich gehen … komm.«

Und das tat ich. Mit einem lustvollen Schrei übernahm mein Körper die Kontrolle über meinen Verstand, und Wellen der Ekstase durchliefen meinen Körper. Als sie gerade zu verebben begannen, kam Hudson zum Höhepunkt, und die Hitze, mit der er sich in mich ergoss, ließ mich erneut erschauern.

Ich hatte keine Ahnung, wie er es schaffte, anschließend noch den Kopf hochzuhalten, geschweige denn, noch halbhart in mich hinein- und aus mir herauszugleiten.

»Wow … das war …«

Hudson lächelte und küsste mich sanft. »Zu schön, um wahr zu sein«, flüsterte er.

Ich erwiderte sein Lächeln, und ein kleines bisschen Hoffnung keimte in mir auf.

Vielleicht, nur vielleicht, würde er der einzige Mann sein, der mich nicht im Stich ließ.

24. Kapitel

Stella

Sechzehn Monate zuvor

»Weißt du, was *Drummond Hospitality* ist?«, fragte ich.

Aiden saß im Wohnzimmer seiner Wohnung und benotete Papiere, während ich am Küchentisch saß und meine E-Mails durchging. »Hm?«

»Steht als Posten mit einhundertzweiundneunzig Dollar auf deiner Kreditkartenabrechnung. Die anderen Kosten kann ich zuordnen.«

Aidens Augen verengten sich. »Wie bist du an meine Kreditkartenrechnung gekommen?«

»Die schicken sie jetzt an meine E-Mail-Adresse. Weißt du nicht mehr, wie ich dir vor ein paar Monaten gesagt habe, dass die Bank of America papierlos wird? Du hättest Bescheid sagen müssen, wenn du weiterhin Kontoauszüge auf Papier haben wolltest. Du hast mich aber gebeten, sie an meine E-Mail-Adresse schicken zu lassen, weil alles, was an deine Büro-E-Mail-Adresse geschickt wird, im Spam landet.«

»Ich dachte, du hättest von unserem gemeinsamen Kontoauszug gesprochen.«

Ich schüttelte den Kopf. »Nein, von deiner Kreditkarte.«

»Wie lange geht die Abrechnung schon an dich?«

Ich zuckte mit den Schultern. »Zwei Monate, glaube ich? Die Hälfte der Zeit gab es keine Umsätze. Du benutzt die Karte nur selten. Letzten Monat war es ein Nullsaldo.«

Der Ausdruck auf Aidens Gesicht beunruhigte mich. »Ist das ein Problem?«, fragte ich. »Willst du nicht, dass ich deine Ausgaben sehe oder so?«

Er warf seinen Stift auf den Papierstapel und sah weg. »Natürlich nicht. Mir war nur nicht bewusst, dass ich keine Abrechnung auf Papier mehr erhalte.«

»Okay … nun, weißt du, was das ist? *Drummond Hospitality*?«

»Keine Ahnung. Das Einzige, was ich damit bezahlt habe, war das Abendessen bei *Alfredo's* vor ein paar Wochen. Das muss ein Fehler sein. Ich gehe nachher online und fordere das zurück.«

»Soll ich das eben machen, weil ich sowieso gerade im Internet bin?«

»Nein, ist schon gut. Ich mache das.«

Irgendetwas stimmte nicht. Aber ich ließ es auf sich beruhen, da Aiden und ich wegen meines Argwohns in den letzten Monaten schon ein paar Auseinandersetzungen gehabt hatten. Einmal hatte ich eine seltsame Nachricht auf seinem Handy gesehen, ein anderes Mal sagte er, er würde an einem Samstag in sein Büro an der Uni fahren, um zu korrigieren, was er normalerweise zu Hause machte. Ich hatte beschlossen, ihn mit einem Mittagessen zu überraschen, weil er viel gearbeitet hatte, aber er war nicht da gewesen. Kürzlich war er nach Hause gekommen und hatte nach Parfüm gerochen, und als ich ihn fragte, warum, reagierte er abwehrend. Er schrie, wenn die ganze Wohnung nicht ständig nach Parfümproben für ein

Geschäft riechen würde, das gar nicht existiere, würde seine Kleidung auch nicht wie ein billiges Bordell riechen.

Da ich ihm immer von den Tagebüchern berichtete, die ich las, wusste er, dass die Frau in meinem aktuellen Tagebuch ihren Mann betrog. Er überzeugte mich, dass ich Gespenster sah, weil ich mich so extrem mit den Leuten identifizierte, über die ich las. Selbst jetzt fragte ich mich, ob er vielleicht recht hatte. Erst letzte Woche hatte ich einen Eintrag gelesen, in dem Alexandria beschrieb, wie ihr Mann eine Abbuchung auf ihrer Kreditkartenrechnung in Frage stellte. Sie hatte für ein Rendezvous mit Jasper eine Hotelsuite reserviert, und er hatte dann beim Einchecken bar bezahlt. Aber das Hotel hatte versehentlich eine doppelte Abbuchung vorgenommen.

Also schob ich meine Paranoia auf das, wovor Aiden mich gewarnt hatte. Es war nichts anderes, als wenn ich einen Horrorfilm schaute und plötzlich unter meinem Bett nachsehen musste, bevor ich hineinkletterte. Der Stress, den man seinem Gehirn zumutet, bringt es auf Gedanken, auf die es normalerweise nicht kommen würde.

»Okay«, sagte ich. »Ich denke, du kannst dann einfach den Restaurantposten bezahlen. Das ist sowieso mehr als die Mindestzahlung.«

»Gut.« Aiden korrigierte weiter seine Arbeiten. Aber eine Minute später sagte er: »Ich werde das wahrscheinlich wieder umstellen lassen und mir die Kontoauszüge per Post schicken lassen. Ich hab lieber Papierausdrucke für die Steuer, weil ich manchmal Sachen für die Arbeit kaufe.«

Warum störte mich das nur? Seine Argumentation war ganz und gar logisch. Ich suchte wirklich nach Monstern unter meinem Bett und musste damit aufhören. »Leuchtet ein.«

Einen Monat später hatte ich die Kreditkartenabrechnung

ganz vergessen. Aiden und ich waren gerade von einem Treffen mit einem seiner Kollegen zurückgekommen, und ich übernachtete bei ihm. Als wir nach oben gingen, holte ich die Post aus dem Briefkasten. In dem Stapel war seine Kreditkartenabrechnung von der Bank of America.

Ich lege die Post auf den Tisch und behielt den Umschlag in der Hand. »Wie ist der Streit mit der Bank of America ausgegangen?«

Aidens Blick fiel auf die Abrechnung, und er riss sie mir aus der Hand. »Gut. Sie haben das rückgängig gemacht.« Er steckte den Umschlag in die Innentasche seiner Sportjacke.

Wieder hatte ich keine Ahnung, warum es mich störte, dass er die Abrechnung an sich nahm. Aber es störte mich.

Aiden ging in Richtung Schlafzimmer. »Ich springe schnell unter die Dusche.«

»Okay.«

Als er weg war, schenkte ich mir ein Glas Merlot ein und versuchte, nicht weiter darüber nachzudenken. Obwohl ich diese Woche einen ganzen Tagebucheintrag darüber gelesen hatte, wie dumm und vertrauensselig Alexandrias Mann war. Sie schien es zu genießen, fast erwischt zu werden und sich aus Dingen herausreden zu können …

Ich wusste, dass ich mich höchstwahrscheinlich lächerlich machte. Aber letzten Monat war ich die halbe Nacht wach geblieben, weil mich die dumme Sache mit der Kreditkarte belastet hatte. Aiden musste ja nicht wissen, dass ich online einen Blick auf seine Abrechnung geworfen hatte. Und sobald ich das getan hatte, würde ich ein für alle Mal Ruhe geben können.

Wobei … ich würde trotzdem sein Vertrauen verletzen, wenn ich nachsah, auch wenn er keine Ahnung davon hatte.

Während ich mir also auszureden versuchte, was ich unbedingt tun wollte, ging ich stattdessen ins Schlafzimmer, um mich umzuziehen. Ich öffnete Aidens Kommode, um eines seiner alten T-Shirts herauszuholen, und warf Jeans und Bluse auf einen Stuhl in der Ecke. Auf dem Rückweg ins Wohnzimmer fiel mein Blick auf Aidens Sportjacke, die im offenen Kleiderschrank hing. Ich hörte, dass das Duschwasser im angrenzenden Badezimmer noch lief, also ging ich hinüber und nahm sie ab. Doch anstatt nach der Kreditkartenabrechnung zu kramen, führte ich die Jacke an meine Nase und atmete tief ein. Der unverwechselbare Geruch von Jasmin stieg mir in die Nase. Jasmin war *kein* Duft, den ich zu Hause für meine Signature Scent-Proben benutzte. Es war nicht einmal einer, mit dem ich irgendwann in letzter Zeit gearbeitet hatte.

Der Raum wurde still, und ich brauchte eine Minute, um zu begreifen, dass es daran lag, dass Aiden das Duschwasser abgestellt hatte. *Mist.* Schnell hängte ich die Jacke zurück in den Schrank und verließ das Schlafzimmer. Panik überkam mich. So wie ich mich fühlte, würde ich heute Nacht auf keinen Fall schlafen können. Und ich würde auch nicht neben Aiden liegen und so tun können, als wäre alles in Ordnung. Die Frage war nun nicht mehr, ob ich sein Vertrauen missbrauchen und mir seine Kreditkartenabrechnung online ansehen sollte. Ich musste es tun, um nicht den Verstand zu verlieren.

Mit zitternden Fingern rief ich die Website auf meinem Smartphone auf. Das verdammte Ding brauchte ewig, um zu laden, und alle zwei Sekunden schaute ich zur halb geschlossenen Schlafzimmertür. Als die Daten endlich erschienen, scrollte ich zur Abrechnung von diesem Monat. Erleichterung durchströmte mich, als ich sah, dass überhaupt keine Gebühren angefallen waren. Von schrecklichen Gewissensbissen geplagt wollte ich mich gerade abmelden, als ich im Abschnitt »Zahlungen« einen Betrag über zweihunderteinundsechzig Dollar entdeckte. Vermutlich war das nur die Gutschrift für die falsche Abbuchung, aber da ich ein mulmiges Gefühl hatte, klickte ich den Betrag sicherheitshalber an.

Und erstarrte, als ich sah, dass es sich um eine Zahlung handelte, die vor Wochen von einem Bankkonto mit der Endung 588 getätigt worden war. Ich fühlte, wie mir das Blut aus dem Gesicht wich. Das war Aidens Girokonto.

Es musste ein Fehler sein. Ich klickte hinüber zur Registerkarte »Streitfälle«. Keine Streitfälle in den letzten neunzig Tagen. Ich fühlte mich verängstigt und verloren, schloss die Website und tat etwas, was ich schon vor einem Monat hätte tun sollen. Ich googelte *Drummond Hospitality.*

Bei dem Ergebnis schnürte sich mir die Kehle zu.

Drummond Hospitality *ist der Eigentümer von vier Boutique-Hotels in New York City.*

25. Kapitel

Stella

»Daran könnte ich mich glatt gewöhnen …« Ich war aufgewacht und fand Hudson an meinem Herd, wo er mit nichts als ein Paar Shorts und einer umgedrehten Baseballkappe stand. Wie muskulös und gebräunt sein Rücken war. Ich schlang meine Arme von hinten um seinen Bauch und drückte ihm einen Kuss auf die Schulter.

»Ich bin gerade von einem Lauf zurückgekommen und habe noch nicht geduscht. Du küsst wahrscheinlich getrockneten Schweiß.«

»Ich bin mir ziemlich sicher, dass das bei meiner Haut nach gestern Nacht nicht viel anders ist.«

Hudson drehte sich um und legte die Arme um meine Taille. Das dreckige Lächeln auf seinem Gesicht verriet mir, dass er sich daran erinnerte, *wie* verschwitzt wir gewesen waren. Er grinste. »Du hast das Bett kaputt gemacht.«

Ich rückte von ihm ab. »Ich habe das Bett nicht kaputt gemacht, das warst *du*.«

»Ich bin mir ziemlich sicher, dass du oben lagst, als der Rahmen zusammengekracht ist.«

»Vielleicht, aber du hast nicht nur dagelegen. Du warst quasi unten, aber trotzdem oben, weißt du?«

Hudson lachte. »Was zum Teufel soll das bedeuten?«

»Du tust vielleicht so, als würdest du mir die Kontrolle überlassen, aber du gibst sie nie wirklich ab.«

Seine Miene veränderte sich, und er wirkte etwas besorgt. »Und das gefällt dir nicht?«

Ich grinste. »Doch, sehr sogar. Aber das bedeutet, dass du nicht ganz unbeteiligt daran warst, dass das Bett kaputtgegangen ist.«

Hudson lächelte und gab mir einen Klaps auf den Hintern. »Setz dich. Die Pancakes sind fast fertig.«

»Okay.«

Die Woche, seit wir aus Kalifornien nach Hause gekommen waren, war himmlisch gewesen. Hudson und ich waren unzertrennlich. Wir arbeiteten jeden Tag bis spät in die Nacht, um Dinge für Signature Scent vorzubereiten, und wir schliefen abwechselnd in seinem Haus in Brooklyn und in meiner Wohnung hier in der City. Ich hätte mir wahrscheinlich Sorgen machen sollen, dass wir zu viel Zeit miteinander verbrachten, aber ich war zu glücklich, um mir das durch irgendetwas verderben zu lassen.

Hudson stellte mir einen Teller hin.

Ich lachte. »Das ist wundervoll.«

Er hatte einen großen Pancake gebacken und eine lächelnde Sonne daraus gemacht – halbierte Erdbeeren bildeten die spitzen Sonnenstrahlen und Bananen und Erdbeeren das Gesicht.

»So mag Charlie es. Aber sei nicht zu beeindruckt. Es ist das einzige Gericht, das ich außer Makkaroni mit Käse mache. Ich will nicht, dass du deine Erwartungen zu hoch schraubst.«

»Okay, mach ich nicht.«

Hudson hätte in fast allem anderen grottenschlecht sein können, und ich wäre immer noch in ihn verliebt, weil er so fürsorglich war – und so unglaublich im Bett. Zu sagen, ich hätte mich in diesen Mann verliebt, wäre noch untertrieben. Ein paarmal in dieser Woche hatte ich mich dabei ertappt, wie ich an meinem Schreibtisch saß und vor mich hin lächelte. Ich hatte nicht einmal an etwas Bestimmtes gedacht. Ich war einfach nur … glücklich.

»Falls du noch nicht satt genug bist …« Hudson legte mir eine Banane neben den Teller.

Ich wollte gerade sagen, dass ich niemals Pancakes *und* eine Banane schaffen würde, als ich die Schrift auf der gelben Schale sah: *Ich bin verrückt nach dir.*

Als ich aufblickte, zwinkerte Hudson mir zu und ging zurück zum Herd, als hätte er mich nicht gerade in einen Haufen Brei verwandelt.

Er schaute über seine Schulter zurück und deutete mit dem Spachtel auf meinen Teller. »Iss. Warte nicht auf mich. Der wird kalt.«

Gerade als ich mir den ersten Bissen in den Mund schob, schwang meine Haustür auf.

»Hallo, Süße, ich bin zu Hause!«

Shit. Fisher. Ich war Single gewesen, seit er in die Wohnung nebenan gezogen war.

Hudson drehte sich um, und als Fisher ihn erblickte, erstarrte er. »Verdammt. Tut mir leid, Mann.«

»Schon gut. Komm rein.«

Fisher sah zu mir, und ich nickte, also kam er in die Küche.

Hudson streckte seine Hand aus. »Hudson Rothschild. Ich glaube, wir wurden uns noch nicht offiziell vorgestellt.«

Fisher schüttelte den Kopf. »Die Hochzeit zählt vermutlich nicht. Fisher Underwood.«

Hudson zeigte mit dem Spachtel auf den Tisch. »Setz dich.

Stella hat mich bereits darüber aufgeklärt, dass deine Versorgung Teil des Pakets ist, das ich mit ihr bekomme.«

Fisher lächelte. Er holte eine Handvoll Blaubeeren aus dem offenen Behälter neben dem Herd und steckte sich ein paar in den Mund. »Den kannst du heiraten, meinen Segen hast du.«

Hudson und ich lachten.

Er machte Fisher einen Teller Pancakes mit einer Beilage aus Obst, aber nicht die ausgefallene lächelnde Sonne, die er mir gemacht hatte. Überraschenderweise war das Frühstück nicht irgendwie angespannt, als wir erst einmal zu dritt am Tisch saßen.

Fisher schob sich fast einen halben Pancake in den Mund. »Also, was habt ihr dieses Wochenende vor?«

»Hudson hat seine Tochter. Ich muss ein paar Besorgungen machen, aber sonst habe ich Zeit. Bist du da?«

»Ich habe überlegt, auf den Flohmarkt zu gehen«, sagte Fisher. »Meine Anwaltsgehilfin hat nächste Woche Geburtstag, und sie liebt die handgefertigten Keramiktassen, die du letztes Jahr für sie ausgesucht hast. Also dachte ich, ich gehe noch mal hin und schaue, was es noch so gibt.«

»Oh, fantastisch. Vielleicht komme ich mit.«

Hudson runzelte die Stirn. »Ich dachte, wir gehen mit Charlie in den Park. Du sagtest etwas von einem alten Spielplatz.«

Ich dachte an das Gespräch, das wir vorhin geführt hatten. »Du sagtest, du wolltest mit Charlie in den Central Park gehen, und da habe ich dich gefragt, ob du schon mal mit ihr auf dem alten Spielplatz warst. Mir war nicht klar, dass du willst, dass ich mitkomme.«

»Ich bin wohl einfach davon ausgegangen, dass du …«

»Na gut, ich würde gerne Zeit mit dir und Charlie verbringen – wenn du das nicht zu früh findest.«

Hudson schüttelte den Kopf. »Ich glaube nicht, dass sie schon bereit ist, dich in meinem Bett zu sehen. Aber sie muss Zeit mit uns zu verbringen, um darauf hinzuarbeiten, oder?«

Wow. Es gab mir ein warmes Gefühl im Bauch, dass ich nicht die Einzige war, die eine Zukunft für uns sah. Ich drückte seine Hand.

»Das klingt toll.«

»Weißt du, ich muss noch nach Hause, bevor ich sie um zwei abhole. Warum geht ihr nicht auf den Flohmarkt, und wir treffen uns danach im Park?«

Ich sah zu Fisher, und er zuckte mit den Schultern. »Klingt nach einem Plan.«

Sobald wir mit dem Essen fertig waren, ging Fisher, und Hudson duschte schnell, bevor er wieder in die Kleider stieg, die er gestern zur Arbeit getragen hatte. Ich beobachtete von der Schlafzimmertür aus, wie er an einer Socke zupfte. Er musste mich dort gespürt haben, denn er sprach, ohne hochzusehen.

»Meinst du, wir könnten jeweils ein paar Sachen bei dem anderen lassen? Vielleicht muss ich dann samstags nicht in alten Socken und im Anzug nach Hause gehen?«

Ich lächelte, und erneut durchströmte mich ein warmes Gefühl. »Das würde mir sehr gefallen.«

Ein paar Minuten später gab Hudson mir einen Abschiedskuss.

»Hast du für heute Abend schon Pläne zum Abendessen mit Charlie?«, fragte ich.

»Normalerweise bestellen wir nur etwas, wenn wir tagsüber unterwegs sind.«

»Meinst du, es wäre zu viel, wenn ich euch etwas koche? Ich kann auf dem Weg hierher mitnehmen, was ich brauche.«

»Sehr gern. Aber ich kann besorgen, was immer du brauchst. Schick mir einfach eine Liste.«

»Nein. Es soll eine Überraschung sein.«

Hudson lächelte und küsste mich auf die Stirn. »Ich kann es nicht erwarten.«

»Du und Hudson wirkt schon ziemlich vertraut.«

Fisher und ich schlenderten nebeneinander durch die Gänge des Flohmarkts.

Ich seufzte. »Er ist unglaublich.«

Er wackelte mit den Brauen. »Ich weiß. Ich habe heute Morgen beim Frühstück einen Blick auf seine Brust geworfen.«

Ich lachte. »Das habe ich nicht gemeint. Aber ja, sein Körper ist auch ziemlich toll.«

»Wahrscheinlich soll ich dir das nicht sagen, aber er hat nicht ausdrücklich gesagt, dass ich es nicht tun soll. Und du weißt, dass ich kein Geheimnis für mich behalten kann, besonders nicht bei dir …«

»Was?«

»Als er heute Morgen gegangen ist, hat er an meine Wohnungstür geklopft.«

»Wozu?«

»Er hat gefragt, ob ich morgen früh zu Hause sein werde. Anscheinend will er etwas für dich liefern lassen.«

»Hat er gesagt, was?«

Fisher schüttelte den Kopf. »Nein, aber ich habe ihm meine Nummer gegeben, damit er mir eine Nachricht schicken kann. Hoffentlich mache ich ihn nicht versehentlich nach ein paar Drinks an. Seine Nummer steht direkt über Hughes'.«

»Der Typ, mit dem du manchmal vögelst?«

»Ja, und wir machen keinen Smalltalk. Ich glaube, das letzte

Mal, als ich ein paar Drinks intus hatte, habe ich geschrieben: *Wanna fuck*, und er hat mir als Antwort seinen Standort geschickt.«

Ich lachte. »Okay, hoffen wir, dass dir das nicht passiert. Aber du hast keine Ahnung, was er liefern lassen will?«

»Nope. Hoffentlich ist es Schaumstoff.«

»Schaumstoff?«

Fisher nickte. »Um es hinter dein Kopfteil zu klemmen. Ich habe euch zwei letzte Nacht gehört.«

»Oh Gott, bitte sag, dass das ein Scherz ist.«

»Dein Bett teilt sich eine Wand mit meinem Fernseher im Wohnzimmer. Da steht das Regal mit der Kabelbox und einigen Büchern. Du hast Stephen King auf den Boden gestoßen.«

Ich bedeckte mein Gesicht mit den Händen. »Gott, ich möchte *nicht* hören, wie du Sex hast. Wir haben letzte Nacht tatsächlich das Bettgestell kaputt gemacht. Ich werde es von der Wand wegschieben.«

»Schön. Ich habe mal einen Zahnarztstuhl kaputt gemacht, als ich mit dem Kieferorthopäden geschlafen habe. Aber noch nie ein Bett.«

Ich zog die Nase kraus. »Danke für die Information. Jetzt werde ich mich jedes Mal, wenn ich zum Zahnarzt gehe, fragen, wessen nackter Arsch dort schon Sex gehabt hat.«

»Gern geschehen.« Fisher zwinkerte mir zu. »Aber im Ernst, wie dramatisch würde ich klingen, wenn ich sagte, dass du strahlend aussiehst? Irgendetwas ist anders an dir, aber ich kann es nicht genau benennen.«

»Das liegt wahrscheinlich daran, dass ich meine einjährige Durststrecke beendet habe. Vielleicht siehst du nur, wie sich die Muskeln in meinem Gesicht zum ersten Mal seit einer Weile entspannen.«

»Hmhm …« Er taxierte mich. »Nein, *das* war es heute Morgen. Die Haare, die vom Vögeln noch ganz zerzaust waren, standen dir übrigens gut. Aber das ist mehr … Du wirkst irgendwie unbeschwerter oder so.«

Es gab niemanden auf dieser Welt, der mich so gut kannte wie Fisher – was wirklich Bände über meine vergangene Beziehung sprach. Aiden hatte mir nie genug Aufmerksamkeit geschenkt, um zu wissen, ob mich etwas bedrückte.

Ich nahm Fishers Hand, verschränkte meine Finger mit seinen und drückte sie. »Du bist ein so guter Freund. Eigentlich wollte ich nichts sagen, weil ich nicht mehr daraus machen wollte, als es ist, aber ich habe heute meine Mutter angerufen. Kurz bevor wir zum Zug gegangen sind, um genau zu sein.«

Fisher zog die Augenbrauen hoch. »Warum hast du das gemacht?«

»Ich habe viel übers Verzeihen nachgedacht … und darüber, wie man im Leben nach vorn schaut.« Ich zuckte mit den Schultern. »Ich möchte für Hudson etwas kochen, das sie immer für mich gekocht hat und das ich geliebt habe, also dachte ich, das könnte ein guter Anfang sein.«

»Sie muss sich gefreut haben, deine Stimme zu hören.«

Ich runzelte die Stirn. »Ja. Wir haben uns aber nicht sehr lange unterhalten. Ich habe sie gefragt, ob ich das Rezept haben könnte, und dann, ob es ihnen gut ginge. Sie schien zu zögern. Ich hatte das Gefühl, sie hatte Angst, etwas Falsches zu sagen. Wir haben vielleicht fünf Minuten telefoniert. Als wir uns verabschiedet haben, fragte sie, ob ich bald wieder anrufen würde, und ich habe gesagt, ich würde es versuchen.«

Diesmal war es Fisher, der meine Hand drückte. »Schön für dich. Ich denke, es ist an der Zeit, meine Stella Bella.«

Nachdem wir mit dem Einkaufen fertig waren, fuhren

Fisher und ich mit der Subway zurück in die City. Wir mussten in unterschiedliche Richtungen, also verabschiedeten wir uns an der Grand Central Station.

Er küsste mich auf den Scheitel und umarmte mich. »Ich freu mich für dich«, sagte er. »Ich habe ein wirklich gutes Gefühl bei der Sache zwischen dir und dem Adonis. Ich sehe eine strahlende Zukunft.«

Da ich immer Angst hatte, etwas zu verschreien, sagte ich lieber *Danke*, als ihm zu gestehen, dass ich seiner Meinung war. Aber tief im Inneren sah ich auch eine strahlende Zukunft.

Ich hätte nur nie gedacht, dass dieses Strahlen von einer Riesenexplosion kommen würde.

26. Kapitel

Hudson

»Was macht ihr zwei da drin?«

Charlie streckte die Hand aus. »Du darfst hier nicht rein, Daddy.«

»Warum nicht?«

»Weil wir eine Überraschung machen!«

»Aber ich bin der Einzige, der überrascht sein wird, weil ihr beide mitmacht?«

Meine Tochter kicherte. »Überraschungen können auch für eine Person sein, Daddy.«

Ich fing Stellas Blick auf und zwinkerte ihr zu. »Ich könnte ein bisschen Musik anmachen, während ihr in der Küche arbeitet. Vielleicht Katy Perry oder Taylor Swift …«

Wie erwartet hüpfte Charlie auf und ab. Sie presste ihre Handflächen zusammen, als müsste sie beten, damit ich ihr ihren Wunsch erfülle – als würde ich nicht von einer Klippe springen, um sie glücklich zu machen. »Kannst du Dolly spielen?«

Ich lachte. »Klar.«

Ich schaltete die Musik ein, setzte mich ins Wohnzimmer und legte die Füße auf den Couchtisch. Dann schnappte ich mir die Fernbedienung des Fernsehers, schaltete ESPN mit

Untertiteln ein und begann, den unteren Teil des Bildschirms zu lesen. Sie interviewten gerade einen neuen Running Back, den die Giants für die kommende Saison verpflichtet hatten. Big Blue war mein Team, also interessierte mich die Information, aber ich konnte mich nicht konzentrieren. Alle paar Minuten wanderte mein Blick zur Küche. Ich konnte sehen, wie Stella und Charlie zusammen kochten. Stella stand, während meine Tochter auf dem Tresen saß und etwas rührte. Ich konnte nicht hören, was sie sagten, aber ich sah, wie meine Tochter sich den Mund zuhielt, als sie kicherte. Das Lächeln auf Stellas Gesicht war auch absolut fantastisch.

Ich will nicht wie ein Weichei klingen, aber mir ging das Herz über, und meine Brust fühlte sich ganz warm an. Ah … verdammt, wem wollte ich etwas vormachen? Es war mir verflucht egal, ob ich mich wie ein Weichei anhörte. Ich war glücklich … wirklich verdammt glücklich. Es war Jahre her, dass ich das Gefühl hatte, eine richtige Familie zu haben, und obwohl ich Stella erst seit ein paar Monaten kannte und wir drei heute zum ersten Mal etwas zusammen unternahmen, fühlte sich mein Haus heute wie ein Zuhause an.

Ich hatte in Richtung Küche geschaut, aber ich musste irgendwie in Gedanken gewesen sein, denn als mein Blick wieder scharf wurde, zwinkerte Stella mir zu. Sie grinste, als wollte sie sagen: *Was geht nur in deinem Kopf vor?*

Wahrscheinlich nahm sie an, dass ich mir sie nackt in meiner Küche vorstellte oder mich an all die Orte erinnerte, an denen ich sie in der letzten Woche in meinem Haus gevögelt hatte. Sie vermutete wohl nicht, dass ich davon träumte, abends mit meinen beiden Damen Brettspiele zu machen und im Winter ein Feuer im Kamin zu entzünden, den ich bislang nie benutzt hatte.

Eine halbe Stunde später war der Tisch gedeckt, und ich durfte endlich sehen, was die beiden ausgeheckt hatten.

Stella stellte eine mit einem Handtuch bedeckte Auflaufform auf den Tisch, und Charlie beugte sich vor und sah Stella an, die ihr zunickte.

»Ta-daaa!« Meine Tochter riss das Handtuch weg.

»Makkaroni mit Käse? Habt ihr zwei eine neue Packung zum Ausprobieren gefunden?«

Charlie schüttelte den Kopf. »Die haben wir selbst gemacht!«

»Das sieht köstlich aus.« Ich sah mich übertrieben um. »Aber wo sind eure? Die sind doch nur für mich, oder?«

Charlie kicherte. »Die müssen wir uns *teilen*, Daddy. Es sind genug für uns alle da.«

Mir lief das Wasser im Mund zusammen, als Stella jedem von uns einen riesigen Teller mit meinem Lieblingsessen servierte. Ich konnte es kaum erwarten, sie zu probieren.

»Die sind wirklich gut«, sagte ich einen Moment später.

»Danke. Ich … habe meine Mutter heute wegen ihres Rezepts angerufen.«

Ich hatte nicht erwartet, dass sie *das* sagen würde, und ich wollte in Charlies Gegenwart nichts Kritisches erwähnen, also fragte ich kryptisch. »Wie ist es gelaufen?«

Stella zuckte mit den Schultern. »Es war ganz okay.«

Ich nickte. »Nun, danke. Es ist wirklich köstlich.«

Sie lächelte. »Es war an der Zeit.«

Meine Tochter, die nichts von meinem bedeutungsvollen Austausch mit Stella ahnte, fragte mit vollem Mund. »Daddy, können wir nach dem Essen ein Eis essen und Geheimnisse spielen?«

Ich deutete mit meiner Gabel auf ihren Teller. »Du bist

noch nicht mal halbwegs fertig mit dem, was du da hast, und machst dir Sorgen wegen des Nachtischs? Vielleicht bist du dann zu voll für Eis.«

Charlie kicherte, als ob ich gerade einen Witz erzählt hätte. »Es ist immer Platz für Eis, Daddy. Es schmilzt, sobald es in deinem Bauch ist, also ist es nicht einmal wirklich Essen.«

»Was ist das Geheimnisspiel?«, fragte Stella. »Ich glaube, das habe ich noch nie gespielt.«

»Es ist nicht wirklich ein Spiel. Wir essen nur Eiscreme und erzählen uns abwechselnd Geheimnisse.« Ich wollte Charlie nicht erklären, dass mein Vater das mit meiner Schwester und mir gemacht hatte, nachdem bei unserer Mutter Krebs diagnostiziert worden war. Es war seine Art, uns beizubringen, dass wir uns ihm immer anvertrauen konnten – dass er unsere Geheimnisse für sich behielt und uns seine anvertraute.

»Kann es irgendein Geheimnis sein?«, fragte Stella.

»Was immer du willst«, sagte ich.

Sie grinste. »Ich bin dabei.«

Nach den Makkaroni mit Käse waren wir alle satt und zogen uns auf die Couch zurück, um einen Film zu sehen. Charlie legte ihren Kopf auf meinen Schoß und streckte sich links von mir aus, Stella saß zu meiner Rechten. Nach der Hälfte von *Alles steht Kopf* schnarchte Charlie. Ich konnte es ihr nicht verübeln. Ein Nickerchen hörte sich nach diesem Essen ziemlich gut an, und wir hatten diesen Film mindestens fünfzigmal gesehen.

Irgendwann stand Stella auf, um auf die Toilette zu gehen, also schlüpfte ich unter meiner Tochter hervor und legte vorsichtig ihren Kopf ab. Dann wartete ich im Flur. Als Stella die Tür öffnete, packte ich sie am Arm und zerrte sie ins angrenzende Gästezimmer.

Sie kicherte, und ich legte meine Hand auf ihren Mund. »Pst … sie hat ein ziemlich gutes Gehör.« Stella nickte, also nahm ich meine Hand weg.

Sie flüsterte: »Was machst du?«

»Ich wollte mich für das Essen bedanken.«

»Das hast du schon.«

»Ich meinte, richtig.«

Ich umfasste ihren Nacken und presste meine Lippen auf ihre. »Du riechst immer so verdammt gut«, stöhnte ich.

Sie saugte an meiner Zunge. »Und du *schmeckst* immer so gut.«

Shit. Das war wahrscheinlich eine dumme Idee. Ich spürte, wie ich bereits erregt wurde. Aber ich hatte noch keine Minute mit ihr allein verbracht, seit sie hergekommen war, und das brauchte ich. Ich drückte sie gegen die Tür und küsste sie leidenschaftlich auf den Mund. Als ich fertig war, atmeten wir beide schwer.

Ich wischte ihr über die Unterlippe und sagte: »Du hast deine Mutter angerufen.«

Ihre Miene wurde weicher. »Ja. Ich glaube nicht, dass ich in nächster Zeit zum Essen zu ihr gehen werde, aber was du gesagt hast, hat mich wirklich berührt. Das Leben ist kurz, und man weiß nie, was morgen passiert. Ich will nichts bereuen und bin bereit, nach vorn zu schauen.«

Ich sah zwischen ihren Augen hin und her und streichelte ihre Wange. »Das freut mich.«

Sie drehte ihren Kopf und küsste meine Handfläche. »Glaubst du, Charlie schläft durch? Vielleicht sollte ich jetzt gehen.«

»Sicher nicht. Sie wacht jeden Moment auf und verlangt nach einem Eis.«

Stella lächelte. »Und dann bekomme ich eines deiner Geheimnisse zu hören. Darauf habe ich mich irgendwie gefreut.«

»Ach ja?«

Sie nickte.

»Gut, dann erzähle ich dir jetzt eins.« Ich lockte sie mit dem Finger, näher zu kommen. Als sie es tat, bewegte ich meinen Mund zu ihrem Ohr und flüsterte: »Ich bin verdammt verrückt nach dir, Schätzchen.«

Sie sah mich an und lächelte. »Ich bin auch verrückt nach dir.«

Natürlich wachte Charlie etwa zehn Minuten vor Ende des Films auf und räkelte sich. »Können wir jetzt Eis essen?«

Ich lachte. »Du bist ja gar nicht richtig wach.«

»Ich bin wach genug für ein Eis.«

»Na gut. Setzt ihr zwei euch an den Tisch, und ich mache uns Schüsseln fertig. Willst du eine Portion mit allem haben?«

Charlie nickte schnell und grinste breit.

Ich deutete mit dem Kinn auf Stella. »Was ist mit dir?«

»Was ist mit allem?«

»Mit Schlagsahne, Streuseln, Nüssen, Bananenscheiben und Schokoladensoße.«

Sie leckte sich über die Lippen. »Auf jeden Fall.«

In der Küche bereitete ich drei Schüsseln vor. Ich stellte sie auf den Tisch und sagte: »Also, wer will zuerst?«

Charlie zeigte auf Stella. »Stella! Ich will ihr Geheimnis wissen.«

»Oh Mann …«, sagte Stella. »Dann musst du mir eine Minute Zeit geben, damit ich nachdenken kann.«

Wir schaufelten uns Eiscreme in den Mund, bis Stella schließlich die Hand hob. »Mir ist eins eingefallen!« Sie beugte sich über den Tisch zu Charlie und senkte ihre Stimme. »Das weiß keiner. Bist du sicher, du kannst ein Geheimnis wahren?«

Die Augen meiner Tochter waren groß vor Freude, und sie nickte schnell.

»Okay. Also, als ich ungefähr acht oder neun war – nicht viel älter als du –, habe ich diese Schildkröte im Park gefunden. Sie war nur ungefähr so groß.« Stella bildete mit ihren Händen einen Kreis von der Größe eines Golfballs. »Ich nahm sie mit nach Hause und fragte meine Eltern, ob ich sie behalten dürfe, aber sie sagten Nein, weil sie dachten, sie gehöre nach draußen. Also ging ich am nächsten Tag wieder in den Park und versuchte, sie freizulassen. Ich setzte sie auf die Wiese, wo ich sie gefunden hatte, aber dort war sie kaum zu sehen, sodass mindestens ein halbes Dutzend Kinder sie beim Spielen fast zerquetscht hätten. Ich wusste einfach, wenn ich sie dort lasse, würde sie sich verletzen. Also habe ich sie abends zurück ins Haus geschmuggelt und sie in einer Schublade in meinem Zimmer aufbewahrt. Eine Woche später fand sie meine Mutter, als sie in meinem Zimmer war und die Wäsche wegräumte. Sie wollte, dass ich sie wieder zurückbringe. Das habe ich zwar gemacht, aber ich habe bei jeder Gelegenheit nach ihr gesehen. Ich versuchte, sie in eine Ecke des Parks zu bringen, die sicherer war, aber sie fand immer wieder den Weg in Bereiche, in denen Kinder herumliefen. Ich machte mir große Sorgen um sie. Ein paar Wochen später fuhr meine Familie in den Urlaub nach Florida – nach Disneyworld und auch SeaWorld. Also steckte ich die Schildkröte in meinen Rucksack, schmuggelte sie in SeaWorld ein und ließ sie in der Schildkröten-Ausstellung frei. Ich dachte, dass sie dort sicher sein würde.«

Ich hob eine Augenbraue. »Du hast ein Tier in SeaWorld geschmuggelt?«

Stella nickte. »Ich sehe es eher so, dass ich ihr geholfen habe, Asyl zu erhalten, aber ja.«

»Daddy, können wir SeaWorld besuchen? Vielleicht sehen wir dann die Schildkröte, die Stella gerettet hat.«

Ich brachte es nicht übers Herz, ihr zu sagen, dass ich das Vieh wahrscheinlich gar nicht mehr beschreiben konnte. Womöglich lebte es schon lange nicht mehr. »Vielleicht irgendwann.«

Charlie schaufelte sich einen Löffel Eiscreme in den Mund. »Du bist dran, Daddy.«

Ich gab zu, dass ich noch nie in SeaWorld gewesen war, und übergab dann das Wort an meine Tochter.

Sie tippte sich mit dem Zeigerfinger an die Lippen, während sich die Rädchen in ihrem Kopf drehten. »Kann meins einfach ein Geheimnis sein, das Stella nicht weiß? Ich kann mir nicht vorstellen, dass du es nicht weißt, Daddy.«

»Sicher.«

Charlie lehnte sich zu Stella und ahmte nach, was Stella vorhin getan hatte. Sie legte beide Hände um ihren Mund und flüsterte: »Eigentlich heiße ich gar nicht Charlie.«

»Wow. Okay. Das ist ein ziemlich großes Geheimnis. Ich hatte keine Ahnung.« Stellas Blick sprang zu mir, und ich nickte bestätigend, bevor ihre Aufmerksamkeit zu meiner Tochter zurückkehrte.

»Ist Charlie die Abkürzung für etwas?«, fragte sie.

Meine Tochter schüttelte den Kopf. »Ich wurde nach meinen Großmüttern benannt. Mein zweiter Vorname ist Charlotte, so wie Daddys Mutter.«

»Also ist Charlie die Kurzform von Charlotte, was dein zweiter Vorname ist? Aber was ist dann dein erster Name?«

»Der Name der Mutter meiner Mommy ist Laken.«

»Laken?« Stella zog die Brauen zusammen. »Dann heißt du also Laken Charlotte?«

Charlie nickte. »Daddy, kann ich mehr Schlagsahne auf mein Eis bekommen?« Sie kippte ihre Schüssel zu mir und runzelte die Stirn. »Meine ist schon weg.«

»Das liegt daran, dass du sie gegessen hast. Aber ich denke schon. Geh und hol die Flasche aus dem Kühlschrank, okay?«

Charlie hüpfte von ihrem Stuhl und hatte das Geheimnisspiel schon vergessen, aber Stella sah verwirrt aus. »Ihr Name ist *Laken* Charlotte? Das ist doch kein üblicher Name.«

Ich zuckte mit den Schultern. »Wahrscheinlich nicht. Die Mutter meiner Ex-Frau ist ein paar Monate vor Charlies Geburt gestorben. Sie wollte sie nach ihrer Mutter benennen, also haben wir die Namen unserer Mütter kombiniert, um sie beide zu ehren. Aber nachdem Charlie geboren war, hatte Lexi eine kleine postnatale Depression, und jedes Mal, wenn sie das Baby Laken nannte, war sie total aufgewühlt. Also fingen wir an, sie bei ihrem zweiten Vornamen zu nennen – Charlotte, abgekürzt Charlie. Das blieb haften. Als sie ein oder zwei Monate alt war, war Charlie einfach Charlie, und sie anders zu nennen fühlte sich nicht richtig an.«

»Laken Charlotte«, wiederholte Stella. Irgendetwas daran schien sie zu stören.

»Ich denke gar nicht mehr darüber nach, denn für mich ist sie nur Charlie. Bist du sauer, dass ich das nicht erwähnt habe?«

Stella schüttelte den Kopf. »Nein … das ist es nicht. Ich habe nur …«

Ich wartete, dass sie weitersprach, doch sie starrte nur vor sich hin und war mit den Gedanken woanders. »Ist Lexi eine Abkürzung?«

Ich sah sie verwirrt an. »Lexi wie meine Ex-Frau?«

Stella nickte.

»Ihr richtiger Name ist Alexandria, aber alle nennen sie Lexi. Warum?«

Stella wurde blass, und sie bekam große Augen. Sie sah total erschrocken aus.

»Stimmt etwas nicht?«

Sie schüttelte den Kopf. »Nein. Nein, ich … ich habe nur Kopfschmerzen.«

»Kopfschmerzen?« Ich sah sie skeptisch an. »Seit wann?«

»Uuuhhh … seit gerade eben.«

Mein Bauchgefühl sagte mir, dass das nicht stimmte, aber Charlie kam mit der Sprühsahne zurück an den Tisch und schob mir ihre Schüssel vor die Nase. Ich spritzte mehr, als ich hätte tun sollen, und schob sie ihr wieder zu, dann wandte ich meine Aufmerksamkeit wieder Stella zu.

»Willst du eine Tablette haben?«

»Nein. Eigentlich … denke ich, ich gehe lieber.«

Irgendetwas stimmte ganz eindeutig nicht. »Du hast nicht einmal dein Eis aufgegessen.«

»Ich weiß. Tut mir leid.« Sie stand auf und ging mit ihrer Schüssel in die Küche.

Ich folgte ihr und sprach leise, damit Charlie mich nicht hörte. »Ist noch etwas anderes? Warum habe ich das Gefühl, dass wir dich irgendwie verärgert haben?«

Stella lächelte, aber es war eindeutig gezwungen. »Das habt ihr nicht. Ich … muss mich nur hinlegen, glaube ich.«

Ich sah ihr in die Augen, dann nickte ich. »In Ordnung. Dann rufe ich dir ein Uber.«

»Ich kann den Zug nehmen.«

»Nein, ich rufe dir ein Uber. Dir geht es nicht gut.« Ich zog das Telefon aus der Tasche, öffnete die App und gab Stellas Adresse ein. Der Fahrer würde verdammt schnell hier sein. Ich drehte das Display um und zeigte es ihr. »Vier Minuten.«

»Okay. Danke.«

Innerhalb von einer Minute sammelte Stella ihre Sachen ein und sagte Charlie gute Nacht, die sie fest umarmte.

»Ich bin in einer Sekunde zurück«, sagte ich zu meiner Tochter. »Du isst dein Eis auf, während ich Stella rausbringe.«

»Okay, Daddy.«

An der Haustür angekommen trat ich mit Stella nach draußen und zog sie ein Stück hinter mir zu. »Bist du sicher, dass es dir gut geht?«

»Ja, alles okay.« Sie sah auf den Boden. »Manchmal wird mir von den Kopfschmerzen übel, deshalb denke ich, es ist besser, wenn ich nach Hause fahre.«

Wieder kaufte ich es ihr nicht ab, nickte aber trotzdem. »Okay.«

Ein Auto, auf das die Beschreibung des Ubers passte, hielt am Bordstein, also fasste ich Stellas Gesicht und küsste sanft ihre Lippen. »Überprüfe das Nummernschild, bevor du einsteigst. Es sollte mit 6-F-E enden. Und schick mir eine Nachricht, wenn du zu Hause bist.«

Sie nickte. »Gute Nacht.«

Ich beobachtete, wie Stella um das Auto herumging und das hintere Nummernschild kontrollierte, dann stieg sie auf den Rücksitz. Sie sprach mit dem Fahrer, und ich wartete darauf, dass sie sich umdrehte und ein letztes Mal zum Abschied winkte. Aber das tat sie nicht. Das Auto fuhr einfach los.

Irgendetwas war definitiv nicht in Ordnung, und mein Bauchgefühl sagte mir, dass es nichts mit Kopfschmerzen zu tun hatte.

27. Kapitel

Hudson

Als ich am Montagmorgen ins Büro kam, war Stella nicht bei der Arbeit. Ich ging vor meinem Neun-Uhr-Termin dreimal an ihrem Büro vorbei. Als sie immer noch nicht aufgetaucht war, schickte ich ihr eine kurze Nachricht.

Hudson: Alles in Ordnung?

Dass mein Telefon nicht summte, lenkte mich mehr ab, als wenn es während der Präsentation, der ich eigentlich folgen sollte, laut geklingelt hätte. Anscheinend konnte ich mich nicht konzentrieren. An dem Abend, nachdem Stella gegangen war, hatte ich mir eingeredet, dass ich die Situation überanalysiert hatte – dass sie tatsächlich nur Kopfschmerzen hatte und am Sonntagmorgen alles wieder in Ordnung sein würde. Aber offensichtlich war das nicht der Fall.

Als mein Meeting zu Ende ging, war es fast elf, und ich hatte immer noch nichts von Stella gehört. Ihre Bürotür war verschlossen, und die Empfangsdame sagte, sie habe sie heute nicht gesehen, also machte ich mich auf den Weg zu meiner Schwester.

»Hey. Hast du heute schon was von Stella gehört? Sie ist noch nicht da.«

Meine Schwester hörte auf zu schreiben und sah auf. »Hi,

Hudson. Freut mich auch, dich an diesem schönen Morgen zu sehen. Mir geht's gut, danke der Nachfrage.«

»Ich bin nicht in der Stimmung …«

Sie runzelte die Stirn. »Was für eine Laus ist dir denn über die Leber gelaufen?«

»Kannst du mir einfach sagen, ob du heute schon mit Stella gesprochen hast?«

Olivia seufzte. »Ja, ich habe zweimal mit ihr telefoniert. Sie arbeitet von zu Hause aus. Hat sie dir das nicht gesagt?«

Ich schüttelte den Kopf. »Geht es ihr gut?«

Auf dem Gesicht meiner Schwester erschien ein besorgter Ausdruck.

»Sie sagte, sie hätte Kopfschmerzen, die sie die letzten zwei Nächte wach gehalten hätten, aber es ginge ihr allmählich besser. Alles in Ordnung mit euch beiden?«

Ich fuhr mir mit der Hand durchs Haar. »Ja. Ich glaub schon.«

Meine Schwester warf mir einen prüfenden Blick zu und presste die Lippen zu einer schmalen Linie zusammen. »Du *glaubst* es? Aber du bist dir nicht sicher. Was hast du getan?«

»Ich? Warum denkst du, dass ich etwas getan habe?«

»Wenn ein Mann sich nicht sicher ist, ob er etwas falsch gemacht hat, hat er es normalerweise getan.«

Ich zuckte mit den Schultern. »Wie auch immer.«

Als ich in mein Büro zurückkam, summte nach mehr als zwei Stunden Wartezeit endlich mein Handy.

Stella: Alles in Ordnung. Ich arbeite heute von zu Hause aus.

Ich war mittelmäßig erleichtert, dass sie mich nicht völlig ignorierte, aber das Unbehagen in meiner Magengrube blieb. Also schrieb ich zurück.

Hudson: Kopfschmerzen weg?

Es schien eine einfache Frage zu sein, doch ich beobachtete, wie sich die kleinen Punkte zu bewegen begannen, dann anhielten, dann wieder hüpften und schließlich ganz aufhörten. Zehn Minuten später kam endlich eine Antwort.

Stella: Ja, die Kopfschmerzen sind weg. Danke, dass du fragst.

Danke, dass du fragst, fühlte sich verdammt nach *Jetzt lass mich in Ruhe* an.

Wie dem auch sei. Ich musste arbeiten. Anstatt also noch mehr Stunden zu verschwenden als ohnehin schon, um alles genau zu analysieren, warf ich mein Telefon auf den Schreibtisch. Vielleicht verstand ich Frauen einfach nicht.

Am nächsten Tag freute ich mich riesig, als ich um sieben Uhr Licht aus Stellas Büro dringen sah.

»Hey. Du bist da …«

Stella hatte ihre Nase in ihrem Laptop vergraben. Sie sah auf und lächelte, aber das Lächeln erreichte nicht ganz ihre Augen. »Ja. Tut mir leid, dass ich gestern nicht gekommen bin.«

»Das muss dir nicht leidtun. Du arbeitest nicht für mich. Der Raum hier gehört dir, du kannst ihn nutzen, wie du willst. Ich habe mir nur Sorgen gemacht, dass vielleicht etwas mehr los ist als nur Kopfschmerzen …«

Stella schob einige Papiere auf ihrem Schreibtisch hin und her und mied es, mir in die Augen zu sehen. »Nein, es ist nichts. Nur Kopfschmerzen. Das habe ich manchmal.«

Vor ein paar Tagen wäre ich in ihr Büro gegangen, hätte die Tür hinter mir geschlossen und sie so leidenschaftlich geküsst, dass ich einen heftigen Ständer gehabt hätte. Doch jetzt hielt mich die Stimmung, die ich spürte, an der Tür zurück. Mit anderen Worten, es waren nicht *nur* Kopfschmerzen. Aber sie arbeitete, und ich hatte ein Meeting, für das ich mich vorbereiten musste, also wollte ich jetzt nicht weiter in sie dringen.

Ich deutete mit dem Kopf in Richtung meines Büros und sagte: »Ich habe ein frühes Meeting, das den größten Teil des Vormittags in Anspruch nehmen wird. Wollen wir uns heute Nachmittag treffen und die Lieferungen durchgehen, die noch nicht eingetroffen sind? Wir können auch über alles andere reden, das für dich Priorität hat und worum ich mich vielleicht kümmern soll.«

»Ich bin die Lieferungen gestern durchgegangen. Wir sind ab jetzt auf einem guten Weg. Ich denke, ich habe die Dinge im Griff. Gleich setze ich mich mit Olivia zusammen, um die letzten Marketing-Themen durchzugehen.«

»Oh … okay.« Ich zuckte mit den Schultern. »Wollen wir dann vielleicht nachher zusammen Mittag essen?«

»Ich werde das Mittagessen mit Olivia durcharbeiten. Und später am Nachmittag habe ich ein Meeting in Fishers Kanzlei.«

»In Fishers Kanzlei?«

»Das hat nichts mit Signature Scent zu tun.«

Offensichtlich wollte sie mir eine Abfuhr erteilen, aber ich war hartnäckig …

»Abendessen?«

Sie runzelte die Stirn. »Wahrscheinlich werde ich nachher mit Fisher etwas essen gehen.«

Sosehr ich mich auch bemühte, ich konnte meine Mundwinkel nicht dazu bringen, sich nach oben zu bewegen, um so zu tun, als wäre alles in Ordnung. Das Beste, was ich zustande brachte, war ein Nicken, um Verständnis zu heucheln. »Sag Bescheid, wenn du etwas von mir brauchst.«

»Danke, Hudson.«

28. Kapitel

Stella

Drei Nächte zuvor

Das muss ein Zufall sein.

Ich wusste, dass das nicht stimmte, aber ich redete mir immer wieder ein, dass es so war, als das Uber vom Bordstein losfuhr. Wenn ich das nicht täte, würde ich ziemlich sicher auf den Rücksitz des armen Kerls kotzen. Ich war völlig durcheinander.

Kaum hielten wir vor meiner Wohnung, flog ich aus dem Auto und rannte zum Aufzug. Als er nicht innerhalb von zwei Sekunden kam, beschloss ich, lieber acht Stockwerke hochzulaufen, als zu warten, während sich das Innere meiner Brust wie eine tickende Zeitbombe anfühlte.

In meiner Wohnung rannte ich direkt in mein Schlafzimmer und ließ mich auf den Boden fallen, um die Plastikkisten herauszuziehen, die ich unter meinem Bett verstaut hatte. In meiner Panik konnte ich mich nicht daran erinnern, wie die Außenseite des Tagebuchs aussah, das ich suchte, oder gar, in welcher Kiste die meisten neueren Bücher waren. Also schnappte ich mir die erste Kiste und holte eins nach dem anderen heraus.

In die erste Kiste hatte ich mindestens dreißig verschiedene Tagebücher gepackt, die ich im Laufe der Jahre gesammelt hatte, aber kein aktuelles. Ich machte mir nicht die Mühe, etwas zurückzupacken, bevor ich den Deckel der nächsten Plastikkiste abriss. Nachdem ich ein paar weitere Bücher durchgesehen hatte, holte ich ein in rotes Leder gebundenes Buch heraus, das mir einen Stromstoß durch den Körper jagte. Vor zehn Sekunden hätte ich es bei einer Gegenüberstellung nicht erkannt, doch in dem Moment, in dem ich es in der Hand hielt, wusste ich es. *Ich wusste einfach*, dass es das richtige war.

Anders als bei jedem anderen Buch, das ich in die Hand nahm, klappte ich es nicht sofort auf und begann zu lesen. Stattdessen holte ich tief Luft und beruhigte mich, als mir erneut der Ernst der Lage bewusst wurde. Wenn das, was ich vermutete, stimmte … *Oh Gott, ich weiß, dass ich recht habe.*

Übelkeit erfasste mich, und meine Hände zitterten, als ich das Buch aufschlug und zu lesen begann.

Liebes Tagebuch,
dies ist die erste Seite eines neuen Buches, was mir irgendwie sehr passend erscheint. Ich weiß, es ist schon eine Weile her, seit ich das letzte Mal geschrieben habe, aber alle Seiten in meinem alten Buch waren voll, und ich hatte nichts Gutes zu berichten, für das es sich lohnte, ein neues zu beginnen.
Zum Glück hat sich das nun geändert. Der Sommer war alles andere als langweilig. Ich glaube sogar, dass es einer jener Sommer war, über die Lieder geschrieben werden. Weißt du, ich habe die Liebe meines Lebens getroffen. Er ist süß und freundlich, aber auch irgendwie nachdenklich und ernst. Damals im Mai, als ich vom College nach Hause kam, haben

meine Eltern mich zu einer langweiligen Party von einem ihrer Freunde mitgeschleppt. Eigentlich wollte ich gar nicht hingehen, aber ich bin verdammt froh, dass ich es getan habe, denn ich habe den Mann getroffen, den ich eines Tages heiraten werde!
Demnächst mehr! ~A

Ich hielt inne und analysierte jedes Wort. Hudson hatte nicht erwähnt, wie er und seine Ex-Frau sich kennengelernt hatten, aber er hatte gesagt, dass ihre Familien befreundet waren und dass sie in denselben Kreisen verkehrten. Ich hatte angenommen, dass das H, das bei ihr gelegentlich vorkam, für *husband* wie Ehemann stand, aber es könnte auch für Hudson stehen.

Als ich das Puzzle zusammenfügte, fiel jedes Teilchen an seinen Platz.

Meine ehemalige Mitbewohnerin Evelyn hatte mir dieses Tagebuch zum Geburtstag geschenkt. Evelyn und die Ex-Frau von Hudson waren befreundet. Vielleicht hatte Alexandria ihr das Tagebuch zur Aufbewahrung gegeben, oder wer weiß –, vielleicht hatte Evelyn es ihr auch gestohlen. Sie neigte weiß Gott dazu, Dinge von Freunden zu nehmen.

Alexandria hatte in der New York Public Library geheiratet – da war ich mir sicher. Ich hatte jedes Detail ihrer Planung gelesen. Auch *Hudson* hatte dort geheiratet, genau wie seine Eltern vor ihm.

Ich war mir auch zu 99,9 Prozent sicher, dass das Kind, von dem Alexandria berichtet hatte, *Laken Charlotte* hieß. Ich erinnerte mich daran, weil es das einzige Mal war, dass die Autorin einen anderen Namen außer ihrem eigenen verwendet hatte. Überall sonst bezog sie sich auf Menschen nur mit

Initialen, aber an dem Tag, als ihre Tochter geboren wurde, hatte sie ihren Namen aufgeschrieben. *Laken Charlotte.*

Es war kein gewöhnlicher Name, aber ich brauchte dieses zusätzliche Hundertstel Prozent Sicherheit, und ich brauchte es jetzt. Ich konnte auf keinen Fall einfach weiterlesen und warten, bis ich an diesen Punkt kam. Also blätterte ich hektisch, bis ich den Abschnitt fand, an den ich mich erinnerte.

Liebes Tagebuch,
heute bin ich Mutter geworden.
Mutter.
Ich musste das noch mal schreiben, weil ich es immer noch nicht glauben kann. Die Geburt war genauso grausam und schmerzhaft wie ich es von allen gehört hatte, und noch einiges mehr. Aber in dem Moment, als sie mir mein kleines Mädchen in die Arme legten, vergaß ich alle Qualen der Geburt. Sie ist perfekt, in jeder Hinsicht.
Heute um 14:42 Uhr hat sich mein Leben verändert. Ich sah in die Augen meines Babys und wusste im Grunde meines Herzens, dass ich ein besserer Mensch werden muss. Ein stärkerer Mensch. Ein selbstloserer Mensch. Ein ehrlicher Mensch. Ich bin so stolz darauf, die Mutter dieses süßen Mädchens zu sein, und verspreche, ab heute ein Mensch zu werden, auf den sie eines Tages ebenfalls stolz sein kann.
Willkommen auf der Welt, Laken Charlotte. ~A

Ich ließ das Buch auf meinen Schoß fallen und schloss die Augen.

Hudsons Ex-Frau war Laken Charlottes Mutter – die Mutter *von Charlie*. Aber leider war das alles, was ich mit Sicherheit sagen konnte. Denn laut anderen Einträgen in ihrem

Tagebuch war das auch alles, was *Alexandria* mit Sicherheit sagen konnte. Sie hatte ein Geheimnis vor ihrem Mann bewahrt – ein *großes* Geheimnis.

Dieses Mal konnte ich meine Übelkeit nicht zurückhalten. Ich rannte ins Bad und entlud den Inhalt meines Magens in die Toilette.

29. Kapitel

Stella

Fünfzehn Monate zuvor

»Du riechst nach Parfüm, Aiden.« Nach unserer Umarmung trat ich einen Schritt zurück.

Er seufzte. »Nicht das schon wieder. Du hast überall in unseren Wohnungen Proben verteilt, natürlich bleibt etwas davon in meiner Kleidung hängen.«

Er drehte sich um und ging ins Schlafzimmer. Ich folgte ihm.

»Du riechst nach Jasmin. Den habe ich weder hier noch bei dir zu Hause.«

»Nun, dann ist es wahrscheinlich eine Kombination aus dem Zeug, das hier herumliegt. Gerade du weißt doch, dass viele Gerüche zusammen einen neuen ergeben. Was auch immer meine Jacke aufgenommen hat, muss eine Kombination sein.«

»Wo warst du heute Abend?«

»Ich habe Zwischenprüfungen in meinem Büro korrigiert. Willst du ab jetzt eine Bestätigung von dem Security-Mann, an dem ich auf dem Weg nach draußen vorbeikomme? Die bessere Frage ist: Wo warst *du*? Du hast deine Schuhe noch an, und deine Wangen sind rot von der Kälte. Ich nehme also an, dass du selbst lange gearbeitet hast.«

»Ich war im Labor und habe an dem Algorithmus gearbeitet.«

Aiden rollte mit den Augen. »Der Algorithmus … richtig. Ich dachte, das hätten wir hinter uns gelassen. Wir kaufen ein Haus von dem Geld.«

»Nur weil ich zugestimmt habe, von unseren Ersparnissen ein Haus zu kaufen, heißt das nicht, dass ich aufhören muss, an meinem Produkt zu arbeiten.«

»Nein, aber woher weiß ich, dass du wirklich da warst?«

»Das weißt du nicht. Aber ich bin nicht derjenige, der nach Parfüm riecht und Kosten für ein Hotel auf meiner Kreditkartenabrechnung hat.«

»Ich mache diesen Bullshit nicht noch mal mit, Stella.« Aiden stemmte die Hände auf die Hüften. »Das Hotel habe ich für meine Eltern reserviert, die in die Stadt kommen wollten. Das ist lange her, ich hatte vergessen, das zu stornieren, nachdem sie ihre Reise nach New York abgesagt hatten. Es war mir völlig entfallen, als du mich gefragt hast. Eine Woche später fiel es mir wieder ein, also habe ich die Rechnung bezahlt. Ich wusste nicht, dass ich dir darüber Bericht erstatten muss.«

Die Geschichte, die er mir erzählt hatte, klang plausibel, allerdings hatte er nie erwähnt, dass seine Eltern in die Stadt kommen würden. Wenn sie früher zu Besuch gewesen waren, hatten sie immer in einem Hotel in der Nähe seiner Wohnung übernachtet – nicht am anderen Ende der Stadt.

In letzter Zeit war es immer das Gleiche. Er hatte für alles eine Erklärung – für das Hotel und dass er nach Parfüm roch. Dafür, dass eine meiner Arbeitskolleginnen ihn in einem

Restaurant mit einer brünetten Frau gesehen hatte, was ziemlich intim gewirkt hatte, und für eine verdächtige Nachricht. Es war nicht eine Sache, sondern ein Haufen kleiner Dinge, die sich summierten.

»Hör zu.« Aiden kam zu mir und legte seine Hände auf meine Schultern. »Diese blöden Tagebücher machen dich noch ganz verrückt.«

Wie gern hätte ich ihm geglaubt. Aber ich konnte all die Ähnlichkeiten zwischen dem Verhältnis von Alexandria zu ihrem Mann und dem, was in letzter Zeit zwischen Aiden und mir vorgefallen war, einfach nicht vergessen. Alexandria kam nach Hause und ging sofort unter die Dusche, um den Geruch ihres Liebhabers abzuwaschen – genau wie Aiden es in den letzten Monaten tat, wenn ich bei ihm war und er nach Hause kam. Alexandria war supervorsichtig mit ihrem Telefon. Aiden nahm seins jetzt sogar mit ins Bad, wenn er duschte – bis auf das eine Mal, als er unter der Dusche stand, als ich gerade ankam. Ich hatte sein Handy beim Aufladen auf dem Nachttisch gefunden und versucht, einen Blick auf seine Textnachrichten zu werfen, während das Wasser noch lief. Doch ich musste festzustellen, dass er sein Passwort geändert hatte, das seit Ewigkeiten dasselbe gewesen war.

Ich sah Aiden in die Augen. »Versprichst du es mir? Versprich mir, dass da nichts mit einer anderen läuft. Ich kann das Gefühl einfach nicht abschütteln, Aiden.«

Er beugte sich zu mir und hielt meinen Blick fest. »Du musst mir vertrauen.«

Ich nickte, obwohl ich nicht beruhigt war.

In dieser Nacht gingen wir ins Bett, wie meist in der letzten Zeit – wir gaben uns einen flüchtigen Kuss auf die Lippen und hatten keinen Sex. Das war eine weitere Sache, die sich in den letzten sechs Monaten verändert hatte und meinen Verdacht nur noch verstärkte.

In der folgenden Woche hatte sich alles weitgehend normalisiert – bis Fisher eines Morgens anrief, als ich gerade Toast machte.

»Hey. Du hast doch gesagt, Aiden wäre heute Abend nicht in der Stadt, oder? Darum hast du unseren monatlichen Filmabend von Sonntag auf Freitag verlegt.«

»Ja, genau. Er fährt zu einer Konferenz im Norden über neue Technologien in College-Vorlesungen. Warum?«

»Ich habe diesen seltsamen Typen getroffen, mit dem Simon zusammenarbeitet – den mit dem Mittelscheitel und den glatt gebürsteten Haaren. Ich bin vor ein paar Jahren auf eurer Weihnachtsfeier nicht mehr von ihm losgekommen. Da hat er mir eine halbe Stunde lang erklärt, wie schlecht Heliumballons für unsere Meere sind.«

»Ich erinnere mich an Simon. Was ist mit ihm?«

»Nun, wir gehen in dasselbe Fitnessstudio. Ich sehe ihn ab und zu und versuche, ihm aus dem Weg zu gehen. Aber heute Morgen war nur ein Laufband neben ihm frei. Also musste ich neben dem Typen laufen. Er sah meine Wasserflasche und hielt mir einen Vortrag über die Auswirkungen von Plastik auf Mutter Erde. Ich versuchte, das Thema zu wechseln, und fragte ihn, ob er auch zur Konferenz fährt.«

»Okay …«

»Er sagte, die war letztes Wochenende.«

»Was?« Ich hielt im Verteilen der Butter inne und vergaß den Toast. »Vielleicht findet die an mehreren Wochenenden statt?«

»Das habe ich auch gedacht. Ich weiß, dass du in letzter Zeit etwas misstrauisch Aiden gegenüber bist, darum wollte ich es dir erst gar nicht erzählen, aber es hat mich irgendwie beschäftigt. Also habe ich die Konferenz gegoogelt. Sie *war* letztes Wochenende – *nur* letztes Wochenende, Stell.«

Nachdem ich eine Weile nichts gesagt hatte, hörte ich die Sorge in Fishers Stimme.

»Alles okay mit dir?«

Seltsamerweise fühlte ich mich irgendwie wie betäubt, nicht verzweifelt und außer mir wie damals, als ich anfing, misstrauisch zu werden. Vielleicht hatte ich tief im Inneren die ganze Zeit die Wahrheit gewusst. Aber ich war mir sicher, dass Aiden nie etwas zugeben würde.

»Ja, mit mir ist alles okay.«

»Was willst du tun?«

»Glaubst du, du kannst dir noch mal das Auto von deinem Freund leihen?«

»Wahrscheinlich. Warum?«

»Könntest du damit um vier hier sein?«

»Ich dachte, der Filmabend würde um sechs beginnen?«

»Sollte er auch. Aber es gibt eine Planänderung. Aiden fährt um vier, und ich will ihm folgen.«

»Da ist er.« Ich zeigte auf Aiden, der mit seinem Gepäck aus dem Vordereingang seines Hauses kam. Fisher und ich hatten vier Autos weiter geparkt und warteten.

Ich duckte mich auf meinem Sitz, obwohl Aiden nach links abgebogen war, in die entgegengesetzte Richtung. Sein Prius stand in einem Parkhaus, etwa zwei Blocks entfernt.

»Soll ich ihm folgen?«, fragte Fisher.

Ich schüttelte den Kopf. »Er braucht ein paar Minuten, bis er unten in der Garage ist, dann dauert es mindestens noch mal zehn Minuten, bis der Parkwächter das Auto vorgefahren hat. Wir sollten warten, bis er reingeht, damit er uns nicht sieht.«

»Okay.«

Jemanden zu verfolgen war nicht so einfach, wie es im Fernsehen aussah, besonders nicht in New York City. Da immer nur ein paar Autos über eine Ampel kamen, wurden wir mehrfach getrennt. Jedes Mal stieg Angst in mir auf, dass wir ihn verloren hätten, aber irgendwie schafften wir es immer, ihn wiederzufinden. Wir fuhren ein paar Autos hinter ihm auf dem FDR Drive und folgten ihm dann auf die I-87.

»Sieht aus, als würde er Richtung Norden fahren«, sagte Fisher. »Aber ich habe in dem Laden angerufen, in dem die Konferenz stattgefunden hat, von der er dir erzählt hat. Die war definitiv letztes Wochenende.«

Ich schüttelte den Kopf. »Ich weiß nicht, was ich denken soll. Vielleicht trifft er sich dort, wo die Konferenz stattgefunden hat, mit einer Frau? Sodass es eine Erklärung gibt, falls ein weiteres Hotel auf seiner Abrechnung auftaucht?«

»Vielleicht. Du hast ihn oft genug zur Rede gestellt, er weiß, dass du inzwischen misstrauisch bist.«

Wir fuhren eine Weile, und es sah so aus, als würde Aiden genau das tun, was wir vermuteten, und wir würden noch eine Weile unterwegs sein. Doch als wir uns der Ausfahrt näherten, in deren Nähe Fisher und ich aufgewachsen waren, setzte Aiden den Blinker und wechselte auf die rechte Spur.

»Er kennt die Gegend, wahrscheinlich braucht er eine Toilettenpause oder muss tanken und dachte, er hält einfach hier.«

Fisher ließ sich ein wenig zurückfallen und ein paar Autos zwischen uns kommen, damit wir nicht direkt hinter ihm waren, als wir an der Ampel hinter der Ausfahrt anhielten.

»Du bist ganz schön gut im Beschatten, Fisher.«

Er lächelte. »Das ist nicht mein erstes Rodeo, Süße. Schwule Männer können ihn nicht lange in der Hose behalten. Leider habe ich das schon mal gemacht.«

»Ohne mich?«

Er zuckte mit den Schultern. »Und ich dachte, du würdest mir einen Vortrag halten, weil ich jemandem gefolgt bin.«

Wahrscheinlich hatte er recht. Vor einem Jahr hätte ich ihm noch gesagt, wenn er jemandem folgen müsse und er der Person misstraue, sei die Beziehung dem Untergang geweiht. Und nun saß ich hier … Das sollte mich wohl daran erinnern, nicht über andere zu urteilen, ehe ich in ihrer Lage gewesen war.

»Wo zum Teufel fährt er hin?«, fragte Fisher.

Aiden hatte alle kleinen Läden und die Tankstelle direkt am Parkway passiert und fuhr doch tatsächlich auf das Viertel zu, in dem Fisher und ich aufgewachsen waren – wo meine Eltern und Fishers Vater noch immer lebten.

Als Aiden rechts in die Siedlung einbog, in der meine Eltern wohnten, mussten wir uns weit zurückfallen lassen, da keine Autos mehr zwischen uns waren. Wieder kauerte ich mich auf meinem Sitz zusammen.

»Fährt er etwa zu meinen Eltern? Was zum Teufel sollte er dort wollen?«

Fisher wackelte mit den Brauen. »Vielleicht ist er einer der Gäste, die deine Mutter unten empfängt.«

»Ihh … das ist ja eklig.«

Wir hatten gescherzt, aber Aiden bog tatsächlich links ab und fuhr den Block meiner Eltern entlang.

»Nicht abbiegen«, sagte ich. »Wenn er zum Haus meiner Eltern fährt, sollten wir es von hier aus sehen können. Kannst du so weit an die Ecke heranfahren, dass wir einen Blick darauf werfen können?«

Fisher parkte direkt am Stoppschild, und wir beugten uns vor, um den Block hinunterzuschauen. Der Prius wurde langsamer und bog in die Einfahrt meiner Eltern.

»Was zum Teufel macht er da? Warum hat er mir nicht gesagt, dass er herfährt? Ich habe erst neulich mit meiner Mutter gesprochen, und sie hat nicht erwähnt, dass er vorbeikommt.«

Fisher zuckte mit den Schultern. »Vielleicht planen sie eine Überraschungsparty für dich oder so?«

»Mein Geburtstag ist erst in neun Monaten.«

Nachdem Aiden aus dem Auto gestiegen und im Haus verschwunden war, beschlossen Fisher und ich, den Block hinunterzufahren. Wir parkten ein paar Häuser weiter und rutschten in unseren Sitzen nach unten.

In der nächsten Stunde ging ich immer wieder alles durch, was mich misstrauisch gemacht hatte. Schließlich seufzte ich. »Vielleicht hat Aiden recht, und das Tagebuch hat mich paranoid gemacht und lässt mich Dinge sehen, die nicht da sind.«

»Du hattest schon einen Verdacht, bevor du dieses Buch gelesen hast«, erinnerte mich Fisher.

»Ja … aber …« Ich schüttelte den Kopf. »Ich weiß nicht. Ich bin echt besessen von dem Gedanken, dass Aiden mich betrügen könnte, und einiges davon liegt vielleicht tatsächlich an dem Zeug, das ich lese. Ich meine, ich lese dieses verdammte Tagebuch schon zum dritten Mal. Und ich sitze auf der Treppe vor der Bibliothek und frage mich, ob die Leute um mich herum Alexandria oder ihr Mann sein könnten. Ich verstehe einfach nicht, wie sie ihn betrügen kann – und dass sie ihm nicht sagt, dass das Baby, das sie zur Welt gebracht hat, vielleicht gar nicht von ihm ist.«

»Und der Typ, mit dem sie schläft, ist der Kumpel ihres Mannes, richtig?«

Ich nickte. »Es ist schrecklich. Das ist der ultimative Verrat – deine Frau und dein bester Freund.«

»Ja, das ist ziemlich beschissen«, stellte Fisher fest. »Das ist nicht so leicht zu toppen.«

Die Tür zum Haus meiner Eltern ging auf, und mein Herz klopfte in meiner Brust. »Da kommt jemand.«

Fisher und ich duckten uns so weit wie möglich nach unten, wobei wir immer noch aus dem Fenster sehen konnten. Meine Eltern und meine Schwester gingen nach draußen, standen auf der obersten Stufe und unterhielten sich ein paar Minuten lang mit Aiden. Schließlich verabschiedeten sich meine Mutter und mein Vater und gingen wieder hinein, während meine Schwester Aiden zum Auto begleitete. Am Prius gingen beide zur Beifahrerseite, und Aiden hielt Cecilia die Tür auf. Als sie einsteigen wollte, griff er nach ihrer Hand. Der Rest schien wie in Zeitlupe abzulaufen.

Aiden zog sie an sich und drückte sie mit dem Rücken gegen das Auto. Eine Brise wehte ihr das lange dunkle Haar ins Gesicht, und er strich es zur Seite … dann küsste er sie. Ich war fassungslos und wollte es immer noch nicht wahrhaben, so verrückt das auch war. Irgendwie rechnete ich damit, dass meine Schwester ihn wegstoßen würde – als passierte es zum ersten Mal. Sie würde ihm eine Ohrfeige verpassen und ihn wegstoßen.

Doch das tat sie nicht. Meine Schwester schlang ihre Arme um den Hals meines Verlobten und erwiderte seinen Kuss – zwei Menschen in einem leidenschaftlichen Kuss vereint … in der Einfahrt *meiner Eltern.*

Ich brachte kein einziges Wort heraus. Vor lauter Schreck

blieb mir der Mund offen stehen. Ich hatte vergessen, dass Fisher neben mir saß, bis er sprach.

»Ich nehme alles zurück. Es gibt Schlimmeres, als dass deine Frau deinen besten Kumpel vögelt.« Er schüttelte ungläubig den Kopf, während er mich mit großen Augen ansah. »*Das ist* der ultimative verdammte Verrat.«

30. Kapitel

Stella

»Willst du mich verarschen?« Fisher schüttelte den Kopf. »Ist das überhaupt möglich?«

Ich hatte nicht vorgehabt, meinem Freund irgendetwas zu erzählen – geschweige denn die ganze Geschichte –, aber genau das hatte ich getan. Ich hatte Fisher erzählt, dass Hudson vielleicht nicht Charlies Vater war, bevor ich es Hudson erzählt hatte, und ich hatte ein schrecklich schlechtes Gewissen, weil ich seine Privatsphäre verletzt hatte. Aber Fisher wusste schon die ganze Woche, dass etwas mit mir nicht stimmte. Als er heute Abend hereinkam und mich in einem zerknitterten Pyjama vorfand, mit ungebürsteten Haaren und verquollenen Augen … hatte ich keine andere Wahl.

Ich seufzte. »Ich bin mir ziemlich sicher, dass ich recht habe. Alle Fakten stimmen überein – und ich habe das Tagebuch von Evelyn.«

»Wie ist Evelyn überhaupt darangekommen?«

»Ich habe keine Ahnung.« Ich zuckte mit den Schultern. »Olivia hat mal erwähnt, dass Evelyn und Hudsons Ex sich zerstritten haben, weil Evelyn ihr etwas weggenommen hat. Vielleicht hatte sie ihr das Tagebuch gestohlen.«

»In Ordnung.« Er stemmte die Hände in die Hüften und

dachte einen Moment lang nach. »Wir werden Folgendes tun. Du kämmst dir die Haare und wäschst dir das Gesicht, und ich gehe nach nebenan und hole einen Notizblock und zwei Flaschen Wein. Wenn ich zurückkomme, erzählst du mir alle Fakten, und wir sehen, ob ich zum selben Schluss komme. Wenn dem so ist, überlegen wir uns einen Plan.«

Ich ließ mich tiefer in die Couch sinken. »Ich will keinen Plan.«

Fisher packte meine Hände und zog mich hoch. »Das ist mir egal. Als du zum ersten Mal den Verdacht hattest, dass Aiden dich betrügt, habe ich es abgetan. Ich hätte mich sofort mit dir zusammensetzen, dir zuhören und einen Plan ausarbeiten sollen, um den Dingen auf den Grund zu gehen. Das habe ich nicht getan, und du warst monatelang gestresst und hast gelitten. Das machen wir nicht noch mal. Wir brauchen eine Lösung.« Fisher beäugte meine Haare. »Außerdem glaube ich, dass sich hier ein oder zwei Ratten eingenistet haben könnten. Also geh dich bürsten. Ich bin in fünf Minuten zurück.«

Ich schmollte, also begleitete Fisher mich in mein Schlafzimmer. Er küsste mich auf die Stirn und schob mich zur Badezimmertür. »Na los.«

Zehn Minuten später trafen wir uns auf der Couch. Fisher deutete mit dem Kopf auf eine leere Packung. »Hast du die ganze Schokolade aufgegessen, die geliefert worden ist?«

Ich runzelte die Stirn. Am Morgen, nachdem ich aus Hudsons Haus geflohen war, war ein wunderschöner Strauß exotischer Blumen geliefert worden, zusammen mit einem riesigen, fünf Pfund schweren Hershey-Riegel. Auf Hudsons Zettel stand: *Du machst mich glücklicher als noch so viel Schokolade.* Ich hatte das ganze Ding in den letzten Tagen gegessen, während ich mich fragte, ob diese Aussage jemals wieder wahr sein würde. Keine Menge an Anandamid konnte mich aus meinem Trübsinn holen.

»Erinnere mich nicht daran«, sagte ich. »Ich fühle mich furchtbar. Hudson ist bestimmt außer sich, weil ich verschwunden bin und nicht auf seine Anrufe und Nachrichten reagiere. Aber ich kann ihm nicht in die Augen sehen nach dem, was ich weiß. *Ich kann nicht, Fisher.* Ich bin verrückt nach ihm. Ich tue ihm im Moment weh, aber wenn ich es ihm sage, ist es noch viel schlimmer.«

Fisher drückte meine Hand. »Schon gut, Süße. Aber du hast das Richtige getan. Mit so etwas überfällt man niemanden, wenn man sich nicht absolut sicher ist. Und wenn du dir sicher bist, musst du dir überlegen, wie du es ihm schonend beibringen kannst.«

»Fisher …« Ich schüttelte den Kopf. »Es ist unmöglich, ihm das schonend beizubringen. Wir reden hier von seiner *Tochter.*«

»Okay. Aber du musst dich ein bisschen entspannen, damit wir alle Details durchgehen können. Lass uns wenigstens etwas Wein trinken. Du sahst weniger nervös aus, als du vierhundert Gästen erzählt hast, wie du die Braut auf der Hochzeit einer Frau kennengelernt hast, die du noch nie gesehen hattest.« Fisher schenkte zwei große Gläser Merlot ein und setzte sich aufrecht hin, den Stift bereit in der Hand. Er sah aus, als wäre er ganz im Anwaltsmodus. »Dann fangen wir mal an. Wann hat Evelyn dir das Tagebuch gegeben?«

»Es war ein Geburtstagsgeschenk – vor etwa achtzehn Monaten. Ich weiß noch, dass ich überrascht war, dass sie mir überhaupt etwas schenkt. Ich dachte, sie wüsste gar nicht, dass ich Geburtstag habe.« Ich erinnerte mich. »Du hattest mir

Blumen geschickt. Als Evelyn sie sah, fragte sie, wofür die seien. Ich sagte, ich hätte Geburtstag, und dann ging sie in ihr Zimmer und kam mit dem Tagebuch heraus. Es war nicht eingepackt oder so.«

»Gibt es irgendwelche Hinweise auf Jahre im Tagebuch – aus Fernsehsendungen oder so?«

Ich schüttelte den Kopf. »Ich habe es in den letzten Tagen mindestens ein Dutzend Mal von vorn bis hinten gelesen. Ich habe nichts gefunden.«

»Okay.« Fisher kritzelte *achtzehn Monate* auf seinen Notizblock und unterstrich sie mit zwei fetten Schrägstrichen. »Und wann haben sich Hudson und seine Ex scheiden lassen?«

»Er sagte, Charlie war ungefähr zwei. Das wäre also vor vier Jahren gewesen.«

»Das Tagebuch könnte also vor anderthalb bis hundert Jahren geschrieben worden sein?«

Ich zuckte mit den Schultern. »Ich denke schon. Aber die Seiten sind nicht vergilbt oder so, also denke ich nicht, dass es sehr alt ist.«

»Okay … also zeitlich kommt es hin, aber das trifft wahrscheinlich auch auf eine Million anderer Szenarien zu. Machen wir mit den Namen weiter. Der Name deiner Tagebuchschreiberin war Alexandria. Wissen wir mit Sicherheit, dass das der Name von Hudsons Ex-Frau ist?«

Ich nickte. »Hudson hat immer nur von Lexi gesprochen, aber als Charlie neulich ihren vollen Namen erwähnte, fragte ich ihn danach. Sie heißt Alexandria – und übrigens hat sie auch ein Tagebuch geführt. Hudson hat das einmal beiläufig erwähnt.«

»Okay. Das sind zwei gemeinsame Namen. Was ist mit Hudson? Steht sein Name auch im Tagebuch?«

Ich schüttelte den Kopf. »Sie spricht von ihm immer nur als H, und ich dachte beim Lesen, dass das für *husband* wie *Ehemann* steht. Aber offensichtlich könnte das für Hudson stehen. Und der Typ, mit dem sie eine Affäre hatte, ist der beste Freund ihres Mannes, und sie nennt ihn J. Hudsons bester Freund heißt Jack.«

Fisher machte sich noch ein paar Notizen. »Es gibt Tausende von Menschen, die Jack heißen. Das ist ein häufiger Name. Ich wette, Alexandria auch. Noch mal, alles nebensächlich.«

»Aber sie hat den Namen ihrer Tochter an dem Tag aufgeschrieben, an dem sie geboren wurde – Laken Charlotte.«

Fisher zog die Brauen zusammen. »Und das Kind von Hudson heißt definitiv Laken Charlotte?«

Ich nickte.

»Nun, das ist offensichtlich keine so häufige Kombination. Ich habe noch nie jemanden getroffen, der Laken heißt, aber ich bin mir sicher, dass es in New York ziemlich viele davon gibt. Hier leben mehr als acht Millionen Menschen.«

»Laut Census Bureau gibt es eintausendsechshundertzweiundsechzig Menschen namens Laken in den Vereinigten Staaten, die unter dreizehn Jahre alt sind. Ich habe es nachgeschlagen.«

»Shit. Okay … Nun, das sind immer noch über sechzehnhundert Leute.«

»Aber wenn ich den Vornamen und den Nachnamen eingebe – Laken Rothschild –, gehen sie davon aus, dass es nur eine gibt.«

»Gehen davon aus? Das Census Bureau ist sich nicht sicher.«

»Ihre Aussage basiert auf alten Daten. Es ist eher eine statistische Schätzung als eine genaue Zählung. Aber alles in allem ist es keine beliebte Namenskombination.«

»In Ordnung, was noch?«

»Alexandria wurde in der New York Public Library getraut. Hudson und Lexi auch.«

»Ui. Das sieht nicht so gut aus.«

»Alexandria und H wohnten auch auf der Upper West Side, genau wie Lexi und Hudson.«

Fisher atmete tief aus. »Es gibt also eindeutig eine Menge Zufälle. Aber ich habe mal von Zwillingen gelesen, die bei der Geburt getrennt wurden. Beide wurden von ihren Adoptiveltern James genannt, und beide wurden als Erwachsene Polizisten und heirateten Frauen mit demselben Namen. Sie hatten auch Kinder mit demselben Namen, ließen sich dann scheiden und heirateten in ihrer zweiten Ehe Frauen mit demselben Namen. Sie haben nichts davon bemerkt, bis sie sich später im Leben begegneten. Es können also seltsame Dinge passieren.«

Ich seufzte. »Wahrscheinlich. Aber was soll ich tun? Sagen: ›Hey, übrigens, ich glaube, es besteht die Möglichkeit, dass deine Tochter nicht von dir ist? Oh, und sie könnte die deines lebenslangen besten Freundes Jack sein, weil er heimlich deine Ex-Frau geknallt hat.‹?«

Fisher schüttelte den Kopf. »Mein Gott.« Er kippte den Rest seines Weins hinunter. »Ich glaube nicht, dass du eine andere Wahl hast.«

»Ich könnte das Tagebuch verbrennen und so tun, als hätte ich es nie gesehen.«

»Und was dann? Dem Kerl nie sagen, dass sein Kind vielleicht nicht seins ist? Ich kenne dich, Stella. Das würde dir ein Loch in den Magen fressen.«

Ich sah Fisher in die Augen. »Sie ist das Licht in seinem Leben. Ich glaube, ich würde mir lieber ein Loch in den Magen fressen lassen, als Hudson das Herz zu brechen.«

»Aber du arbeitest ja noch nicht mal mehr. Du hattest nicht ein einziges richtiges Gespräch mit ihm, seit du das alles herausgefunden hast. Du kannst es nicht für dich behalten, es sei denn, du verschwindest komplett aus seinem Leben.« Fisher runzelte die Stirn. »Mein Gott, wenn das wahr ist … Stell dir vor, wie viele Leben dieses eine Tagebuch ruiniert hat. Du hättest vielleicht nie herausgefunden, was Aiden getan hat, wenn du es nicht gelesen hättest. Und jetzt das. Es ist wirklich verrückt.« Er hielt inne und schüttelte den Kopf. »Aber du musst es ihm sagen, Süße. Er hat ein Recht darauf, es zu erfahren.«

Es fühlte sich an, als würde ein Golfball in meiner Kehle stecken. Ich schluckte. »Ich weiß.«

Nach unserem Gespräch tranken Fisher und ich beide Flaschen Wein aus. Ich versuchte, mein Gehirn zu ertränken, in der Hoffnung, dass es mir vielleicht erlauben würde, für ein paar Minuten nicht mehr darüber nachzudenken, was ich tun musste. Aber alles, was der Alkohol zu bewirken schien, war, dass ich noch trauriger wurde.

Ich spürte, dass ich gleich anfangen würde zu weinen. »Ich will ihn nicht verlieren, Fisher. Ich vermisse ihn wie verrückt, dabei ist es noch nicht einmal eine Woche her, dass ich ihn gesehen habe.«

Fisher strich mir übers Haar. »Ich habe gesehen, wie Hudson dich angesehen hat. Der Mann ist auch verrückt nach dir. Du wirst ihn nicht verlieren, aber du musst mit ihm reden. Es lässt sich nicht mehr vermeiden.«

Ich seufzte. »Ich weiß. Ich habe mich in den letzten Tagen nur wie gelähmt gefühlt.«

Gegen zehn Uhr brachte ich Fisher zur Tür. »Ich bringe morgen früh Frühstück mit, wenn du nüchtern bist, dann können wir besprechen, wie du es ihm sagen willst«, sagte er.

Ich seufzte. »Okay. Danke.«

Er hob mein Kinn an. »Kommst du zurecht?«

»Ja, ich komm klar. Bis morgen.«

Nachdem ich die Tür geschlossen hatte, räumte ich die Weingläser ab und warf die leeren Flaschen in den Müll. Als ich den Lichtschalter in der Küche ausschalten wollte, sah ich, dass Fisher seinen Schlüssel zu meiner Wohnung auf dem Tresen hatte liegen lassen. Ich nahm an, dass er es am Morgen herausfinden würde, wenn er mit dem Frühstück kam, also schaltete ich das Küchenlicht aus und befand, dass ich endlich duschen sollte.

Im Bad zog ich mich aus, während ich das heiße Wasser laufen ließ, damit sich der warme Dampf im Raum verteilte. Gerade als ich einen Fuß in die Dusche setzen wollte, ging meine Klingel.

Ich seufzte. *Fisher hat gemerkt, dass er seinen Schlüssel nicht dabeihat.*

Ich wickelte mich in ein Handtuch und schnappte mir auf dem Weg zur Tür den Schlüssel. Vielleicht hatte mich der Alkohol unvorsichtig werden lassen, aber es kam mir nicht einmal in den Sinn, dass es jemand anders als Fisher sein könnte. Ohne erst durch den Spion zu sehen, öffnete ich schwungvoll die Tür.

»Ich weiß, ich weiß. Du hast deinen Schlüssel ver…« Ich erstarrte, als vor mir ein Mann stand, der ganz offensichtlich *nicht Fisher* war.

Hudsons Brauen bildeten ein besorgtes V. »Hast du jemand anders erwartet?«

»Ich, äh, Fisher hat seinen Schlüssel vergessen, darum dachte ich, es wäre er.« Hudson und ich standen uns gegenüber und sahen uns an. Nachdem wir gerade stundenlang über ihn gesprochen hatten, war ich so verunsichert, dass ich nicht wusste, was ich sagen oder tun sollte. Verdammt, ich wusste seit einer Woche nicht, was ich sagen oder tun sollte.

Irgendwann seufzte er. »Ist es in Ordnung, wenn ich reinkomme?«

»Oh … ja sicher. Entschuldige.«

Ich schloss die Tür hinter ihm und versuchte, mich zu sammeln, aber ich war so nervös, dass ich nicht wusste, wie. Wieder sahen wir uns unbeholfen an.

Hudson musste unser Schweigen brechen. »Tut mir leid, dass ich nicht vorher angerufen habe.«

Ich steckte mein Handtuch fester. »Schon okay.«

»Ja? Ich habe nicht angerufen, weil ich dachte, du würdest Nein sagen, und im Moment fühlt es sich auch nicht so an, als wäre es okay, dass ich hier bin.«

Ich fand es schrecklich, dass ich ihm das Gefühl gab, nicht willkommen zu sein. »Tut mir leid. Ich habe dich einfach nicht erwartet. Fisher war da, und wir haben Wein getrunken, und ich wollte schnell duschen und ins Bett springen.«

Er runzelte die Stirn. »Ich kann gehen …«

»Nein, nein …« Ich schüttelte den Kopf. »Du musst nicht gehen.«

Hudson fing meinen Blick auf. »Ich hatte gehofft, wir könnten reden.«

Ich nickte und wies mit dem Daumen auf meine Schlafzimmertür. »Sicher, ja. Ich stelle nur eben das Wasser ab und zieh mir was an.«

»Warum gehst du nicht duschen? Ich warte.«

Ich brauchte ein paar Minuten, um meine Gedanken zu sammeln. Ich hatte mindestens ein paar Tage darüber nachdenken wollen, wie ich ihm sagte, was ich wusste. Jetzt hatte ich nur die Zeit, die ich zum Duschen brauchte. »Wenn es dir nichts ausmacht, wäre das toll. Danke.« Ich wies auf die Couch. »Fühl dich wie zu Hause.«

In der Dusche drehte sich alles in meinem Kopf, und mir war etwas schwindelig. Aber ich hatte keine Zeit zusammenzubrechen, also stellte ich mich unter das Wasser, schloss die Augen und atmete ein paarmal tief durch, bis sich die Welt nicht mehr drehte.

Es gab keinen einfachen Weg, das anstehende Gespräch zu beginnen, und ich konnte mich nicht länger dahinter verstecken, dass es Zweifel an den Informationen gab. Alles stimmte überein. Sogar Fisher war überzeugt. Also musste ich wohl einfach von vorn anfangen. Hudson wusste bereits, dass ich Tagebücher las, und ich war mir ziemlich sicher, dass ich ihm von dem erzählt hatte, in dem die Frau in der New Yorker Public Library geheiratet hatte. Also würde ich wohl so anfangen: *»Ich habe vor einer Weile dieses Tagebuch gelesen …* Und was dann? Sagte ich: *»Hey, übrigens, hast du mal den Verdacht gehabt, dass deine Frau eine Affäre hat?* Das brachte mich zum Hyperventilieren.

Was, wenn ich falschliege?

Was, wenn ich recht habe?

Was, wenn ich ihm das Heiligste in seinem Leben nehme?

Zerstöre ich das Leben eines kleinen Mädchens?

Würde ich wissen wollen, wenn mein Dad nicht wirklich mein Dad wäre?

Oh Gott. Bei dem Gedanken schwindelte mir noch mehr. So wie meine Eltern herumschliefen, war es durchaus möglich, dass mein Vater *nicht* mein Vater *war.*

Herrje. *Wen interessiert meine Familie?* Ich wünschte, es

würde *mir* passieren, nicht Hudson und seinem schönen kleinen Mädchen.

Während ich weiterduschte, schossen mir wahllos Gedanken durch den Kopf, und ich versuchte abwechselnd, ihnen zu folgen und mich durch langsames Atmen zu beruhigen. *Würde ich sterben, wenn ich aus meinem Schlafzimmerfenster kletterte, um zu entkommen?* Als meine Hände allmählich schrumpelig wurden, war klar, dass ich mich zusammenreißen musste.

Also stellte ich das Wasser ab, trocknete mich ab, bürstete mir die Haare und zog eine Jogginghose und ein T-Shirt an. Dann wischte ich den Dampf vom Spiegel und sprach mir etwas Mut zu.

Alles wird gut. Egal, wie es ausgeht, irgendwann werden die Dinge sich so fügen, wie sie es sollen. Es mag ein holpriger Weg sein, aber wenn ein Tagebuch über einen Mann, nach dem ich verrückt bin, in meine Hände gelangt ist, bevor ich ihn kennengelernt habe – dann gibt es einen Grund dafür. Irgendwie hat Gott es in meine Hände gelegt, und am Ende wird alles richtig sein.

Ich holte ein letztes Mal tief Luft und flüsterte mir zu: »Es liegt jetzt alles in den Händen des Schicksals.« Dann öffnete ich die Schlafzimmertür.

Nur um festzustellen, dass es nicht in den Händen des Schicksals lag.

Es lag in Hudsons.

Denn ich hatte das Tagebuch auf dem Couchtisch liegen lassen, und er war gerade dabei, es zu lesen.

Er sah auf. »Warum zum Teufel hast du das Tagebuch meiner Ex-Frau?«

31. Kapitel

Hudson

»Das verstehe ich nicht. Warum sollte Lexi ihr Tagebuch auf eBay verkaufen, und wie zum Teufel bist du daran gekommen?«

Stella schüttelte den Kopf. »Ich habe das Tagebuch nicht auf eBay gekauft. Evelyn hat es mir zum Geburtstag geschenkt.«

»Evelyn? Evelyn Whitley?«

»Ja.«

»Woher hat Evelyn es?«

»Ich habe absolut keine Ahnung.«

»Wann hat sie es dir geschenkt?«

»Letztes Jahr zu meinem Geburtstag – also vor ungefähr achtzehn Monaten.«

Ich wusste nicht, was zum Teufel los war, aber ich wusste, dass Evelyn und Lexi nicht mehr miteinander sprachen. Ich erinnerte mich an einen Tag vor ungefähr zwei Jahren, als ich Charlie abgeholt hatte und meine Ex-Frau in besonders übler Stimmung gewesen war. Sie hatte mich gefragt, ob ich noch Kontakt zu Evelyn hätte. Das hatte ich natürlich nicht. Evelyn war die Freundin meiner Schwester, und ich mochte Evelyn nicht besonders.

»Ich habe gerade die erste Seite gelesen. Es beginnt an dem Tag, an dem wir uns kennengelernt haben.«

Stella sah blass aus. »Ich weiß.«

Ich rieb mir den Nacken und war eine Mischung aus verwirrt und wütend, aber ich versuchte, ruhig zu bleiben. »Du hast *zufällig* das Tagebuch meiner Ex-Frau erhalten? Und zwar von der Frau, als die du dich an dem Abend, an dem wir uns kennengelernt haben, ausgegeben hast?«

»Es klingt alles ziemlich abwegig. Das ist mir klar. Aber, ja, so ist es gewesen. Ich hatte keine Ahnung, dass es deiner Ex-Frau gehörte, bis neulich Abend.«

»Neulich Abend? Bei mir zu Hause, als du sagtest, du hättest Kopfschmerzen, und abgehauen bist?«

Sie nickte. »Da hat es bei mir Klick gemacht.«

Ich war den Abend in meinem Kopf ein Dutzend Mal durchgegangen und hatte herauszufinden versucht, was zum Teufel passiert war. In der einen Minute war es uns gut gegangen, und wir hatten gelacht, und in der nächsten war sie aus der Tür gewesen. Ich schüttelte den Kopf. »Ich verstehe das nicht, Stella.«

Sie seufzte. »Können wir uns vielleicht hinsetzen und darüber reden?«

Ich fuhr mir mit einer Hand durch die Haare. »Setz du dich. Ich muss stehen.«

Zögernd ging sie zum Sessel und setzte sich. Ich begann, im Wohnzimmer auf und ab zu gehen. »Was ist neulich Abend bei mir zu Hause passiert?«

Stella sah nach unten und sprach mit ihren Händen. »Charlie hat mir ihren vollen Namen genannt, und ich erinnerte mich an ein Tagebuch, das ich vor einer Weile gelesen hatte. Erinnerst du dich, dass ich dir erzählt habe, dass ich das Tagebuch einer Frau gelesen habe, die in der Bibliothek geheiratet hat? Dass ich immer auf der Treppe saß und nach den Leuten Ausschau gehalten habe, über die ich gelesen habe?«

Ich war komplett verwirrt. »Du hast nach mir und Lexi Ausschau gehalten?«

Stella nickte. »Das wusste ich allerdings damals nicht, aber ja … ich glaube, so war es.«

Es erschien mir unglaubwürdig, dass das Tagebuch meiner Ex-Frau *zufällig* in die Hände meiner neuen Freundin gefallen sein könnte. Aber selbst wenn genau das passiert war, verstand ich immer noch nicht, warum Stella neulich so ausgeflippt war.

Ich hielt das Tagebuch hoch. »Das ist also der Grund, warum du mir aus dem Weg gegangen bist? Weil du gemerkt hast, dass du das Tagebuch meiner Ex-Frau gelesen hast?«

Sie wich meinem Blick weiterhin aus. »Ja.«

Ich lief auf und ab und versuchte, das ganze Puzzle zu erkennen, aber mir fehlten ein paar Teile. »Warum? Wenn das alles ein großer Zufall war, warum hast du es mir nicht einfach gesagt?«

Stella schwieg eine ganze Zeit lang. Jetzt flippte *ich* gleich aus.

»Antworte mir, Stella.«

Zum ersten Mal sah sie zu mir hoch. Ihre Augen waren voller Tränen, und sie wirkte völlig verzweifelt. Ich fühlte mich hin- und hergerissen zwischen dem Wunsch, sie in den Arm zu nehmen, und dem Wunsch, sie für den verrückten Mist anzuschreien, was auch immer in ihr vorging.

Leider siegte Letzteres, und ich bellte: »Verdammt, Stella. Antworte!«

Sie zuckte in ihrem Sessel zusammen, und Tränen liefen ihr

über die Wangen. »Weil … da so einige Dinge stehen … in den Tagebucheinträgen.«

»Was für Dinge?«

Lexi und ich hatten keine gute Beziehung, besonders am Ende. Aber ich war nie gemein zu ihr gewesen. Sie konnte nichts über mich geschrieben haben, was Stella erschrecken würde.

Stella weinte noch heftiger. »Ich will dir nicht wehtun.«

Ich konnte es nicht ertragen, sie so aufgelöst zu sehen, also ging ich zu ihr und kniete mich vor sie. Ich strich ihr die nassen Haare aus dem Gesicht und sagte leise: »Entspann dich. Hör auf zu weinen. Nichts, was Lexi in ein Tagebuch geschrieben hat, kann mich verletzen. Es tut mir weh, dich so aufgeregt zu sehen. Was ist los, Schätzchen?«

Der Versuch, sie zu beruhigen, schien sie nur noch mehr aufzuregen. Sie schluchzte, und ihre Schultern bebten. Also zog ich sie in meine Arme und hielt sie fest, bis sie sich ein wenig beruhigt hatte. Dann hob ich ihr Kinn an, sodass sich unsere Blicke trafen. »Rede mit mir. Was hat dich so aufgeregt?«

Sie sah mir in die Augen, und es fühlte sich an, als würde ich ihr verdammtes Herz brechen sehen.

»Lexi …«, sie schniefte, »Lexi schreibt, dass sie eine Affäre hat.«

Ich blinzelte ein paarmal. »Okay … Nun, ich wusste nicht, dass sie eine Affäre hatte. Aber ich kann nicht sagen, dass mich das schockiert. Ich habe sie über die Jahre öfter dabei ertappt, dass sie wegen Belanglosigkeiten gelogen hat, und irgendwann kam mir der Verdacht, dass sie sich vielleicht mit jemandem trifft, obwohl sie es immer abgestritten hat. Lexi war ziemlich egoistisch und hat einige fragwürdige Sachen gemacht, unter anderem hat sie Geld versteckt und war bis spät in die Nacht verschwunden. Ist es das, was dich so fertigmacht? Dachtest du, ich wäre verärgert, wenn ich das herausfinde? Es ist nicht angenehm zu hören, aber dieser Teil meines Lebens ist vorbei.«

Stella schloss die Augen und schüttelte den Kopf. »Das ist nicht alles.«

»Okay … was? Was noch?«

»Sie hat geschrieben, dass der Mann, mit dem sie geschlafen hat, dein bester Freund sei.«

Ich verzog ungläubig das Gesicht. »Jack?«

»Sie schreibt nie seinen Namen, aber sie spricht von ihm als J … Und …« Stella schluckte noch einmal und holte tief Luft. »Lexi weiß nicht, wer der Vater ist.«

Offenbar wollte ich hier etwas unter keinen Umständen verstehen, denn ich hatte keine Ahnung, wovon zum Teufel sie sprach. »Wessen Vater? Was meinst du?«

Stellas Lippe zitterte. »Charlies. Sie weiß nicht, wer Charlies Vater ist. Sie hat mit euch beiden geschlafen, als sie gezeugt wurde.«

Bis vor einer Woche hatte ich das Gefühl, die Welt an den Eiern zu haben. Ich erinnerte mich, wie ich meinem kleinen Mädchen und der Frau, nach der ich verrückt war, dabei zugesehen hatte, wie sie für mich kochten – die beiden hatten gelacht und sich amüsiert. Ich hatte gedacht, wie richtig sich alles nach so langer Zeit endlich anfühlte. Und jetzt … fühlte es sich an, als hätte die Welt *mich an den Eiern*.

Zuerst hatte ich es nicht geglaubt. Nicht dass Lexi zu so einem Bullshit nicht fähig wäre, aber ich konnte nicht glauben, dass es mein bester Freund war. Zumindest dieser Teil musste falsch sein. J konnte für tausend Namen stehen; es war unmöglich, dass Jack mir das antun würde.

Aber als ich bei meinem dritten Scotch in einer Bar saß, in der ich meinen Kumpel unzählige Male getroffen hatte, erinnerte ich mich an einen bestimmten Valentinstag vor Jahren. Ich war geschäftlich für ein paar Tage in Boston gewesen. Mein Flug nach Hause war für den Abend geplant. Ich hatte Lexi gesagt, dass ich sie zum Abendessen ausführen würde, wenn ich nach Hause käme, aber ich war früh fertig geworden und beschloss, den Mittagsflug zu nehmen und sie zu überraschen. Als ich nach Hause kam, war Jack in unserer Wohnung gewesen. Ich erinnerte mich, dass ich kurz ein ungutes Gefühl hatte, aber dann hatte Jack gesagt, er habe Lexi gebeten, mit ihm ein Geschenk zum Valentinstag für seine neue Freundin zu kaufen – die heute seine Frau ist. Er sagte, sie liebe Smaragde, und erinnerte sich daran, dass Lexi eine Halskette mit einem Smaragd hatte, also dachte er, sie könnte ihm helfen, einen hochwertigen Stein für einen Ring auszusuchen. Ich hatte mir ehrlich gesagt nichts weiter dabei gedacht – das waren meine Frau und mein bester Freund, verdammt noch mal.

Ein paar Jahre später saß ich Lexi im Büro meines Anwalts gegenüber. Als sie die Hände auf dem Tisch des Konferenzraums faltete, bemerkte ich einen riesigen Smaragd, der an ihrem Finger funkelte. Unsere Verhandlungen gestalteten sich zu diesem Zeitpunkt bereits ziemlich schwierig, also machte ich eine Bemerkung über ihre Ausgaben und deutete auf den Ring. Sie lächelte boshaft und sagte, sie hätte ihn schon seit Jahren – ein Geschenk von einem Mann, der sie wirklich schätzte. Ich hatte den Ring noch nie zuvor gesehen, aber Lexi hatte einen Haufen Schmuck, also dachte ich, meine Ex versuchte nur, mich zu verletzen.

Ich ließ die Eiswürfel klirren, die kaum eine Chance gehabt hatten, in meinem Glas zu schmelzen, und beschloss, einen Anruf zu tätigen. Es war mir scheißegal, ob es halb drei Uhr morgens war.

Beim dritten Klingeln antwortete eine schläfrige Frauenstimme. »Hallo?«

»Hast du einen Smaragdring?«

»Hudson? Bist du das?«

Im Hintergrund hörte ich eine Männerstimme brummen, verstand jedoch nicht, was sie sagte. »Ja, ich bin's, Hudson, Alana.«

»Es ist mitten in der Nacht.«

»Kannst du mir einfach nur sagen, ob du einen Smaragdring hast?«

»Ich verstehe nicht …«

»Antworte einfach, verdammt!«, schnauzte ich. »Hast du oder *hast du keinen* Smaragdring von deinem Mann?«

»Nein, ich hab keinen. Aber was ist los, Hudson? Ist alles in Ordnung?«

Alana musste das Telefon abgedeckt haben, denn ich hörte gedämpfte Stimmen, dann meldete sich mein vermeintlich bester Freund.

»Hudson? Was zum Teufel ist los?«

»Deine Frau hat keinen verdammten Smaragdring.«

»Bist du betrunken?«

Ich ging nicht weiter auf ihn ein. Ob ich betrunken war oder nicht, änderte nichts an den Tatsachen. »Weißt du, *wer* einen verdammten Smaragdring hat?«

»Wovon redest du?«

»Meine Ex-Frau. Die hat den verdammten Smaragdring. Der, von dem du mir erzählt hast, dass du ihn für deine neue

Freundin gekauft hättest. Als ich früher aus Boston zurückgekommen bin.«

Einen Moment lang herrschte Stille in der Leitung. Schließlich räusperte sich Jack. »Wo bist du?«

»In der Bar um die Ecke von deinem Haus. Beweg deinen dürren Arsch hierher, oder ich bin in zehn Minuten bei dir.« Ohne eine Antwort abzuwarten, legte ich auf und warf mein Telefon auf den Tresen. Dann hielt ich dem Barkeeper mein leeres Glas hin. »Ich nehme noch einen.«

Jack sagte nichts, als er sich auf dem Hocker neben mir niederließ.

Ich konnte ihn nicht einmal ansehen. Meine Stimme klang unheimlich ruhig, während ich in mein Glas hinunterstarrte. »Wie konntest du nur?«

Er antwortete nicht sofort. Einen Moment lang dachte ich, er würde versuchen, sich dumm zu stellen oder, schlimmer noch, es zu leugnen – doch so viel Respekt brachte er mir zumindest entgegen.

»Ich wünschte, ich hätte eine Antwort auf diese Frage«, sagte er, »außer dass ich ein verdammtes Stück Dreck bin.«

Ich schnaubte verächtlich und führte meinen Drink an die Lippen. »Wahrscheinlich das erste ehrliche Wort, das ich seit Jahren aus deinem Mund höre.«

Jack winkte dem Barkeeper und bestellte einen doppelten Scotch. Wir warteten, bis sein Glas gefüllt war, ehe wir fortfuhren.

»Wie lange?«, fragte ich.

Er kippte die Hälfte seines Glases hinunter und stellte es auf der Bar ab. »Ungefähr ein Jahr.«

»Warst du wenigstens in sie verliebt?«

Jack schüttelte den Kopf. »Nein. Es war nur Sex.«

»Toll«, höhnte ich. »Fünfundzwanzig Jahre Freundschaft nur für Sex. Lexi hat nicht mal gut geblasen.«

Aus den Augenwinkeln sah ich, wie Jack den Kopf hängen ließ. Er schüttelte ihn eine ganze Weile. »Ich glaube, ich wollte bei irgendetwas gewinnen«, sagte er. »Du warst immer klüger, stärker, größer und beliebter und hast alle Mädchen bekommen. Nachdem wir ein paar Wochen zusammen waren, gab Alana zu, dass sie in der Nacht, als wir sie in der Bar kennengelernt haben und sie und ihre Freundin zu uns herübergekommen sind, es eigentlich auf dich abgesehen hatte. Selbst meine Frau hätte dich mir vorgezogen, wenn sie die Wahl gehabt hätte.« Er schüttelte wieder den Kopf. »Beim ersten Mal waren wir betrunken, falls das ein Trost ist.«

»Ist es nicht.«

Wir saßen gut zehn Minuten lang nebeneinander, ohne dass einer von uns ein weiteres Wort sagte. Ich trank meinen vierten Scotch aus, während mein treuer Freund seinen doppelten leerte. Ich war kein großer Trinker, darum hatte der Alkohol eine ziemliche Wirkung auf mich. Meine Sicht war verschwommen, und ich spürte, wie sich der Raum zu drehen begann.

Ich holte tief Luft und wandte mich zum ersten Mal zu Jack um. Er tat es mir gleich und sah mir in die Augen, während er lautstark ausatmete.

»Ist sie von dir?« Allein die Frage zu stellen verursachte einen körperlichen Schmerz in meiner Brust, und als ich weitersprach, brach meine Stimme. »Ist meine Tochter von dir?«

Jack schluckte. »Lexi war sich nicht sicher. Soweit ich weiß, ist sie es immer noch nicht.«

Ich zog meine Brieftasche heraus, warf zwei Hunderter auf den Tresen und hob die Hand, um den Barkeeper zu rufen. »Hundert für die Drinks. Der andere Hunderter dafür, dass du ihm nicht aufhilfst.«

Der Barkeeper sah mich verwirrt an. Als ich aufstand und mich aufrichtete, zeigte ich deshalb auf den Scheißkerl, den ich seit mehr als zwei Jahrzehnten meinen besten Freund nannte. »Er hat meine Frau gevögelt, als ich noch mit ihr verheiratet war.«

Die Augenbrauen des Barkeepers schossen in die Höhe, und er schaute zwischen uns hin und her.

»Dreh dich um«, murmelte ich meinem ältesten Freund zu.

Jack drehte sich auf seinem Hocker zu mir um. Ich musste eines meiner Augen schließen, um ihn nicht doppelt zu sehen, doch er hob nicht die Hände, als ich Schwung holte und ihm einen Schlag mitten ins Gesicht versetzte. Das war das Mindeste, was er hätte tun können – es wie ein Mann nehmen.

»Sag meiner beschissenen Ex-Frau nicht, dass ich es weiß«, warnte ich, bevor ich mich zur Tür wandte. Ich machte mir nicht die Mühe, mich noch mal umzudrehen, um zu sehen, ob der Barkeeper ihm wirklich nicht vom Boden aufhalf.

32. Kapitel

Stella

Fast eine Woche war vergangen, und ich hatte Hudson immer noch nicht wiedergesehen. Obwohl ich annahm, dass er ein größeres Recht darauf hatte zu verschwinden als ich, als ich ihm aus dem Weg gegangen war.

Vermutlich hatte er seiner Schwester etwas erzählt, denn Olivia hatte seinen Namen nicht ein einziges Mal erwähnt. Die letzten Muster von Signature Scent waren eingetroffen, das Artwork, das wir in Kalifornien für die Schachteln aufgenommen hatten, war abgenommen, und heute, am Donnerstag, hatte das Lager mit dem Versand der Bestellungen begonnen, die vom Homeshopping-Kanal eingegangen waren. Es war ein gewaltiger Tag; der Traum, den ich seit Jahren gehabt hatte, war Wirklichkeit geworden. Und doch wäre ich am liebsten nach Hause gegangen und hätte mich ins Bett gelegt.

Aber Fisher wollte den Anlass nicht ohne eine Feier verstreichen lassen, egal, wie oft ich ihm sagte, dass ich nicht in der Stimmung sei. Also traf ich mich mit ihm zum Abendessen, nachdem ich das Lagerhaus verlassen hatte. Er saß bereits am Tisch, als ich eintraf – neben dem Tisch stand ein Eiskühler.

Ich ließ mich auf den Platz ihm gegenüber gleiten.

»Alles klar, jetzt weiß ich, wie schlecht die Lage ist. Ich habe dich gerade reinkommen sehen. Auf dem Podest da steht eine Riesenvase mit Blumen, und du hast nicht einmal versucht, daran zu riechen.«

Ich versuchte zu lächeln. »Es fühlt sich nicht so an, als sollte ich heute an Blumen riechen.«

»Da täuschst du dich. Heute ist genau der Tag, an dem du innehalten solltest, um an Blumen zu riechen, meine Stella Bella. Du hast dein ganzes Herzblut in dieses Geschäft gesteckt, und heute sind deine ersten Bestellungen ausgeliefert worden.« Er hob die Flasche aus dem Eiskühler und füllte ein leeres Glas vor mir, dann schenkte er sich ebenfalls ein. »Ich habe mich sogar für das edle Zeug entschieden.«

Natürlich meinte er es nur gut, doch beim Anblick des goldenen Etiketts auf der Champagnerflasche – des Etiketts, das auf dem Champagner war, den wir vor Monaten von Olivias Hochzeit gestohlen hatten – fühlte es sich an, als würde sich der Kreis schließen. Und nun war er geschlossen. Hudson und ich hatten mit diesen Flaschen angefangen und aufgehört. Ein schweres Gefühl legte sich auf meine Brust.

Fisher hob sein Glas zu einem Toast. »Auf mein oberschlaues Mädchen. Du hast dich jahrelang durch den Regen gearbeitet und endlich deinen Regenbogen bekommen.«

Ich lächelte. »Danke, Fisher.«

Der Kellner kam und nahm unsere Bestellung auf. Mir war nicht nach Essen zumute, doch ich hatte das Gefühl, mir alle Mühe geben zu müssen, weil Fisher sich so viel Mühe gab.

»Ich nehme an, du hast noch nichts von Hudson gehört?«

Ich seufzte und ließ die Schultern hängen. »Er ist nicht im Büro gewesen. Manchmal bekomme ich geschäftliche E-Mails von ihm, aber die treffen immer sehr früh morgens ein – um vier Uhr. Er arbeitet von zu Hause aus, und er spricht nicht auf einer persönlichen Ebene mit mir.«

Fisher nippte an seinem Champagner. »Du weiß also nicht einmal, ob er seine Ex-Frau damit konfrontiert hat? Ob er ihr gesagt hat, dass er von dem Tagebuch und von allem weiß, was darin steht?«

Ich schüttelte den Kopf. »Er hat das Buch mitgenommen, als er ging, aber ich habe keine Ahnung, was er damit gemacht hat. Oder mit wem er gesprochen hat.«

»Er kann dir das nicht ewig vorhalten. Nichts davon ist deine Schuld.«

»Ich bin mir nicht einmal sicher, ob er mir glaubt, dass es Zufall war, dass ich das Buch hatte.«

»Wie kann das kein Zufall gewesen sein?«

»Überleg doch mal. Ich bin zufällig auf der Hochzeit seiner Schwester aufgetaucht – einer Frau, die ich noch nie zuvor getroffen hatte –, nachdem ich das Tagebuch seiner Ex-Frau gelesen hatte?«

»Aber du wusstest nicht, dass es seine Ex-Frau war.«

Ich zuckte mit den Schultern. »Ich weiß … aber es scheint furchtbar praktisch zu sein.«

»Was denkt er denn? Dass du ihn gestalkt hast oder so? Du hast das Tagebuch seiner Ex-Frau gelesen, irgendwie herausgefunden, wer er ist, und alles darangesetzt, dass er sich in dich verliebt? Das ist ja fast wie das Kaninchen in diesem Film mit Glenn Close.«

Ich schüttelte den Kopf. »Ich weiß nicht, was er denkt.«

»Nun, willst du wissen, was ich denke?«

»Habe ich eine Wahl?«

»Natürlich nicht, Dummerchen.« Fisher griff über die den Tisch und drückte meine Hand. »Ich glaube nicht, dass irgendetwas von dem, was passiert ist, Zufall ist. Ich denke, das Leben besteht aus einer Reihe von Trittsteinen, die in alle möglichen Richtungen abzweigen. Wir haben keine Ahnung, welchem Weg wir folgen sollen, darum gehen wir meist den geraden Weg und folgen den größten Steinen, weil das am einfachsten ist. Zufälle sind die kleineren Steine, die uns auf Abzweigungen führen. Wenn man mutig genug ist, folgt man diesen Steinen, und man landet genau dort, wo man sein sollte.«

Ich lächelte traurig. »Das ist schön. Wann wurdest du so erleuchtet?«

»Vor etwa zehn Minuten, als ich an diesem Tisch saß und der Kellner zu mir kam. Die Restaurantleiterin hatte mich gefragt, ob ich einen Hochtisch oder eine Nische wollte. Ich sagte, einen Hochtisch, aber sie führte mich trotzdem zu diesem Tisch. Ich hätte ihr sagen können, dass es nicht das ist, was ich wollte, aber stattdessen bin ich einem der kleinen Steine auf einen neuen Weg gefolgt, und sieh, was er mir gebracht hat.«

Ich sah ihn irritiert an. »Keine Ahnung. Was hat er dir gebracht?«

Unser Kellner kam mit einem Tablett an den Tisch und brachte uns die Vorspeisen. Er stellte sie in die Mitte des Tisches und schenkte Fisher ein strahlendes Lächeln. »Kann ich Ihnen noch etwas bringen?«

»Im Moment nicht. Aber vielleicht später?«

Die Augen des Kellners funkelten. »Alles klar.« Nachdem er gegangen war, nahm Fisher sich einen Mozzarella-Stick und zwinkerte mir zu. »Ihn. Dieser Weg hat mich zu ihm geführt, und ich glaube, genau dort werde ich in ein paar Stunden sein.«

Am Freitagabend verließ ich gegen sieben das Büro. Der Versand von Signature Scent lief reibungslos, und nächste Woche würde die Website online gehen, sodass jeder eine Bestellung aufgeben konnte. Olivia war es gelungen, mich in einigen lokalen Morgennachrichten unterzubringen, in denen es um Frauen in der Wirtschaft ging, und ein paar Zeitschriften hatten sich bereit erklärt, Interviews mit mir zu führen. Alles, wovon ich so lange geträumt hatte, ging in Erfüllung, doch ich konnte es nicht genießen.

Heute Morgen hatte ich es nicht mehr ausgehalten und Hudson geschrieben, dass ich ihn vermisste. Ich konnte sehen, dass er die Nachricht gelesen hatte, aber es kam keine Antwort. Ich war untröstlich. Als Kind war ich am Strand einmal in die Wellen gesprungen, und eine hatte mich hart getroffen. Sie zog mich unter Wasser und schleuderte mich herum wie eine Stoffpuppe. Ich wusste nicht mehr, wo oben und unten war. *So* hatte ich mich diese Woche gefühlt, nachdem ich keinen Kontakt zu Hudson hatte. Ich musste mich aus dem Bett quälen, um zur Arbeit zu gehen.

Jetzt war Wochenende, aber aus irgendeinem Grund wollte ich noch nicht nach Hause. Im Zug war ich in Gedanken, als er nach Uptown fuhr, und nach einer Weile sah ich zufällig hoch, als wir in eine Station einfuhren. Der Name der Haltestelle an der Wand erregte meine Aufmerksamkeit.

Bryant Park – 42. Straße.

Ich stand auf. Der Zug war voll, also schob ich mich an einem Dutzend Leuten vorbei, um zu den Türen zu gelangen und auszusteigen. Die New York Public Library war gleich um die Ecke. Das Letzte, was ich tun sollte, war, mich auf die Stufen zu setzen und mich an die Nacht zu erinnern, in der Hudson und ich zum ersten Mal getanzt hatten. Doch auch wenn ich es versucht hätte, ich hätte mich nicht davon abhalten können.

Es war Herbst, die Tage wurden kürzer, und kurz nachdem ich mich an denselben Platz gesetzt hatte, an dem ich schon hundertmal gesessen hatte, begann die Sonne unterzugehen. Der Himmel leuchtete in einem violetten Orange, und ich atmete tief durch und schloss für eine Minute die Augen, um mich von der Schönheit der Natur aufmuntern zu lassen. Als ich sie wieder öffnete, richtete ich den Blick die Treppe hinunter und blieb an einem Mann hängen, der unten stand und zu mir hochstarrte.

Ich blinzelte ein paarmal und dachte, meine Fantasie würde mir einen Streich spielen.

Doch das war nicht der Fall.

Mein Herz schien jeden zweiten Schlag auszusetzen, als Hudson die Stufen zu mir hinaufstieg.

»Hast du was dagegen, wenn ich mich zu dir setze?« Seine Miene war undurchdringlich.

»Nein, natürlich nicht.«

Hudson ließ sich neben mir auf der Marmorstufe nieder. Er spreizte die Beine, verschränkte die Hände zwischen den Knien und starrte eine ganze Weile nach unten. Das gab mir Gelegenheit, ihn zu beobachten. Es war erst ungefähr eine Woche vergangen, seit ich ihn das letzte Mal gesehen hatte, und doch bemerkte ich, dass er etwas Gewicht verloren hatte. Sein Gesicht wirkte ausgezehrt, er hatte dunkle Schatten um die Augen, und seine Haut – die normalerweise gebräunt war und strahlte – sah fahl und stumpf aus.

Mir schossen jede Menge Fragen durch den Kopf. War er gekommen, um mich zu suchen? Oder war er gekommen, um nachzudenken? Ging es ihm gut? Was hatte sich in der letzten

Woche ereignet? Nach Hudsons Miene zu urteilen sah es so aus, als hätten sich die Dinge zum Schlechten gewendet. Aber es wirkte auch so, als hätte er etwas zu sagen, und was es auch war, es war nicht leicht. Also kramte ich einen Hershey-Riegel aus meiner Tasche und bot ihn ihm an.

Er lächelte traurig. »Du siehst aus, als könntest du den genauso gut brauchen wie ich. Wollen wir ihn uns teilen?«

Die nächsten zehn Minuten saßen wir schweigend nebeneinander auf den Stufen der New York Public Library – dem Ort, an dem er geheiratet hatte, dem Ort, an dem wir uns kennengelernt hatten, dem Ort, an dem sich auch seine Eltern, deren Beziehung er so sehr verehrte, ihr Eheversprechen gegeben hatten – und teilten uns einen Schokoriegel, während wir den Sonnenuntergang betrachteten.

Schließlich räusperte er sich. »Geht's dir gut?«

»Es ging mir schon besser. Und dir?«

Er lächelte traurig. »Auch.«

Wieder schwiegen wir eine ganze Weile.

»Tut mir leid, dass ich eine Zeit lang verschwunden war«, sagte er schließlich. »Ich brauchte etwas Zeit, um mir über einiges klar zu werden.«

Ich drehte mich zu ihm um, obwohl er weiterhin nach vorn starrte und mich nicht ansah, während ich sprach. »Und bist du dir über einiges klar geworden?«

Er zuckte mit den Schultern. »Soweit das möglich ist, denke ich.«

Ich nickte.

Hudson starrte hinaus in den Sonnenuntergang, und Tränen stiegen ihm in die Augen. Er schluckte, dann sagte er: »Jack hat es zugegeben.«

Mein Herz tat weh. Ich hatte keine Ahnung, was wir noch

füreinander waren, aber das hielt mich nicht davon ab, Mitgefühl zu zeigen. Ich verschränkte meine Hand mit seiner und hielt sie fest. »Es tut mir leid, Hudson. Es tut mir so unendlich leid.«

»Ich habe beschlossen, nicht mit Lexi darüber zu sprechen.«

Wow. Ich hätte gedacht, zu ihr wäre er als Erstes gegangen. »Okay …«

»Wenn ich es ihr sagte, würde es mir nur die Genugtuung verschaffen, sie anzuschreien. Es würde weder mir noch Charlie guttun. Ich muss erst einen klaren Kopf haben, bevor ich mich damit befasse. Für mich ist Lexi der Feind, und es ist nie gut, den Feind über seine Pläne zu informieren. Ich muss erst genau wissen, wo ich stehe und, wenn nötig, was meine Rechte sind, bevor ich mich mit ihr auseinandersetze.« Hudson schluckte erneut. Seine Stimme war heiser, als er fortfuhr. »Charlie ist meine Tochter. Daran wird sich nichts ändern, wenn … wenn …« Er konnte die Worte nicht einmal aussprechen.

Tränen stiegen mir in die Augen. »Du hast absolut recht. Und du bist ein toller Vater – ein toller Mann, weil du Charlies Gefühle an die erste Stelle gestellt hast, als es leicht gewesen wäre, irrational zu reagieren.«

»Ich habe allerdings unsere DNA testen lassen. Ich habe einen Abstrich von ihrer Wange gemacht, während sie schlief, und ihn gestern zusammen mit einer Probe von mir im Labor abgegeben. Eigentlich will ich das Ergebnis gar nicht wissen, aber ich denke, es wäre unverantwortlich, es nicht zu tun. Gott bewahre, wenn etwas passiert und sie Blut braucht oder so.« Er hielt inne, und diesmal gelang es ihm nicht, seine Emotionen zurückzuhalten. Seine Stimme brach. »Ich werde es in ungefähr einer Woche erfahren.«

Er hatte mir kein Zeichen gegeben, dass die Dinge zwischen uns in Ordnung waren. Aber das spielte keine Rolle. Hudson war ein gebrochener Mann, und ich konnte nicht einfach dasitzen und zusehen, wie er zusammenbrach. Ich legte die Arme um ihn. »Es tut mir leid. Es tut mir so, so leid, dass du das durchmachen musst, Hudson.«

Seine Schultern bebten, als ich ihn hielt. Er gab keinen Laut von sich, aber ich wusste, dass er weinte, weil ich die Nässe an meinem Hals spürte, dort, wo sein Gesicht vergraben war. Ich dachte, er würde sich besser fühlen, wenn er es rauslassen würde – durch Weinen kann man sich von Schmerzen befreien. Aber ich kannte auch die Art von Mann, zu der Hudson gehörte. Er würde etwas davon für sich behalten, um sich selbst zu quälen – denn tief im Inneren hatte er wahrscheinlich das Gefühl, dass es teilweise seine Schuld war. Er würde sich selbst die Schuld geben, weil er zu viel gearbeitet hatte, seiner Frau nicht genug Aufmerksamkeit geschenkt oder nicht grundlos Blumen mitgebracht hatte. Natürlich war das nicht seine Schuld, aber er war ein so ehrenwerter Mann, dass ich mir sicher war, dass er das nicht so sehen würde.

Schließlich lehnte sich Hudson zurück und sah mir zum ersten Mal direkt in die Augen. »Es tut mir leid, ich brauchte etwas Zeit für mich.«

Ich schüttelte den Kopf. »Es gibt keinen Grund, sich zu entschuldigen. Ich verstehe das. Ich habe mich auch eine Zeit lang vor dir versteckt. Du sollst nur wissen, dass ich dir nie etwas vorenthalten wollte. Ich habe die Verbindung wirklich erst in der Nacht in deiner Wohnung hergestellt. Und dann … wusste ich nicht, wie ich es dir sagen sollte. Ich wollte es nicht.«

»Das weiß ich jetzt. Es war einfach eine Menge an Zufällen

auf einmal. Ich brauchte etwas Zeit, um alles zu verarbeiten und dann zu erkennen, dass das alles kein Zufall war.«

Ich sah ihn an. »Wie meinst du das?«

Hudson strich mir eine Haarsträhne aus dem Gesicht. »Warum bist du gerade jetzt hier?«

»Du meinst an der Bibliothek?«

Er nickte.

»Ich weiß es nicht.« Ich schüttelte den Kopf. »Ich saß auf dem Heimweg von der Arbeit im Zug, sah hoch und las den Namen der Haltestelle. Irgendetwas zwang mich, einfach auszusteigen.«

»Weißt du, warum ich hier bin?«

»Warum?«

»Ich saß auch im Zug, aber ich war auf dem Weg nach Uptown zu deiner Wohnung. Ich habe für eine halbe Sekunde aufgeblickt, und in dem Meer aus Menschen, das sich in der Rushhour in dem Subway-Waggon drängte, sah ich dich am Bryant Park aussteigen. Mein Zug hatte auf dem Gleis direkt gegenüber von deinem angehalten. Ich versuchte auszusteigen, aber wir fuhren los, bevor ich es schaffen konnte. Also bin ich an der nächsten Haltestelle ausgestiegen und den ganzen Weg hierher zurückgelaufen.«

Meine Augen weiteten sich. »Du hast *zufällig* aufgeschaut und mich aus einem Zug steigen sehen, aus dem ich *zufällig* ausgestiegen bin, obwohl es nicht einmal meine Haltestelle war?«

»Wenn ich mir vorher nicht sicher war, dann jetzt.« Er legte die Hände auf meine Wangen und suchte meinen Blick. »Nichts davon ist Zufall, Schätzchen. Das Universum hat sich verschworen, damit wir zusammen sind. Das war von Anfang an so – bevor wir uns überhaupt kennengelernt haben.«

Wieder stiegen mir Tränen in die Augen. Die Leere in meiner Brust, die ich in der letzten Woche gespürt hatte, begann sich mit Hoffnung zu füllen. Ich dachte daran, wie sehr wir beide verletzt worden waren – Hudson natürlich viel schlimmer als ich. Dieses verdammte Tagebuch war der Grund für alles, aber er hatte recht. Es war mehr als nur eine Reihe Zufälle. Es gab eine höhere Macht, die die ganze Zeit für uns gearbeitet hatte.

Ich lächelte und beugte mich vor, um meine Nase an seiner zu reiben. »Weißt du, ich denke, wir sollten nachgeben. Wir haben keine Chance, wenn sich die ganze Welt verschworen hat.«

»Schätzchen, ich hatte von dem Moment an keine Chance mehr, in dem ich dich zum ersten Mal gesehen habe.«

33. Kapitel

Hudson

Die letzte Woche war zermürbend gewesen.

Doch der gestrige Morgen war am schlimmsten. Um neun Uhr sollte ich meine DNA-Ergebnisse erhalten, aber das Labor war spät dran. Stella war in der Nähe geblieben, um bei mir zu sein, wenn ich es erfuhr, aber sie hatte einen Termin zum Mittagessen mit einem Lieferanten, den sie nicht verpassen durfte. Was sich als gut herausstellte, denn ich weinte wie ein verdammtes Baby, als man mich endlich gegen Mittag anrief und mir bestätigte, dass mein kleines Mädchen … tatsächlich nicht wirklich meine Tochter war.

Als Stella am Abend vorbeikam, war ich wie betäubt – und sturzbetrunken. Um neun Uhr war ich eingeschlafen, vermutlich weil ich seit drei Uhr morgens wach war und an die Decke gestarrt hatte.

Wie zum Teufel sollte ich Charlie in die Augen schauen, wenn ich wusste, dass sie nicht von mir war? Ich würde mich wie ein verdammter Betrüger fühlen, wenn ich sie anlog. Sie war erst sechs, aber ich war immer ehrlich zu ihr. Ich wollte, dass sie meinem Wort vertraute, so wie ich auf das meines Vaters vertraut hatte. Und jetzt war das alles zerstört. Immer wieder dachte ich an eine Unterhaltung, die wir vor ein paar

Monaten geführt hatten. Sie hatte mir erzählt, sie hätte nicht den Griff eines Küchenschranks abgebrochen – ich hatte sie oft dabei erwischt, wie sie ihn als Tritt benutzt hatte, um an den Tresen heranzukommen.

So, wie die Schraube verbogen war, wusste ich, dass sie mich anlog. Also setzte ich mich mit ihr zusammen und erklärte ihr, dass, egal, wie schlimm eine Situation war, eine Lüge immer schlimmer war als das, was man zu vertuschen versuchte. In jener Nacht kam sie mit der Wahrheit zu mir und erzählte mir, dass ihr Magen wehtat. Ich war mir ziemlich sicher, dass die Schuldgefühle ihren kleinen Bauch belastet hatten. Ich würde mit Sicherheit ein klaffendes Geschwür von dieser Lüge bekommen, die ich vertuschen wollte.

Gegen sechs Uhr morgens schien die Sonne durchs Schlafzimmerfenster. Ein Sonnenstrahl bildete eine dünne Linie auf Stellas schönem Gesicht, und ich drehte mich auf die Seite, um sie beim Schlafen zu beobachten. Sie sah so friedlich aus, was mich ein wenig tröstete, da ich wusste, dass die letzten Wochen für sie genauso stressig gewesen waren wie für mich. Ich konnte mir nicht vorstellen, wie sie sich in dem Moment gefühlt hatte, als sie das verrückte Puzzle zusammensetzte. Vermutlich so, wie ich mich jetzt gerade fühlte – als wäre mir der Boden unter den Füßen weggezogen worden, und ich hätte keinen Halt mehr.

Als ob sie spürte, dass ich sie beobachtete, öffnete sie die Lider.

»Was machst du?«, fragte sie schläfrig.

»Ich genieße die Aussicht. Schlaf weiter.«

Sie verzog die Lippen zu einem verschlafenen Lächeln. »Wie lange bist du schon wach?«

»Nicht allzu lange.«

Sie grinste. »Also Stunden, stimmt's?«

Ich lachte. Die Schwierigkeit mit Seelenverwandten, zu denen man eine Bindung hatte, wie man sie noch zu keinem anderen Menschen gehabt hatte, war, dass sie sofort merkten, wenn man Blödsinn erzählte und versuchte, seinen Herzschmerz zu verbergen. Ich strich ihr eine Haarsträhne aus dem Gesicht. »Ich weiß nicht, was ich in der letzten Woche ohne dich getan hätte.«

»Ohne mich hättest du die schlimmste Woche deines Lebens gar nicht erlebt.«

Ich schüttelte den Kopf. »Irgendwann wäre es herausgekommen. Man kann vor Lügen davonlaufen, aber die Wahrheit holt einen immer ein.«

Sie seufzte. »Vermutlich.«

»Ich glaube, ich habe mich entschieden, wie ich die Sache mit meiner Ex-Frau handhaben werde.«

»Und?«

Ich nickte. »Ich denke, es ist das Beste, wenn ich Lexi weiterhin nichts erzähle.«

»Oh … wow. Okay. Wie bist du zu dieser Entscheidung gekommen?«

»Das Wichtigste ist, dass Charlie nicht verletzt wird. Ich bin der einzige Vater, den sie kennt, und im Moment ist sie zu jung, um zu erfahren, dass ihr Leben auf einer Lüge basiert. Sie braucht Stabilität, Routine und Vorhersehbarkeit – nicht dass ich alles auf den Kopf stelle, nur um meine Ex-Frau zu ruinieren. Lexi will Kindesunterhalt und Alimente von mir. Jack geht es zurzeit gut, aber er kann sich das bequeme Leben, für das ich die Rechnung bezahle, nicht leisten – glaub mir. Also denke ich, es ist das Beste, wenn sie denkt, dass sie ein großes Geheimnis hütet. Wenn sie wüsste, dass ich es weiß, würde sie sich finanziell bedroht fühlen. Es wäre ihr durchaus zuzutrauen, so boshaft zu sein und einer Sechsjährigen zu sagen, dass ihr Vater nicht wirklich ihr Vater ist.«

Ich streichelte Stellas Arm. »Ich habe Jack vorhin eine Nachricht geschickt, um ihm Bescheid zu sagen, weil es sich irgendwie richtig anfühlte. Er sagte, Biologie mache keine Familie, und sie sei meine Tochter. Er klingt nicht, als wollte er sich in Charlies Leben drängen. Ich verachte den Kerl, aber er hat recht. Charlie ist meine Tochter, egal, was die Biologie sagt. Dass sie nicht meine DNA hat, ändert daran nichts. Eines Tages, wenn sie älter ist …«, meine Kehle schnürte sich zu, »… sage ich ihr, dass sie nicht von mir ist.«

Stella lächelte traurig. »Ich finde, das klingt ziemlich überzeugend. Obwohl ich mir vorstellen kann, dass es nicht leicht für dich wird, mit deiner Ex-Frau umzugehen, nachdem du es weißt.«

Ich schüttelte den Kopf. »Ganz sicher nicht. Aber es ist in Ordnung. Ich werde tun, was das Beste für meine Tochter ist … für Charlie.«

Stella legte ihre Hand auf meine Wange. »Korrigier dich nicht, wenn du *meine Tochter* sagst. Du *bist* Charlies Vater. Denn ein Vater ist jemand, der die Bedürfnisse des Kindes über seine eigenen stellt, und ich bin mir ziemlich sicher, dass du der Einzige der drei Erwachsenen in dieser Gleichung bist, der das immer getan hat.«

Ich nickte.

Stella streichelte ein paar Minuten lang stumm meinen Arm. Wir lagen uns auf der Seite gegenüber, und meine Hand ruhte auf dem Bett zwischen uns. Als sie jedoch versuchte, ihre Finger mit meinen zu verflechten, merkte ich, dass meine Hand zur Faust geballt war.

Sie löste meine verkrampften Finger voneinander. »Du bist ziemlich angespannt.«

»Ja. Wahrscheinlich sollte ich joggen gehen, um etwas Spannung abzubauen.«

»Musst du heute irgendwo sein oder etwas tun?«

Ich schüttelte den Kopf. »Ich habe nicht vor, wie üblich den halben Samstag ins Büro zu gehen.«

Sie hob meine Hand und führte sie an ihre Lippen. »Weißt du, ich kann mir eine viel angenehmere Art vorstellen, wie du etwas Dampf ablassen kannst, als mit den Sohlen auf das Pflaster zu knallen.«

Selbst nach einer schlaflosen Nacht und dem Gespräch, das wir gerade geführt hatten, stimmten mich Stellas Lippen auf meiner Hand und das Wort *Knallen* bereits heiterer. »Ach ja? Woran hast du gedacht?«

Sie stupste mich sanft an, damit ich mich auf den Rücken rollte, und stieg auf mich. Sie setzte sich rittlings auf meine Hüften und zog sich das T-Shirt, das sie im Bett getragen hatte, über den Kopf. Ihre vollen Brüste schwangen wunderbar natürlich. Als ich mich aufsetzte, um nach ihnen zu greifen, hob Stella den Zeigefinger und wedelte damit hin und her. »Nope. Das ist dein Stressabbau. Leg dich einfach zurück und lass mich die ganze Arbeit übernehmen.«

Ich verschränkte die Arme hinter dem Kopf und nahm an, dass sie meinte, sie würde oben sitzen. Doch stattdessen schob sie sich zurück und setzte sich auf meine Oberschenkel. Ihre kleine Hand zog meinen Schwanz aus der Jogginghose, und ihre Finger umschlossen ihn fest. Sie drückte ihn fest und leckte sich über die Lippen, dann beugte sie sich vor und ließ ihre Zunge über meine Krone gleiten.

Ihre Augen funkelten teuflisch, als sie den Lusttropfen mit

der Zunge von seiner Spitze aufnahm und zu mir hochsah. »Zeig es mir. Zeig mir, wie du willst, dass ich dich lecke.«

Ich stöhnte und ließ meine Finger in ihr Haar gleiten. Stella schloss die Augen. Sie senkte ihren Kiefer und nahm fast meine gesamte Länge in einer einzigen sanften Bewegung in den Mund.

Fuck.

Das war so viel besser als laufen.

Das würde peinlich schnell gehen, aber es war verdammt nötig. Als ob sie genau spürte, was ich brauchte, ging Stella an die Arbeit. Mein ganzer Schaft war bald von ihrem Speichel überzogen – so nass, dass jedes Mal, wenn sie nach unten tauchte und sich wieder zurückzog, ein sexy Geräusch entstand. Sie nahm mich in sich auf, bis ich hinten an ihrem Hals anstieß, und glitt dann zurück – immer und immer wieder. Es war ein wundervolles Gefühl und doch zugleich eine Qual. Am liebsten hätte ich die Hüften gehoben und mich ganz in ihre Kehle geschoben, aber ich wollte ihr nicht wehtun. Nach ein paar Minuten ließ sie mich los und schaute auf. Meine Hand umklammerte immer noch ihr Haar, und Stella nahm sie und grub meine Finger noch tiefer hinein. »Zeig es mir. *Zeig es mir.*«

Fuck.

Sie senkte erneut den Mund, und diesmal, nachdem sie noch zweimal nach unten geglitten war, konnte ich es nicht mehr aushalten. Ich tat, was sie verlangte, und als sie an den Punkt kam, an dem es ums Sinken oder Schwimmen ging – die Stelle hinten in ihrem Hals, an der sie sich zurückzog –, stieß ich ihren Kopf sanft weiter nach unten. Und sie öffnete ihren verdammten Rachen – öffnete ihn weit und schluckte mich den ganzen Weg hinunter.

»Fuuuuuck.«

Das konnte sie schon die ganze Zeit und hatte nur darauf gewartet, dass ich sie darum bat.

Mein Gott.

Sie war bereits perfekt. Aber jetzt …

Stella zog sich zurück, ihre Wangen wurden hohl, als sie bis zur Spitze an mir saugte. Sie gab ein süßes, zustimmendes Brummen von sich, als ich ihr Haar fest um meine Faust wickelte und ihren Kopf wieder nach unten drückte. Ich hielt nur noch zwei weitere Male durch, als die Erlösung plötzlich auf mich zuraste.

»Ich komme …«, stöhnte ich und lockerte den Griff um ihr Haar.

Aber sie hörte nicht auf.

»Stella … Schätzchen …« Diesmal benutzte ich das Haar, das immer noch lose in meiner Hand lag, um sie ein wenig zurückzuziehen, ich war unsicher, wie laut meine Stimme klang. Doch das veranlasste sie nur, mich noch tiefer in sich aufzunehmen.

Fuck. Sie will, dass ich in ihrer Kehle komme.

Stella brauchte nicht lange zu warten. Nach einem weiteren Saugen floss ein pulsierender Strom aus mir heraus, der nie zu enden schien. Ich machte mir tatsächlich ein wenig Sorgen, wie lange es noch dauern würde, aber mein süßes Mädchen schluckte jeden Tropfen.

Obwohl sie die ganze harte Arbeit gemacht hatte, war ich derjenige, der den Kopf aufs Kissen fallen ließ und völlig außer Atem war. Stella wischte sich den Mund ab, kletterte an meinem Körper hoch und grinste.

»Gott … das war … Ich habe das Gefühl, ich muss erst das Laufen wieder lernen.«

Sie kicherte. »Heißt das, dass du weniger gestresst bist?«

»Ja. Es sei denn, ich denke darüber nach, wo zum Teufel du das gelernt hast.«

»Witzigerweise hatte eine Frau in einem meiner Tagebücher Probleme bei dem Versuch, es zu machen, also hat sie sich ein Anleitungsvideo gekauft. Weil ich neugierig war, habe ich es mir auch besorgt.«

Ich schloss grinsend die Augen. »Diese Tagebücher. Die bringen mich noch um, stimmt's?«

Epilog

Stella

Achteinhalb Monate später

> *Heute Nacht ist Stella vor mir eingeschlafen, und ich habe sie beobachtet. Ab und zu zuckten ihre Mundwinkel, und sie zog sie nach oben. Es dauerte nicht lange, ein oder zwei Sekunden, aber ich fand es hypnotisierend. Ich hoffe, sie hat von mir geträumt, denn ich möchte all ihre Träume wahr werden lassen – so wie sie meine hat wahr werden lassen.*
> – Hudson

Ich drückte mein neues Tagebuch an meine Brust. Im Ernst? Wie konnte ich nur so viel Glück haben? Hudson und ich waren ein paar Monate, nachdem wir Signature Scent auf den Markt gebracht hatten, zusammengezogen – nicht dass ich noch einen Mitbewohner gebraucht hätte. Denn zum ersten Mal in meinem Leben konnte ich mir eine eigene Wohnung in New York City leisten. Ich hätte eine schöne Anzahlung für ein eigenes Haus hinlegen können, denn mein Geschäft lief besser, als ich es mir in meinen kühnsten Träumen hätte vorstellen können. Oprah hatte meine kleine Erfindung sogar auf ihre Liste der beliebtesten Geschenke für dieses Jahr gesetzt.

Es gab jetzt eine Sonderausgabe der Signature Scent Box für den Valentinstag, und schon bald würde eine Version für Männer auf den Markt kommen. Ich hatte lange an der Entwicklung der neuen Algorithmen gearbeitet, doch jetzt hatten die erfahrenen Mitarbeiter von Rothschild Investments übernommen, und ich hatte endlich das Gefühl, die Work-Life-Balance gefunden zu haben, die ich mir immer gewünscht hatte.

Hudson Rothschild hatte all meine Träume wahr werden lassen, und noch mehr. Er hatte mich sogar mit einer Reise nach Griechenland überrascht, um den ersten internationalen Versand unseres Produkts zu feiern. Wir wohnten in einem fantastischen Hotel auf Mykonos. Als wir ankamen, kam es mir vage bekannt vor. Doch erst, als ich in unsere Suite ging, begriff ich, warum. Es war das Hotel, das ich mir vor fast einem Jahr ausgesucht hatte, als ich in der Lobby seines Büros meinen Traumurlaub geplant und darauf gewartet hatte, mit ihm zu sprechen. Er hatte es sich nach nur einem kurzen Blick auf meinen Bildschirm gemerkt.

Was mein Hobby mit den Tagebüchern angeht … nun, ich habe aufgehört, sie zu kaufen. Ich hatte Angst, die Tagebücher könnten bei Hudson dunkle Erinnerungen wachrufen. Vor ein paar Monaten hatte er es bemerkt und gefragt, warum ich aufgehört hätte. Ich sagte, dass ich es nicht mehr nötig hätte, vom Leben anderer Leute zu lesen, weil meine Liebesgeschichte alles übertraf, was irgendjemand anders schreiben könnte. Das war natürlich nicht gelogen, aber Hudson kannte mich gut. Er wusste, dass ich es vermisste, sie zu lesen, und wusste wahrscheinlich sehr genau, warum ich sie aufgegeben hatte. Deshalb hatte er mich letzte Woche mit einem Tagebuch überrascht – eines, das er monatelang heimlich geführt hatte. Es war das Süßeste, Romantischste, was je jemand für mich getan hatte. Nun, die meisten Einträge waren süß – einige waren einfach nur schmutzig.

Ein typisches Beispiel … Ich blätterte ein Dutzend Seiten zurück und las erneut einen meiner Lieblingseinträge.

Liebes Tagebuch,
heute war ein besonders harter Tag – der Wortwitz war nicht beabsichtigt, aber verdammt, es ist die Wahrheit. Meine Frau ist jetzt seit fast einer Woche an der Westküste. Als ich heute Morgen aufwachte, lag ich auf ihrem Kissen. Das Einatmen ihres Duftes machte es mir unmöglich, meine übliche Morgenlatte sich selbst zu überlassen. Anstatt dagegen anzukämpfen, schloss ich die Augen und zog ihr Kissen unter meinem Kopf hervor, um mein Gesicht zu bedecken. Ich atmete tief ihren Duft ein, streichelte meinen Schwanz und stellte mir vor, dass meine enge Faust ihre schöne Muschi war. Es gibt keinen Ersatz für die echte Version, aber ich stellte mir vor, dass sie auf mir saß und sich hart an mir rieb, um jeden einzelnen Zentimeter in sich aufzunehmen. Kurz bevor sie kam, warf sie den Kopf zurück, ihre schönen Brüste schwangen auf und ab und sehnten sich danach, von mir in den Mund genommen zu werden. Ich wartete, bis sie kam, und stieß dann so tief zu, dass etwas von meinem Sperma noch in ihr war, als sie gehen musste.
– Hudson

Ein anderer Lieblingseintrag stand ein paar Seiten weiter hinten. Es war eine Geschichte, die er mir nie erzählt hatte, aber sie erwärmte mein Herz.

Liebes Tagebuch,
heute habe ich Charlie zum Frühstück ausgeführt und ihr gesagt, dass Stella bei mir einzieht. Als wir anschließend nach Hause gingen, kamen wir an einem Park vorbei, in dem zwei kleine Mädchen, vielleicht ein Jahr jünger als sie, mit großen Augen und einem breiten Grinsen im Gesicht auf und ab hüpften. Ich zeigte auf die Mädchen und fragte: »Was glaubst du, worüber sie sich so freuen?« Charlies Antwort lautete: »Vielleicht zieht die Freundin ihres Vaters auch bei ihnen ein.«
– Hudson

Der Mann, von dem ich gerade schwärmte, ging in den Garten hinaus. Ich saß in einem Schaukelstuhl auf der Terrasse neben dem Kamin, mit Hendricks zu meinen Füßen.

Hudson schüttelte den Kopf. »Mein treuer Freund dort scheint zu vergessen, wer sein Herrchen ist.«

Ich lächelte. Der Schäferhund, den ich Hudson zu Weihnachten geschenkt hatte, war in letzter Zeit zu meinem Schatten geworden. Ich war mir nicht sicher, warum, denn ich schien ihn ständig nur anzuschreien, weil er meine Schuhe und Möbel anknabberte. Es hatte ewig gedauert, ihn stubenrein zu bekommen, nur damit er dann die schöne Gewohnheit annahm, an den Beinen eines tausend Dollar teuren Couchtisches zu nagen. Um ehrlich zu sein, Hendricks war überwiegend eine Nervensäge. Aber der Blick in Hudsons Gesicht am Weihnachtsmorgen, als er begriff, dass er endlich den Hund bekommen hatte, den er sich als kleiner Junge gewünscht hatte, war die ganze Mühe wert.

Ich hatte jetzt eine Kopie des Fotos, das gerahmt auf Olivias Kaminsims stand, auf meinem Nachttisch stehen – das Foto, auf dem Hudson seine Geburtstagskerzen ausblies und sich einen Schäferhund wünschte, während er ihr den Mund zuhielt. Und ja, er hatte unseren Hund nach dem Gin benannt, der uns zusammengebracht hatte.

»Das liegt nur daran, dass ich normalerweise diejenige bin, die ihn füttert«, sagte ich.

Hudsons Blick fiel auf das Buch in meinen Händen. »Erinnere dich an unsere Abmachung – nur einen am Tag.«

»Ich weiß. Ich habe gerade ein paar von meinen Lieblingseinträgen noch mal gelesen. Den von heute habe ich noch.«

»Okay. Ich laufe zum Laden, um eine Flasche Wein zu besorgen, die wir heute Abend mit zu Olivia nehmen können. Hendricks kann mit, dann bekommt er gleich seinen Spaziergang. Soll ich noch irgendetwas mitbringen?«

Heute war der einjährige Hochzeitstag von Mason und Olivia, darum gingen wir zu ihnen zum Abendessen. Sie waren gerade aus Manhattan in ein Haus ein paar Blocks entfernt gezogen. Ich fragte mich, ob Hudson wusste, dass es nicht nur ihr Hochzeitstag war, sondern auch unser Kennenlerntag. Heute vor einem Jahr hatte ich an Gin geschnuppert und die Liebe meines Lebens getroffen. Obwohl *Liebe* nicht gerade das Gefühl war, das ich hatte, als ich in jener Nacht in das Taxi sprang, um vom Tatort zu fliehen. Ich hatte ihm ein kleines Geschenk zu unserem Jahrestag besorgt und wollte es ihm später geben, wenn wir zu Hause waren.

»Nein, ich glaube nicht, dass wir etwas anderes brauchen als Wein. Ich habe schon einen Kuchen zum Nachtisch gebacken.«

»In Ordnung. Ich bin in zwanzig Minuten zurück.«

»Okay. Wir können uns noch den Sonnenuntergang ansehen, bevor wir zu Olivia gehen.«

Hudson ging in Richtung Haus, blieb jedoch noch einmal stehen und drehte sich mit erhobenem Finger um. »Denk dran, nur ein Eintrag. Nicht vorblättern.«

»Mach ich nicht.«

Als ich hörte, wie sich seine Schritte entfernten, seufzte ich und schlug das Tagebuch wieder auf. Es waren nur noch etwa zwanzig Seiten übrig, und der nächste Eintrag war verdammt kurz. Ich könnte wahrscheinlich das ganze Buch lesen, bevor er zurückkam, und er würde es nicht einmal merken. Aber stattdessen würde ich die Seiten auskosten, so wie er es wollte.

Zumindest hatte ich das vor.

Bis ich den nächsten kurzen Eintrag tatsächlich las …

Liebes Tagebuch,
heute war ich einkaufen. Ich verstehe nicht viel von Schmuck, darum habe ich meine Schwester mitgenommen. Sie war eine ziemliche Nervensäge.

Ich lächelte und stellte mir Hudson und Olivia beim Einkaufen vor. Seine Vorstellung von Shopping war, in ein Geschäft zu gehen, dort drei Anzüge zu kaufen und innerhalb einer halben Stunde wieder herauszukommen. Olivia hingegen ging weniger einkaufen, sie *streifte umher*. Sie ging los, um ein Paar passende Schuhe zu einem Kleid zu kaufen, und kam mit einer neuen Esszimmer-Garnitur, einem Mantel für Mason, einem Spielzeug für Charlie und irgendeinem elektronischen Bürogerät von *The Sharper Image* zurück. Die Schuhe, die sie sich eigentlich kaufen wollte, brauchte sie nicht mehr, weil sie auch ein nagelneues Kleid erstanden hatte.

Ich war einmal dabei gewesen, als sie Schuhe für ein bestimmtes Outfit kaufen wollte und mit einem völlig anderen

Ensemble nach Hause kam – nur um dort festzustellen, dass sie nun noch Schuhe für das neue Teil brauchte. Olivia kam mit vierzehn verschiedenen Einkaufstaschen aus einem Einkaufszentrum. Hudson ließ sich seine Anzüge schicken, wenn sie fertig waren, damit er nicht noch mal in den Laden zurückkehren musste.

Doch als ich weiterlas, fiel mir auf, dass Hudson nicht erwähnt hatte, dass er mit seiner Schwester einkaufen gewesen war. Er war auch nicht mit neuem Schmuck nach Hause gekommen … Also las ich neugierig weiter.

Wir waren in sechs Läden. Alles, was mir gefiel, fand Olivia scheußlich. Alles, was sie mochte, habe ich abgelehnt. Nach einem vollen Tag kam ich mit leeren Händen nach Hause und war genervt. Meine wunderschöne Frau kam etwa zehn Minuten später nach Hause – sie roch wie ein Wald. Sie war seit dem frühen Morgen im Labor gewesen und hatte an ihrem neuen Signature-Duft für Männer gearbeitet. Doch sie schlang ihre Arme um meinen Hals, drückte ihre vollen Lippen auf meine, und mein beschissener Tag war wie weggeblasen. Da wurde mir klar, dass das Problem beim Kauf eines Schmuckstücks für meine Liebste darin bestand, dass ich nichts fand, das nur halb so besonders war wie sie. Ich hatte einunddreißig Jahre gebraucht, um endlich die Richtige zu finden, und ich hatte nicht vor, ihr nur halbherzig zu zeigen, was sie mir bedeutete.

– Hudson

Oh mein Gott. Ich konnte hier nicht aufhören zu lesen. Hudson war auf der Suche nach Schmuck gewesen, der speziell für mich war? Könnte es sein … Ich schaute über meine Schulter ins Haus. Alles war still. Hudson würde mindestens zwanzig Minuten brauchen, um mit dem Hund zum Spirituosenladen und zurück zu laufen. Ich musste noch ein wenig lesen – mindestens einen weiteren Eintrag.

Natürlich wurden aus einem Eintrag zwei, und aus zwei wurden drei, und plötzlich war ich auf der letzten Seite. Hudson hatte ein halbes Dutzend Einkaufstouren unternommen, einen weiteren anschaulichen, heißen Eintrag über Dinge geschrieben, die er mit mir anstellen wollte, und ein paar gefühlvolle Seiten über den Abend, an dem meine Eltern zum Essen gekommen waren. Es hatte lange gedauert, aber ja, meine Eltern und ich hatten uns endlich persönlich getroffen. Ich hatte mich darauf vorbereiten müssen, und ich war ein Nervenbündel gewesen, aber am Ende war der Abend doch angenehm verlaufen. Die Beziehung zu meiner Schwester hatte ich noch nicht wieder aufgenommen, obwohl ich Hudson endlich die ganze Geschichte erzählt und zugegeben hatte, mit *wem* Aiden eine Affäre gehabt hatte. Ich hoffte weiterhin, dass ich vielleicht eines Tages einen Weg finden würde, auch Cecilia zu verzeihen.

Nach dem, was ich gehört hatte, hatten sie und mein Ex sich inzwischen getrennt – nachdem sie herausgefunden hatte, dass er sie mit einer ihrer Freundinnen betrogen hatte. Ich hätte mich wahrscheinlich freuen sollen, als ich es erfuhr, aber das tat ich nicht. Cecilia tat mir leid, was mich hoffen ließ, dass es doch noch eine Chance für uns gab.

Keiner von Hudsons Einträgen sagte ausdrücklich, welche Art von Schmuck er kaufen wollte, aber es war ziemlich offensichtlich, dass es sich um einen Ring handelte. Welche andere Art von Schmuck musste so perfekt sein und erforderte so viele Einkaufstouren?

Mein Puls raste, als ich die letzten Seiten las.

Oh mein Gott! Er hat etwas gekauft.

Und er hat es dort versteckt, wo er letztes Jahr mein Weihnachtsgeschenk in unserem Zimmer versteckt hat!

Und er hat nicht vor, es mir vor seinem Geburtstag zu schenken.

Hudsons Geburtstag war erst in zwei weiteren Monaten! Auf keinen Fall konnte ich so lange warten, um es herauszufinden.

Hudson hatte keine Ahnung, dass ich im letzten Jahr auf sein kleines Versteck hinten im Schrank gestoßen war. Also könnte ich – nein, *das sollte ich wirklich nicht tun.*

Das Blut rauschte in meinen Ohren, und meine Hände wurden feucht.

Vielleicht könnte ich einfach nachsehen, ob es eine Schachtel für einen Ring war?

Ich brauchte sie ja nicht zu öffnen.

Stellt euch die Vorfreude vor, die ich über die nächsten Monate empfinden würde … Nun stellt euch vor, was passieren würde, wenn der große Tag endlich gekommen war und er mir eine quadratische Schachtel mit … Ohrringen überreichte?

Um nichts in der Welt würde ich meine Enttäuschung nach monatelangem Warten verbergen können. Es fühlte sich fast so an, als *müsste* ich jetzt nachschauen. Was auch immer er eingekauft, wofür er so lange gebraucht hatte, er würde sich schrecklich fühlen, wenn ich in Tränen ausbrach, weil ich meine Enttäuschung nicht verbergen konnte. In gewisser Weise tat ich es also für ihn.

Na klar.

Ich schaute auf meine Armbanduhr und warf noch einmal

einen Blick über die Schulter zurück ins Haus. Vielleicht sollte ich bis zu einem anderen Mal warten, wenn er länger weg sein würde …

Nein. Ich schüttelte den Kopf, auch wenn ich nur auf meine eigenen Gedanken antwortete.

Ich konnte einfach nicht warten.

Also stürzte ich ins Haus und lief direkt zur Haustür. Als ich sie öffnete, schaute ich erst nach rechts und dann nach links, um sicherzugehen, dass Hudson nicht bereits den Block herunterkam. Als ich die Luft für rein hielt, eilte ich ins Schlafzimmer. Die Tür war geschlossen, und ich war so nervös, dass ich einen Moment brauchte, um mich zu beruhigen. Ich atmete tief ein und öffnete mit zitternder Hand den Türknauf.

Doch als ich eintrat, blieb mir das Herz stehen.

»Suchst du was?« Hudson hob eine Augenbraue. Er saß auf der Bettkante und hatte Charlie auf den Knien. Hendricks lag zu seinen Füßen.

Ich blinzelte ein paarmal. »Was machst du denn hier? Ich dachte, du wärst schon weg.«

Er forderte seine Tochter auf, von seinem Schoß zu springen, und stand auf. »Was ich hier mache? Das Gleiche könnte ich dich fragen. Was machst du im Schlafzimmer, Stella?«

»Ich, äh …«

Er kam zur Tür, wo ich wie erstarrt stehen geblieben war. Mit einem Grinsen nahm er meine Hand. »Du hast doch nicht etwa *vorausgelesen*, oder?«

Ich war vollkommen durcheinander. Wann war er von dem Laden zurückgekommen? Und wo war Charlie hergekommen? Was zum Teufel war hier los?

Allerdings musste ich nicht lange auf die Antwort warten. Hudson streckte seiner Tochter die Hand hin. Charlie nahm sie und grinste von einem Ohr zum anderen. Wenn ich vorher gedacht hatte, ich sei nervös, war das nichts im Vergleich zu dem, was ich fühlte, als der Mann, den ich liebte, vor mir auf die Knie ging.

Er führte meine zitternde Hand an seine Lippen.

Als er zu mir hochblickte und ich eine Spur Nervosität auf seinem Gesicht bemerkte, half mir das, mich zu beruhigen.

»Heute vor einem Jahr habe ich eine wunderschöne, kluge Frau kennengelernt«, begann er. »Wenn du erzählst, wie wir uns kennengelernt haben, sagst du, du hättest dich auf die Hochzeit meiner Schwester geschlichen. Aber in Wahrheit hast du dich in mein Herz geschlichen. Du bist die freundlichste, warmherzigste, schrägste und erstaunlichste Person, die ich je getroffen habe.«

Ich hob die Hände und legte sie mir auf den Mund, Freudentränen füllten meine Augen, und ich lachte. »Die schrägste? Bei dir klingt das wie etwas Gutes.«

Hudson lächelte. »Das ist es. Und ich liebe dich, *weil* du manchmal ein bisschen schräg bist, nicht *obwohl* du es bist. Du hast Jahre damit verbracht, die Liebesgeschichten anderer Leute zu lesen, und heute Abend hast du das letzte Kapitel von meiner gelesen …« Er blinzelte. » … obwohl du das nicht solltest. Aber mein letztes Kapitel ist erst der Anfang, Schätzchen.« Er sah zu Charlie hinüber, die eine kleine schwarze Schachtel hinter ihrem Rücken hervorzog und sie ihrem Vater reichte. »Stella Rose Bardot, lass mich dir dein Happy End schenken. Werde meine Frau, und ich verspreche, mein Bestes zu geben, um dein Leben besser zu machen als alles, was du je in einem Buch gelesen hast.«

Er öffnete die kleine schwarze Schachtel, und darin lag etwas, das ich noch nie gesehen hatte. Die mit Samt ausgekleidete Schachtel enthielt zwei Ringe. Rechts lag ein Ring mit einem wunderschönen in Weißgold gefassten Diamanten im Emerald Cut, den winzige Diamanten im Baguetteschliff umgaben. Auf der linken Seite lag eine sehr kleine Kopie des Verlobungsrings. Hudson nahm das erste Exemplar aus der Schachtel und hielt es mir hin. »Ich bitte dich nicht nur darum, mich zu heiraten. Ich bitte dich, meine Familie mit Charlie zu sein. Also habe ich deinen anfertigen lassen und dann eine Miniversion in Cubic Zirkonia für sie – meine beiden Damen. Was sagst du, Schätzchen? Wirst du unsere Frau?«

Ich schaute zu Charlie hinüber. Sie hatte ein riesiges Lächeln im Gesicht, als sie etwas hinter ihrem Rücken hervorholte und hochhielt.

Eine Banane mit einer Schrift darauf.

Sag ja, damit wir uns nie mehr trennen.

So dumm es auch war, die Banane haute mich um. Nun strömten Freudentränen über mein Gesicht. Ich wischte sie fort und murmelte Charlie ein *Ich liebe dich* zu, bevor ich meine Stirn an Hudsons lehnte. »Ja. Ja! Mein Herz gehört bereits euch beiden, also ist das hier das Tüpfelchen auf dem i.«

Nachdem Hudson mir den Ring auf den Finger gesteckt hatte, halfen wir Charlie, ihren anzustecken. Wir drei hielten uns lange umschlungen, bevor mein *Verlobter* sie aufforderte, sich frisch zu machen, weil wir ja später zu ihrer Tante gehen würden.

»Endlich … eine Minute allein.« Hudson umfasste meine Wangen und zog meinen Mund zu seinem. »Jetzt küss mich richtig.«

Wie immer ließ er mich atemlos zurück. »Weißt du, nach deinem Tagebuch und diesem Antrag denke ich, dass du im

Grunde deines Herzens ein echter Romantiker bist, Mr Rothschild.«

»Ach ja?« Er lächelte. »Ich werde es leugnen, falls jemand fragt.«

Ich lachte. »Schon gut. Ich kenne die Wahrheit. Unter diesem harten Äußeren steckt ein großer alter Softie.«

Hudson nahm meine Hand und ließ sie zu seinem Schritt hinuntergleiten. Er legte meine Finger um eine verdammt stählerne Erektion. »Ich habe später noch mehr hartes Äußeres für dich.«

Schmunzelnd erwiderte ich: »Ich kann es kaum erwarten.«

Er strich mit seine Lippen über meine. »Hat dir das Tagebuch gefallen?«

»Es war wundervoll. Es war die beste Liebesgeschichte, die ich je gelesen habe. Aber am besten hat mir das Ende gefallen.«

Hudson schüttelte den Kopf. »Das war kein Ende, Schätzchen, das war erst unser Anfang. Denn eine wahre Liebesgeschichte wie unsere endet nie.«

Dank

An euch – meine Leser. Vielen Dank für eure Unterstützung und eure Begeisterung. Das Leben hat uns alle in letzter Zeit vor einige Herausforderungen gestellt, und ich bin so dankbar, dass ihr mir erlaubt, euch für eine kurze Zeit eine Flucht zu ermöglichen. Ich hoffe, euch hat die Liebesgeschichte von Hudson und Stella gefallen, und ihr kommt wieder, um zu sehen, wen ihr als Nächstes treffen werdet!

An Penelope – die letzten Jahre waren ein wilder Ritt, und ich wäre mit niemandem lieber als mit dir darauf festgeschnallt gewesen.

An Cheri – danke für deine Freundschaft und Unterstützung. Bücherfreunde sind die besten Freunde!

An Julie – danke für deine Freundschaft und deine Weisheit.

An Luna – das Leben ist wie ein Buch –, es ist nie zu spät, eine neue Geschichte zu schreiben, und ich habe mit Freude zugesehen, wie sich jedes deiner spannenden Kapitel entwickelt hat. Danke für deine Freundschaft.

An meine fantastische Facebook-Lesergruppe »Vi's Violets« – zwanzigtausend kluge Frauen, die es lieben, an einem Ort über Bücher zu reden? Ich habe Glück! Jede Einzelne von euch ist ein Geschenk. Danke, dass ihr Teil dieser verrückten Reise seid.

An Sommer – danke, dass du mit deinem wunderbaren Design der Geschichte von Hudson und Stella ein Gesicht gegeben hast.

An meine Agentin und Freundin Kimberly Brower – danke, dass du immer da bist. Jedes Jahr kommt eine einzigartige Gelegenheit von dir. Ich kann es kaum erwarten zu sehen, was du dir als Nächstes ausdenkst!

An Jessica, Elaine und Julia – danke, dass ihr alle Ecken und Kanten geglättet habt und mich zum Strahlen gebracht habt!

An alle Bloggerinnen und Blogger – danke, dass ihr andere dazu inspiriert, es mit mir zu versuchen. Ohne euch würde es sie nicht geben.

Alles Liebe
Vi

Autorin

Vi Keeland ist eine New-York-Times-Bestsellerautorin. Mit über einer Million verkaufter Bücher wird sie inzwischen in acht Sprachen übersetzt. Vi Keeland hat ihre große Liebe mit sechs Jahren kennengelernt. Ein Junge mit strohblondem Haar und hellgrünen Augen schubste sie vom Fahrrad. Die Narbe an ihrem linken Knie erinnert sie täglich daran. Sie hat ihn trotzdem geheiratet und lebt mir ihm und ihren drei Kindern in New York.

Vi Keeland im Goldmann Verlag:
Perfect Chemistry. Roman
Just Business. Roman
Mr. CEO. Roman
Hot Client. Roman
Best Man. Roman
Mister West. Roman
Player. Roman
Bossman. Roman

(alle als E-Book erhältlich)